LE PLAISIR NE SAURAIT ATTENDRE

TISHANI DOSHI

LE PLAISIR
NE SAURAIT ATTENDRE

roman traduit de l'anglais (Inde)
par Karine Lalechère

BUCHET ✽ CHASTEL

Avertissement de l'éditeur : le texte contient des néologismes de l'auteur, soulignés par des italiques et explicités lorsque le seul contexte n'en permet pas la compréhension. Les termes indiens usuels figurent dans le glossaire en fin d'ouvrage.

Titre original : The Pleasure seekers
Bloomsbury Publishing, London, 2010

7, rue des Canettes, 75006 Paris

ISBN : 978-2-283-02469-0

Sommaire

PREMIÈRE PARTIE
Sylvan Lodge
1968-1974

DEUXIÈME PARTIE
La maison au portail orange et noir
1974-1995

TROISIÈME PARTIE
De Lewisham à Ganga Bazaar
1996-2001

PREMIÈRE PARTIE

Sylvan Lodge
1968-1974

1

Départs et dissimulations

Aux premières heures du 20 août 1968, le matin du départ de son fils, Prem Kumar Patel s'accorda un luxe auquel il n'avait jamais goûté en quarante-sept ans d'existence : il fit un rêve. Un long cauchemar qui semblait le ramener jusque dans les entrailles de sa mère pour le catapulter à la fin de sa vie, dans une vallée couverte de glace. Il gravissait des montagnes, à la recherche de son épouse et de leurs quatre enfants. Ils étaient inaccessibles, dans un étrange royaume où les hommes portaient les fantômes de leurs ancêtres sur leur dos, tandis que les femmes cachées dans les arbres lançaient des flèches empoisonnées. Devant une grande porte en bois, il entendit ses enfants hurler. Babo surtout, son aîné, qui réclamait des couvertures pour dormir : petite noix brune surprise par la morsure du froid qui le transformait en pistache blafarde. Le garçon l'appelait sans relâche. *Pourquoi m'as-tu banni ?* Et les plus jeunes, Meenal, Dolly et Chotu, reprenaient en chœur. *Pourquoi ? Pourquoi as-tu banni notre frère ?*

Ce matin-là, alors qu'à l'autre bout du monde les chars soviétiques envahissaient la République socialiste tchécoslovaque, à Madras, en Inde du Sud, Prem Kumar Patel, allongé sur le dos comme un cadavre, regardait défiler une succession de scènes argentées tremblotantes qui retraçaient sa vie. Il vit sa mère aux cheveux blancs sur le perron de sa maison, à Ganga Bazaar, en train de peler des mangues pour des petits-enfants qui n'étaient pas encore nés. Il vit des chacals errer dans les rues jonchées de gravats d'une ville dévastée. Il vit des incendies et des ascensions, un avion tomber du ciel. Il vit des choses qui n'avaient pas pu se produire, mais qui ressemblaient tant à la réalité que, de terreur, il se tourna vers sa femme allongée près de lui et téta ses seins d'une merveilleuse clarté. Il désirait connaître le sens de ces prodiges, mais Trishala qui n'en voulait rien savoir repoussa avec irritation la bouche de son époux.

« Laisse-moi. Que t'arrive-t-il ? Qu'est-ce qui te prend de me harceler à cette heure ? »

Elle tira les draps et les enroula autour de son corps plantureux, préférant rester bien au chaud, au pays de ses songes.

Quand Prem Kumar s'éveilla enfin pour affronter le départ de Babo, ce fut les yeux cernés, son large nez criblé de piqûres de moustique. Il entendait au loin son voisin Darayus Mazda, qui avait entamé sa diatribe quotidienne sur son balcon : *Oh ! ils me tueront. Ma famille me tue. On veut m'envoyer aux tours du silence avant mon heure. Personne ne me sauvera donc de leur cruauté…* Alors, pour la première fois depuis qu'ils vivaient à côté, il eut envie de se lever pour rassurer le Parsi, son frère de souffrance. Non, personne ne souhaitait sa mort : en fait, Prem Kumar était lui-même la cible de tourments pires encore.

Il n'était pas sentimental, mais il avait la foi et il croyait au châtiment. Pour lui, le départ de son fils signifiait bien plus qu'un investissement pour l'avenir de la famille. Il s'agissait de son dharma personnel – de sa responsabilité. Babo, qui avait obtenu un diplôme de chimie avec mention du Jain College, serait le premier membre de leur communauté à étudier à l'étranger. À vingt et un ans, il serait aussi le premier Patel à prendre l'avion pour Londres.

Au début de l'année, Prem Kumar s'était adressé au siège de Joseph Friedman & Sons, à Londres, chez qui il achetait son ciment coloré et ses matières premières, leur demandant si son fils, qui devait suivre des cours du soir à l'institut de technologie City & Guild Borough, pourrait bénéficier d'une expérience professionnelle sous leur tutelle. Fred Hallworth, le responsable des exportations, avait répondu que la maison accueillerait volontiers le jeune Dharmesh Patel dans ses locaux de Wandsworth, contre un salaire hebdomadaire de dix livres et quinze shillings, et que par ailleurs on lui donnerait ses mercredis pour qu'il termine plus vite sa formation.

C'est une offre plus que satisfaisante, écrivit Prem Kumar, *et j'espère que ce nouveau projet renforcera notre partenariat.* Un mois plus tard arrivait une lettre du bureau du président : l'entreprise s'occupait du permis de travail de Babo et serait ravie de l'aider s'il avait besoin de quoi que ce soit d'autre.

Face à ces perspectives, sa poitrine se gonfla d'orgueil. Depuis que le gouvernement indien avait banni l'importation des produits finis pour encourager l'industrie nationale, Prem Kumar rêvait de créer une usine de peinture spécialisée : Patel & Sons. Ainsi, Babo, grâce à son savoir acquis à l'étranger, et Chotu, sous la houlette de son frère aîné, assureraient au reste de la famille des lendemains stables et prospères. Son imagination galopait plus vite que le temps. Il voyait déjà les étiquettes sur les pots, le logo, le slogan, les ouvriers, petites fourmis silencieuses qui s'affairaient, les meubles classeurs où s'entassaient les livres de comptes noircis de son écriture anguleuse et soignée, qui année après année afficheraient des bénéfices croissants.

Prem Kumar s'abandonna à sa rêverie, assis solennellement sous la pancarte qu'il avait punaisée avec amour au-dessus de son bureau, du temps où il était jeune et idéaliste :

VEUILLEZ PARLER TRAVAIL,
FINIR VOTRE TRAVAIL,
ET LAISSER LES AUTRES FAIRE LEUR TRAVAIL.

Ce ne serait que plus tard, bien plus tard, le jour du télégramme maudit, neuf mois après le départ de Babo par une journée maussade d'août 1968, que Prem Kumar prendrait conscience du prix de ses chimères. Il serait puni de sa duplicité, parce qu'il avait rêvé de l'avenir au lieu de s'occuper du présent.

Ce fameux matin, lorsque Prem Kumar traîna son corps réticent sur la véranda pour retrouver le reste de la famille, il ne fit aucune allusion à son cauchemar. Il n'en parla pas à Trishala, pas plus qu'il ne l'évoquerait quand elle tomberait malade et se réfugierait dans le silence, ni même quand, en proie au délire sur son lit de mort, elle lui demanderait de quelles manières il lui avait été infidèle. Car il méprisait les superstitions et ne croyait pas aux messages des esprits. Il souffrirait pourtant d'insomnie après la disparition de son épouse ; il serait agité, condamné à écouter des chants religieux brailler dans le casque de son walkman, perdu sans la présence turbulente de Trishala à ses côtés, redoutant les conséquences d'un autre songe depuis ce premier et unique rêve.

S'il s'en était ouvert à sa femme, il savait qu'elle n'aurait jamais autorisé leur fils à prendre l'avion. Mais, en ce jour funeste, au lieu de parler à Trishala, il rejoignit le reste du clan pour dire adieu à Babo. Engoncé dans son costume neuf trop raide, celui-ci offrait au monde son sourire *jhill mill*[1], inconscient des bouleversements qu'entraînerait son départ.

Le trajet jusqu'à l'aéroport de Meenambakkam se déroula dans une ambiance morose. Chotu, le benjamin, assis à l'avant entre son père et le conducteur, boudait ostensiblement, car il était sur le point de perdre l'une de ses deux passions : son grand frère (la seconde étant le cricket, un objet d'adoration moins versatile). À l'arrière, Trishala et Babo occupaient les meilleures places, près des fenêtres, tandis que les filles, Meenal et Dolly, s'efforçaient de trouver une position confortable au milieu. De temps en temps, Prem Kumar houspillait le chauffeur : « Attention ! Vous ne pouvez pas regarder où vous allez » ou « Eh ! Une vache ! » Sinon, le silence régnait dans le taxi.

Babo étudiait les motifs que dessinaient les flaques dans les rues. Il pleuvait sur Madras depuis deux semaines, mais ce matin le ciel semblait se retenir, comme pour saluer lui aussi le caractère exceptionnel de cette journée.

« Papa, si en Angleterre on me demande à quelle caste j'appartiens, qu'est-ce que je dis ? lança Babo de but en blanc.

– Tu répondras sans détour que tu es le fils de Prem Kumar Patel, le petit-fils de Shantilal Kumar Patel, et l'arrière-petit-fils de Kunthinath Paras Kumar Patel.

– Et si on m'interroge sur ma religion ?

– Eh bien, tu expliqueras que tu es un jaïn pieux et pratiquant. Et que, comme le père de notre nation, le Mahatma Gandhi, tu crois à l'ahimsa et à l'égalité de toutes les âmes. »

1. *Jhill mill* : néologisme familial qui souligne la blancheur éclatante de la dentition de Babo, en allusion à un célèbre bijoutier de Madraș (*Toutes les notes sont de la traductrice.*)

Oui, songea Babo, c'est ce que je dirai si on me pose la question.

« Chotu, fit-il en tendant la main pour donner une petite tape sur la tête de son frère âgé de onze ans. Tu crois qu'un jour tu iras étudier en Angleterre ?

– Bien sûr, Bhai. Quand je serai grand, je fabriquerai de la peinture, comme papa et toi. »

Cela posé, Babo s'appuya contre le dossier en souriant, avec la certitude que les choses étaient telles qu'elles devaient être. Tandis qu'ils roulaient sur les avenues bordées d'arbres de Madras, Babo remarqua que les fleuristes étaient déjà dehors, occupés à préparer des bouquets de jasmin et de soucis pour les femmes qui s'arrêteraient chez eux avant d'aller faire leurs dévotions matinales au temple, une fois leurs tâches ménagères terminées. Les marchands de thé et de café dans leurs cahutes – Balaji Snacks ou Hot Point – s'affairaient eux aussi, ainsi que les vendeurs de journaux et tout un petit peuple de lève-tôt. La ville était vivante, elle chantait et dansait, comme l'huile à la surface des flaques où tremblaient de fragiles arcs-en-ciel. Ils croisèrent une jeune fille assise sur le porte-bagages de son père, vêtue d'une robe rose vif, les pieds nus, des bracelets d'argent à ses chevilles. Une princesse qu'un troubadour guidait à travers les denses forêts matinales.

Il l'observa avec attention, comme le reste, car il savait qu'il ne reviendrait pas avant longtemps. Mais l'expression d'intense concentration qu'il affichait depuis une demi-heure l'avait épuisé et une envie aussi soudaine qu'irrésistible de dormir l'assaillit.

Prem Kumar, toujours fâché de sa nuit sans sommeil, constata avec dégoût que le tableau de bord de l'Ambassador disparaissait sous les photos de dieux : Krishna enfant, Jésus-Christ, le gourou Nanak, Siddharta Gautama, et même le seigneur Mahavir, qu'on appelait parfois le vingt-quatrième Tirthankara, ou le Grand Héros du jaïnisme. Ils étaient alignés côte à côte, auréolés d'une bienveillance tape-à-l'œil. Le chauffeur de taxi, qui manifestement honorait un large éventail de divinités pour parer à toute éventualité, avait déjà réussi à irriter Prem Kumar en fumant bidi sur bidi au portail de Sylvan Lodge, tandis que le pauvre Selvam, leur gardien presque aveugle, rangeait seul les bagages dans la voiture. Cet homme n'avait à l'évidence aucune idée de ce qu'étaient la connaissance vraie, la vision vraie et la conduite vraie : les principes élémentaires du jaïnisme qu'il avait essayé d'inculquer à ses enfants, et en particulier à Babo.

Malgré tout, son aîné lui donnait de temps en temps l'impression d'être un étranger. Jamais il ne se moquait de son père ni ne le contredisait ouvertement, mais Prem Kumar savait que son fils ne priait pas, ne récitait pas le mantra Navkar trois fois par jour (ce qui était pourtant un minimum), ne croyait pas à la pénitence et encore moins à la nécessité de se priver d'un quelconque plaisir.

À douze ans, Babo avait un jour rassemblé tous les gamins du voisinage, ses sœurs et même Chotu, âgé de deux ans, qu'il portait sur son dos. Sous sa conduite, la petite troupe s'était rendue à pied à Marina Beach, à cinq kilomètres de là, car il s'était mis en tête de sortir en mer avec les pêcheurs sur leurs catamarans, et de nager en compagnie des dauphins. À son retour des courses, Trishala trouva la maison vide et entama un concert de gémissements au portail. Bientôt, toutes les mères du quartier se joignirent à elle, persuadées que les démons et les asuras avaient emporté leur progéniture. Quelques heures plus tard, Babo reparut suivi d'une armée d'enfants, tel Alexandre le Grand traversant la Jhelum pour renverser le roi Poros, son visage brun brûlé par le soleil de midi, ses vêtements trempés par les vagues et les poches remplies de coquillages. Prem Kumar, qui avait dû quitter son bureau en catastrophe, traîna son fils au premier étage et lui administra la raclée de sa vie. Après quoi, Trishala vint le trouver avec des mots de réconfort. En tant qu'aîné, il incarnait toutes les aspirations de son père ; il était censé guider les plus jeunes, et non flatter leurs caprices et exciter leur imagination. Elle voulut lui donner les samoussas qu'elle lui avait tendrement préparés, mais Babo resta de marbre. Il était rancunier comme la tortue. Il faisait l'indifférent, poursuivait sa route comme si de rien n'était, mais il n'oubliait rien. En particulier quand il se sentait accusé à tort. Des souvenirs analogues, il en avait quelques-uns, des blessures qu'il taisait mais qui demeuraient à vif.

Malgré tout, Prem Kumar savait que son fils était un bon garçon. Au moins, il respectait l'ahimsa, le principe de non-violence qui s'appliquait à tout être vivant, et il croyait à la vérité – ce qui était le plus important. Selon Prem Kumar, chacun devait trouver sa vérité, à défaut de quoi le cercle stérile des tromperies et des conflits ne se briserait jamais. Si on avait le courage de suivre cette voie, on avait une chance de s'affranchir des liens qui nous rattachaient à ce monde de souffrance et de faire la moksha, la libération ultime du cycle des renaissances. Le problème, songea-t-il, c'était que les jeunes étaient convaincus d'être invulnérables.

Prem Kumar jeta un coup d'œil à Babo, qui ne tarderait pas à apprendre toutes ces choses, et dont la tête tapait doucement contre la vitre – toc, toc, toc. Alors, il se laissa aller à une rare manifestation d'amour : il contempla son fils endormi et sourit.

À l'aéroport, les Patel descendirent de voiture, chacun muni du chargement qu'on lui avait confié. Dolly et Meenal, en jupes longues et tuniques vertes à carreaux identiques, portaient le nécessaire à photographie : talc, peigne, miroir et serviette. À l'écart, Chotu, qui avait hérité du panier avec le casse-croûte et le chai, fixait le sol du regard pour ne pas se couvrir de honte en pleurant devant tout le monde comme ses sœurs. Trishala se faufilait dans la cohue, en sari bordeaux assorti à la monture de ses lunettes, des colliers de roses dans une main, un plateau pour la puja en équilibre dans l'autre, criant à ses filles de se dépêcher et de ne pas s'éloigner. Tandis qu'il sortait de son portefeuille des billets neufs craquants, Prem Kumar faisait la leçon au chauffeur au sujet des risques liés au tabac, sans quitter des yeux un autre individu douteux soupçonné de paresse : Lilaj bhai, embauché pour immortaliser la cérémonie de départ de Babo.

Babo que l'on pomponnait et exposait à la lumière, pour trouver le meilleur angle. Meenal tripotait les cheveux de son frère et s'efforçait de discipliner ses boucles. Meenal : la seconde des quatre enfants et la plus silencieuse, sujette à de brefs accès d'émotions et à de longues périodes introspectives, pleurait à chaudes larmes, comme de coutume chez les femmes Patel quand il s'agissait de leurs hommes.

« Tu ne nous oublieras pas, Bhai, n'est-ce pas ? »

Elle avait pris sa main gauche et caressait le large anneau doré qu'elle lui avait remis la veille, à la demande de Trishala.

« Ne raconte pas n'importe quoi. »

C'était déjà ce qu'il lui avait dit le soir précédent, quand elle l'avait trouvé sur la terrasse, en train de fumer en cachette sa dernière cigarette de la journée.

« J'aimerais pouvoir vous oublier, crois-moi. Mais ça fait dix-neuf ans que je vis avec vous. Je pense que c'est pour la vie, maintenant, que ça nous plaise ou non. »

Voyant le visage généreusement poudré de sa sœur se friper comme un ballon de baudruche crevé, il avait écarté ses tresses.

« Allons, arrête de pleurnicher, c'est quoi ce cinéma ? J'ai promis de t'écrire, oui ou non ?

– Oui, et à Falguni aussi », répondit-elle en gloussant.

Babo pensait justement à elle, quand Meenal l'avait rejoint. Il était tombé amoureux de Falguni pendant les célébrations de Navrati, où, durant neuf nuits consécutives, tous les habitants, jeunes et vieux, se réunissaient dans une grande salle pour honorer les trois aspects suprêmes de la déesse Dourga. La signification religieuse profonde de la cérémonie échappait à Babo, mais la fête l'enchantait. D'autant plus que c'était l'une des rares occasions licites de côtoyer des personnes de l'autre sexe.

Il avait remarqué Falguni dès le premier jour. Il la connaissait depuis des années, car elle était la fille des meilleurs amis de ses parents, Kamal et Meghna Shah. Ce soir-là, cependant, il avait l'impression de la voir pour la première fois. Elle se tenait debout, à côté de Meenal, dans un ghagra rouge nuptial. Des coudes jusqu'aux minces poignets, ses avant-bras disparaissaient sous des bracelets de verre coloré. La peau laiteuse, les yeux en amande, une taille souple et une masse de cheveux noirs modestement tressés. Mais son trait le plus remarquable était une particularité de sa dentition qui la faisait zézayer. Pour cette raison avant tout, et parce qu'en l'espace de quelques mois ses seins s'étaient épanouis, Babo rejoignit le cercle des admirateurs qui se pressaient autour d'elle.

Néanmoins, le cinéma lui ayant enseigné qu'un bon héros se devait d'être fanfaron, doucereux et cruel, il ne tarda pas à se ressaisir. Après s'être bêtement laissé aller à la contempler bouche bée, il jeta son dévolu sur la moins séduisante de ses compagnes, avec qui il passa la nuit à danser. À l'approche de

6 heures du matin, alors que la foule se dirigeait d'un pas lourd vers le petit déjeuner, il ne se départit pas de sa nonchalance et s'assit à une autre table avec les amies de Dolly, de toutes jeunes filles de seize ans, où il plaisanta d'une voix retentissante, se vanta qu'il serait bientôt le premier à prendre l'avion et joua les timides quand il fut question de sa photo parue la veille dans *The Hindu*, en l'honneur de son départ.

Alors qu'il s'apprêtait à ramener ses sœurs à la maison, Falguni le rejoignit sans bruit, ses yeux en amande remplis de larmes.

« Sssure-moi que demain tu danssseras sssuste avec moi », dit-elle d'un ton déterminé.

Mais Babo se contenta de tapoter sa délicate main laiteuse et de lui adresser un clin d'œil malicieux, la laissant s'inquiéter toute la journée au sujet de ses intentions.

Depuis, ils échangeaient des billets en secret avec l'aide enthousiaste de Meenal, messages qui devenaient de plus en plus fervents à mesure que la date du départ de Babo approchait. Avec la bague de Trishala, sa sœur lui avait donné une longue lettre maculée de larmes, où Falguni promettait qu'elle ne connaîtrait « pas un sseul ssour de bonheur » tant qu'il serait à Londres.

La veille, Babo avait étudié Meenal comme s'il la découvrait. Elle n'était pas particulièrement belle. Elle n'avait rien qui retenait l'attention. Mais elle possédait l'aura de l'innocence. Quelque chose de si déchirant qu'il avait envie de tendre la main pour se l'approprier. Il se sentait nostalgique rien qu'en la regardant : son visage clair, son corps pur drapé dans un sari de mousseline, les courtes manches ballon, les cheveux tirés en arrière et les deux tresses terminées par des rubans.

Tous ces détails – y compris ce moment avec Meenal – figuraient désormais dans les annales consacrées aux *Dernières Fois* de Babo. Dans des mois ou des années, ce serait l'image qui lui viendrait à l'esprit lorsqu'il penserait à sa sœur : en train de le contempler avec mélancolie sur la terrasse, les joues baignées de larmes, lui demandant quand il rentrerait se marier – et que se passerait-il si elle célébrait ses noces avant lui ? Il se souviendrait des bougainvillées fuchsia qui tombaient en cascades des pots d'argile, de l'air immobile et silencieux, tandis qu'il affirmait avec brusquerie que rien d'important n'arriverait avant son retour. Il se rappellerait qu'il y avait cru alors qu'ils se faisaient face, frère et sœur, sur le sol de briques rouges : Meenal dont la silhouette d'elfe s'épaissirait vite après le mariage tant attendu, Babo en kurta blanche immaculée, les ongles coupés et limés, les cheveux luisants d'huile de coco grâce aux bons soins de Trishala, qui en avait profité pour lui énumérer les tentations auxquelles il devrait résister à l'étranger : la viande, l'alcool, le tabac, et surtout les femmes.

Lilaj bhai s'efforçait de gérer les Patel. Dès qu'il avait vu l'Ambassador approcher, il s'était dirigé d'un pas leste vers la voiture, leur adressant un sourire finaud teinté de bétel. Il savait que, s'il s'y prenait bien, il pouvait réaliser une affaire juteuse : les familles étaient vulnérables à l'heure des départs et des arrivées. Les morts, les naissances et les mariages occupaient la place la plus haute sur l'échelle des affects. Et qu'étaient les photographies, sinon le désir de capturer l'émotion, d'emprisonner les sentiments pour pouvoir les ressortir plus tard en s'émerveillant ?

Les noces étaient une cause majeure de départs et d'arrivées. La jeune épousée quitte une maison pour se rendre dans une autre, tandis que la famille du promis tourne elle aussi le dos à son ancienne vie pour en entamer une nouvelle. Lilaj bhai vivait pour ces moments liminaires, où l'être humain s'accommode sans sourciller des réalités triviales comme l'argent. Et la cérémonie d'adieux qui se déroulait sur le tarmac de l'aéroport Meenambakkam de Madras entrait dans la catégorie des événements dont il pouvait tirer profit.

Tandis que le photographe installait son appareil, Prem Kumar entraîna Babo à l'écart et lui glissa son bien le plus précieux : le médaillon de son grand-père, Kunthinath Paras Kumar Patel, qu'il admirait pour deux raisons. Le grand-père avait refusé de se battre contre les Anglais pour ne pas enfreindre l'ahimsa, et menait une vie exemplaire (il ne mangeait que deux repas par jour, prenait soin de tous les animaux errants du village et, à sa mort, aucun de ses voisins ne trouva matière à répandre la moindre rumeur malveillante sur son compte).

« Et puis, ta mère m'a demandé de te donner ceci, fils. J'espère que tu feras honneur à ton arrière-grand-père. Et j'espère qu'il te donnera la force de faire les bons choix. »

Le médaillon était un petit globe de platine de la taille d'une pièce de cinquante paisas qui contenait un portrait fané du seigneur Mahavir. Ba, la mère de Prem Kumar et la matriarche du village de Ganga Bazaar, le lui avait confié à la mort de son époux. C'était pour elle une passation symbolique. Et Trishala avait pensé que ce serait une bonne idée de donner à leur fils ce bijou qui serait à la fois un porte-bonheur et un souvenir concret de sa famille. Prem Kumar savait pertinemment que, même si le médaillon avait le pouvoir de transmettre la sagesse et la vertu à son possesseur, il n'opérerait aucun miracle chez Babo, lequel préférerait sans doute arborer une cravate copiée sur celle de l'acteur Dev Anand, plutôt qu'un pendentif religieux démodé.

Parce qu'il avait un certain goût pour les maximes, Prem Kumar avait d'abord pensé accompagner ce cadeau d'une sentence du seigneur Mahavir : « Tous les humains sont malheureux en raison de leurs défauts et ils peuvent être heureux en les corrigeant. » Mais à l'instant crucial, il se rendit compte que sa femme avait raison : ces mots étaient trop pompeux, trop artificiels. Il les ravala.

Babo, qui se tenait à côté de sa valise, dont l'étiquette portait l'adresse de son cousin Nat à Londres – NUMÉRO 172, APPARTEMENT B, BELSIZE PARK ROAD – regarda sa famille comme s'il ne devait jamais la revoir. En dépit de sa jeunesse et de son inexpérience, il savait qu'à compter de ce jour, sa vie risquait de changer au-delà de son imagination. Il aurait voulu tous les prendre dans ses bras et les serrer contre sa poitrine, les retenir jusqu'à ce qu'ils comprennent eux aussi ce qui se passait.

Peut-être un jour reviendrait-il à Madras et tout serait-il identique. Le ciel irait à la rencontre de la mer comme un vieil amant ; la foule, qui se bousculait au-delà des barrières, en route pour un avenir inconnu, sentirait la poussière et le tabac, l'eau de rose et le jasmin ; l'air aussi lourd que le goudron poisserait ses vêtements. Sa famille serait peut-être alignée de la même façon : Prem Kumar en tenue de safari beige, sa veste boutonnée jusqu'au menton, Trishala dans son immense sari bordeaux qui claquait autour d'elle comme une tente dans la tempête, Meenal et Dolly, poupées jumelles dans leurs ensembles assortis qui faisaient des grimaces et lui tiraient la langue. Et Chotu, en retrait, fasciné par les oiseaux de métal géants sur la piste. Il les trouverait là, à attendre qu'il brise l'enchantement. Babo sentait qu'il changeait déjà. Il savait qu'il allait troquer cette vie contre une autre, plus vaste et encore mystérieuse.

Mais pour le moment, il se tenait avec sa famille dans la lumière matinale, profitant d'un rayon de soleil entre les nuages. Il écoutait patiemment Lilaj bhai qui lançait : « OK, soyez sérieux, regardez-moi maintenant », ou encore « Souriez s'il vous plaît », avant de prendre en photo les Patel au garde-à-vous, raides comme des mannequins de vitrine. Ils finirent néanmoins par se détendre et les clichés immortalisèrent les dents étincelantes de Babo, entouré des siens qui affichaient également une mine radieuse, comme si c'était la chose la plus naturelle du monde : laisser leur garçon s'envoler loin d'eux pour la première fois de sa vie. Loin, très loin, dans le ciel.

2

Sous de faux cieux

À Londres, il fallut à Babo trois mois et cinq jours pour oublier Falguni. Rêver d'une jeune Indienne à la poitrine généreuse et au zézaiement sexy ne pouvait que le détourner de ses véritables objectifs : il avait tant à faire depuis son arrivée. Comme son père ne manquait pas de le lui rappeler chaque fois qu'il écrivait ou téléphonait, il devait au moins obtenir la médaille d'or au cours avancé de l'institut de technologie, et se rendre indispensable chez Joseph Friedman & Sons.

Pour ne rien arranger, les lettres de Falguni devenaient de plus en plus sentimentales et irritantes. Elle réclamait des réponses et des déclarations d'amour, exigences que Babo, en raison de son emploi du temps, ne pouvait satisfaire. Comment lui décrire sa nouvelle vie ? Comment en donner ne serait-ce qu'un aperçu à sa famille ? Son quotidien ne ressemblait en rien à ce qu'il avait imaginé, et surtout pas aux films anglais qu'il allait voir avec ses condisciples au lieu de se rendre en cours. Il n'y avait pas plus d'Alec Guinness que d'Humphrey Bogart dans les rues de Londres. Pas de Gina Lollobrigida – en tout cas pas dans le foyer municipal où son cousin l'avait relégué.

Pour commencer, Nat et sa femme Lila n'étaient même pas à l'aéroport à son arrivée. Babo s'était armé de patience, agrippé à sa valise, les sens en alerte. Toutes les cinq minutes, il consultait sa nouvelle montre Hindustani Machine Tools pour s'assurer qu'elle fonctionnait et, après s'être fait confirmer qu'il attendait bien depuis trois heures quinze, il trouva un chauffeur de taxi sardarji qui accepta de le conduire chez Nat, à Belsize Park, contre trois livres sterling, ce qui correspondait à la somme que le gouvernement indien l'avait autorisé à changer. Au cours des quarante-cinq minutes de trajet, Babo avait senti des larmes de rage lui monter aux yeux à l'idée qu'il se retrouvait déjà sans le sou et qu'il débarquait dans un pays inconnu sans personne pour l'accueillir, ce qui ne pouvait être un heureux présage.

« Où étiez-vous ? glapit Babo à une Lila sidérée, lorsqu'elle lui ouvrit la porte. Vous n'avez pas eu le télégramme de papa ? Je ne comprends pas. Vous êtes ma famille ! Vous étiez censés venir me chercher. »

Ils n'avaient rien reçu. On les avait informés de l'arrivée imminente de leur cousin, mais la date et les horaires de son vol s'étaient perdus.

« Ce n'est pas grave, dit Nat avec une nonchalance qui ne plut guère à Babo. Tu es là, maintenant, c'est ce qui compte. »

Nat avait grossi à Londres. La dernière fois que Babo l'avait vu, quatre ans plus tôt à son mariage à Baroda, c'était un jeune Gujju ordinaire, un peu joufflu et normalement chevelu. Aujourd'hui, il lui faisait penser à un chou – un visage indistinct aux traits aplatis, presque effacés, les cheveux, ou plutôt ce qu'il en restait, rabattus sur sa calvitie naissante. Pour compenser, peut-être, il parlait plus fort et plus vite qu'autrefois, et il asséna à Babo son second choc de la journée pendant le repas.

« Eh bien, fit-il en plantant sa fourchette dans sa cinquième galette de légumes. Il va falloir qu'on te trouve un logement, tu ne crois pas ?

– Comment ça ? Je ne vais pas habiter chez vous ?

– Regarde la taille de cette pièce ! s'écria Nat en montrant d'une main potelée les murs sordides de leur meublé. Il y a tout juste assez de place pour Lila et moi. De toute manière, en Angleterre, les gens n'ont pas l'habitude de vivre entassés comme des sardines. Au pays, tous les membres de la famille sont toujours les uns sur les autres, à manger ensemble, dormir ensemble, chier ensemble. Tu vois ce que je veux dire ? Pas d'intimité, que de la promiscuité. Ici, c'est différent et crois-moi, c'est nettement mieux. Attends quelques mois et tu apprécieras ton indépendance. En fait, tu me remercieras. »

Même si la prophétie de Nat finit par se réaliser, Babo ne devait jamais lui pardonner de l'avoir chassé d'Hampstead – havre des financiers et des stars de cinéma – dès le jour de son arrivée pour le larguer au LCC, un foyer du London City Council de Wandsworth, avec un maigre prêt de cinq livres et un plan de Londres *A-Z* pour toute compagnie. Sa chambre faisait la moitié de la taille de la salle de bains de ses parents à Sylvan Lodge, et elle était dépourvue de fenêtre. S'il tendait les bras, il touchait le rideau qui séparait son espace de celui de son voisin, et s'il les étirait un peu, il pourrait certainement renverser le verre du dentier qui devait se trouver à son chevet, car l'âge moyen des résidents du LCC était de soixante-dix ans.

Sur sa propre table, Babo avait posé sa montre, son médaillon et une sélection limitée d'accessoires de toilette : brosse à dents, gratte-langue, dentifrice, crème à raser, blaireau, savon, et de l'huile pour les cheveux qu'il remplacerait bientôt par de la pommade. Il avait rangé dans sa valise le reste de ses affaires – deux costumes, quatre chemises, un pantalon, quatre caleçons, quatre paires de chaussettes, deux cravates, des photos de famille et les lettres de Falguni –, et l'avait glissée sous le lit.

Dans sa mallette, il avait gardé son passeport, son portefeuille et son permis de travail. Dès qu'il franchissait le seuil, il ôtait son unique paire de souliers Bata noire cirée avec soin et la laissait à côté de la porte. Pour sa chambre et une alimentation à base de toasts, de thé, de légumes bouillis et de crème anglaise, il versait quatre livres et quinze shillings par semaine, presque la moitié de son salaire hebdomadaire.

Le premier matin, Babo se réveilla tôt et se dirigea vers les toilettes communes avant tout le monde pour vaquer tranquillement à ses occupations. Il emportait avec lui le récipient en plastique que Trishala lui avait donné, après avoir entendu dire que les Anglais utilisaient du papier pour s'essuyer au lieu de se laver, pratique confirmée par Nat. Une fois habillé et son petit déjeuner pris, Babo se rendit à pied au siège de Joseph Friedman & Sons, suivant le trajet qu'il avait étudié la veille sur son *A-Z*. Il était si excité que son estomac dansait la sarabande. Au point qu'à mi-chemin, il crut qu'il allait devoir faire demi-tour pour retourner aux toilettes. À 8 heures, il se présenta à l'accueil, son attaché-case à la main et ses intestins domptés, pour entendre que personne du service des exports n'était arrivé. Lorsque Fred Hallworth se montra enfin et lui broya les doigts en répétant : « Extra, c'est extra de vous rencontrer », Babo avait déjà vidé et rangé le contenu de sa mallette une bonne centaine de fois et il avait commencé une lettre qui débutait ainsi : *Cher papa, il semble qu'en Angleterre, la première chose que je doive apprendre, c'est à attendre.*

« Nous allons vous présenter Joe, d'accord ? » dit Fred, avant d'emmener un Babo déconcerté au huitième étage, dans le bureau du président, où le vieux Joseph en personne trônait dans son fauteuil, une pipe à la bouche.

Il regarda le jeune homme et déclara :

« Vous nous avez apporté l'été indien, Bob. Ça ne vous dérange pas si je vous appelle Bob ?

– Non, bien sûr », répondit Babo en clignant des yeux.

Il n'avait pas la moindre idée de ce que pouvait être un été indien, mais c'était un terme qu'il aurait souvent l'occasion d'entendre au cours des mois à venir.

« Et quand souhaitez-vous commencer à travailler ? rugit le vieillard.

– Aujourd'hui ? avança Babo, qui transpirait dans son costume de laine bleu.

– Vous ne voulez pas prendre quelques jours, mon garçon ? Découvrir Londres avant de prendre le collier ? »

Cette phrase libéra un torrent d'émotions. Il lui raconta tout : ses soucis d'argent, le chauffeur de taxi qui l'avait escroqué – un compatriote ! – et son propre cousin qui n'était même pas venu le chercher à l'aéroport, le tout dans un anglais haché à l'accent prononcé. Lorsque le directeur mesura l'étendue de sa détresse, il se leva et plaça cinquante livres dans la paume moite du jeune homme : ce n'était pas une somme négligeable, certes, mais il voyait à sa mine qu'il était travailleur et qu'il serait un atout pour l'entreprise. En outre, s'il avait besoin de quoi que ce soit d'autre, qu'il n'hésite pas à s'adresser à Fred Hallworth.

Babo ne s'attendait pas à tant de générosité.

« Je préférerais quand même commencer aujourd'hui », dit-il avant de sortir, le billet de cinquante livres serré dans sa main.

Fred Hallworth serait pour Babo un protecteur et un mentor. Il commença par faire publier son portrait dans la lettre d'information de septembre, sous le titre : « JOSEPH FRIEDMAN & SONS SOUHAITE LA BIENVENUE À DHARMESH PATEL », coupure que ce dernier s'empressa d'envoyer à son père, sachant qu'il la rangerait avec amour dans le dossier où il conservait les diplômes de son fils, au même titre que la photographie parue dans *The Hindu* avant son départ et le courrier d'embauche officielle de la société Friedman.

Le responsable des exportations attirait immédiatement la sympathie. Grand, barbu, les mains comme des battoirs et une voix qui avait le punch de la pétulante MG dans laquelle il arrivait au bureau. Mais il était aussi capable d'écouter. Et, surtout au début, Babo était heureux de trouver une oreille disponible et compatissante où déverser ses tracas. Fred s'était rendu en Inde plusieurs fois. Il fournissait du ciment et des matières premières à Prem Kumar depuis si longtemps que Babo avait le sentiment qu'il le comprendrait mieux que quiconque à Londres.

Tous les jours, ils déjeunaient ensemble au Brewer's Inn, et tous les jours Fred lui lançait la même plaisanterie : « Une pinte de bitter, Bob ? Ou une petite tourte à la viande ? » sachant que celui-ci rirait de bon cœur et répondrait : « Pas aujourd'hui, Fred. Je m'en tiendrai à mon menu habituel », autrement dit un sandwich au fromage et un jus d'orange.

Il fallut au jeune homme un certain temps pour cesser de l'appeler M. Hallworth. C'était plus facile lorsqu'ils étaient hors du bureau, mais dans l'enceinte de Joseph Friedman & Sons, Babo retrouvait naturellement les marques de respect qu'on lui avait appris à manifester à ses aînés. Il dut faire un effort pour s'habituer à l'absence de rigidité entre les générations qu'il découvrait en Angleterre. En Inde, il aurait été impensable de prendre un verre avec un de ses professeurs et de l'appeler par son prénom : *Eh ! Salut Harindranath. Bonjour, Subramanium.* Ridicule. On n'imaginait pas non plus un enseignant fumer en classe – et encore moins un étudiant l'imiter. C'était pourtant pratique courante à l'institut de technologie, ce qui déstabilisait Babo malgré ses penchants rebelles. Après s'être caché pendant des années, il se découvrait incapable d'apprécier une cigarette en public. Mais, comme disait Fred, à Rome, il fallait vivre comme les Romains. Il s'appliqua donc à adopter cette coutume anglaise et finit par fumer en cours comme si c'était la chose la plus naturelle du monde.

Il allait de surprise en surprise depuis son arrivée, si bien que lorsqu'il écrivait chez lui, il ne savait pas par où commencer. *L'Angleterre est un pays prodigieux*, raconta-t-il à Ba, sa grand-mère qui vivait au Gujarat. *Il y a des parcs partout. Dans toute la ville. Parfois, quand je vais au travail à pied, je sens l'odeur puissante des feuilles mouillées, qui en cette saison changent de couleur et tombent, et cela me rappelle un peu Ganga Bazaar après les pluies, et toi bien sûr, Ba.*

À son père, il décrivait la rigueur du quotidien des Anglais. *Tu te plairais ici, papa. Tout est très organisé. Les voitures roulent en ligne droite, personne ne klaxonne, il y a des passages cloutés devant lesquels les véhicules s'arrêtent pour que les piétons puissent traverser sans risque, et on ne voit aucun animal sur la chaussée, même pas de chien ! On ne s'habitue pas aussi facilement à tout, bien sûr. La nourriture est infecte, les Anglais sont les premiers à le reconnaître, et je trouve toujours qu'il fait très froid. La vie au LCC est ennuyeuse. C'est plein de vieux messieurs qui jouent aux cartes toute la journée. Il y a bien quelques jeunes gens, mais ils sentent horriblement mauvais. Je pense qu'ils ne se douchent qu'une fois par semaine et qu'ils portent les mêmes vêtements tous les jours. Par bonheur, M. Hallworth va me trouver une chambre au YMCA de Croydon, où, pour à peine quinze shillings de plus, j'aurai une pièce plus grande avec une fenêtre et un lavabo, ainsi que mes repas, comme au foyer. Là-bas, il y aura en outre une table de billard et des soirées Scrabble. J'ai donc hâte de déménager pour rencontrer des gens de mon âge. Comme ça, je me sentirai moins isolé.*

Car la solitude demeurait l'un des principaux inconvénients pour Babo. Il avait toujours été entouré : de parents, d'amis, de voisins, de serviteurs. Et si officiellement, à Sylvan Lodge, la chambre du premier étage lui était réservée, il n'y dormait jamais seul. Chotu montait son matelas ou le rejoignait dans son lit. Et quand des cousins venaient les voir, ce qui était assez fréquent, une horde d'enfants étendaient des draps par terre et se racontaient des histoires de fantômes jusqu'à point d'heure.

À Londres, Babo terminait ses cours à 20 h 30 et il rentrait d'Elephant & Castle pour avaler quelques légumes bouillis avant de se coucher. Ce n'était pas tant la morosité de ses soirées qui lui pesait que l'ennui abrutissant. Par bonheur, il avait le transistor Hitachi que Nat s'était débrouillé pour récupérer à son travail. C'était une offre de paix que Babo avait acceptée à contrecœur, mais qui trônait à présent sur sa table de chevet. La nuit, tandis que les fossiles ronflaient et toussaient autour de lui, il se branchait sur All-India Radio Station et écoutait les informations en sourdine jusqu'à une heure avancée ou, plus rarement, un récital hindoustani, car c'était son unique lien direct avec son pays.

L'autre point noir était la cuisine. Il ne comprenait pas comment ce détail dont il ne s'était jamais soucié auparavant avait pu devenir une telle obsession. Les dames de la cantine du LCC le plaignaient, parce qu'il était souvent malade et maigrissait à vue d'œil. Pour améliorer son quotidien, elles lui servaient des doubles rations de crème anglaise et de gâteau de riz, mais Babo continuait à rêver de nourriture. Plus que Falguni, plus que ses parents, c'était ce qui lui manquait. Tous les matins, il se réveillait la faim au ventre, espérant qu'on était vendredi, car le vendredi il recevait sa paye et Fred l'invitait à The Star of India où ils s'offraient un festin : thali végétarien pour lui, mouton vindaloo et naan au beurre pour Fred.

De temps en temps, Babo allait à Lewisham, chez un de ses camarades de l'institut. Bhupen Jain était un Gujju du Kenya, dont l'épouse mangala préparait les mêmes petits plats que Trishala. Le week-end, il rendait visite à Nat et Lila. À l'origine, il était prévu qu'ils cuisinent tous les trois ensemble, mais Babo s'était révélé si peu doué qu'ils lui avaient proposé de faire la vaisselle à la place.

Il racontait tout cela à Trishala (en omettant le curry de mouton qui l'aurait affolée inutilement), car il était conscient que c'était son souci principal : mangeait-il assez et était-il en bonne santé ? C'était aussi une manière de lui faire savoir qu'il côtoyait des gens bienveillants et que personne ne se montrait désagréable avec lui.

Une semaine avant son départ, Vimal bhai, un ami de la famille avec qui Prem Kumar avait l'habitude de jouer aux cartes, était venu à Sylvan Lodge et leur avait conté les déboires de son fils en Angleterre.

« Babo beta, dit-il, quand tu seras là-bas, ne t'offusque pas si on te traite de basané.

– Pourquoi je m'en offusquerais ? Je suis basané… Regardez ! rétorqua-t-il en montrant ses bras sombres.

– Pour eux, c'est péjoratif. Mais ne le prends pas mal. Ne te laisse pas démoraliser par ce genre de remarques. Contente-toi de faire ce que tu as à faire. C'est le seul moyen de les battre à leur propre jeu. »

Les conseils de Vimal bhai avaient alarmé Trishala, qui se demandait comment son fils si sensible réagirait aux insultes.

Mais Prem Kumar avait haussé les épaules. Si Babo voulait réussir à l'étranger, il faudrait qu'il apprenne à être moins susceptible.

En fait, le jeune homme ne s'était pas senti menacé une seule fois depuis son arrivée en Angleterre. Tous ceux qu'il avait rencontrés pour l'instant s'étaient mis en quatre pour lui. S'il avait été déçu, c'était par l'accueil maussade de Nat et Lila – qu'il s'empressa de rapporter en détail à ses parents. Il finirait d'ailleurs par rompre tout contact avec ses cousins, mais ce serait à cause d'une trahison encore à venir.

Dans ses premières lettres à Falguni, il lui expliquait qu'il comptait s'enrichir grâce au loto sportif. Nat et Lila vivaient dans le bâtiment le plus laid d'Hampstead, mais il appartenait à un Indien qui travaillait autrefois dans une station d'essence et avait remporté le Treble Chance, une victoire qui récompensait quinze ans de persévérance. Babo calcula que s'il mettait de côté chaque semaine une petite somme pour jouer, lui aussi pourrait un jour investir dans l'immobilier à Londres. Lorsque Falguni le harcelait pour connaître la date de leurs fiançailles, il sentait une pulsation sourde battre dans son estomac – ni gargouillis joyeux ni grondement d'excitation. Et il lui répondait qu'il n'en revenait pas, tant il s'était passé de choses depuis qu'ils s'étaient quittés.

Cependant, au bout d'un certain temps, douze semaines et cinq jours exactement, Babo cessa d'écrire à Falguni du jour au lendemain. Car, alors qu'il s'apprêtait à emménager au YMCA de Croydon, un événement important bouleversa sa vie. Et Falguni, dont le souvenir s'estompait déjà, fut irrémédiablement détrônée. La dernière lettre qu'il lui adressa était directe et impitoyable. *Pour des raisons que je ne peux t'expliquer dans l'immédiat, je te demande de m'oublier et de faire comme si je n'avais jamais existé. Ce que tu imaginais entre nous est impossible.* Ce poids ôté de sa poitrine, il fit un feu solennel dans le lavabo de sa nouvelle chambre, afin de brûler toutes les preuves de son ancien amour et d'entamer une nouvelle phase de sa vie.

Le 25 novembre 1968, lorsqu'elle lui apparut, encadrée par la porte du réfectoire, vêtue d'une courte robe blanche et les volutes d'un ruban rouge dans les cheveux, il éprouva une émotion qui ne lui était pas totalement inconnue. Il avait ressenti la même à la vue de Falguni et de son buste avantageux pendant Navatri, et la même encore devant l'écran du Dominion Theatre, quand Liz Taylor en Cléopâtre battait des cils dans sa direction. Babo n'en était pas à son premier coup de foudre. Il en avait à intervalles réguliers à l'université, du temps où il faisait l'école buissonnière pour aller au cinéma voir Meena Kumari ou Sharmila Tagore dans leurs habits chatoyants, des accroche-cœurs au front, qui lui glissaient des regards chori chori en chantant « Akele akele kahan ja rahen ho » – « Où vas-tu sans personne ? ». Mais là, c'était différent. Une jeune femme lui souriait dans la vraie vie, révélant un espace minuscule entre ses dents.

« Alors, je rencontre enfin le coupable ! » lui lança-t-elle.

Babo devait apprendre plus tard qu'elle se nommait Sian Jones. Qu'elle était employée dans l'entreprise depuis un an comme secrétaire. Qu'elle était originaire du nord du pays de Galles, où son père travaillait dans une carrière de calcaire et sa mère à l'école. Plus tard, il découvrirait aussi qu'elle était incroyablement belle quand elle était ivre. Qu'elle avait de longues conversations avec elle-même lorsqu'elle pensait que personne ne la regardait. Que si elle était venue à Londres avec sa meilleure amie Ronda, c'était parce qu'elle voulait autre chose que ce que son petit village gallois avait à offrir.

Mais à cet instant, il parvint seulement à bredouiller : « Comment ça ?

– Alors, c'est à cause de toi qu'on a dû augmenter nos commandes de sucre ? »

Sian désigna le thé trop infusé sur le buffet, dans lequel il versait sa quatrième cuillère de sucre en poudre.

« Cela fait un moment que je t'observe », ajouta-t-elle en riant, des petits plis au coin de ses yeux verts.

Babo avait l'impression d'avoir devant lui un mannequin sorti des pages de *Vogue* – son souple mètre soixante-cinq appuyé comme une plume contre le cadre.

« Alors, d'où viens-tu ?

– D'Inde.

– Je sais, idiot. Je t'ai vu dans la lettre d'information de la semaine dernière. Mais d'où en Inde ?

– Madras. Une ville dans le sud, sur la côte. J'ai grandi là-bas, mais ma famille est originaire du Gujarat.

– C'est fascinant. Il faudra que tu me racontes tout ça un jour. »

Bababoum, bababoum, boum boum.

« Je dois monter ça à M. Joe, mais mon amie Ronnie et moi organisons une petite soirée chez nous samedi. Tu veux venir ? C'est au 38 Canfield Gardens, à côté de la station Finchley Road. À bientôt. »

Et elle disparut, le tourbillon rouge dans ses cheveux flottant comme un papillon vers d'autres cieux, où Babo était déjà prêt à la suivre.

Le samedi, le jeune homme, qui n'était jamais allé à une véritable surprise-partie, arriva chez Sian et Ronnie avec une bouteille de schnaps à la menthe.

« Est-ce que je devrais apporter des fleurs ? avait-il demandé à Fred.

– Quoi ? À une fille à qui tu as parlé deux minutes à la cantine et qui t'a invité à une soirée au détour de la conversation ? Non, Bob. Tu apportes une bouteille : de l'alcool, n'importe lequel. »

Babo n'avait pas prévu d'enfreindre ses règles concernant la boisson ce jour-là et encore moins de se soûler. Il était assis sur le canapé, la main crispée autour d'un verre d'eau pétillante, et se demandait quand il pourrait s'éclipser pour prendre le dernier métro sans être malpoli, lorsqu'elle se laissa choir à côté de lui.

« Si on goûtait le truc que tu as apporté ? »

Babo n'eut pas le courage de lui dire ce qu'il avait déjà dû expliquer trop souvent : il était jaïn, les jaïns n'étaient pas censés manger de la viande, ni exercer aucune forme de violence, et sa mère préférerait mourir que de le voir ici, avec une fille, une cigarette à la main et sur le point d'avaler une demi-bouteille de schnaps.

« D'accord. On y goûte ensemble. »

Au troisième verre, il eut l'impression d'être en feu. Ça doit être ça l'amour, songea-t-il, une brûlure. Une brûlure qui naît dans le ventre, se répand dans le corps, vous emplit d'une saveur mentholée et vous donne le tournis.

« Tu es chouette, dit Sian, sa tête auburn soyeuse posée sur son épaule. Je l'ai su à la minute où je t'ai vu. Je suis contente que tu sois venu. »

Babo aurait souhaité qu'elle ne bouge plus jamais. Il voulait écarter la frange qui était tombée devant ses yeux.

« J'espère que tu ne vas pas me trouver trop direct, mais est-ce que ça te dirait d'aller au cinéma un de ces jours ? »

Après de nombreuses tergiversations, Babo arrêta son choix sur *Le Docteur Jivago*, au Curzon Soho.

« Tu es sûr ? demanda Fred. Ce n'est pas un peu trop sérieux ? Tu ne préférerais pas *Le Lauréat* ou un James Bond ? »

Babo grimaça.

« Non, non. Omar Sharif, Julie Christie, ce sera parfait. »

Il avait vu le film la semaine précédente, mais il voulait savoir si Sian pleurerait aux mêmes moments que lui.

Ce soir-là, alors qu'ils étaient assis dans la pénombre méditative du cinéma, leurs mains entrelacées comme des serpents, il sentit quelque chose se dilater en lui. C'était la ville qui lui ouvrait enfin les bras et lui disait : *Bienvenue à Londres*. Après, ils regagnèrent la chambre aux murs bleus de Sian et s'étendirent nus sur le lit. Babo n'osait pas bouger, mais à l'intérieur de lui grandissait un sentiment qui finit par le subjuguer tout entier.

Jamais il n'avait été aussi près d'une femme. Falguni l'autorisait seulement à prendre sa main et une fois, une toute petite fois avant son départ, elle lui avait permis de l'embrasser sur les lèvres – et encore, elle les avait gardées fermées pour que sa langue ne puisse pas explorer son adorable bouche zézayante. Aujourd'hui, allongé à côté de Sian – son corps blanc exposé à son regard comme un champ de blé au vent –, il ne pouvait qu'ouvrir de grands yeux, trop effrayé pour la toucher, de peur qu'elle ne disparaisse ou qu'elle ne se désagrège.

Avec le temps, il s'habituerait. Mais avant, il y eut bien des maladresses. « Je m'excuse, mais tu es trop belle ! On peut réessayer ? » Elle hochait la tête et l'aidait à apprivoiser son corps, tandis que les trains du métro grinçaient sous eux.

« J'aimerais goûter à la viande, annonça Babo à Fred une après-midi. Je suis sérieux. N'importe quel plat. Je vous laisse choisir. Si je veux vivre dans ce pays – et je le veux –, je dois m'habituer à manger de tout. Dites-moi, Fred, je ne peux quand même pas continuer à tomber malade à tout bout de champ ? Je ne peux pas continuer à être souffreteux ?

– Doucement, Bob. Que se passe-t-il ? Tu sais que je ne peux pas faire ça. Ton père va me tuer. Et c'est ta religion, tes traditions. Qu'est-ce qui te prend ?

– Il me prend que je suis amoureux, Fred. Voilà pourquoi. Je veux l'épouser, et si je dois rester à Londres, il faut que j'apprenne à vivre comme les gens d'ici. Je ne peux pas me cramponner à ces traditions. C'est trop difficile. »

Fred n'était pas convaincu, mais il proposa néanmoins à Babo de commencer par un œuf poché.

« On va y aller progressivement. Pas de viande tout de suite. Des œufs d'abord, puis on passera aux saucisses et au bacon. »

En l'espace d'un mois, Babo explora la chaîne alimentaire et découvrit que certains plats lui convenaient mieux que d'autres. Il ne détestait pas le corned-beef en sandwich et trouvait le hachis Parmentier tolérable – avec beaucoup de sauce. Parfois, quand Fred commandait une spécialité particulièrement écœurante, comme le foie ou la soupe de queue de bœuf, Babo levait la tête de son assiette.

« Je croyais que la viande améliorerait mon quotidien, mais c'est aussi dégoûtant que le reste, n'est-ce pas ? Tout ce que vous mangez, végétarien ou non, est infect.

– J'en ai peur, mon garçon, mais maintenant, au moins, tu sais que tu ne rates rien. Et comme je dis toujours, il faut essayer et réessayer. On ne sait jamais, ça peut s'arranger. »

Il s'avéra qu'il avait raison. À la fin de l'année, Babo trouvait la vie épatante. Il avait pris cinq kilos et enfreint allégrement tous les interdits de Trishala : la viande, l'alcool et les femmes.

3

Tout ce qui est droit ment

Toute sa vie, Trishala avait entendu dire que les Anglaises étaient laides. Il n'y avait donc pas d'inquiétude à avoir de ce côté-là. Babo, pour qui l'actrice Nargis représentait l'idéal féminin – des yeux de biche, somptueuse et indienne jusqu'au bout des ongles –, ne risquait pas de succomber à une femme pâlotte et chevaline. Non. Elle ne le perdrait pas ainsi.

Mais Trishala ignorait tout de l'*ubris*, du « connais-toi toi-même » et de la sagesse de la Grèce antique en général. Sinon, elle se serait méfiée.

Le matin où elle reçut le télégramme de Nat et Lila, elle était assise par terre dans la cuisine avec deux melons amers sur ses genoux, comme aux premières années de son mariage, lorsqu'elle essayait désespérément de concevoir un enfant. C'était Ba, sa belle-mère, qui lui avait conseillé de tenir des fruits et des légumes près de ses organes génitaux. Et si cela ne suffisait pas, elle devrait attacher un tissu rouge autour du tronc du margousier qui se trouvait devant la chambre. Ainsi, il dépérirait et lui transmettrait sa fertilité.

Le matin où le télégramme arriva, Trishala ne souhaitait pas un autre bébé, mais réfléchissait à la meilleure manière d'accommoder le melon amer, songeant que sa forme tarabiscotée lui évoquait une parure qu'elle avait repérée chez Bapalal et qu'elle ne désespérait pas de se faire offrir par son époux.

Avant d'ouvrir le message, elle se demanda si ses rudiments d'anglais qui dataient du collège lui permettraient de le déchiffrer, ou si elle devrait appeler l'un de ses enfants. Mais le sens n'en était que trop limpide, et l'agitation qui la gagna n'était pas sans lui rappeler son désarroi de jeune mariée.

Oh ! tout lui revenait à présent, comme un pied de nez du passé. Ce malheureux soir à Anjar où Ba avait ironisé : n'en avait-elle pas assez de bercer des légumes, après seize mois d'efforts inutiles ?

« Mais qu'est-ce que je dois faire ? Il ne se passe rien. »

Le problème, c'était Prem Kumar. Ou du moins sa conception du désir. Lorsqu'il rentrait le soir, il touchait sa femme avec les précautions qu'il exigeait de ses employés quand ils nettoyaient leurs machines en fin de journée. Il se montrait d'une prudence exemplaire avec ses pièces et compartiments divers, n'expérimentait jamais, et se contentait de mettre ce qu'il fallait là où il le fallait, en un minimum de temps et avec un minimum d'émois. Il ne comprenait pas le corps. Il désirait un fils, oui ; une épouse, oui. Mais c'était le désir le plus plat, le plus direct du monde, qui commençait au bout de ses orteils et remontait tout droit jusqu'à sa tête. Ni divergence ni réfraction, ni expansion ni déflagration. Et Trishala ne tomberait pas enceinte sans un peu d'enthousiasme.

« Si tu veux remporter le gros lot, lui dit Ba, il va falloir prendre les rênes. »

Un soir, alors que se préparait un de ces orages qui marquèrent le mois de novembre 1946, la jeune femme s'enduisit le corps d'herbes et d'huiles. En lui donnant cet onguent, Ba lui avait indiqué qu'il améliorerait le pouvoir de pénétration de

Prem Kumar – une précision dont Trishala se serait volontiers passée. Elle allongea le coin de ses paupières au khôl pour qu'elles scintillent comme des gouttes d'eau sur les plumes d'un corbeau. Et lorsqu'elle entendit les paons sur le toit, obéissant à Ba, elle courut dehors, ouvrit sa chemise de nuit et laissa la pluie tomber sur sa poitrine et tremper la fine cotonnade, tandis qu'elle dansait comme une sirène de légende. Elle finit par déboutonner tout le vêtement pour s'offrir à l'averse qui ferait pousser en elle un enfant comme elle faisait germer les plantes dans la terre.

Ensuite, elle tira son époux du sommeil comateux où il était plongé, lui prit une main pour la poser sur ses seins mouillés, et glissa l'autre entre ses cuisses également mouillées. Elle lécha la pointe de ses doigts et les guida là où ils ne s'étaient jamais aventurés. Et le chevaucha comme une déesse guerrière, lui soutirant le nectar dont elle avait besoin.

Quelque chose s'était produit en elle au cours de cette nuit de passion et de ruse. Trishala sentit qu'un enfant avait été conçu, un fils qui saurait et se rappellerait tout, qui penserait que les êtres humains étaient faits pour aimer ainsi, pour agripper un corps dans le noir, pour se retourner dans un demi-sommeil et caresser l'autre.

Le lendemain matin, Prem Kumar et Trishala, tous deux déroutés par les événements de la veille, se persuadèrent qu'il s'agissait d'un rêve et n'évoquèrent pas le sujet. Ni ne tentèrent de retrouver cette fièvre. Ce ne fut pas nécessaire, car Trishala avait emmagasiné assez de fertilité cette nuit-là pour concevoir trois autres enfants de manière plus conventionnelle.

À la lecture du télégramme, néanmoins, elle comprit que l'on payait parfois les péchés commis dans cette vie, sans pouvoir s'offrir le luxe d'attendre l'incarnation suivante. Pourquoi s'étonnait-elle de ce que leur annonçaient Nat et Lila ? N'était-elle pas responsable de tout ? N'avait-elle pas destiné son Babo à s'écarter du droit chemin ? Son premier-né, l'enfant du désir : comment aurait-il pu en être autrement ?

Et pourtant, c'était une chose horrible. Insupportable ! Trishala s'enferma dans sa chambre et pria pendant une heure. Elle pria l'adorable, les libérateurs, les précepteurs, les doyens et les saints. Elle pria pour trouver une réponse à sa détresse, car assurément c'était une calamité de devoir montrer ce message à Prem Kumar.

Fallait-il attendre qu'il rentre du bureau, qu'il soit lavé et nourri, installé devant sa boîte à bétel, prêt à savourer son unique moment de volupté de la journée ? Laisser tomber le télégramme sur ses genoux alors qu'il serait assis, jambes croisées, dans son fauteuil marron, en lui disant : « Regarde ! Lis ce qu'a fait ton fils ! » Ou devait-elle le rejoindre au plus vite pour se jeter en sanglotant contre sa poitrine, car leur rayon de soleil, leur précieux aîné serait bientôt leur plus grande source de chagrin ?

Trishala décida d'attendre.

Prem Kumar rentra plus tard que d'habitude, irrité et épuisé par les disputes quotidiennes avec les ouvriers qui exigeaient toujours plus : plus d'argent, plus de congés, plus de primes – plus que ce qu'il pouvait donner. Il franchit le seuil avec sa chemise tachée de peinture, retira ses chappals, fonça se laver dans la salle de bains pour éliminer l'odeur d'essence de térébenthine, passa ses vêtements d'intérieur habituels – dhoti et veston –, posa des lunettes aux verres épais sur son majestueux appendice nasal et s'installa dans la cuisine, impatient et affamé.

Trishala accourut, l'objet du délit à la main.

« C'est au sujet de ton fils », dit-elle d'un ton péremptoire, laissant tomber le papier à côté du bol de métal vide.

Prem Kumar le toucha du bout des doigts. Il avait dans l'idée que les télégrammes étaient dangereux. Trop souvent porteurs de mauvaises nouvelles, ce qui était certainement le cas de celui-ci.

BABO FRÉQUENTE ANGLAISE stop SEMBLE SÉRIEUX stop QU'EST-CE QU'ON FAIT ? stop

Trishala attendait sa réaction, tournicotant comme un papillon de nuit suicidaire autour de son mari. Il semblait sincèrement surpris. À l'évidence, il n'avait pas autant réfléchi au problème que Trishala. Il avait pensé aux études, à l'argent, au travail. Mais il n'avait pas songé aux périls émotionnels.

« Quel idiot ! », s'exclama-t-il.

Il replia le télégramme et le mit de côté.

« Est-ce que je vais dîner ce soir, ou est-ce que je fais un jeûne dont je n'ai pas été informé ? » lança-t-il d'un ton sec, après un silence tendu.

Sans un mot, Trishala s'approcha du fourneau pour sortir un plat fumant de dal dhokli qu'elle posa sur la plaque chauffante. Elle versa à la louche l'épais curry de lentilles dans son bol, prit le pichet en terre pour remplir son verre d'eau tiède et s'assit à côté de lui, comme d'habitude.

En temps normal, Prem Kumar plissait le nez et trouvait à redire à tout ce qu'on lui servait. Les melons et les concombres le faisaient roter, les tomates lui donnaient des gaz, trop de sel lui gonflait les jambes, pas assez, et c'étaient ses yeux qui pleuraient. Sans compter les aliments trop vite ou insuffisamment cuits qui faisaient apparaître des stries blanches sur ses doigts. Et la noix de coco sous quelque forme que ce soit qui lui causait des migraines, comme le caillé qui, s'il ne s'était pas figé correctement, lui provoquait un tic incontrôlable à l'œil gauche.

Parfois, quand ces plaintes devenaient insupportables, Trishala s'assombrissait et lui rétorquait qu'il aurait dû épouser sa mère puisqu'il aimait tant sa cuisine. Mais souvent elle se démenait en secret : elle choisissait les plus belles feuilles de curry, chauffait les graines de moutarde juste ce qu'il fallait, ôtait les parties pourries des légumes et les jetait dans la fosse derrière la maison, attentive à ne pas blesser la moindre mouche, en bonne jaïne qu'elle était, pour qu'on ne puisse leur reprocher aucune action nuisible.

Aujourd'hui, elle l'observait avec une inquiétude croissante manger sans hâte, méthodiquement, mastiquant chaque morceau avant de l'avaler. Il termina son bol sans émettre un commentaire et fit une pause. Il avait coutume d'attendre cinq minutes avant de décider s'il se resservirait ou non.

« Quel idiot, ce garçon, répéta-t-il. Est-ce que je peux en avoir encore un peu, Trishala ? »

Elle obtempéra, mais elle était furieuse à présent.

« Quel idiot, ce garçon ? Quel idiot de mari, oui ! C'est tout ce que tu dis ? Tu comprends ce que ça signifie ?

– Ma chère épouse, je sais très bien ce que cela signifie. Cela signifie que notre fils est un incapable. Qu'il ne voit pas plus loin que le bout de son nez, qu'il ne regarde que le chemin sur lequel il pose les pieds et le mur contre lequel il s'appuie. Il faut qu'il rentre.

– Et l'argent qu'on a dépensé ? Et ces études ? Et cette pauvre Falguni ? glapit-elle.

– Trishala, je t'en prie, ces cris sont inutiles. Tout cela ne compte plus quand un homme n'a plus de racines. Tu comprends ? Babo a toujours eu ce penchant en lui. Je ne croyais pas qu'il le laisserait prendre le dessus, mais c'est pourtant ce qui est arrivé. Il s'est écarté de ce qu'il connaissait pour adopter une autre manière de penser. Celui qui agit ainsi est déjà perdu. Mais si nous voulons préserver l'honneur des Patel, il doit rentrer. Nous avons prévu de l'unir à Falguni. Que va-t-on dire à Kamal bhai et à Meghna behn ? Il faut songer à la famille maintenant. Peu importe l'argent. Et les études, on peut les faire n'importe où. »

Ils décidèrent de concert que c'était un cas d'extrême urgence et envoyèrent un télégramme à Babo le lendemain.

TA MÈRE À L'HÔPITAL stop GRAVE stop RENTRE AU PLUS VITE stop

Ensuite, ils attendirent.

Babo ne voyait plus autant Nat et Lila le week-end. S'il prenait toujours le métro en direction du nord, le vendredi après les cours, au lieu de se rendre à Hampstead, il descendait à Finchley Road, pour passer ses deux jours de congé avec Sian. Lila l'appelait souvent au travail pour le harceler.

« Est-ce que tu travailles vraiment aussi dur, Babo, ou est-ce que tu as une petite amie ? Tu vas venir ? On va faire du bhel puri ce week-end. »

Nat lui-même condescendit à lui téléphoner un jour.

« Babo, tout va bien ? Tu as des problèmes ? Est-ce que nous t'avons offensé ? Est-ce que nous avons mal agi ? Tu nous le dirais, n'est-ce pas ? Ton bapuji n'arrête pas de nous écrire pour prendre de tes nouvelles et je ne sais pas quoi lui répondre, car je ne t'ai pas vu depuis une éternité. Pourquoi est-ce que tu ne viendrais pas dimanche ? Les West Indies jouent contre l'Australie. J'ai eu un transistor neuf au travail, un appareil de première qualité. Qu'en dis-tu ? »

Babo accepta l'invitation, à contrecœur et par obligation. Et non parce qu'ils le méritaient. Ah non ! Après tout, ils l'avaient abandonné dès le jour de son arrivée, et cela, il ne l'oublierait jamais. De plus, il commençait à apprécier son indépendance, comme Nat l'avait prédit. Alors, pourquoi ne comprenaient-ils pas et ne le laissaient-ils pas en paix ? Mais il obtempéra car il savait que s'il refusait, il aurait droit à une leçon la prochaine fois que son père appellerait. Pour éviter les ennuis, il se présenta donc chez son cousin un dimanche en fin de matinée, resta à peine le temps de déjeuner, boudeur, les yeux rivés à sa montre. Puis il se précipita vers la porte en disant « Aujo, Aujo, à bientôt », sans prendre la peine de feindre la sincérité.

Quand il reçut le télégramme de ses parents, en juin, Babo et Sian filaient le parfait amour. Moins d'un mois après leur rencontre, à une soirée de Noël sur le thème « exotisme à gogo », à Finchley Road, il s'était penché vers elle alors qu'ils dansaient sur *The Dock of the Bay* d'Otis Redding.

« Charlie Girl (il avait pris l'habitude de l'appeler ainsi en référence à la comédie musicale du même nom), j'espère que tu le sais, mais je t'aime beaucoup et je souhaite t'épouser. »

Babo était déguisé en prince des mille et une nuits – il s'était fait pousser la barbe et la moustache pour l'occasion et portait un véritable turban, emprunté à un jeune Rajpout du YMCA. Sian était en danseuse du ventre, avec un pantalon bouffant rouge, un bustier qui cachait seulement ses seins et un maquillage charbonneux. Ils formaient un beau couple avec leurs visages harmonieux, leurs lèvres pleines et leur teint lisse.

Pour le nouvel an, Fred les invita à son club de cricket qui organisait un dîner dansant au casino. Babo fit un malheur à la machine à sous. C'était comme dans un rêve où les pièces se déversaient dans un concert de gling gling, sauf que ce n'étaient que des pennies : pas assez pour acheter un appartement à Londres, mais suffisamment pour arrondir la cagnotte qu'il mettait de côté en prévision des vacances.

« Tu ne peux pas renoncer maintenant, Bob ! s'écria Fred. Il faut continuer. Tu ne veux pas essayer le black jack ?

– Non, j'en ai assez. Je sais m'arrêter », répondit précipitamment Babo. Il récupéra ses jetons et les porta au guichet pour les échanger, en sage petit Gujju.

Pendant les fêtes, Sian et lui échafaudèrent des projets pour l'été, lorsqu'il aurait enfin terminé ses cours à l'institut de technologie. Ils prévoyaient de parcourir l'Europe en auto-stop en commençant par l'Allemagne, car Babo avait appris grâce à son vaste réseau d'amis au YMCA qu'ils bénéficieraient là-bas des meilleurs tarifs dans les auberges de jeunesse. Sian dénicha chez un bouquiniste un vieux guide Baedeker, qui devint pendant quelque temps leur trésor le plus précieux. Le couple passait presque tous les week-ends à se câliner sur le canapé en susurrant : « *Ich liebe dich* », rêvant à tous les pays qu'ils exploreraient ensemble, à ces contrées dont ils reviendraient nécessairement transformés.

Le samedi qui précéda le télégramme, Babo et Sian tombèrent sur Nat et Lila à l'Everyman Theatre, le cinéma d'Hampstead, où ils allaient voir *Devine qui vient dîner ?*

« Oh, bonsoir, bonsoir, fit Nat en s'approchant d'un pas lourd pour enlacer Babo. Tu te fais beaucoup désirer depuis quelques mois, et je comprends mieux pourquoi, ajouta-t-il avec un regard appréciateur vers la jeune femme qui l'accompagnait. Cette charmante personne est-elle une collègue ou une camarade de classe ?

– Nous travaillons ensemble, répondit Sian, tendant la main à Nat, puis à Lila. Et je suppose que vous êtes les cousins de Babo ?

– Oui, oui. Que faites-vous après le film ? Passez donc à la maison. Nous habitons à côté.

– Volontiers, fit Sian. C'est très aimable à vous. »

Pendant ce temps, Babo lui broyait sauvagement les doigts pour lui faire comprendre qu'il ne fallait pas.

« Tu ne voulais pas que tes cousins connaissent mon existence ? C'est ça le problème ? Je suis censée être un secret ?

– Bien sûr que non, dit Babo d'un ton dépité. Mais c'est compliqué. Tout est tellement différent dans ma famille. Ces gens sont peut-être mes cousins, mais ils guettent le moindre faux pas. Ils se délectent des malheurs des autres. De toute façon, maintenant qu'ils savent, on ne peut plus retourner en arrière.

– Ah, je vois. Je suis un faux pas, alors ? Une source de malheurs. Eh bien, dis-moi de quoi il s'agit, je peux essayer de m'amender.

– Ce n'est pas ça. Ce n'est pas du tout à cause de toi. Ou d'accord, peut-être que si. Mets-toi à ma place : je suis l'aîné, un garçon, et on attend certaines choses de moi. Mes parents placent d'énormes espoirs en moi. Et je suis censé épouser la jeune fille qu'ils ont choisie…

– Ah, ah, ah, l'interrompit Sian, à qui Babo avait déjà raconté en détail l'épisode Falguni. Mais si je ne m'abuse, tu l'as choisie toi aussi, non ?

– Oui, oui. Mais c'était il y a longtemps, et ça n'a aucun rapport avec ce que je ressens pour toi. Je ne sais pas ce que je dois faire. Ce que je dois dire à mes parents et comment. Je ne tiens pas à ce que cet idiot de Nat leur raconte tout avant que j'aie pu leur parler. Ils seront déçus, bien sûr, mais ils comprendront quand ils te rencontreront et qu'ils verront que tu es une fille merveilleuse et qu'on est faits l'un pour l'autre. Je suis certain qu'ils décideront que mon bonheur passe avant le reste. Je t'aime, ma beauté des vallées galloises. Je t'aime. Ne l'oublie jamais.

– Dans ce cas, rétorqua-t-elle, tu devrais écrire à tes parents. C'est la moindre des choses. »

Mais il reçut le télégramme de Prem Kumar avant de s'y être résolu.

Nat et sa femme avaient correctement déduit de cette rencontre que 2 + 2 faisaient 10. C'était Lila qui avait eu l'idée d'alerter les parents de Babo.

« C'est notre devoir, Natvar », dit-elle à son époux, qui pensait que son cousin avait bien raison d'en profiter et de chercher à apaiser les bouillonnements de son jeune sang, avant de rentrer au pays pour se résoudre à l'inévitable.

« Laissons-les, Lila. Ça s'arrangera tout seul. Leur histoire s'éteindra d'elle-même comme un pétard mouillé. Ils viennent de deux mondes qui n'ont rien à voir. L'Orient c'est l'Orient, et l'Occident c'est l'Occident. Les deux sont irréconciliables.

– Il n'y a pas d'Orient ni de pétard mouillé qui tiennent ! Je vais avertir Trishala behn, car je m'en voudrais si on nous reprochait ensuite de ne pas avoir accompli notre devoir.

– Oh, il a bon dos le devoir, marmonna-t-il. Très bien, envoie ce qui te plaît. Fais ce que tu as à faire, puis viens frotter les jambes de ton mari. Ça aussi, c'est ton devoir. »

Babo appela Nat dès qu'il reçut des nouvelles de Madras.

« Il faut que je parte. C'est maman. Un télégramme de mon père est arrivé aujourd'hui, mais il ne dit pas ce qu'elle a. Sauf que c'est grave et qu'ils m'attendent.

– Comment ça, ce qu'elle a ? Trishala behn est malade ?

– Oui, fit Babo avec impatience. Il ne précise pas ce qu'elle a ni rien, seulement que je dois rentrer sur-le-champ.

– Arre, détends-toi, Babo. Je suis certain qu'elle ne va pas si mal, fit Nat de ce ton nonchalant qui irritait tant son cousin. Bapuji doit exagérer. Il faut tout de même qu'on s'occupe de ton billet d'avion sans tarder. Je peux appeler mon ami Somnath qui travaille à Air India. Il peut sûrement t'obtenir un tarif avantageux. Tu veux que je m'en charge ? »

Ce soir-là, pour la première fois depuis qu'il était à Londres, Babo ne se rendit pas à son cours à l'institut de technologie. Il rentra avec Sian après le bureau.

« On a toujours peur de ça, murmura Babo, alors qu'ils étaient couchés. Qu'il se passe quelque chose quand on est loin. Et toi ? Tu ne crains pas qu'il arrive malheur à ta famille et d'être trop loin pour faire quoi que ce soit ?

– Ça ne sert à rien de te ronger les sangs, mon chéri, dit Sian, caressant le dos brun tendu de Babo. Attends d'être chez toi, tu y verras plus clair. Ne t'inquiète pas pour moi. On a toute la vie pour voyager ensemble. L'important, c'est que tu retrouves vite les tiens. Ils ont besoin de toi. »

4

C’est triste, mais je m’en vais

Babo quitta Londres aussi discrètement qu’il était arrivé.

Il se rendit à l’aéroport sous une pluie battante. Sans photographe ni colliers de fleurs. Seulement Sian vêtue d’un pantalon en velours à pattes d’éléphant et d’une chemise rouille, ses petits seins ronds haletants contre le mur de son torse, ses bras maigres autour de la tignasse bouclée du jeune homme.

« Tiens », dit Babo.

Il sortit un flacon de Chanel n° 5 qu’il n’avait pas eu le temps d’emballer et qu’il fourra dans les mains de Sian.

« Je voulais t’offrir quelque chose », ajouta-t-il, embarrassé, car il n’avait jamais acheté de cadeau à quiconque.

Le fils prodigue avait le même bagage qu’à son arrivée – avec quelques lettres en moins et un jean Wrangler en plus. À son cou pendait l’antique médaillon de son arrière-grand-père, comme si c’était une amulette capable de réaliser des prodiges. Il était tendu. Il passa le vol à faire les cent pas à l’arrière de l’avion, fumant cigarette sur cigarette. Il voyait sa mère dans un lit d’hôpital, vêtue d’une atroce chemise d’opération vert pois, ses yeux sans kajal, le bindi effacé sur son front. Il l’imaginait mourant d’une malade horrible et innommable. De désespoir, il serra le médaillon contre sa poitrine et psalmodia la prière qu'il ne récitait plus depuis longtemps : « *Namo Arihantanam, Namo Siddhanam…* »

Il atterrit à Madras après un voyage de plus de vingt-quatre heures. Il ne savait plus l'heure ni le jour. Ses ongles étaient rongés jusqu'au sang et ses yeux gris acier semblaient plus clairs. Quand il vit son père à la porte des arrivées, l'air sombre, vêtu de la tenue de safari beige qu'il portait neuf mois plus tôt, Babo se demanda comment il avait pu demeurer aussi semblable à son souvenir, alors que tant de choses avaient changé dans leurs vies.

« Papa, dit-il en se prosternant pour toucher les pieds de Prem Kumar, le visage baigné de larmes.

– Alors, tu es rentré, mon fils. »

Il toucha la tête de Babo et s'empara de sa valise d'un geste volontaire pour la mettre dans le taxi.

« Comment va maman ? s'enquit Babo, après avoir laissé passer un temps qui lui semblait raisonnable.

– Beaucoup mieux. On a craint pendant un moment que son état ne s'aggrave, mais elle va beaucoup mieux. La nouvelle de ton arrivée lui a fait du bien. Elle ne parle que de ça depuis plusieurs jours.

– Ah bon ? Elle peut parler ?

– Bien entendu, qu'est-ce que tu imaginais ? Qu'elle était dans le coma ?

– Non, quand même pas. Enfin si. Je croyais qu'elle était au plus mal.

– Elle n'a rien qu'un bon médecin ne puisse soigner.

– Ouf, quel soulagement ! », s'exclama Babo avant de se tourner vers la fenêtre avec curiosité, pour la première fois depuis son arrivée.

Madras lui fit soudain l'effet d'une ville qui avait grandi trop vite, à l'étroit, comme un adulte qui insisterait pour porter un short de petit garçon. Après ces mois passés à Londres, il la trouvait sale, miteuse. Il y avait de nouveaux panneaux d'affichage et des vitrines rutilantes, mais les fleurs aux ronds-points agonisaient et les arbres s'asphyxiaient. Les voitures n'obéissaient qu'à leur propre fantaisie, ignorant les feux tricolores et les policiers en kaki qui agitaient frénétiquement les bras aux intersections. Et les rues grouillaient de gens, qui vaquaient à leurs affaires au vu et au su de tous. Babo les regardait comme s'il se rendait soudain compte qu'il était parti très loin et que plus jamais il ne pourrait être l'un d'eux.

Enfin, ils se trouvèrent dans Sterling Road, doublèrent Taylor's Lane, où dans le temps Babo jouait au cricket et au kabaddi après l'école, et le parc de stockage des chemins de fer, où il avait commencé à fumer avec d'autres étudiants. Au coin de la rue, derrière un rideau d'ashokas aux branches tombantes, resplendissait Sylvan Lodge, la maison repeinte de frais, comme un gâteau de mariage recouvert d'un glaçage à la pistache.

Trishala attendait dehors en compagnie de Meenal, Dolly et Chotu. On ne leur avait rien dit des turpitudes de leur frère. Pour eux, il rentrait passer les vacances d'été à Madras. Selvam se tenait à son poste habituel, appuyé sur sa canne, une serviette rouge enroulée autour de son crâne chauve pour le protéger de la chaleur. Trishala tentait de l'éloigner du portail, car il lui bouchait la vue. Babo remarqua qu'elle semblait en pleine forme et n'avait pas l'air malade, ni même convalescente. À la rigueur, elle paraissait plus hâlée et vigoureuse que quelques mois auparavant.

Lorsque Babo descendit de voiture, sa mère, qui arborait un sourire jusqu'aux oreilles, laissa échapper un hurlement tonitruant.

« Regarde comme tu as maigri ! Tu n'as donc rien mangé ? Est-ce qu'on t'a nourri dans ce pays ? »

Meenal et Dolly l'entouraient, timides, comme s'il était un étranger qui aurait revêtu l'apparence de leur frère. Son séjour en Angleterre l'avait changé. Ses cheveux lisses et huilés avaient cédé la place à une coiffure plus moderne, un peu bouffante, comme celle des stars de cinéma. Son visage n'était pas le même non plus. À sa fine moustache de jeune homme s'ajoutait un petit bouc, et ses yeux semblaient différents – elles n'auraient pas su dire pourquoi, mais ils avaient perdu de leur douceur. Seul Chotu s'avança crânement, exigeant que Babo le prenne sur ses épaules comme autrefois.

« Oh, mais c'est que tu as poussé, s'écria l'aîné en feignant la douleur. Maman, pourquoi est-ce que tu t'inquiètes pour moi, quand tu as un fils qui a le gabarit d'un boxeur poids lourd ? »

Dans la cuisine, il s'installa par terre avec son frère et ses sœurs sans se douter de rien, et mangea tout ce dont il avait rêvé depuis son départ : un penda jaune délicieusement sucré ici, un bhajiya au piment là. Assis en tailleur, il se servait avec les doigts et se régalait des différentes saveurs qui explosaient dans sa bouche : la mangue crue relevée de citron vert piquant, les chapatis luisants de ghee, sortis brûlants du tava, les bouquets de chou-fleur fondant et le dal au gur.

Tandis que Babo sentait la saine cuisine maternelle le revigorer, il tenta d'expliquer à sa famille que l'alimentation végétarienne était un concept insolite en Angleterre et le jaïnisme plus encore. Il leur décrivit ses sauveurs, Fred Hallworth et Bhupen Jain, son ami de l'institut de technologie chez qui il pouvait manger de vrais repas, comme à la maison. Il ne rapporta pas les mots du médecin : « Jeune homme, si vous voulez survivre dans ce pays, vous feriez mieux de vous mettre à la viande. » Il n'avoua pas non plus qu'il désirait plus que tout survivre en Angleterre car il avait rencontré une femme en qui il s'était reconnu, et dont les paroles étaient comme la caresse d'une légère brise d'été sur une rizière aux éclats verts lorsqu'il lui parlait des injustices des guerres et de l'urgence des révolutions. Il n'évoqua surtout pas son initiation à l'alcool, ni ses expériences carnivores, ni les cigarettes qu'il continuait de fumer.

Et l'amour ? Babo n'en dit rien non plus. Il profitait de la chaleur du cocon familial, les yeux brillants et fébriles, tandis que dans l'entrée Prem Kumar fouillait sa mallette et en retirait son passeport pour le cacher sur la plus haute étagère du placard. Une simple précaution.

Le lendemain matin, Babo se sentait toujours aussi désorienté. Il avait fait des rêves éperdus et pesants, dans lesquels Sian était présente et l'appelait. Il ne s'attendait pas à ce que son retour le troublât autant. Alors qu'il avait le mal du pays depuis des mois, il avait l'impression de ne rien retrouver qui fût véritablement sien, ici. Comme si sa vie passée appartenait à un autre. Il ne pensait qu'aux yeux verts de Sian, ses yeux immenses dans lesquels il se perdait à l'instant où il s'éveillait. Il se demandait comment l'univers familial pouvait lui sembler si déroutant quand c'était, un an plus tôt, la seule réalité qu'il connût.

Pourtant, à la vue de son jeune frère sur le seuil, avec ses jambes de coq, sa raie de torero bien au milieu et les petites mèches de cheveux qui s'échappaient de chaque côté, son cœur battit plus fort.

« Tu as eu peur quand maman était malade ? » lui demanda Babo.

Il tapota le matelas pour lui signifier qu'il pouvait entrer et le rejoindre sur le lit, au lieu de rester à la porte comme un étranger.

Chotu le regarda, surpris.

« J'ai pris sept centimètres depuis que tu es parti et papa dit que d'ici peu j'irai à l'usine avec lui. Mais raconte-moi l'avion, Bhai. Ça fait quoi d'être aussi haut dans le ciel ? »

Le garçon s'approcha du lit avec timidité et s'assit sur le bord. Quand il vit la valise ouverte, et à l'intérieur les barres chocolatées achetées à la dernière minute, ses yeux s'écarquillèrent lentement.

« Alors, pendant la maladie de maman, Meenal et Dolly se sont occupées de toi ? tenta de nouveau Babo.

– Hein ? De quoi parles-tu, Bhai ? La dernière fois que maman a été malade, c'est quand elle a mangé tous ces puris chez Meghna behn. Trente-sept puris ! Elle a vomi toute la nuit. Ah ah ah ! Écoute plutôt. Tu sais que papa a trouvé un mari à Meenal ? Il vit à Bombay et il est courtier maritime.

– Vraiment ?

– Oui, mais attends, ce n'est pas le plus drôle : papa n'a pas encore accepté, car selon son informateur à Bombay, il boiterait.

– Comment ça ?

– Eh bien, il serait langda d'une jambe, mais il n'en a rien dit pendant les négociations. Et bien sûr, Meenal n'a aucune envie d'épouser un infirme, alors depuis, elle pleure tous les jours. Mais le type de Bombay est sûr qu'il boite.

– Ne raconte pas n'importe quoi.

– Je te le jure ! Je les ai entendus en parler pendant leur partie de cartes du dimanche. Vimal bhai disait que papa devrait se rendre sur place et l'épier pendant la puja, au temple. C'est le moment idéal, non ? Parce qu'il sera en dhoti. Avec les jambes nues, on verra tout de suite s'il y a un problème. Tu te rends compte ? Papa va aller à Bombay. Il va dormir à l'hôtel et l'espionner. Si seulement je pouvais l'accompagner ! »

Caché derrière la porte, Prem Kumar écoutait ses deux fils et réfléchissait à sa prochaine manœuvre tactique. Il avait laissé Babo passer sa première nuit dans une bienheureuse ignorance, persuadé que tout allait bien, que personne n'était au courant de ses égarements, tandis que lui ne trouvait pas le sommeil parce qu'il songeait aux différents choix qui s'offraient à lui. Ils vivaient un moment difficile et il devait prouver à sa famille qu'il était capable de leur montrer la voie pour surmonter cette épreuve. Et surtout, il devrait ramener son fils aux trois joyaux de la sagesse jaïne.

Par l'entrebâillement de la porte, Prem Kumar distinguait les jambes grêles de Chotu qui se balançaient au bord du lit et il sentait Babo emplir la pièce de cette force qui l'habitait depuis sa naissance. Il ne savait toujours pas ce qu'il allait lui dire. Il s'était réveillé tôt et il était sorti avec un bâtonnet de margousier pour se brosser les dents. Il avait accompli méthodiquement sa toilette et récité le mantra Navkar douze fois avant de prendre son poste devant la chambre de son fils à huit heures.

« Chotu, appela soudain Trishala. Accompagne Selvam à l'hôtel Annapurna et rapportez des idlis pour le petit déjeuner. Dépêche-toi. Allez ! »

Tandis que Chotu dévalait l'escalier, les lamentations quotidiennes de Darayus Mazda parvinrent jusqu'à eux.

« Oh ! ma famille m'assassine. Oh ! voici le grand nuage de ma famille qui vient ramasser mes os pour les offrir aux vautours avant l'heure… »

À ces plaintes, Prem Kumar pensa de nouveau à son voisin parsi avec compassion. Lui aussi comprenait le poids infini des souffrances que causait une famille ; les liens éternels qui attachaient chacun à sa femme et ses enfants, et entravaient la progression vers l'Éveil. Mais, songea-t-il, le devoir est le devoir.

Alors, murmurant ces nobles paroles, il entra dans la chambre de son aîné et s'immobilisa.

« Papa ? » demanda Babo d'un ton hésitant.

Son père n'avait pas pénétré dans cette pièce depuis… Depuis si longtemps qu'il ne s'en souvenait plus. Ce n'était pas dans ses habitudes.

Quant à Prem Kumar, il avait l'impression de jouer dans un des films hindis que Babo aimait tant, où les gens mouraient, se disputaient et tombaient amoureux pour un oui ou pour un non. Dans ce scénario, le père pénétrait dans la chambre du fils, et chaque pas était comme un coup de poignard dans son ventre. Il sentit les larmes lui monter aux yeux et ce n'était pas du cinéma. Il lutta pour les refouler. Autant se rendre tout de suite plutôt que d'entrer sur le champ de bataille en pleurs. Il avait prié ce matin, non pour recevoir un quelconque privilège, car chez les jaïns, on ne quémandait pas de faveur, mais pour avoir la clairvoyance et la force de débarrasser son âme (et celle de Babo) des épines du mensonge.

« Mon garçon, dit-il de sa voix la plus solennelle. Nous sommes au courant pour cette jeune fille. Natvar et Lila nous ont prévenus. Pourquoi as-tu gardé un tel secret ? »

Face à sa famille, on a parfois des éclairs de lucidité, pendant lesquels l'esprit se détache du corps. On découvre alors ses proches comme s'il s'agissait d'étrangers. Babo, parce qu'il souffrait du décalage horaire et parce que son sentiment pour Sian était plus fort que tout ce qu'il avait connu jusque-là, fit l'expérience d'une de ces révélations ce matin-là.

D'un côté, son père, ce personnage distant que l'on ne remettait pas en question, à qui l'on ne touchait pas. En face, Babo, à vif et impudent. La justesse de sa cause, son amour, la culpabilité de son cousin qui l'avait trahi : tout cela ne faisait aucun doute dans son esprit. Oh ! les rancunes qui s'empilaient comme des cubes de construction, tombaient les unes sur les autres, s'écrasaient et se percutaient, ne laissant plus de place à rien d'autre.

« Inutile d'ajouter quoi que ce soit, dans ce cas, papa. Si ce n'est que je vais l'épouser. »

Trishala, qui guettait de l'autre côté de la porte avec la discrétion d'un éléphant caché derrière un pot de fleurs, laissa échapper un cri perçant de mère bafouée. Elle fit irruption dans la chambre plus tôt que prévu (elle était censée prendre la relève de son mari, si Babo avait besoin de consolation lorsque Prem Kumar lui aurait ouvert les yeux sur ses erreurs) et marcha droit sur son fils pour lui administrer une claque retentissante.

« Et que fais-tu de Falguni ? Hein, égoïste ? Est-ce que tu ne penses vraiment qu'à toi ? As-tu songé un instant à ses parents à qui nous avons promis… Et n'essaie pas de nier, vaurien, tu étais au courant. Et maintenant, maintenant… tu es allé t'amouracher d'une blanche, une fille qui sort de Dieu sait où, qui ne sait rien de nous, ni de nos coutumes, ni de notre culture, rien ! Une fille qui n'est même pas… »

Elle s'interrompit pour accentuer l'effet dramatique.

« … Qui n'est même pas jaïne ! Comment peut-on accepter ça ? Dis-moi, comment ? »

Trishala reprenait son souffle, prête à se lancer dans une nouvelle série de récriminations, quand son mari l'attrapa par le bras.

« Ton cœur, ma chérie. Fais attention à ton cœur et assieds-toi. »

Babo était vidé. Comme s'il ne restait de son corps qu'une baudruche dégonflée. L'impression d'avoir été retourné sens dessus dessous et jeté au cœur d'une tornade. Mais il se sentait étrangement calme, en même temps. Il n'y avait plus de secret. On pouvait parler sérieusement à présent. Il était tenté de leur servir une tirade à son tour. Il en avait quelques-unes en réserve pour ce genre d'occasion, où il était question de Dieu et de l'étroitesse d'esprit de certaines personnes, mais ce n'était ni le lieu ni le moment de s'embourber dans ces marécages. Son argumentation était très simple. Il avait suivi tout ce que lui avait enseigné sa foi : maitri, pramoda, karuna, madhyastha. Autrement dit, l'amour, la joie, la compassion et la tolérance. Le but de la vie, selon la doctrine jaïne, n'était-il pas de parvenir à la libération et à la réalisation du vrai soi ? De se débarrasser de toutes les chaînes en purifiant son âme ? Et son amour pour Sian ne purifiait-il pas son âme ? Ne lui avait-elle pas permis d'atteindre un épanouissement sans précédent dans son existence ?

« Je veux que vous sachiez que je l'épouserai. Quoi que vous disiez, je l'épouserai. Vous avez déjà menti pour m'obliger à rentrer. Vous pouvez faire ce que vous voudrez, mais rien ne changera mes sentiments pour elle. Son nom n'est pas la blanche, c'est Sian. Je l'aime et je vais l'épouser. Il n'y a rien à ajouter. »

Prem Kumar voyait le monde s'effondrer autour de lui. Depuis que Trishala avait posé ce funeste télégramme devant son bol, et même avant, depuis son premier et unique rêve, il savait que cette histoire se terminerait mal. La situation exigeait une reprise en main immédiate. Une reprise implacable.

« Très bien, si tu le prends sur ce ton. De toute façon, j'ai ton passeport. Ne compte pas retourner dans ce maudit pays de colonisateurs. On verra bien combien de temps il durera, ton grand amour, maintenant que vous êtes chacun à un bout du monde. »

Sur ces mots, il attrapa le bras flasque et chargé de bracelets de Trishala pour l'aider à se lever, puis l'entraîna hors de la chambre de Babo, dans le silence destructeur de Sylvan Lodge.

5

La vérité de Dieu a de nombreuses portes pour accueillir tous les croyants qui viennent y frapper

À peine une semaine après l'épisode du passeport, toute la communauté jaïne de Madras savait que Babo n'avait pas respecté son engagement et qu'il avait trahi Falguni Shah. Les nouvelles se propageaient comme un virus, rapides et insidieuses, si bien que même Ba, à Anjar, avait entendu une version de l'histoire de la femme blanche avant même que son petit-fils ait eu une chance de s'expliquer.

Celui-ci avait décidé que, puisqu'il ne pouvait pas rejoindre Sian à Londres, il ne serait bien que chez Ba, où il avait passé tous les étés de son enfance. Un matin à huit heures, il descendit donc l'escalier d'un pas martial pour l'annoncer à tous les membres de sa famille, en train d'enfiler leurs chaussures.

« Je pars demain, déclara-t-il de sa voix la plus digne. Rien ni personne ne me fera changer d'avis. Je vais chez Ba. »

Pour Babo, Ganga Bazaar, un village qui dépendait de la municipalité d'Anjar, avait toujours été un lieu magique où le temps suspendait son cours. Il se souvenait des voyages avec sa mère : ils prenaient le train jusqu'à Bombay, puis une correspondance pour le port de Navlakhi, où ils grimpaient dans un boutre qui traversait la bouche ouverte du golfe de Kutch et les déposait à Kandla. Du temps de ses parents, il fallait ensuite rejoindre Ganga Bazaar en char à bœufs, mais lui n'avait jamais franchi la dernière étape autrement qu'en taxi ou en bus. Le trajet entre Madras et Anjar était si long et palpitant que, lorsqu'il y pensait aujourd'hui, il croyait encore que tout ce qu'il désirait pouvait arriver.

C'était la solution idéale. Il devenait fou à Madras. Son père refusait de lui parler et avait ordonné à tous de l'imiter, même s'ils passaient outre dès que Prem Kumar était hors de vue. Trishala, en particulier, qui chaque jour attendait que la maison soit vide pour tenter de faire entendre raison à son fils.

« Beta, tu devrais rencontrer Falguni une dernière fois. Qui sait, tes sentiments pour elle pourraient se réveiller. C'était il y a longtemps. Il n'y a aucun mal à essayer, n'est-ce pas ? Tu veux bien ? Pas la peine d'en parler à papa ni à personne. Je dirai juste à Meghna behn de venir avec Falguni, et si vous estimez que c'est encore possible, nous oublierons tout.

« Est-ce que tu veux voir des photographies d'autres jeunes filles ? Beaucoup plus jolies que Falguni, et plus intelligentes aussi. Regarde… Que penses-tu de celle-ci ? Elle est ravissante, non ? Elle a les yeux de Saira Banu. »

Quand elle vit que même les cajoleries les plus rusées ne menaient nulle part, elle s'emporta :

« Babo, tu ne peux pas continuer à rester ici sans rien faire, sans rien dire ! »

C'était pourtant son intention. Il érigeait un mur autour de lui pour préserver ses souvenirs. Déjà, l'image de Sian s'évanouissait. C'était dur de croire qu'il n'y avait pas si longtemps, ils étaient tous les deux couchés dans le même lit, nus

– Sian, éminemment disponible, belle à croquer et à craquer, tandis qu'ils parlaient de ce qu'ils verraient en Allemagne et au-delà. Et voilà que Babo devait se contenter de plaisirs solitaires dans la salle de bains, avec sa main pour seule compagne fidèle – un dérivatif non négligeable, certes, mais sans commune mesure avec la félicité que lui procurait le corps de Sian.

Il lui écrivait chaque jour sans exception, pour lui expliquer la situation à Madras et lui assurer que rien ne pourrait entamer son amour. Mais il faudrait deux semaines pour que ses premières lettres lui parviennent et sans doute un mois entier avant qu'il reçût une réponse. Qui sait ce qui pouvait se passer d'ici là ? Et si elle décidait que c'était trop compliqué ? Si elle se tournait vers des prétendants plus accessibles que Babo, à des milliers de kilomètres de là : Merv-le-pervers, l'autre jeune gars bouclé du bureau qui la draguait éhontément, ou son ancien petit ami, Clive-le-rouquin, qui lui envoyait des déclarations larmoyantes de Nercwys.

Il regrettait qu'il n'y ait pas de moyen plus rapide de la joindre. Si au moins il avait pu téléphoner et entendre sa voix, il aurait pu lui dire qu'il pensait constamment à elle et que leur amour serait le plus fort. Mais Prem Kumar avait débranché l'appareil et l'avait rangé avec son passeport dans un placard fermé à clé. Babo en était donc réduit à faire ce qu'il détestait le plus au monde : attendre. Dans ces limbes, ni ici ni là-bas, condamné à attendre.

Restaient les lettres. Il s'était enfermé dans sa chambre avec une rame de papier ministre et une dizaine de bouteilles d'encre bleue Brill, pour écrire à Sian, mais aussi à Fred, Bhupen et à ses amis du YMCA qui avaient hâte de connaître la date de son retour. On avait des projets pour lui chez Joseph Friedman & Sons et l'institut de technologie lui avait décerné une médaille d'or. Toute une vie qu'il avait peu à peu construite à Londres ! Et Babo n'avait pas l'intention d'y renoncer.

Sa rébellion avait pris une forme inédite : il refusait de se couper les cheveux et de se raser, boycottait les repas, traînait en kurta pajama toute la journée et envoyait Selvam lui acheter des paquets de Gold Flake qu'il fumait ouvertement sur la terrasse à toute heure du jour, sous le nez des voisins. C'était un acte de protestation contre les objections ridicules de ses parents, mais aussi une manière de montrer qu'il était déterminé à aimer Sian envers et contre tout.

Seul Chotu parvenait à franchir le mur de son obstination. Le soir, il montait le retrouver avec son oreiller et sa couverture et attendait patiemment devant la porte verrouillée que son grand frère cède.

« Bhai, qu'est-ce que tu fais ? Je ne peux pas dormir avec toi ?

– J'écris. Va-t'en.

– Mais je ne te dérangerai pas, Bhai, promis. Je ne veux pas rester avec Meenal et Dolly, elles font des ghus-phus toute la nuit et je ne peux pas fermer l'œil. Alleeeeez ! »

Au bout d'un moment, Babo se résolvait à ouvrir le verrou et laissait entrer Chotu, mais seulement s'il acceptait de s'asseoir sans bruit et de garder la bouche cousue. Fasciné, le garçon regardait ce frère de dix ans son aîné, à la vie bien plus passionnante que la sienne, bleuir des pages et des pages de son écriture négligée, étendu sur son lit, les mains et les avant-bras tachés d'encre. Qu'avait-il donc tant à raconter à cette fille ? se demandait Chotu. De combien de manières pouvait-on dire « je t'aime » ?

Un million, à l'évidence – et Babo semblait décidé à toutes les trouver.

Au bout d'une semaine de cette conduite dissidente, comprenant qu'il ne plaisantait pas, Prem Kumar et Trishala entamèrent les négociations.

Si dans six mois Babo voulait toujours de son Anglaise, ils l'accueilleraient à bras ouverts, à condition qu'ils restent vivre à Sylvan Lodge pendant une période de DEUX ANS. Après quoi, SI ils le souhaitaient toujours, ils pourraient retourner à Londres. Et SI, au bout de six mois, ils s'apercevaient que, pour une raison ou une autre, c'était un échec, Babo épouserait une jeune fille choisie par sa famille et le sujet serait définitivement enterré.

« Vous êtes sûrs que c'est ce que vous désirez ? demanda Babo à ses parents qui le regardaient comme deux chouettes sur le canapé. Pas d'entourloupe, s'il s'avère que tout se passe bien entre Sian et moi ? Vous ne reviendrez pas sur votre promesse ?

– Pas d'entourloupe, répéta Trishala d'un ton solennel.

– Et vous l'accueillerez à bras ouverts ? Vous la traiterez comme il se doit ? Comme une princesse qui vient vivre sous votre toit ?

– Comme une princesse.

– Bien, dit Babo en se dirigeant vers l'escalier, l'esquisse d'un sourire *jhill mill*[1] sur le visage. Marché conclu. »

Néanmoins, Prem Kumar se débrouilla pour avoir le dernier mot ce soir-là. Par écrit, car il refusait toujours de parler à son fils. Des paroles pieuses tirées de la Bible, rien de moins, pour lui prouver qu'il était juste et large d'esprit.

1. Cf. note p. 13.

DANS LES DERNIERS JOURS, IL Y AURA DES TEMPS DIFFICILES. CAR LES HOMMES SERONT ÉGOÏSTES, AMIS DE L'ARGENT, FANFARONS, HAUTAINS, BLASPHÉMATEURS, REBELLES À LEURS PARENTS, INGRATS, IRRÉLIGIEUX, INSENSIBLES, DÉLOYAUX, CALOMNIATEURS, INTEMPÉRANTS, CRUELS, ENNEMIS DES GENS DE BIEN, TRAÎTRES, EMPORTÉS, ENFLÉS D'ORGUEIL, AIMANT LE PLAISIR PLUS QUE DIEU.

Il recopia ce passage en sobres majuscules noires et glissa la feuille sous la porte de son fils, la veille de son départ pour Ganga Bazaar.

La maison où était né Prem Kumar était toujours ouverte. Là-bas, il n'y avait ni meubles ni horloges. Des balançoires pendaient du plafond en guise de chaises, et on ne mangeait pas à table, mais en tailleur sur la véranda, à l'ombre du jamelonier. En fin de journée, quand Ba recevait des visiteurs, on jetait des tapis en toile de jute sur le sol de pierres noires dans la pièce aux balançoires pour asseoir tout le monde et, à l'heure de se coucher, elle déroulait simplement son matelas de coton, choisissant le côté en fonction de la période de l'année. Des lézards rouges vivaient et mouraient sur les murs de la maison, grignotaient le plâtre et se laissaient choir par terre avec un bruit sourd, tandis que des paons glapissaient sur le toit de tôle. C'était un paradis pour les enfants et, au début du XXe siècle, quinze personnes habitaient là. Mais le temps avait passé et Ba était maintenant seule depuis plusieurs années.

Elle percevait l'odeur de Babo depuis qu'il avait quitté Amroli. C'était un don qui lui était venu dans sa cinquante-troisième année, quand la tuberculose avait emporté son mari et que ses cheveux qui lui arrivaient aux genoux avaient blanchi en l'espace d'une nuit. Elle avait découvert qu'elle sentait les profanations et les dévotions humaines qui se déroulaient par-delà les collines et plus loin encore. Aujourd'hui, c'était une vieille dame qui souffrait de diabète, et ses yeux noirs autrefois si brillants devenaient peu à peu aveugles. Cette faculté nouvelle lui paraissait donc une compensation de la vie, qui prenait d'une main et donnait de l'autre. C'était la loi de l'univers : préserver l'équilibre. Pour cette raison, en dépit des difficultés – et elles n'avaient pas manqué –, elle n'avait jamais cessé de chercher et d'espérer, convaincue que même dans les situations les plus dramatiques, le salut n'était jamais loin.

« Raconte-moi, lança-t-elle du perron. Cette jeune Anglaise qui a su percer ton cœur. Est-ce qu'elle est belle ? »

Babo monta les marches et toucha les pieds de sa grand-mère pour qu'elle le bénisse. Comme d'habitude, il constata émerveillé qu'elle n'avait pas changé depuis la dernière fois.

« Elle n'est pas anglaise, Ba, elle est galloise. *Welsh*, comme on dit là-bas.

– *Welsh*, répéta-t-elle doucement, savourant le mot étranger sur sa langue. *Welsh*. On dirait le nom d'un vent, un vent qui chante dans la forêt et échevelle les arbres. »

Elle l'examina de plus près et toucha sa tête.

« Qu'est-ce que c'est ? La nouvelle mode en Angleterre ? S'exhiber comme un homme de la jungle, la crinière en bataille ? Et ça ? ajouta-t-elle en tirant sur sa barbe. C'est la mode aussi ? Ou ce sont les Galloises qui aiment ça ?

– C'est un signe de protestation, déclara-t-il fièrement. J'ai fait le vœu de ne pas me couper les cheveux et de ne pas me raser pendant six mois, jusqu'à ce que je revoie Sian.

– Oh ! Alors comme ça tu es en grève. Fort bien. Mais pourquoi devrait-on tous souffrir, uniquement parce que toi tu es malheureux ?

– Parce que je suis ton petit-fils préféré ?

– Oui, c'est une bonne raison. Une excellente raison. Maintenant, raconte. Raconte depuis le début. Je veux tout savoir. »

Babo, le premier soir de son exil volontaire à Ganga Bazaar, rapporta donc à sa grand-mère l'histoire de ses neuf mois en Angleterre. Il lui dit la rencontre à la cantine et l'espace entre les dents de Sian dans lequel il aurait voulu se perdre, la vie à Londres, difficile au début, mais qui, lorsque l'amour était entré dans sa vie, était devenue légère et parfumée, comme s'il vivait tous les jours sous une pluie de pétales de roses. Il lui dit la conspiration et les mensonges tissés entre Nat et ses parents pour le ramener à Madras. Il lui dit que chaque jour passé loin de Sian lui donnait l'impression de se ratatiner, de n'être plus qu'une poignée de molécules qui disparaîtraient bientôt.

Babo posa la tête sur les genoux de sa grand-mère, un geste de son enfance qui lui revint naturellement, et il parla, parla, tandis que Ba, adossée au mur de sa maison, murmurait « Mmm » ou « Et alors ? », ses cheveux couleur de lune brillant dans l'obscurité.

Cette nuit-là, tout était silencieux autour d'eux. Comme si les animaux et les arbres qui d'habitude prenaient vie après le coucher du soleil retenaient leur souffle, curieux de connaître la suite des aventures de Babo. Ils restèrent là longtemps, à construire entre eux un pont de souvenirs. Il était plus de minuit lorsque Ba sentit la pluie approcher.

« Nous ferions mieux de rentrer. Tu nous as apporté trois mois d'orages. »

À Madras, l'impatience gagnait Prem Kumar. La nuit, il n'arrivait pas à dormir. Il se demandait s'il avait bien fait d'autoriser Babo à se rendre à Anjar. Il souhaitait retrouver sa famille comme il l'avait toujours connue : paisible et sans heurts. Et il voulait que son aîné leur revienne tel qu'il était autrefois, avec ses qualités et ses défauts, car ce nouveau Babo avait déchiré l'espace autour d'eux, il avait claqué la porte au nez des siens. Et devant cette porte obstinément fermée, Prem Kumar ne savait pas s'il devait rester là et attendre, ou l'ouvrir et faire du bruit.

Il écrivit une lettre qu'il estimait conciliante, où il expliquait à son fils qu'il existait un antirouille pour chaque chose, et que l'antirouille du cœur était le souvenir de Dieu. Babo ne répondit pas. Si Prem Kumar avait eu la moindre idée de ce qui se tramait à Ganga Bazaar, il l'aurait rappelé sur-le-champ. Mais il ne soupçonnait pas que sa propre mère achevait de gauchir son aîné.

Ses matinées, Babo les passait dans l'unique hôtel d'Anjar, le Zam Zam Lodge. Tous les jours, avant de s'y rendre à pied avec de quoi écrire, il sortait dans la cour à l'arrière, tirait un seau d'eau du puits et, vêtu d'un simple slip, se lavait à l'aide de la lotion à base de curcuma et de fleur d'hibiscus que lui avait laissée Ba. Elle se levait toujours à quatre heures, puis faisait sa toilette et enfilait son sari blanc de veuve. Elle balayait, passait la serpillière et débarrassait la maison des peaux de lézards rouges caoutchouteuses et des plumes de paon bleu-vert. Lorsque Babo émergeait de son profond sommeil peuplé de rêves et lui offrait son aide, elle avait déjà décoré l'entrée de motifs dessinés à la farine de riz, s'était occupée des plantes et avait préparé les repas de la journée.

« File, disait-elle. Va écrire tes lettres d'amour. Il n'y a plus rien à faire ici. »

Babo parcourait d'un pas vif les ruelles de Ganga Bazaar pour éviter d'être arrêté par un voisin bien intentionné. Au Zam Zam, il s'asseyait à la table qui lui était à présent réservée, fumait cigarette sur cigarette et buvait d'innombrables tasses de chai très sucré, tandis qu'il remplissait quelque dix feuilles de papier ministre, recto et verso, de déclarations passionnées. Il glissait des fleurs de frangipanier ou des brins de basilic sacré entre les pages, et commentait sans fin leur séparation forcée, car c'était le seul sujet qui lui donnait la force de continuer. Moins prolixes, mais plus poétiques, les réponses de Sian arrivaient dans de jolis aérogrammes bleus que le facteur Neeraj bhai lui apportait.

Quand Babo se sentait d'humeur particulièrement morose, il s'aventurait dans les quartiers les plus misérables d'Anjar et s'efforçait de se convaincre qu'il y avait sur terre des souffrances autrement plus graves que les siennes. Il racontait tout cela à Sian : la mendiante indigente assise à la sortie du Zam Zam sans personne pour prendre soin d'elle, les hommes édentés sous les arbres qui regardaient tourner le monde de leurs yeux hallucinés. Ces gens – vieux, seuls, sans aucune trace de joie sur leur visage – le terrifiaient. *Comment peut-on se perdre de manière aussi irrémédiable ?* écrivait-il à Sian, avant de tenter de répondre lui-même à sa question.

Pour Babo, c'était simple. Il avait besoin d'être avec Sian et de se réveiller à côté d'elle tous les matins. Il voulait se sentir léger et libre comme ils l'étaient à Londres, aller faire un tour au cinéma quand l'envie l'en prenait, ou passer l'après-midi dans les brumes de l'amour. Surtout, il refusait que sa vie lui échappe ou qu'on lui dicte ses choix. Son existence devait être pareille à un éclair, frapper la surface de l'eau, joyeuse et éthérée. Il développait ce thème sur des pages et des pages. Et Sian, de Finchley

Road, lui répondait avec des mots simples : *J'ai rêvé de toi la nuit dernière. Tu venais à moi et nous nous lavions ensemble avant de manger dans la lumière.*

Lorsqu'il rentrait chez Ba l'après-midi, il laissait la pluie inonder sa peau, ses feuilles, son stylo et la lettre quotidienne pour Sian à l'abri dans un sac plastique contre sa poitrine. Si c'était un bon jour, Neeraj bhai lui portait un aérogramme, un sourire de cent watts sur le visage. Babo l'emportait à l'arrière de la maison, où une bambouseraie était née des dernières averses, et il restait là, à tourner et retourner son trésor qu'il ne lâcherait pas avant d'en avoir mémorisé chaque mot.

Parfois, les lettres de Sian disparaissaient dans les entrailles du système postal indien et Neeraj bhai apparaissait sur le seuil avec un air de chien battu, chaque pli de son triple menton agité de spasmes.

« Désolé, chef, rien aujourd'hui. Demain, peut-être ? »

En fin d'après-midi, les voisines se présentaient à la porte, de formes et de corpulences variées, pour s'asseoir autour de sa grand-mère comme une fanfare de cygnes. Chaque jour, elles avaient un projet différent. Le lundi, elles préparaient à manger dans de gigantesques marmites d'acier pour les pauvres du temple de la déesse Amba Mata ; le mardi, elles réduisaient en poudre des peaux de lézards rouges puis en teignaient des écharpes qu'elles avaient nouées au préalable afin de créer des motifs ; le mercredi, elles confectionnaient des papadums pour la boutique de Poppat bhai, et ainsi de suite. Toute la semaine, ça discutait, chantait, pleurait et se lamentait. Un tohu-bohu de voix et d'émotions contradictoires. Mais toujours dominaient le timbre de jeune fille de Ba et les clochettes de son rire.

Lorsque les femmes de Ganga Bazaar découvraient Babo en train de les épier par la fenêtre à claire-voie, elles s'écriaient :

« Hé, Babo, viens donc t'asseoir avec nous ! Que se passe-t-il ? On te fait peur ? Ou est-ce que ton cœur te fait trop mal ? » Et sans même un bonjour-au-revoir-pardon-s'il-vous-plaît, Babo leur tournait le dos et se réfugiait dans une pièce isolée pour réviser les formules chimiques et les équations qu'il avait apprises à l'institut de technologie.

Dès que les visiteuses étaient parties et les tapis de jute roulés, il s'aventurait hors de sa tanière pour retrouver Ba. Ils s'asseyaient devant leur dîner sous les premières étoiles et bavardaient par-dessus le chant des grillons dans les broussailles. Ba lui parlait de ses ancêtres dont il savait très peu de choses. Elle lui racontait les mariages d'amour qui avaient fait scandale, y compris l'histoire de sa sœur, qui s'était enfuie avec un musulman d'un village voisin et qu'on n'avait jamais revue. Il y avait aussi le fils de Kanta behn, épris de sa cousine Damyanti, une noiraude au visage grêlé. Et Babo écoutait de toute son âme, secrètement persuadé que son scandale à lui serait le plus beau de tous.

« Est-ce que tu aimais Bapa ? lui demanda Babo un soir, pendant la grève des postes britanniques, alors qu'il n'avait pas eu de nouvelles de Sian depuis dix jours. Quand il est mort, est-ce que tu as eu l'impression que tu allais le suivre ? Est-ce qu'il te manquait à ce point ?

– Ce n'était pas ainsi entre nous, Babo. Il y a bien des manières d'aimer. Dans notre cas, c'était un sentiment très doux, sans commune mesure avec ce que tu éprouves aujourd'hui. Ce que tu vis est rare. Nous l'appelons l'ekam. On ne le rencontre qu'une fois au cours de son existence, ou jamais. Certains disent que c'est une caverne obscure qui n'a ni début ni fin. D'autres le comparent à un feu très lent qui consume le cœur. Quand on connaît l'ekam, on croit être capable d'éradiquer toute la culpabilité du monde, toute la pollution et le malheur.

– Est-ce que tu as éprouvé cela avec quelqu'un d'autre ?

– Non, répondit Ba avec une certaine mélancolie. C'est une chose que je découvrirai dans une prochaine vie. Mais tes grands-parents maternels, ils ont eu cette chance. Les gens de Ganga Bazaar en parlent encore. L'amour entre Ravi Lal Mehta et Gurvanthi, la servante du temple. Leur histoire a connu une fin tragique. Elle est morte en donnant naissance à ta mère et il est devenu un peu fou.

– C'est merveilleux ! Mais si la mienne finissait tragiquement elle aussi ? Si Sian se lassait de m'attendre et me laissait avec mes sentiments et une vie entière d'insatisfaction ? J'en mourrais, c'est sûr. Dis-moi, Ba, est-ce qu'on meurt de tristesse ?

– On peut mourir pour toute sorte de raisons idiotes – on meurt même de la piqûre du scorpion, répondit la vieille dame, qui s'était penchée pour chasser d'une chiquenaude l'animal qui se rapprochait dangereusement de Babo. Maintenant, va dormir. Tu as ce que la plupart des gens ne trouveront jamais. Réjouis-toi. Au fait, mon garçon, ajouta-t-elle avant de se tourner pour souffler sur la lanterne. Il faut que tu arrêtes de regarder tous ces films. Tu finiras par être aussi translucide que la pellicule.

– C'est une brûlure, murmura-t-il avant de s'assoupir. L'amour est une brûlure, ça ne fait aucun doute. »

Ba caressa les boucles du jeune garçon endormi, pensant à son époux mort prématurément d'une maladie qui alors n'avait pas de nom, et à leur fils, venu au monde avec un système de valeurs et une conscience qui n'avaient rien à voir avec elle. Ces deux hommes, elle aurait dû les aimer, mais en vérité, leur absence comme leur présence avait joué un rôle mineur dans sa vie. En revanche, son petit-fils que tant de désirs habitaient occupait une place centrale dans son univers et elle souhaitait de tout son cœur qu'il parvînt à la libération. Elle voulait que son amour se déploie comme un lotus et scintille. Sa jeune Galloise viendrait. Mais d'ici là, il lui faudrait attendre et Ba attendrait avec lui. Elle respirerait à ses côtés et écouterait les battements de son cœur.

6

Le monde est ainsi. Garde la foi

38 Canfield Gardens
Londres
15 octobre 1969

Mon chéri,

Je n'ai reçu ta lettre du 28 août qu'hier. J'espère que tu as réglé cette histoire de barbe ! Je n'en reviens pas que tu sois aussi buté. De toute manière, si j'ai bien compris, tout le monde s'est fait à l'idée que je serai en Inde d'ici la fin de l'année, sauf s'il arrivait une catastrophe d'ici là – si l'un de nous deux mourait, par exemple. Tu peux donc rompre ton vœu, puisqu'il s'agissait seulement de contrarier tes parents. Je suis d'accord avec Ba : si néanmoins tu t'entêtes à te faire pousser la barbe, tu devrais au moins l'entretenir et ne pas la laisser hirsute. Mais je dois reconnaître que je serais curieuse de voir à quoi tu ressembles. Je vous imagine tous les deux sous les arbres : Ba qui enduit ta barbe d'huile, puis la tresse ! Quel tableau ! Mon petit sadhou à moi.

Nos deux vies n'ont rien de commun en ce moment. D'une certaine manière, je suis jalouse. Tu es choyé dans un lieu magique, réconforté par l'amour incroyable qui semble émaner de ta grand-mère. Pendant ce temps, je suis à Londres, où on ne parle que de la GUERRE.

Tout le temps. Le Vietnam, le Moyen-Orient. J'en ai par-dessus la tête. Nixon, Spiro, et cet idiot d'Harold Wilson. Une honte. Il y a une manifestation contre la guerre à Washington aujourd'hui : je suis sûre que vous avez des nouvelles régulièrement, même à Anjar, je ne vais donc pas radoter plus longtemps, c'est simplement pour dire que ça continue, cette cupidité et cette violence implacables.

Sinon, rien n'a changé. Je fais toujours le trajet quotidien entre Finchley Road et Wandsworth. D'une certaine manière, ce train-train m'occupe l'esprit et je n'ai pas beaucoup l'occasion de ruminer. Ce sont les week-ends que je redoute. Quand je pense que c'était notre espace réservé, et qu'il nous était si précieux. Ronnie essaie de me faire sortir le vendredi, ou au moins le samedi, car je lui ai demandé de ne plus organiser de soirées à l'appartement. Je n'ai pas le cœur à m'amuser en ce moment. Je supporte, au mieux, un dîner tranquille ou un cinéma. Mais je passe la plupart du temps à lire dans ma chambre ou à me promener dans le parc d'Hampstead Heath. Ronnie a été un ange : un comité de soutien à elle toute seule. Elle m'a offert le dernier 33 tours des Beatles l'autre jour, Abbey Road, *un disque formidable et un anti-déprime infaillible.*

Tu me manques, mon chéri. Que puis-je ajouter ? Cela fait trois longs mois. Je pensais que je m'habituerais. Je croyais que la certitude de nos retrouvailles en décembre m'apaiserait. Mais il peut encore surgir tant d'imprévus, il reste tant de choses à dire. Ne serait-ce qu'à mes parents. Je suppose que c'est ce qui me préoccupe le plus. Ils n'ont pas répondu à la lettre que je leur ai envoyée il y a un mois et je vais les appeler dimanche prochain. J'aurais dû commencer par là. J'ai été lâche, je me suis persuadée que par écrit, je saurais leur annoncer la nouvelle en douceur. Comment deviner ce qu'ils pensent vraiment ? Ils ont toujours été très secrets, très réservés dès qu'il s'agit de leurs émotions. C'est le calvinisme qui veut ça, j'imagine, et ils m'ont élevée ainsi. Mais parfois j'aimerais qu'on puisse hurler à tue-tête ce qu'on ressent. Ce serait préférable à ce stoïcisme ridicule.

J'ai décidé de donner ma démission et de me rendre à Nercwys dès que possible. Je suis sûre qu'ils tenteront de me faire changer d'avis (tout y passera, des épidémies de variole aux chrétiens massacrés), mais je tiens à profiter de ma famille avant de partir. Dieu seul sait quand je les reverrai. J'ai déjeuné avec Fred hier (qui te transmet ses chaleureuses salutations). Nous sommes allés au Brewer's Inn – votre ancien repaire – et j'ai commandé un sandwich au fromage et un jus d'orange en ton honneur ! Si je dois habiter deux ans chez tes parents, dans une maison de végétariens, j'ai intérêt à m'entraîner.

Oh, mon amour ! C'est dur. Horriblement dur. Je ne pensais pas que cette séparation me pèserait autant. C'est pourtant moi la plus pragmatique des deux, mais parfois c'est tout bonnement impossible. Je t'entends dans l'appartement. Par moments, j'ai l'impression de devenir folle, car je suis persuadée que tu m'appelles d'une autre pièce. Et bien sûr, je me précipite vers cette voix, mais il n'y a jamais personne. Que le vide. De plus en plus de vide. Dès qu'on sonne, je pense que c'est toi. Rentré d'Inde pour me faire une surprise. Tout ce qu'il me reste, ce sont tes lettres et les quelques photos que nous avons prises quand tu étais ici. Ma préférée est celle de la soirée de Noël. J'aime comme tu m'enlaces, tes bras autour de ma taille, ta tête enturbannée malicieuse par-dessus mon épaule, avec un sourire éclatant en direction de l'objectif. Ça fait une éternité que tu ne m'as pas tenue ainsi. C'était le temps où tu étais ici, où notre vie allait joyeusement de l'avant.

Je pense que le plus douloureux, c'est la manière dont on t'a arraché à moi. Tes parents devaient être dans tous leurs états pour prétendre que ta mère était malade. Tout ça pour que tu rentres ! T'enlever à tes études, ton travail, uniquement pour te séparer de MOI *! Je peux comprendre leur inquiétude, je peux comprendre qu'ils souhaitent te marier à quelqu'un du même milieu, de la* *même culture – ma famille n'est pas différente –, mais quand même ! J'avoue que je me demande parfois si je parviendrai à m'intégrer en Inde. Il y a un tas de choses qui me préoccupent – à commencer par la langue. Tu m'assures que, hormis ta mère, tout le monde a un bon niveau d'anglais chez toi, mais c'est avec elle que je passerai le plus temps. Et comment sommes-nous censées nous entendre, si nous ne parlons pas la même langue ? Je suppose que je finirai par apprendre un peu de gujarati, à force, mais que pensera ta famille, qui devra m'accueillir sous son toit, qui devra m'aimer ? Ce n'est pas comme chez moi, tu comprends ? Tout est très différent ici, et franchement, l'idée de vivre avec eux me terrifie un peu. Si encore on ne les voyait qu'une fois de temps en temps et qu'on avait une petite maison rien qu'à nous. Mais là, il n'y aura aucun répit. J'ai l'impression que je serai toujours en représentation… Ça y est, voilà que je peins tout en noir. J'arrête.*

Devine quoi ? J'ai aussi de bonnes nouvelles. Il y avait la cérémonie annuelle de remise des prix de l'institut de technologie l'autre soir et j'y suis allée, car Bhupen et Mangala m'ont dit que je devais être présente, d'autant plus que c'est TOI *qui as remporté la médaille d'or du semestre,* MALGRÉ *les deux dernières semaines que tu as ratées ! Je suis très fière de toi, mon chéri. Ton professeur – John Campbell, c'est ça ? Ce type effacé qui a toujours une cigarette aux lèvres ? Eh bien, il ne tarissait pas d'éloges à ton sujet. Ils ont annoncé ton nom et ils ont expliqué que tu n'avais pas pu venir, étant donné que tu te trouvais à l'étranger, ce qui donnait l'impression que tu étais un personnage très exotique et important. Bhupen est allé chercher le prix à ta place, comme tu le souhaitais. Maintenant, la médaille attend au fond du tiroir où je range mes petites culottes. Je te l'apporterai en décembre. Au moins, ton père aura un motif de réjouissance.*

Est-ce que tu as besoin d'autre chose ? Ton départ a été tellement précipité que tu n'as même pas eu le temps d'acheter de cadeaux pour ta famille. Dis-moi ce que tu veux pour tes sœurs. Je me souviens t'avoir entendu mentionner que la couleur préférée de Meenal était le rose – elle me fait l'effet d'être une vraie fille et je suis sûre que nous serons amies. Mais Dolly ? Quelles sont ses teintes ? Et qu'est-ce qui l'intéresse, à part jouer dans le garage du fou qui habite la maison voisine ? Elle a dix-sept ans. Sa phase garçon manqué doit être terminée ! Et Chotu… Il risque d'être bien mécontent de devoir partager son grand frère adoré avec une femme ? Je lui ai acheté des livres sur les maquettes d'avion, comme tu me l'as demandé. Espérons que cela l'occupera quelque temps.

Mon chéri, il se fait tard et je commence à avoir froid. Dire qu'il n'y a personne pour me réchauffer ! Ronnie m'appelle dans la cuisine. On va encore dîner de baked beans et de toasts ce soir, car aucune de nous deux n'a le courage de préparer à manger. Elle t'embrasse, au fait. Et elle m'a promis que si elle ne pouvait pas assister à notre mariage en Inde, elle organiserait une fête du tonnerre à notre retour ! Elle a été un véritable soutien pour moi. Le seul, en fait. Je n'ai personne pour me remonter le moral et me dorloter. Personne qui s'apparente de près ou de loin à Ba, qui m'a l'air d'une femme extraordinaire. J'ai hâte de la rencontrer. Elle t'a vraiment dit cela l'autre jour ? Qu'elle était capable de me sentir à des milliers de kilomètres, et que j'avais l'odeur de l'herbe fraîchement coupée ? Les champs de Nercwys, sans doute. Est-ce que tu lui as expliqué que tu n'étais pas d'accord ? Que c'était l'océan pour toi ? Peut-être qu'il y a des deux, qui sait ? Une chose est sûre, si je ne me dépêche pas de prendre un bain, aucun de vous deux ne voudra m'approcher !

Je t'aime,
Ta Charlie Girl

P.-S. : Londres t'embrasse aussi. Ce n'est pas la même ville sans toi.

Sian attendit seize heures le dimanche suivant pour appeler ses parents. Ils seraient rentrés de l'église et ils auraient déjeuné. Bryn serait assis dans son fauteuil préféré, méditant sur les *Doctrines de la grâce* ou plongé dans ses mots croisés. Nerys s'affairerait au jardin s'il faisait beau, et s'il pleuvait, ce qui n'aurait rien d'extraordinaire à cette période de l'année, elle serait à l'intérieur, occupée à son tricot, et marmonnerait toute seule entre les clac clac de ses aiguilles. Si ses frères Huw et Owen étaient à la maison, ils auraient eu droit au traditionnel rôti dominical, avec un crumble à la rhubarbe en dessert. Sinon, Nerys et Bryn se seraient contentés de quelques toasts au fromage et à l'oignon passés sous le gril.

Sian s'efforça de se représenter ses parents chez eux, là où elle avait toujours vécu jusqu'à ce que Ronnie et elle tentent leur chance à Londres. Au 10 Tan-y-Rhos. Pile au milieu de l'unique rue qui traversait Nercwys ; rien pour distinguer leur maison des autres, si ce n'était le jardin où s'épanouissaient les magnifiques roses de sa mère. L'intérieur était identique à celui de ses tantes Blodwyn et Carys, qui habitaient de part et d'autre du numéro 10. Pareil chez l'oncle Rhys un peu plus loin, et chez la tante Eleri au bout du village. Même agencement des pièces, avec le salon et la cuisine au rez-de-chaussée, trois chambres et la salle de bains à l'étage ; même remise transformée en réserve à charbon à l'arrière, même portail en bois, mêmes fenêtres, même vue.

Sian rêvait d'échapper à cette uniformité depuis ce jour de 1962 où elle avait fait le mur pour aller à Mold avec ses amies Ronnie, Gwenyth et Dee. Il y avait un groupe de Liverpool ce soir-là : quatre garçons, les cheveux coupés à la Jeanne d'Arc. Sian avait dansé juste devant la scène, dans sa nouvelle robe de tulle à rubans, et l'un des chanteurs, celui qui avait un visage sérieux et doux, lui avait adressé un clin d'œil pendant la chanson *Love Me Do*.

Ces jeunes hommes seraient un jour les Beatles, mais ce soir-là, ils appartenaient à Sian. Ils étaient des phares pour elle – tous les quatre, des guides qui l'encourageaient à s'envoler très loin d'ici. Alors, elle avait regardé autour d'elle et s'était demandé où elle pouvait aller.

C'était à ce concert qu'était né son rêve de Londres. Parce que toute sa vie tenait dans un poing fermé : les champs et les sentiers à travers les bois, les ruisseaux, le White Lion, la poste, l'école du village, le bataillon d'oncles et de tantes. Et cela ne lui suffisait pas. Pas plus que son petit ami d'alors, Clive, le rouquin qui avait le droit de glisser sa main entre ses cuisses au Gateway Theater, le nouveau cinéma de Chester, ou les cigarettes roulées turques qu'elle fumait avec ses copines. Un désir poussait en elle, un désir qui ressemblait à une ville immense et bouillonnante où s'affairaient des millions de gens.

Il avait continué à croître jusqu'au jour où une tristesse ancienne liée à l'enfance revint hanter Sian, lui rappelant ce soir d'hiver où ses frères étaient partis devant elle en criant : « Dépêche-toi, espèce de limace ! » et l'avaient laissée rentrer seule dans l'obscurité terrifiante. Depuis longtemps, elle attendait une révélation, un événement, quelqu'un qui lui dirait : « Viens, viens me rejoindre. Commençons à vivre. » Et ce jour-là elle serait prête. Parce qu'elle n'avait pas commencé à vivre. Pas encore. Pas à Nercwys.

Quand la lettre d'embauche de Joseph Friedman & Sons était enfin arrivée, après des mois de conspiration et de préparatifs, elle s'était donc sentie assez forte pour s'asseoir autour de la table avec sa famille.

« J'ai une bonne raison pour partir, maintenant, non ? »

Huw et Owen, en chemise aux manches retroussées, avaient le corps court et râblé de leur mère, mais le visage de leur père.

« Ne dis pas de bêtise, lança le premier. Tu seras perdue, toute seule là-bas. »

Et même Owen, qui d'habitude gardait son avis pour lui : « Ronnie et toi allez habiter à Londres ? J'aimerais bien voir ça !

– Je ne comprends pas pourquoi tu t'excites comme ça, intervint Nerys de sa voix de bouilloire qui chante, prête à monter dans les aigus dès qu'elle était agitée ou nerveuse. Après quoi tu cours ? »

Puis elle se tourna vers Bryn, qui était resté impassible jusque-là.

« Parle-lui, toi. Elle te donnera peut-être des explications sensées. Demande-lui après quoi elle court. »

Mais lui n'était pas surpris. Depuis des années, il s'y attendait. Pas plus que les autres, il n'avait envie de voir Sian partir, et surtout pas à Londres – une ville peuplée d'âmes perdues où régnait le péché. Il rêvait d'un avenir différent pour elle – quel père n'aurait pas voulu que son unique fille demeurât au village et tombât amoureuse d'un gars du coin, un ouvrier de la carrière, comme lui, ou même d'un de ces hommes modernes, un col blanc qui se rendait à Mold tous les matins ? Il espérait qu'elle se marierait à la chapelle, achèterait une maison à proximité, aurait des enfants qui courraient vers lui pour s'asseoir sur ses genoux et seraient le rayon de soleil de ses vieux jours. Mais il n'en serait pas ainsi avec Sian, il le savait. Et une partie de lui comprenait qu'elle-même n'y pouvait rien, que c'était une grâce qui l'appelait.

Bryn n'ignorait rien du prix à payer pour les péchés de l'humanité. Il était conscient que nul ne choisissait d'être élu, et que c'était une décision qui les dépassait. Il s'efforça de convaincre sa femme que ce n'était peut-être pas un mal si leur fille partait. C'était le destin de l'être humain depuis la Chute, après tout :

découvrir le but de son séjour sur terre. Et tant que Sian n'oubliait pas qu'à l'origine était l'amour de Dieu, infini et indéfectible, tout irait bien ; mieux, elle serait sauvée. Ce soir-là il serra sa fille dans ses bras après dîner, sans un mot, et elle comprit qu'il lui donnait l'autorisation dont elle avait besoin.

Elle était donc partie. À Londres, où elle n'avait pas tardé à tomber amoureuse d'un jeune homme qui venait d'encore plus loin.

Qu'allait-elle leur dire, cette fois ? Qu'elle serait de retour dans deux ans ? Qu'elle voulait épouser un garçon qu'elle connaissait depuis six mois ? Quelqu'un dont la famille était prête à mentir pour l'obliger à rentrer en Inde parce que l'existence de Sian lui déplaisait. Un homme dont elle ne pouvait pas se passer, mais à qui elle n'avait pas pu confier ses peurs. Elle ne lui avait pas dit qu'elle était agitée de soubresauts la nuit, comme sous l'effet d'une décharge électrique. Et si tout cela n'était qu'une terrible erreur ? Si elle le rejoignait et regrettait d'avoir tout quitté ? S'il lui montrait son monde et qu'elle était incapable de le voir ? Si un beau matin elle se rendait compte qu'elle n'avait plus sa place auprès de lui, et qu'elle rentrait pour découvrir qu'elle n'avait plus sa place en Angleterre non plus ? Ne trouverait-elle pas insupportable d'être liée à lui ? D'avoir causé tout ce tracas pour rien ? N'étaient-ils pas trop fiers tous les deux pour endurer les « On vous l'avait bien dit » moralisateurs des autres ? *C'était voué à l'échec. Le jour et la nuit. Ça ne pouvait pas durer.*

Elle appréhendait de parler à ses parents, mais elle n'avait pas le choix. Pourvu au moins qu'il ne pleuve pas. Nerys serait dans le jardin et Bryn devrait se lever de son fauteuil pour décrocher. Alors, tenant le combiné délicatement, comme si c'était un petit oiseau à l'agonie, son père lui dirait : « Mais on ne te verra jamais, ma chérie. » Et ce serait à la limite du supportable.

Il faut se représenter la scène : le portail en bois, la rangée de maisons bordées de pelouses pas plus grandes qu'un timbre-poste. Une jeune femme dehors ; ses cheveux auburn flottent derrière elle. Elle regarde les champs qui s'étendent à l'horizon comme quelqu'un qui s'apprête à saisir sa dernière chance – la seule – de vivre sa vie. Et c'est à l'opposé de ce qu'on lui a appris. Elle part à la poursuite du plaisir.

Le déchirement brutal du retour. Une peau ancienne dont on s'était dépouillé et qu'il faut renfiler.

Sian, à la porte, tomba sur la sœur de son père, Eleri, pour qui les problèmes des autres étaient du miel qu'elle léchait sur ses doigts avec gourmandise. Pauvre tante El. Ses yeux s'écarquillèrent à la vue de Sian qui paraissait enchantée d'elle-même. La petite dernière qui, racontait-on, avait tout quitté alors qu'elle avait une bonne situation à Londres, et qui maintenant lui lançait : « Maman ne t'a rien dit, tante El ? Je vais me marier en Inde. »

Désormais, chaque fois qu'Eleri raconterait cette histoire, son visage blafard grimacerait d'incrédulité, elle lèverait les yeux au ciel et ajouterait : « C'est Sian tout craché. Elle se tient là, devant moi, l'air de rien, et elle m'annonce qu'elle part en Inde pour épouser un gars qu'on ne connaît ni d'Ève ni d'Adam, comme si c'était la chose la plus naturelle du monde. »

Mais c'était aussi Eleri qui consolait Nerys quand ni Bryn ni Sian ne savaient comment l'atteindre. Elle était sincèrement bouleversée de voir sa belle-sœur dans cet état, incapable de surmonter le choc. Pourtant, elle avait survécu à pire : deux guerres mondiales, la mort de cinq de ses frères et sœurs sur quatorze, la naissance de trois enfants, tous plus têtus les uns que les autres. Mais ce nouveau coup était au-dessus des forces de Nerys. Que son unique fille ait décidé de les abandonner la mettait dans une telle rage, qu'elle craignait de perdre la parole si elle laissait sa colère s'exprimer.

Jamais le silence qui régnait à Nercwys n'avait paru si pesant à Sian. Seul son père lui offrait des occasions d'y échapper. Ensemble, ils allaient se promener à Conwy Castle et à l'abbaye de Valle Crucis, où ils s'asseyaient parmi les ruines comme autrefois lorsqu'elle était enfant. Ils prenaient des sandwichs aux œufs, un thermos de café, et grimpaient dans la Morris Minor de Bryn pour s'installer sous un peuplier, au fond d'une vallée sans nom, où ils lisaient des poèmes dans l'un de ses vieux recueils reliés de cuir. Plus tard, lorsqu'il recevrait des lettres de sa fille au sujet de Madras, il penserait toujours à Swansea, la ville dont Dylan Thomas disait qu'elle était la plus romantique qu'il connaissait, cette « merveilleuse ville affreuse… qui pousse, s'étend, famélique, anarchique… embanlieusée dans ses fumées, s'arrondissant au bord d'un long et splendide rivage ».

Ainsi le temps passa. Six mois d'attente. Six mois pour comprendre le processus interne de la foi et les sphères extérieures du monde. Six mois de temps : des centaines de millions de secondes pour s'éveiller, des centaines de millions de minutes pour s'endormir. Six mois de souffrance qui s'étendent à perte de vue comme le Sahara. Six mois pour s'étioler et s'épanouir, pour s'arrêter et démarrer. Six mois d'amour : une respiration, un déluge, une éternité ; un simple flocon de neige.

7

Le centre est partout

Sian s'apprêtait à parcourir la moitié du globe, espérant que le cercle se refermerait. Fallait-il pleurer à présent ? Fallait-il avancer jusqu'au bord du monde et accepter de tomber ? N'était-ce pas un enfantillage ? Une folie ? Tout quitter simplement pour voir le soleil se lever de l'autre côté. Pour retrouver un homme qui allait la dépouiller de tout.

Sur le quai de la gare de Chester, les liens s'effilochaient déjà. Le centre de sa vie s'éloignait d'elle et se dispersait. Nerys, qui la serrait dans ses bras et sanglotait en silence, donnait l'impression que son chagrin était si grand qu'elle devait s'y accrocher jusqu'au moment où elle le lâcherait comme un énorme soupir. Plantés à côté de ses bagages, ses frères Huw et Owen la contemplaient avec un mélange d'émerveillement et de crainte : *Pars*, semblaient-ils dire. *Pars donc, puisque tel est ton souhait. Précipite-toi dans les ténèbres, tu verras si on plonge avec toi ou non.* Et Bryn qui était resté assis en face d'elle pendant tout le trajet jusqu'à Euston, puis à Heathrow, l'observant sous son large front : Bryn suivit l'avion des yeux, attendit qu'il s'élève au-dessus de la piste argentée, monte, monte et disparaisse avec sa fille, comme une prière dans une bande de ciel cotonneuse.

L'homme d'affaires indien à côté de la jeune femme cala son coussin contre le hublot et dormit pendant les onze heures que dura le vol. Lorsque l'appareil entama sa descente, il se réveilla comme s'il était doté d'une horloge interne, se racla la gorge, remit en place sa cravate et leva le store pour regarder dehors.

« Ah, fit-il avec satisfaction. C'est bon de rentrer chez soi. »

Il se tourna alors vers Sian.

« C'est votre premier séjour en Inde ?

– Oui.

– Et quel est le but de votre visite ? Êtes-vous à la recherche de Dieu ? En quête d'une aventure spirituelle ? Vous venez voir le yogi Maharishi Mahesh ou quelqu'un comme ça ? Vous cherchez quelque chose qu'on ne trouve pas en Occident ?

– Non, rien de tout ça.

– Vous venez faire du tourisme, peut-être ? Pas seule, j'espère. Une jolie dame comme vous ne devrait pas voyager seule, ce n'est pas prudent.

– Non, ce n'est pas mon intention.

– Ah bon. Mais alors, que venez-vous faire ici ? Éclairez-moi. Je suis d'une curiosité incurable. Je rencontre de tout dans ma profession, des gens d'horizons très divers. Je suis statisticien.

– Je vais me marier, répondit Sian, qui ne put s'empêcher de sourire, malgré son désir de rester distante, car c'était la première fois qu'elle l'annonçait aussi simplement, à quelqu'un qui ne pourrait ni la critiquer ni s'efforcer de l'en dissuader.

– Vraiment ? s'ébahit l'homme. Ça alors ! C'est merveilleux, merveilleux. Mais dites-moi, pourquoi est-ce que votre fiancé ne vous accompagne pas ? Avez-vous prévu un mariage anglais romantique dans la jungle ? Pour faire revivre le Raj ?

– Pas du tout. Je vais au Gujarat pour épouser un Gujarati.

– Mon Dieu ! C'est incroyable. Je suis Gujarati moi aussi. Je me présente : Devesh Shah.

– Enchantée », répondit Sian, qui tâchait de regarder par-dessus son épaule le pays qui se matérialisait en dessous d'eux, dessinant de larges aplats bruns et verts, bordé par l'océan d'un côté et par un ciel de soie cerise de l'autre.

Sian et Babo étaient tout proches à présent. Les retrouvailles auraient lieu sur les rives de la mer d'Oman, dans la métropole née de la fusion de sept îles. Bombay, reine des villes indiennes : une cité de cages[1] et de taudis, de stars de cinéma et de vagabonds. Une ville que Sian voudrait oublier à peine atterrie, car elle n'avait rien à voir avec l'Inde de ses rêves. Elle imaginait des avenues ombragées d'arbres et des maisons vert menthe. Des lézards et des paons. Mais ça, non.

Babo se tenait dans le hall des arrivées et fumait à la chaîne, impatient. Il avait les clés d'une Fiat Padmini orange neuve dans la poche de poitrine gauche de sa chemise préférée et une rose rouge à la main. Ses cheveux et sa barbe n'avaient pas été taillés ni disciplinés, mais son élégance nonchalante avait attiré quelques employés de l'aéroport en uniforme, persuadés qu'ils avaient affaire à une star dont ils s'efforçaient de deviner le nom.

Sian le vit la première, et tout fut balayé – en un clin d'œil. Le mal de ventre, la mince frontière qu'il restait à franchir, la possibilité de devenir ceci ou cela, toute son existence antérieure. Balayés. Parce qu'elle allait se fondre en lui. Elle allait enrouler ses jambes autour de cet homme, l'envelopper de son corps. Et

1. Allusion au quartier chaud de Komatipuri, où des femmes et des enfants prostitués sont enfermés dans des cages.

il serait si plein d'elle qu'il serait incapable de se rappeler le goût de sa vie avant qu'elle y entre.

« Te voilà ! » s'écria-t-elle.

Elle courut vers lui, vêtue d'une jupe longue et d'un bandeau qu'elle avait confectionnés elle-même, tout à fait semblable au portrait de la hippy venue faire son pèlerinage spirituel qu'avait cru reconnaître son compagnon de voyage. Elle accéléra, accéléra encore, et pressa contre lui ses épaules anguleuses.

« Et toi, tu es plus belle que jamais », dit Babo, souriant et pleurant à la fois.

Une fois les bagages de Sian récupérés et rangés dans le coffre de la voiture, ils s'éloignèrent vers le couchant, comme dans les histoires. Il ne faut pas que je nous perde, pensait Babo, s'efforçant de se concentrer sur la route qui semblait se modifier à mesure que la lumière diminuait. Sian, qui depuis le début du trajet discourait inlassablement au sujet du vol et de son voyage, s'était tue. Elle observait les rues par la vitre.

Babo lâcha le levier de vitesse et attrapa une des mains de Sian prisonnières entre ses genoux.

« Tu ne dois pas être contrariée. Tu as promis.

– Mais regarde-les, murmura-t-elle. Ils cherchent un endroit où dormir. Des tout-petits, des chiens. Des familles entières. Comment peut-on se préparer à une chose pareille ? Et ils n'ont rien. Pas même un carton sous lequel s'abriter.

– Je t'avais prévenue, Charlie Girl. Je ne te l'avais pas dit ? À Madras, c'est quand même autre chose qu'à Bombay, néanmoins c'est là. Partout. On ne peut pas y échapper. Mais ne t'inquiète pas, tu finiras par t'y habituer.

– Jamais, murmura-t-elle en regardant en direction de l'endroit d'où elle venait. Comment peut-on s'habituer à une chose pareille ? »

Et comme pour souligner encore les immenses contrastes auxquels Sian se trouvait confrontée, Babo franchit le portail du très opulent Taj Mahal Hotel au volant de sa voiture neuve.

« Oh là ! s'exclama-t-elle, les yeux sur la façade du bâtiment, puis sur les hommes enturbannés aux moustaches en croc qui saluaient les clients déposés par des automobiles avec chauffeur. Je n'ai jamais vu de ma vie un hôtel aussi luxueux. Alors, y dormir…

– Ne t'emballe pas. C'est seulement pour une nuit. Demain, nous filons à Anjar où la vie est, comment dire… plus rustique. Et après le mariage, nous irons à Sylvan Lodge, qui n'a rien d'un cinq étoiles non plus. J'ai décidé de faire une folie pour fêter ton arrivée en Inde, étant donné que mes privilèges financiers ont été rétablis. »

Ils traversèrent le hall et prirent l'ascenseur qui les conduisit à leur chambre, au cinquième étage. Sian se résolut enfin à desserrer les lèvres.

« J'ai l'impression que tout le monde me regarde.

– C'est parce que tout le monde te regarde, répondit Babo avec un grand sourire.

– Pourquoi ? Est-ce que j'ai l'air ridicule ? Est-ce que j'ai un truc coincé entre les dents ?

– Mais non ! C'est simplement qu'ils sont curieux en général, et aussi parce que tu es superbe. »

Dans la chambre, elle retira ses chaussures et s'approcha du balcon, qui avait des volets en bois et donnait sur une arche monumentale.

« C'est la Porte de l'Inde que tu vois, dit Babo en se laissant tomber sur le lit avec une bière prise dans le minibar. Construite pour commémorer la visite du roi George V. »

Sian contemplait la vue du célèbre portique et de la rade de Bombay, hypnotisée par les pigeons et les voitures à cheval qui promenaient de jeunes amoureux. Tout le long de l'horizon, des navires étaient ancrés dans le port, et à droite les réverbères triomphaient de l'obscurité des trottoirs.

« Il y a tant de vie, ici, s'émerveilla-t-elle. Tant de vie qu'on dirait que ça déborde de partout. Il ne doit rien avoir de pareil au monde.

– Viens. Viens, assieds-toi à côté de moi. »

Mais Sian ne se décidait pas à bouger. Pensive, elle s'efforçait de se réconcilier avec ce qui l'entourait. C'était tellement bizarre. Elle était enfin arrivée. Babo se tenait à quelques mètres, comme si ces six mois de séparation n'avaient jamais eu lieu, comme s'ils ne s'étaient jamais quittés. Mais elle sentait la distance grandir en elle de nouveau, retrouvait la sensation de vide dans son ventre, apaisée, mais toujours là.

« Viens ici, répéta Babo qui s'était soudain mis debout sur le lit pour faire son homme des cavernes, tambourinant sur sa poitrine et hurlant. Je vais te dévorer. Je suis prêt à te dévorer, maintenant. Je ferai de toi ce que je voudrai. »

Il sauta du lit et se rua sur Sian qui poussa un cri perçant, tandis qu'il la jetait sur les draps immaculés.

Étendu sur elle, Babo plongea ses yeux dans les siens.

« Je vais le répéter encore une fois. Regarde-toi, merveilleuse créature. Tu es une femme courageuse. Dire que tu es venue ici toute seule. Jusqu'en Inde pour m'épouser MOI ! Je suis l'homme le plus verni du monde.

– Et le plus chevelu. Je dois avouer que c'est assez sexy, murmura-t-elle en passant ses doigts dans ses boucles. Mais ça, ajouta-t-elle en tirant sur sa barbe, ça pique. Si tu veux me dévorer, tu devras t'en débarrasser avant. »

Ce soir-là, avant la première de leurs trois sessions de *sha-bing sha-bang* et le dîner romantique servi dans la chambre, Sian traîna Babo dans la salle de bains en marbre, le fit asseoir sur un tabouret, torse nu devant le miroir encadré de dorures, enduisit sa barbe de savon et entreprit de la raser. D'abord, il ne sentit que ses mains et l'eau mousseuse. Puis le crissement affûté de la lame qui dégageait peu à peu ses joues et révélait l'éclat brun d'une peau neuve et lisse.

À Anjar, Ba les attendait. Elle avait reconnu l'odeur de la jeune Galloise. Ils offraient cette fois encore un tableau saisissant dans la Fiat orange – la « Fiat Filante », ainsi qu'on la surnommerait bientôt –, Sian en sari vert paon choisi par Trishala et ajusté par les femmes de la réception à l'aide d'épingles de sûreté, Babo un peu à l'étroit dans son superbe costume rouille Nehru, une rose à la boutonnière. Le coiffeur de l'hôtel avait tondu la tignasse qui champignonnait sur sa tête et ils avaient pris la route. Babo et Sian, prêts à empêcher le monde de tourner en rond.

Le reste de la famille Patel les rejoindrait en train à Anjar. Meenal et Dolly, qui depuis des semaines jouaient au mariage sur la terrasse de briques rouges avec leurs amies du voisinage – toutes en rivalité pour gagner le droit d'être la belle fiancée étrangère –, gazouillaient et gigotaient dans leurs chanya choli tout neufs. Chotu, qui parce qu'il était l'unique garçon devait tenir le rôle de Babo quand ses sœurs le recrutaient, portait pour la première fois un pantalon long et s'amusait avec une balle de cricket. Trishala répétait d'un air très sérieux ce que son époux lui avait appris : « Bonjou-our. Enchantée. Enchantée de faire votre connaissance. » Et les enfants de se tordre de rire devant l'anglais emprunté de leur mère.

Puis ils les virent : Babo rasé de frais et triomphant, Sian resplendissante et douce comme le miel. Épaule contre épaule, lisses et lumineux. Meenal, Dolly et Chotu qui les observaient, la pupille sombre, se demandaient si leur vie aurait un jour autant de sel. Trishala avait retrouvé le sourire : « Elle est jolie, très jolie », admit-elle, s'adressant à son mari qui s'efforçait de présenter sa mine la plus avenante, car Babo les avait prévenus. *Si elle est mal à l'aise, si c'est trop, si elle éprouve la moindre gêne, vous devrez nous laisser partir.* Et ne désiraient-ils pas garder leur fils maintenant qu'il se tenait devant eux dans toute sa gloire, et que son ravissement amoureux rejaillissait sur tout le village ?

Et où était Lilaj bhai ? N'aurait-il pas dû être là pour les photographier ? Afin qu'un jour, leurs futurs enfants puissent s'émerveiller : qu'ils étaient jeunes, et beaux, et fiers ! Ne voudraient-ils pas savoir d'où ils venaient ? De qui ils avaient hérité leur nez, leur menton têtu, leur front, leurs boucles, leurs yeux, leur peau ?

Car ils étaient tous là – Babo, Sian, Prem Kumar, Trishala, Meenal, Dolly, Chotu et Ba –, moins Nerys, Bryn, Huw et Owen. Toute la famille réunie par un matin frisquet, le 1er janvier 1970, à Ganga Bazaar. Un mariage tout petit par la taille, mais immense par ses conséquences.

Enfin, enfin, pensait Ba, qui les observait de la bambouseraie. Ces deux-là lui paraissaient un rêve sorti tout droit d'une autre vie. Elle les prit à part et leur dit trois choses. *Regardez le ciel chaque jour*, car le soleil et la lune sont synonymes de dévouement éternel entre époux. *Regardez la mer*, car l'amour plonge dans les abysses et vous devez être prêts à aller plus profond encore. *Voyagez comme les poissons et les oiseaux*, car seuls ceux qui acceptent de revenir participeront à la divinité du monde. Elle versa du miel dans leurs mains et les fit boire au creux des paumes de l'autre, pour qu'ils se comblent de douceur tout au long de leur vie. Puis elle leur révéla une coutume pour exaucer un vœu en sept nuits.

À Prem Kumar et à Trishala, elle rappela gentiment que celui qui trouble un mariage renaissait sous la forme d'un moustique.

Ce n'était encore qu'un début. Une fenêtre qui s'ouvrait. Une libération.

Sian aurait beaucoup à apprendre, beaucoup à désapprendre.

« N'oublie pas tes racines, lui avait dit Bryn. Ne nous oublie pas. »

Mais il y avait tant à assimiler. Apprendre à porter un sari, cuisiner, entretenir ses vêtements, ses bijoux et sa peau, choisir les meilleurs légumes au marché, faire ses serviettes hygiéniques, servir les hommes en premier, stocker l'eau et économiser l'électricité. Apprendrapprendrapprendre…

Au cours de leur première nuit de couple marié, alors qu'ils étaient allongés sur des matelas de coton dans une pièce à l'arrière de la maison, certaines pensées tinrent Sian éveillée. Sa mère, son père, ses deux frères, ses tantes et ses oncles, Ronnie, Gwen, Dee. Où étaient-ils à présent ? Est-ce qu'ils sentaient qu'elle songeait à eux ? Est-ce qu'il en serait toujours ainsi, désormais ? *Un pied dedans, un pied dehors.* Aurait-elle l'impression de ne pas être à sa place, où qu'elle aille, où qu'elle aime ? Étendu à côté de celle qu'il venait d'épouser, Babo percevait ce qu'elle éprouvait, à sa manière. Il sentait un chagrin qui n'était pas là auparavant couler dans les veines bleu-vert de Sian. Un chagrin lié au temps et à la distance, à l'amour et à la séparation. Qui courait sous sa peau transparente et scintillait comme la neige.

« Devine quoi, murmura-t-elle. Mon père m'a acheté un aller-retour. Il a dit : "Si ce jeune homme ne t'attend pas à l'aéroport, tu montes dans l'avion suivant et tu rentres à la maison." C'est comme ça qu'il t'a appelé. Ce jeune homme ! »

Babo, qui avait compris, la serra contre lui.

« Je t'ai, maintenant, Charlie Girl. Je ne te laisserai pas partir. »

Il savait que s'ils voulaient réussir, ils devraient construire quelque chose qui ne serait qu'à eux, car Sian ne pouvait pas comprendre son monde pour l'instant, ni les millions de personnes qui le peuplaient. Les mendiants qui le sillonnaient, les mains dans leurs tatanes, parce qu'ils n'avaient plus de pieds pour marcher. Les jeunes gens – le corps brun et noir, pareils à des chevaux aux côtes apparentes – prêts à accomplir leur destin. Et surtout les femmes de Ganga Bazaar, sombres comme la jungle, comme des entrailles qui semblaient avoir donné naissance à la vie même. Comment Sian pouvait-elle espérer intégrer ce monde de renonciations et de pérégrinations ? Debout sous des poutres de bois, ces femmes regardaient passer le couple, les clés de leur maison tintant doucement contre leurs hanches – quels secrets accepteraient-elles de partager et lesquels garderaient-elles pour elles ?

8

Tout ce que je veux,
c'est une chambre quelque part

Les premiers temps de son installation à Sylvan Lodge, Sian s'épanchait dans ses lettres. Elle écrivait chaque semaine, racontait à ses parents ce qu'elle découvrait d'elle-même et de ce pays, décrivait les drôles de voisins et la famille. Elle évitait cependant le sujet de la religion pour ne pas inquiéter son père. Ainsi, elle ne mentionna pas que Selvam, sur les instructions de Prem Kumar, avait accroché dans leur chambre, au-dessus de l'almirah – une commode achetée chez Godrej – un poster où figuraient tous les symboles jaïns. Ni que le dimanche elle accompagnait les Patel au temple de Kilpauk et s'agenouillait avec eux, les mains jointes, afin de prier pour la pureté de son âme. Elle ne rapporta pas non plus que Meenal, qui avait derrière elle des années d'apprentissage, lui enseignait l'art d'être une belle-fille idéale : comment porter des saris et confectionner des chapatis parfaits, savoir quand se taire et quand parler.

Le premier dimanche de chaque mois, Sian réservait un appel international pour téléphoner à Nercwys. Alors, elle attendait la voix posée de Bryn et le feu nourri des questions de Nerys. C'était la seule manière de percer la paroi de la bulle, de toucher du doigt sa vie d'avant. Elle ne s'autorisait jamais à pleurer, ne parlait pas de la peur qui continuait à l'habiter, ni n'avouait qu'elle craignait parfois de s'être trompée car, dans ce pays à la beauté disparate, il y avait des jours où elle était littéralement perdue, où elle arrivait à peine à peler les couches complexes de son enfance pour retrouver le début, non pas ici, mais là-bas – où étaient les siens. Ailleurs.

C'est particulier de vivre au bord de la mer. L'air est chargé de sel, toujours en mouvement. Il n'y a pas de champs, mais des vaches partout ! Et des gens aussi, des milliers de gens ! Babo et moi nous sommes approprié le premier étage de Sylvan Lodge, qui se trouve au bout d'une avenue ombragée d'arbres que l'on nomme porchers, et dont les fleurs jaunes rappellent les roses trémières. Nous avons une grande chambre avec une salle de bains contiguë, et il y a une terrasse où je sors souvent admirer le coucher de soleil. C'est étrange d'être constamment entourée et d'éprouver en même temps un sentiment de solitude – très différent de ma vie à Londres, en tout cas.

Elle évoquait sa lutte quotidienne dans la cuisine pour apprendre à réaliser la pâte à beignets, ses efforts pour recréer un petit bout de Tan-y-Rhos sur un carré de terre au fond de la propriété, tentatives systématiquement contrariées par Selvam, qui se précipitait dehors dès qu'il la voyait les mains dans l'humus : « Non, madame, non. Je suis mali : c'est moi le jardinier, je fais ça pour vous. » *Ce n'est pas plus mal, je suppose, car les roses ne s'adapteraient pas au climat, les glycines ne fleuriraient jamais et les géraniums ne s'épanouiraient qu'à la saison froide – qui n'est pas si froide que cela.*

Je suis une éternelle débutante, ici, écrivait-elle encore, s'efforçant de trouver l'origine de la mélancolie qui avait pris ses quartiers avec eux à Sylvan Lodge. *J'ai l'impression de toujours recommencer, car une partie de moi refuse de céder. C'est difficile à expliquer. Tout le monde s'est montré plus que généreux, plus que patient et pourtant j'ai l'impression d'avoir été abandonnée en route, de ne pas avoir atteint ma destination finale. J'ai le mal du pays, bien sûr, et vous me manquez. Hier, j'ai vu deux jeunes gens à vélo qui pédalaient, le soleil dans le dos, et ils m'ont irrésistiblement fait penser à Huw et Owen – en plus bruns et insouciants. Les odeurs me manquent aussi. Et le bacon ! Mais voilà que je recommence à me plaindre. N'allez pas croire que je me morfonde. Loin de là. Les petits gestes du quotidien emplissent mes journées, si bien que j'ai très peu de temps pour moi. Et il y a ce pays : d'une beauté bouleversante et singulière. J'ai hâte de l'explorer.*

Plus tard, lorsque l'amour de Babo pour son épouse céda brièvement le pas à sa passion pour son nouveau Minolta Hi-Matic F, Sian prit l'habitude d'envoyer des photographies à ses parents, espérant être mieux comprise. Les clichés étaient carrés avec une bordure blanche. Sian et Babo dans des rickshaws, des barques, sur des éléphants et des chameaux. Sian, des guirlandes de jasmin et des bijoux dans les cheveux. Babo en pantalon pattes d'eph', adossé à un rocher ou un pilier, dans la pose d'un héros de comédie musicale indienne. Tous les deux devant le Taj Mahal, leurs dents éblouissantes : *jhill mill, jhill mill*[1].

Ce que les photos ne montraient pas, c'était qu'au début, Sian voyait Trishala et les enfants plus souvent que Babo, car Prem Kumar l'enlevait chaque jour pour l'emmener à l'usine. Il était obnubilé par sa nouvelle société, qu'il avait baptisée Sanbo Enterprises (une ingénieuse combinaison de Sian et Babo), comme pour prouver que Patel & Sons embrassait résolument l'esprit de la jeune génération. Ainsi, pendant une année entière, les conversations tournèrent autour des autorisations et des licences, éclipsant tous les autres sujets. Même le mariage

1. Cf. note p. 13.

prochain de Meenal avec son courtier maritime, qui tout compte fait ne boitait pas, avait été relégué au second plan – ce qui explique sans doute pourquoi la noce, qui aurait dû être un événement, fut relativement insignifiante.

« Ça va aller, Charlie ? demandait Babo. Tu as de quoi t'occuper ? Si tu t'ennuies, tu peux toujours nous accompagner et nous taper des lettres. »

Comment lui expliquer que c'était la liberté qui lui manquait ? Ouvrir le portail et sauter dans un autorickshaw pour aller acheter ce dont elle avait besoin à Mylapore ou Broadway, sans être escortée d'un chaperon. Trouver un but de promenade, car elle en avait assez de passer ses journées assise – tous les magazines que Ronnie lui envoyait d'Angleterre s'accordaient à dire qu'il fallait faire au moins huit mille pas par jour si on voulait éviter de se transformer en hippopotame. De plus, il n'y avait pas moyen d'être seule à Sylvan Lodge. Même fermer la porte de la chambre n'offrait aucune assurance d'intimité. N'importe qui pouvait l'ouvrir à tout moment. Et on ne s'en privait pas. « Bhabi, on va se coiffer, tu veux bien ? » Ou : « Bhabi, maman t'appelle, car Harsha behn est venue exprès de Baroda pour te rencontrer… Oui, oui, mets un sari. » Ou : « Allez, Bhabi, dis-nous e-gue-za-que-te-ment ce qui se passe pendant la nuit de noces. »

Meenal et Dolly ne lui accordaient pas un instant de répit. Elles voulaient jouer avec son maquillage, se pâmaient devant la blancheur de sa peau et la couleur de ses yeux, essayaient les vêtements à la mode qu'elles sortaient de son almirah. Curieusement, c'était Trishala qui se montrait la plus compréhensive, en dépit de la barrière de la langue.

« Arrêtez de la suivre à la trace, aboyait-elle à ses filles. Elle a peut-être envie de lire tranquillement, sans que vous la regardiez avec des yeux de merlan frit. »

Trishala savait que les deux premières années de vie conjugale étaient les plus pénibles. Ne les avait-elle pas passées à bercer des légumes, sans comprendre à quoi rimait ce petit jeu ? Et Prem Kumar qui filait vers cette stupide usine dès l'aube et ne rentrait que tard le soir, pour manger et bavarder, comme si c'était simple – d'être une famille. Elle était convaincue que c'était une vérité universelle, quelles que soient l'origine des époux et les circonstances du mariage. Car sa nouvelle belle-fille, qui à l'évidence était très amoureuse de Babo, et qui avait parcouru la moitié du globe pour être avec lui, semblait malgré tout fragile et triste quand, assise sur le sol de la cuisine, elle apprenait les noms des légumes qu'elle coupait pour le déjeuner. Elle lui faisait l'effet d'une orpheline abandonnée chez des inconnus, et Trishala s'inquiétait de la voir ainsi. Sans compter qu'elle fondait à vue d'œil. Ce qui n'était pas bon pour avoir des enfants.

« Demande-lui si elle a envie de faire les magasins, soufflait-elle à Dolly, qui jouait le rôle d'interprète. Demande-lui si elle veut appeler son papa et sa maman. Dis-lui que si elle n'aime pas la nourriture, on peut toujours lui préparer autre chose. Elle nous apprendra. »

Même Chotu, qui avait mis plus de temps à s'attacher à sa belle-sœur étrangère à cause de sa timidité d'adolescent, courait désormais la rejoindre après l'école.

« Viens, Bhabi, tu vas m'aider à faire voler mes avions », disait-il, la traînant sur la terrasse, où ils testaient ses appareils – qui tous décrivaient un arc gracieux au-dessus de la rambarde avant de piquer du nez dans le bosquet d'ashokas.

Elle soufflait enfin lorsque son mari rentrait du travail. Lui au moins n'exigeait rien d'elle. La nuit venue, main dans la main, Babo et Sian s'évadaient vers une ville sans nom, où ils ne connaissaient personne et où personne ne les connaissait. Où ils comprenaient leur vie et se comprenaient. Là, quand elle le prenait dans ses bras, il redevenait le Babo d'avant : du temps où ils étaient seuls, coupés de leurs familles respectives, et écoutaient les grincements des trains sous la chambre bleue de Finchley Road. Et chaque fois que Sian avait besoin de retrouver ce sentiment, elle se lovait contre le corps de son mari et murmurait : « Chéri, on ne pourrait pas aller quelque part ? Juste nous deux, quelques jours ? »

Alors, ils s'échappaient au volant de la Fiat Filante orange. Pour visiter des villes en montagne, des réserves de tigres, ou des palais de reines défuntes. Dès que Babo parvenait à se libérer du travail, ils bondissaient et démarraient sur les chapeaux de roue comme des brigands. Ils se retrouvaient sur un bateau au Cachemire, au sommet d'un fort désolé du Rajasthan, en train de dévorer un plat de poulet brûlant dans une cabane au bord d'un lac à Ooty, ou dans une des anses désertes, d'un bleu spectaculaire, des îles Andaman et Nicobar.

Ils faisaient l'amour sur des sites dont ils s'éprenaient, des lieux qui ne tarderaient pas à disparaître. Ils faisaient l'amour s'ils pensaient que quelqu'un regardait. Ils faisaient l'amour pour ne pas se désagréger. De peur que quelque chose ne divise leurs deux corps, ne tranche ce qui les unissait.

Certains jours, ce lien était impalpable – à peine une plume entre eux, un courant électrique bleu. D'autres fois, ils étaient comme deux fleuves qui se rencontraient avant de se jeter dans l'océan. Et le retour à Sylvan Lodge était toujours lent et pesant. Lent, car Sian rêvait d'une maison qui ne serait qu'à eux ; elle avait hâte que s'achèvent ces deux années pour être libre et remplir les étagères d'objets de son choix : ni photos de saints jaïns émaciés ni danseuses de verre à l'éventail.

Pendant l'été 1971, alors que le Bangladesh venait au monde dans la douleur et que les Russes et les Américains faisaient la course pour savoir quelle sonde orbitale atteindrait Mars en premier, Sian fit deux découvertes. La première était qu'elle attendait un enfant. La seconde était le jardin de la Rédemption, où un certain Manna prêchait tous les vendredis.

Le jardin de la Rédemption foisonnait d'oiseaux : perruches, martins-pêcheurs, moineaux, mainates. Il y avait des arbres de cent ans qui offraient refuge aux roussettes et aux papillons multicolores, et des lieux de culte cachés dans tous les coins. C'est un genre de communauté, mais rien d'idolâtre, s'empressa-t-elle de préciser à Babo qui se méfiait des communautés en général, et des communautés religieuses en particulier. C'était surtout un parc où elle pouvait se promener, où elle pouvait prendre la mesure de sa nouvelle vie et essayer de la comprendre.

Sian marchait donc. Chaque jour, quand elle regardait le soleil se coucher sur les rives de l'Adyar, elle avait un regain d'espoir : bientôt, elle trouverait sa place en Inde. Parfois, un « rédemptioniste » discret en uniforme blanc et raide la doublait à vélo, l'obligeant à s'écarter du sentier rouge, ou une timide mangouste détalait à son passage – présage d'une prochaine rentrée d'argent. Et pendant la pleine lune, les chacals au bord de l'eau entonnaient leurs hurlements, la tête levée vers le ciel.

Ces promenades ne valaient pas celles de Nercwys, où elle n'avait qu'à franchir la porte du numéro 10 avec le chien de tante El, Gwythur. Dire qu'à l'époque elle cherchait Babo dans cet air froid et piquant. C'était un peu ridicule, quand elle y pensait aujourd'hui : ramasser des campanules et traverser des ruisseaux en fredonnant *Yesterday*, un volume de Dylan Thomas sous le bras, une photo en noir et blanc d'un Babo taciturne à la main. Comment avait-elle pu imaginer le trouver là-bas, alors qu'il appartenait à ces chemins de terre boueux, à ce climat humide, à cette flore flamboyante ? Ici, c'était facile : elle n'avait qu'à cueillir une fleur – jasmin, mimosa ou frangipanier – et écraser les pétales odorants dans sa paume pour avoir l'impression de toucher les replis secrets de sa peau brune et lisse.

Sian arpenta les sentiers du jardin durant toute sa grossesse en dépit des cris d'orfraie des femmes du clan Patel, qui désapprouvaient ses exercices quotidiens. Chacune y allait de ses doctes conseils. Elle aurait dû rester allongée, manger des friandises dégoulinantes de ghee, prendre des bains d'huile, peindre, lire, chanter – n'importe quoi, mais surtout pas glisser ses pieds enflés dans des chaussures de marche et demander à Selvam qui était à moitié aveugle de la conduire chez ces timbrés de rédemptionistes.

« Pourquoi ? s'inquiétait Trishala. Pourquoi mettre en danger la vie du bébé ? Pourquoi boire du café quand je me tue à te dire que c'est mauvais pour l'utérus ? Pourquoi refuses-tu de comprendre qu'une femme enceinte doit être grosse ? »

Trishala, qui virevoltait dans la maison et débordait d'énergie nerveuse, persuadée qu'elle connaissait mieux que quiconque les dangers de la grossesse, surtout quand il s'agissait d'un bébé à cheval entre deux castes, entre deux pays, entre deux couleurs.

« Au moins, bois plus de lait, insistait-elle, montrant sa propre poitrine plantureuse. Sinon, l'enfant aura faim. »

Même Ba lui écrivait de Ganga Bazaar. Sian faisait-elle tremper des graines de fenugrec toute la nuit, avant de les appliquer avec des peaux d'oranges et de citrons sur ses seins, afin qu'ils grossissent ? Trishala avait-elle du sel gemme sous la main pour accélérer l'accouchement ? Babo avait-il trouvé des racines de

Ficus racemosa ? Il devait les insérer dans le vagin de Sian une fois nettoyées pour voir si elles en ressortaient entières. Le cas échéant, elle donnerait naissance à un garçon. Si elles se rompaient, ils pouvaient être sûrs d'avoir une fille.

Rompue : c'était bien le mot qui décrivait l'état intérieur de Sian.

Mais elle s'entêtait à marcher, car il y avait toujours des choses qu'elle ne comprenait pas, des trous dans le récit, liés à sa propre famille – distante, intouchable. Elle n'avait pas vu ses parents depuis un an et demi et quand elle pensait à eux, elle éprouvait une telle sensation d'oppression qu'elle se mettait à courir, piétinant les tamarins qui jonchaient le sol, jusqu'à la maison aux pignons bleus de Dooming Street où une vieille dame jouait du piano tandis que des perroquets glapissaient dans les cytises.

Après quelques semaines de ce manège, Mrs Douglas, qui serait la première amie de Sian à Madras, sortit et appela la jeune étrangère enceinte aux joues roses qui l'écoutait, appuyée au portail.

« Venez donc boire un thé avec moi, ma chère petite. »

Sian apprit ce jour-là que le grand-père de la vieille dame était un missionnaire anglais, qui avait été très vite détourné de sa vocation par une pétulante chanteuse de Calcutta. Les suites de ce mariage et les tribulations qui avaient conduit la descendance du couple de Calcutta à Madras formaient un récit confus et lugubre, que Mrs Douglas se débrouillait en général pour résumer à toutes ses nouvelles connaissances au cours des cinq premières minutes de conversation.

« C'est difficile de grandir sans avoir jamais vu l'endroit que l'on considère comme sa patrie, soupira-t-elle une fois son histoire achevée. On m'a inculqué dès l'enfance que rien n'égalait l'Angleterre, le lieu où nous retournerions un jour. »

Lorsqu'elle écoutait les nocturnes et les rhapsodies hongroises de Mrs Douglas, Sian s'autorisait enfin à avoir le mal du pays. Il se dégageait de cette musique d'Europe de l'Est un sentiment en harmonie avec l'air tropical de Madras, quelque chose qui évoquait la tristesse et le délabrement. Elle avait l'impression que c'était son père qui jouait pour elle, et lui disait à sa mystérieuse manière qu'il était heureux de savoir qu'un bouton de rose avait éclos en elle.

Tous les vendredis, les deux femmes s'asseyaient face à face dans des fauteuils planteurs, sous les magnifiques arcades blanches de la maison, pour déguster leur Earl Grey et leurs biscuits Marie. Mrs Douglas lui raconta tous ses secrets : le Steinway que son père avait installé dans le salon l'année de ses six ans, convaincu qu'elle serait une pianiste d'exception, comme Chopin (qui prenait des cours à six ans et donnait des concerts à huit).

« Mais sans véritable professeur pour me guider, c'était l'échec assuré, dit-elle avec un soupir théâtral, comme chaque fois qu'elle tentait d'expliquer sa carrière de virtuose avortée. Et après la mort de mon père, j'ai tout simplement perdu la motivation. »

Elle avait eu une brève histoire avec un certain Felix D'Souza, qui chantait dans le chœur de la basilique Saint-Thomas avec elle, mais il avait été renversé par un camion-citerne trois semaines après leurs fiançailles et elle avait perdu toute illusion de connaître un jour « ce genre de vie ». Puis elle avait rencontré Manna. Maintenant qu'elle fréquentait le jardin de la Rédemption, elle avait pris conscience de son erreur.

« J'ai compris que c'était un signe de Dieu, ma chère petite. J'ai ôté ma bague de fiançailles et je l'ai rangée dans le coffret en ivoire de ma grand-mère. À présent, je cherche le salut ailleurs ! Je joue encore, mais pas comme une pianiste d'exception. Et regarde ce pauvre Chopin. Il est mort de la tuberculose à Paris alors qu'il n'avait que trente-neuf ans. On a rapatrié son cœur à Varsovie dans une urne. Triste fin, non ? »

De son côté, Sian lui décrivait Sylvan Lodge et Darayus, le voisin parsi à moitié fou qui, lors de ses crises de somnambulisme, venait parfois frapper en pleine nuit chez eux pour demander : « Est-ce que vous avez vu mon fils ? Je pense qu'il essaie de me tuer. » Elle lui racontait qu'elle aimait regarder les femmes de pêcheurs se rendre au marché avec les prises de leurs maris sur la tête, des clochettes argentées à leurs souples chevilles brunes. Elle évoquait aussi Nercwys, son père, sa mère, Huw et Owen. Elle devait parfois se répéter, car Mrs Douglas perdait peu à peu la mémoire et oubliait qui était Sian et d'où elle venait.

Avaient-ils un piano à la maison ? désirait savoir la vieille dame. Sian et ses frères avaient-ils appris à jouer ? Elle ne parvenait pas à croire qu'elle n'avait eu chez elle ni salle de bains ni électricité jusqu'à sept ans, et qu'elle n'avait jamais mis les pieds dans un restaurant avant son arrivée à Londres. Parce que Mrs Douglas était convaincue qu'on ne trouvait des pauvres qu'en Inde – en tout cas, pas en Angleterre, surtout pas en Angleterre.

Après le thé, Sian s'asseyait sous le banian pour écouter Manna disséquer les complexités de la vie moderne. Né avec un visage lisse sans âge et des pommettes absentes, Manna leur disait de ne pas diviser leur existence entre la vie et la mort.

« Peut-on se libérer du temps ? demandait-il. Peut-on véritablement savoir quoi que ce soit quand on ne cesse de réfléchir et de se lamenter ? Regardez ce coucher de soleil. Si beau qu'on voudrait l'emprisonner et le mettre en boîte pour plus tard. Mais ne pouvez-vous pas en profiter maintenant ? Apprécier ses couleurs, sa beauté éphémère ? Puis lâcher prise. Le chagrin et le plaisir proviennent du même endroit. Pour comprendre le chagrin, il faut l'affronter, se mesurer à lui, et non tenter de le fuir. »

Ensuite, Sian raccompagnait Mrs Douglas à la maison aux pignons bleus et repartait d'humeur plus légère, prête à reprendre le cours de sa vie, avec ses histoires et ses souvenirs intacts.

« J'ai peur que tu viennes un jour et que je ne te reconnaisse pas. Ce serait tellement triste.

– Ne vous en faites pas, ça ne nous arrivera pas », lui assurait Sian, avant de franchir le portail et de laisser derrière elle le cercle doré des cytises et le jardin de la Rédemption pour retourner dans le monde.

9

Interlude gallois

En décembre 1971, l'Inde et le Pakistan se lancèrent des bombes pendant treize jours, dix millions de réfugiés pakistanais venus de l'est du pays franchirent la frontière, et le premier ministre Indira Gandhi annonça une longue période de privations et de sacrifices. Pendant ce temps, Babo et Sian grimpaient à bord de l'avion Air India qui devait les emmener de Madras à Londres, *via* Bombay et Rome, pour passer Noël au pays de Galles. Sian se rongea les sangs pendant tout le voyage. Elle revenait sans cesse à ces trois mois de silence à Nercwys, avant son départ pour l'Inde, et à cette soirée où Nerys, levant à peine les yeux de ses aiguilles à tricoter, lui avait demandé : « Et les enfants ? À quoi est-ce qu'ils vont ressembler, tu y as pensé ? »

À quoi est-ce qu'ils vont ressembler.

Sian s'était précipitée dans sa chambre pour pleurer. Elle avait écrit à Babo qu'elle était impatiente d'avoir des enfants, parce qu'ils seraient si beaux que dans la rue les gens s'arrêteraient pour les regarder. *Mais si elle se trompait ?*

Trishala avait formulé des inquiétudes, elle aussi. Elle avait eu tout loisir de réfléchir à la question, au cours de sa vie. Et elle tenait à savoir précisément comment ils comptaient éduquer leurs enfants.

« C'est un sujet avec lequel on ne plaisante pas, Babo. Quel genre de nom pensez-vous leur donner ? Quel dieu prieront-ils ? Dans quelle tradition seront-ils élevés ? demandait-elle avec insistance.

– Chaque chose en son temps », se contentait de répondre Babo.

Eh bien, le temps était venu, et Sian elle aussi avait eu tout loisir de réfléchir au problème.

« Chéri, fit-elle, entrelaçant ses doigts à ceux de Babo pour l'obliger à détourner la tête du hublot et à la regarder. J'ai pensé au bébé, à nous, et je crois que, quoi qu'il arrive à Nercwys, je préférerais qu'on reste en Inde. De manière permanente.

– Enfin, Charlie ! Ce n'était pas ce qui était prévu. On avait dit deux ans à Madras, puis Londres. Tu sais que Fred me réserve un poste là-bas. Je ne comprends pas. »

Mais Sian avait pris sa décision. Ces quelque vingt-quatre mois l'avaient convaincue qu'il serait plus simple d'élever une famille en Inde.

« En plus, je n'ai pas envie qu'on taquine nos enfants parce qu'ils sont métis. Ce ne serait pas facile en Angleterre.

– Charlie Girl, qu'est-ce que tu racontes ? Tu sais bien qu'on ne m'a jamais embêté avec ça, quand j'étais là-bas. Et tu parles comme si tout le monde en Inde avait des idées très progressistes, alors que c'est loin d'être le cas ! Les gens te dévisagent ici, tu en as fait l'expérience, ils n'arrêtent pas. Ils adorent ça, c'est leur boulot dans la vie : regarder les autres. Ce n'est pas mieux que les insultes.

– Excuse-moi, mon chéri, mais c'est différent. Tu étais déjà adulte quand tu es arrivé à Londres. Tu étais dans un environnement protégé : au travail, à l'institut, au YMCA. Les gens ne disaient pas toujours ce qu'ils pensaient réellement. Bien sûr que tout s'est bien passé. Mais tu n'es pas allé à l'école en Angleterre. Tu n'as jamais eu affaire à des enfants. En plus, quand on te regarde, en Inde, c'est sans agressivité, c'est de la curiosité. Essaie de comprendre, Babo. À Nercwys, ils n'ont sans doute jamais vu d'homme de couleur ! Et crois-moi, j'étais peut-être la première blanche à débarquer à Ganga Bazaar, mais chez moi c'est encore autre chose.

– Oui. Trois cents ans de colonisation : voilà la différence, pas vrai ? Le culte de la peau blanche.

– Je dis simplement qu'il serait plus logique de rester en Inde. Tu es en train de bâtir une entreprise avec ton père. Pourquoi ne pas continuer ? Pourquoi aller travailler chez quelqu'un d'autre, alors que tu peux être ton propre patron ?

– Je ne vais pas me raconter d'histoires. Tu crois vraiment que je serai le patron, à Madras ? répondit Babo, se tournant vers la vitre, pour regarder le soleil flamboyant se coucher derrière l'aile de l'avion. On ne pourrait pas en discuter avant de prendre une décision ? En reparler après ce voyage. On peut toujours changer d'avis plus tard.

– J'aurai besoin d'avoir mon chez-moi, bien sûr, poursuivit Sian. Rien de bien grand. Et pas très loin de tes parents, pour qu'ils ne se sentent pas abandonnés. Imagine : personne sur notre dos, une maison rien qu'à nous.

– Tu sais ce que je pense ? Je pense que tu aimes bien être une memsahib, dans le fond. Pourquoi vivre à Londres où tu devras tout faire toi-même, quand tu peux avoir un régiment d'esclaves à tes ordres ? »

Sian poussa un glapissement.

« Ce n'est pas juste ! Tu sais que ce n'est pas vrai. J'apprends à parler la langue, à préparer des dhoklas et je ne sais quoi encore. Je ne passe pas mes journées vautrée comme une baleine échouée sur la plage, à me gaver de bonbons !

– Dieu merci ! »

Babo éclata de rire et attira sa femme contre lui.

« Dieu merci ! »

Babo n'oublierait jamais sa première vision de Nercwys : un hameau de boîtes d'allumettes sous un linceul de neige. La lumière avait une qualité particulière cette après-midi-là : parcimonieuse et ancienne, elle filtrait à travers l'édredon des nuages en bandes oblongues et grisâtres. Il se sentait nostalgique, comme s'il retournait à un endroit qu'il avait connu dans une vie antérieure. Lui qui pourtant ne croyait pas à ces choses-là serait assailli par ce sentiment chaque fois qu'il reviendrait dans le village où sa femme avait grandi.

Le trajet jusqu'à Nercwys fut long et mouvementé. Sian était assise à l'avant de la vieille Morris Minor, à côté de son frère Owen, tandis qu'à l'arrière Babo regardait défiler le paysage, comme une série de tableaux muets en noir et blanc. Il songea à leur voyage. À chaque étape, il y avait eu quelqu'un à l'arrivée et au départ. À Madras, Prem Kumar avait insisté pour que toute la famille, y compris Chotu (qui préparait son examen de fin d'études secondaires et connaissait les affres des révisions), les accompagne à Meenambakkam pour une cérémonie d'adieux solennelle. À Bombay, Meenal et son mari étaient venus les chercher au terminal des vols intérieurs pour les conduire à leur appartement d'Andheri, en banlieue, où Sian et Babo dormirent d'un sommeil agité pendant six heures avant de traverser la ville encore plongée dans l'obscurité vers l'aéroport international. À Heathrow, son ami de l'institut de technologie Bhupen Jain les attendait avec son épouse Mangala. Pendant tout le trajet jusqu'à Euston, Bhupen n'avait cessé de se plaindre de la vie d'immigrant en Grande-Bretagne et des problèmes qu'il rencontrait au bureau de poste.

« Tous ces jeunes voyous et ces hooligans ! Je ne peux pas laisser Mangala seule au guichet, même quelques minutes. C'est trop risqué. »

Bhupen avait parlé sans discontinuer jusqu'à la portière du train. Il voulait savoir si les affaires marchaient en Inde, si Babo continuait à boire de l'alcool et à manger de la viande, quand Mangala l'interrompit et désigna le ventre de Sian :

« Tu n'as pas dit un mot à propos de l'heureux événement. Quel goujat tu fais ! Ne me demande pas comment je fais pour le supporter », ajouta-t-elle à l'intention de Sian.

Elle sortit deux sandwichs enveloppés de papier aluminium de son sac, alors qu'ils montaient dans le wagon.

« La nourriture dans les trains est toujours infecte et hors de prix. On vous reverra à votre retour. Que Dieu comble votre bébé de bienfaits. »

Lorsqu'ils arrivèrent enfin à Chester, Babo pensait trouver le village tout entier sur le quai, mais il n'y avait qu'Owen, l'air grave et un peu abasourdi, qui marchait vers eux d'un pas lourd, un bouquet de houx à la main.

Le silence fit paraître interminable le voyage jusqu'à Nercwys. De temps en temps, Sian posait une question au sujet d'une connaissance, à laquelle Owen donnait une réponse laconique : marié, mort, parti, vendu, mineur, alcoolique. Il dut s'arrêter à plusieurs reprises, car sa sœur avait envie de vomir.

« Je me suis habituée aux routes indiennes, plaisanta-t-elle. J'ai besoin de nids-de-poule et de bosses, maintenant. C'est trop lisse pour moi, ici. »

À l'entrée de Nercwys, ils furent accueillis par une rangée d'arbres nus dont Babo ignorait le nom, alignés comme des soldats de parade. Au-delà coulait la Terrig, cachée à sa vue. Ils étaient presque arrivés. Sian lui montrait chaque maison. Celle du carrefour, où Mrs Bivins vivait avec sa fille célibataire, Rhianne. Le bungalow qu'on appelait Tin House et la mairie. Hendre Ucha, qui possédait le premier court de tennis du village.

Sian demanda à Owen d'aller jusqu'au bout de la rue, de passer devant la poste où elle achetait du réglisse, la chapelle, le White Lion et la vieille école, avant de faire demi-tour. Ils roulèrent au pas dans un sens, puis dans l'autre, sans croiser une âme, à croire que tous les habitants s'étaient enfermés chez eux pour les observer plus à leur aise, cachés derrière leurs rideaux. Babo ne vit qu'un homme dans un champ, dont les empreintes semaient comme des miettes dans la neige, et les vaches qui ruminaient, dispersées en petits groupes aléatoires.

« On y est, annonça Sian, qui s'était tournée vers Babo avec un sourire nerveux tandis que la voiture se garait devant le 10 Tan-y-Rhos. Comment va maman, au fait ? demanda-t-elle à son frère. Elle est nerveuse ?

– Disons qu'elle est un tantinet paniquée », grogna Owen, qui l'aida à descendre et lui prit le bras pour franchir le portail.

À l'intérieur, Babo huma un bon fumet de poulet rôti. La première chose qu'il remarqua était un antique baromètre au mur, dont l'aiguille bleue oscillait entre « variable » et « beau ». Il y avait un escalier étroit recouvert d'un tapis, qui devait mener aux chambres du premier étage. Babo déposa leurs valises au pied des marches. À droite s'ouvrait le salon, avec ses grandes fenêtres qui donnaient sur les fameuses roses de Nerys, buttées par de petits monticules de branches, de feuilles et de paille pour les isoler du froid. Contre le mur du fond, les rayures obliques moutarde du papier peint encadraient un piano droit, sur lequel se trouvait une modeste collection d'ouvrages de poésie et de philosophie. Devant la cheminée, Bryn remuait les tisons.

« Bonjour. »

Il se frotta les paumes, puis s'avança pour saluer Babo. Il l'étudia attentivement comme s'il désirait graver ses traits dans son esprit, puis autorisa Sian à se précipiter dans ses bras.

Nerys, les yeux pleins de larmes sur le seuil de la porte qui menait à la cuisine, un tablier noué sous sa généreuse poitrine et une spatule à la main, s'approcha et enlaça Sian, l'embrassant sur chaque joue plusieurs fois.

« Ma petite fille, pleurait-elle. Ma petite fille. »

Babo les regarda s'étreindre pendant un temps qui lui parut interminable, avant que Nerys se ressaisisse et lui tende une main gracieuse.

« Enchantée de faire votre connaissance.

– De même. Je regrette qu'il ait fallu si longtemps. »

Sian suivit Nerys dans la cuisine. Leurs voix montèrent dans les aigus et leur débit s'accéléra, si bien qu'elles semblaient parler une autre langue.

« Asseyez-vous. »

Bryn indiqua le fauteuil à côté du sien avec un petit signe de tête.

Trois mots : bonjour, asseyez-vous.

Babo s'installa donc à côté de son beau-père et l'étudia à son tour. Il nota le sombre costume impeccable, les épaisses lunettes à monture d'écaille, les cheveux – ou ce qu'il en restait – peignés en arrière sans affectation, les ongles soignés. Il remarqua sa bouche, presque une anomalie chez lui, avec des lèvres de femme, sensuelles, épanouies – les lèvres de sa femme. Des pétales cramoisis dans le rude désert de son visage.

« Geoffrey Boycott[1] a l'air en pleine forme.

– Je ne vous le fais pas dire. »

Et ils continuèrent sur ce mode. La petite danse entre Babo et Bryn : un concours d'économie et de retenue. Plus tard, Owen dirait qu'à les voir tous les deux avachis dans leurs fauteuils devant le cricket, on avait l'impression de deux vieux compères qui se connaissaient depuis toujours.

Ils étaient tous curieux de rencontrer Babo, bien sûr. Ils n'avaient que des photos avec les descriptions de Sian griffonnées au dos. Elle aurait très bien pu partir avec un seigneur de guerre au fin fond de la jungle, ils n'en auraient rien su.

Traitez-le comme n'importe lequel de vos voisins, leur avait écrit la jeune femme. *Mais pensez à parler lentement et à articuler.*

Une gageure pour Bryn et Nerys qui n'avaient quitté le pays de Galles qu'une seule fois, à l'occasion d'un voyage à Dublin, en 1959 – ce qui ne les aidait guère à imaginer un pays comme l'Inde et la vie qu'on pouvait y mener.

À l'heure du dîner, exceptionnellement, Nerys les autorisa à se servir dans la cuisine pour manger devant la télévision. Elle apporta à Bryn une grosse portion de pommes de terre rôties et des saucisses, parce qu'il en était friand.

« Qu'est-ce que vous prendrez ? demanda-t-elle à Babo.

– Ça a l'air délicieux, dit-il, dévorant des yeux le poulet et les saucisses honnis par Trishala qui fumaient dans l'assiette de son beau-père. Ce serait parfait. »

Il ignorait à quel point cette simple phrase allégea l'atmosphère, car s'il avait déclaré : « Pas de viande, s'il vous plaît »,

1. Joueur de cricket anglais né en 1940, célèbre pour son coup de batte.

Nerys n'avait que des pommes de terre, des choux de Bruxelles et une boîte de baked beans à lui proposer.

Pendant les quelques semaines suivantes, Babo et Sian trouvèrent chacun leur rythme. Le matin, elle se levait avant tout le monde et allait faire de longues promenades à travers champs. Lorsqu'il descendait, rasé et dans une tenue présentable, elle était assise à côté de la pile de vieux quotidiens et aidait son père à rouler méticuleusement des allume-feu. Une fois Bryn parti pour la carrière, Nerys et elle prenaient un tricot ou une broderie, quand elles ne préparaient pas une pâte brisée ou autre chose, en fonction des projets culinaires du jour. Babo accompagnait parfois Owen qui travaillait à Mold. Tandis que son beau-frère passait la journée à examiner des comptes à la Lloyd's, Babo se promenait en ville ou traînait au pub, devant une grille de mots croisés. L'inactivité physique commençait néanmoins à lui peser et lorsque l'oncle Norman, qui habitait à côté, se plaignit de l'état de sa remise, il l'aida à la réparer et à la peindre au cours de la semaine. Satisfaite de son travail, la tante Eleri lui demanda d'installer des étagères dans la serre pour ses œillets. Les villageois découvrirent bientôt qu'ils avaient tous une petite tâche à confier à Babo et il ne tarda pas à se lever en même temps que Sian, soucieux de ne pas gaspiller de précieuses minutes de lumière du jour, pour s'acquitter de ses obligations de bon voisin.

Le soir après dîner, Sian, sa mère, Babo et Owen jouaient au Scrabble sur la table de la cuisine.

« J'ai honte, disait Nerys chaque fois qu'elle perdait. L'anglais n'est même pas votre langue maternelle, pourtant vous êtes meilleur que nous ! »

Babo lui avoua qu'il était devenu champion de Scrabble du temps où il vivait au YMCA de Londres, où les résidents jouaient souvent jusqu'à quatre heures du matin, parce que c'était une période de leur vie où ils avaient plus besoin d'amitié que de sommeil.

« Le truc, c'est de connaître tous les mots de deux lettres. On les apprenait par cœur. Et aussi les mots en K, W, X, Y et Z. »

La discussion déviait souvent sur le régime végétarien, puis on passait à l'IRA, et inévitablement on terminait avec la situation entre l'Inde et le Pakistan. À 22 h 30, Bryn jetait un coup d'œil à sa montre de gousset et s'excusait poliment.

« Il y en a qui doivent travailler demain », disait-il avant de se retirer comme un général, le dos droit, ses pantoufles silencieuses sur les marches.

Il doit me haïr, songeait Babo. Comment ne pas haïr celui qui détruit l'essence même de sa vie ? Quand on a une fille qui part vivre par amour à l'autre bout du monde, comment fait-on pour s'en remettre ?

Lors de leur dernière soirée à Nercwys, Babo et Sian se rendirent sous la neige chez la tante Eleri, à l'autre bout du village. Tout le monde avait été invité à dîner et c'était la cohue dans sa salle à manger. Sur le seuil, dans ses habits du dimanche, tante El accueillait chacun comme si elle était leur pasteur.

« Entrez, entrez, prenez une chaise, servez-vous à boire. Oui, on boit ici, pas comme chez votre beau-père, Bob. De ce côté-ci du village, on est un peu mécréants. »

Lorsque tout le monde fut installé avec une assiette pleine et un verre de xérès, il y eut un silence pénible bientôt rompu par le chien Gwythur, qui, fidèle à ses habitudes, se frottait sans pudeur contre la jambe de l'un des hôtes.

« Ça me rappelle le couronnement de la reine, gloussa Sian. À l'époque, en 1953, tante El était la seule à posséder un poste de télé. On s'était tous entassés ici pour suivre la cérémonie. Je n'oublierai jamais ce moment.

– Ah, quelle soirée ! renchérit Eleri que ce souvenir avait déridée. Tout le monde est resté bien après minuit – même les petiots, ajouta-t-elle en désignant Sian et ses frères. Il a fallu que je les chasse. Et ces chenapans ont filé comme des chauves-souris échappées de l'enfer, abandonnant cette pauvre Sian qui a dû rentrer seule. »

Chacun y alla bientôt de ses souvenirs, et Babo sentit peu à peu les villageois se détendre. Les dos s'avachirent contre les dossiers, les jambes des vieilles dames se décontractèrent, daignant même se décroiser à l'occasion. Après quelques verres, on fit disparaître les sacs à main sous les chaises et les pipes s'allumèrent. Le raffut qui s'échappait à présent du salon aurait pu en remontrer aux spectateurs d'un match de cricket Inde-Pakistan.

Curieusement, Babo pensait aux parties de cartes dominicales de Prem Kumar, où ses tantes et ses oncles se rassemblaient pour caqueter comme des poules et des coqs dans une basse-cour. L'ambiance était très comparable ici, à la différence près que dans cette version galloise agrémentée de chintz, on trouvait des œufs à la diable sur le buffet au lieu des dhoklas. Par ailleurs, tandis que les Gujaratis d'un certain âge développaient des panses et postérieurs respectables, à Nercwys, hommes et femmes étaient plus robustes, plus uniformes dans leur rondeur. Mais on retrouvait le même esprit de clocher, avec ses avantages et ses inconvénients. Les tantes qui critiquaient une jeune fille encore célibataire et la pressaient de se marier. L'oncle je-sais-tout qui se plaignait d'un fils trop dépensier.

« Vous mangez de la viande, alors, Bob ? Je croyais que les hindous étaient végétariens ? s'enquit Rhys. Et vous ne dites pas non à un petit verre de temps en temps ?

– Eh oui, je suis un Indien indigne, j'en ai bien peur. »

La tante Idella, une des sœurs de Nerys, interrogea Sian au sujet de ses boucles d'oreilles.

« Tu les as trouvées en Inde, ma chérie ? Est-ce que toutes les femmes ont les oreilles percées, là-bas ?

– Oh oui, toutes petites, et même au berceau. On considère que ça porte bonheur.

– Mon Dieu, s'écria Idella. Angharad m'a demandé si elle pouvait se les faire percer à seize ans et je lui ai dit qu'elle devrait attendre d'être mariée et d'avoir sa propre maison.

– Oh, s'il n'y avait que ça ! » répliqua Sian.

Elle raconta alors à sa famille la noce à Anjar chez la grand-mère de Babo, qui vivait seule, entourée de paons et de lézards. Elle leur parla du bijoutier Hira Lal, qui avait chauffé à la flamme une aiguille avant de percer ses oreilles. La jeune femme était intarissable. C'était plus fort qu'elle, elle avait besoin de s'épancher. Son mari voyait pourtant que cette avalanche d'anecdotes créait un malaise parmi les tantes et les oncles. Trop de nouveauté d'un coup.

« Hé bé, disaient-ils en hochant la tête. Ah bon ? Bien sûr. »

Mais au fond, ils pensaient : El avait raison ! Il n'y avait que Sian pour faire une chose pareille : partir en Inde et épouser un gars que personne ne connaissait, mettre des anneaux dans ses oreilles et revenir raconter toutes ces histoires.

Babo observait sa femme, s'efforçant de l'imaginer enfant dans ce village. Il songea à la photo sur son bureau, à Sanbo Enterprises, où l'on voyait une Sian de quatre ans en costume traditionnel gallois : jupon de flanelle rayé, tablier, châle et haut chapeau noir. Ce portrait avait quelque chose d'irréel : ses joues étaient retouchées pour être assorties à la bandoulière rose bonbon de son sac qui traçait une diagonale sur sa poitrine, et les boucles indisciplinées qui s'échappaient de sa coiffe paraissaient savamment arrangées. Il lui semblait soudain que rien dans ce cadre d'étain ne correspondait à la femme assise à côté de lui.

Comment les morceaux du puzzle finissaient-ils par s'emboîter ? se demandait-il. Qu'est-ce qui faisait que deux êtres se trouvaient ? Où le mouvement et le chaos de l'univers prenaient-ils leur origine ? Car lorsqu'il observait son épouse, ce soir, au milieu de sa famille, il avait l'impression qu'elle ne sortait pas du même moule, qu'elle était arrivée, abracadabra, d'un autre monde qui planait au-dessus du leur et qu'elle s'était posée en douceur sur celui-ci, comme un oiseau migrateur. Il comprit qu'elle avait raison, tout compte fait. Leur destin se trouvait en Inde, qui les attendait patiemment au bout de l'horizon.

10

Quand ce n'est pas la naissance qui nous occupe, c'est la mort

L'été suivant, Babo, Sian et leur fille de quatre mois, Mayuri, emménageaient au 20 Rutland Lane, au rez-de-chaussée d'une maison au portail orange et noir. À l'entrée les attendait une femme robuste à la peau très brune, enveloppée d'un sari en polyester vert, les deux ailes du nez percées et ornées de bijoux dorés. Elle se présenta comme la sœur de Selvam. Elle venait aider la dame étrangère. Elle s'appelait Selvi. C'était le cadeau d'adieu de Trishala, convaincue que sa bru ne saurait être à la fois une bonne épouse, une bonne mère et une bonne ayah. En plus, crut-elle devoir préciser au téléphone à son fils, Selvi avait déjà travaillé pour une chrétienne et elle s'était convertie. Elle parlait donc très bien l'anglais.

« Je n'arrive pas à croire qu'elle soit de la famille de Selvam. »

C'est tout ce que Sian trouva à dire. Il est vrai qu'elle faisait bien quarante centimètres de plus que le vieux gardien ratatiné. C'est peut-être les enseignements de Jésus, plaisanta Babo, ou l'ingestion de bœuf, qui avait soudain stimulé sa croissance et lui avait permis de dépasser son frère.

« Elle est sûrement très bien », ajouta-t-il pour consoler sa femme qui voyait d'un mauvais œil cette présence étrangère dans sa maison, alors qu'ils entamaient à peine leur nouvelle vie.

De toute manière, dès que l'éducation des enfants était en jeu, Trishala n'admettait aucune contradiction. Il fallut donc se résoudre à traîner à l'intérieur la malle d'acier de Selvi qui attendait devant le portail.

À présent qu'ils étaient chez eux, Babo et Sian mangeaient du bacon au petit déjeuner, faisaient l'amour sur les sols de mosaïque, et veillaient tard pour suivre les matchs de cricket retransmis de l'autre bout du monde – le corps nimbé par la lueur sépulcrale de leur poste en noir et blanc flambant neuf. Parfois, un murmure s'échappait de la chambre d'enfant et Sian se précipitait pour vérifier que le bébé était vivant, qu'il respirait toujours. Ce scénario se répétait presque chaque soir depuis qu'elle était mère. Elle approchait son oreille du torse de sa fille, sentait le mouvement rassurant de sa poitrine qui se gonflait et retombait, puis rejoignait Babo sur la pointe des pieds – étendu de tout son long en kurta pajama blanche, tel un cerf-volant exotique et votif – et se lovait contre son mari, à la recherche d'un abri tiède qui ressemblerait à un chez-soi.

Babo et Sian retrouvèrent dans cette maison un rythme de vie qui n'était même pas envisageable à Sylvan Lodge : ils passaient leurs journées blottis dans le confort d'une chambre rafraîchie par la climatisation, la complainte d'Ella Fitzgerald en fond sonore, et un roman policier ou un vieux numéro de *Good Homes* entre les mains. Le bébé, minuscule et rose entre eux, semblait d'une impossible fragilité au milieu du lit immense.

La pièce que Selvi occupait derrière la cuisine était toujours impeccable et austère. Elle avait pour toute décoration un poster de l'enfant Jésus dans son berceau qui lui rappelait chaque matin que son Seigneur l'aimait, et une photographie de son acteur préféré, M.G. Ramachandran, futur chef du gouvernement du Tamil Nadu, en tenue de cow-boy, sautant en l'air pour atteindre les mots ROI DU STYLE. La présence intrusive de Selvi s'était vite révélée très supportable. Non seulement elle traduisait pour Sian toutes sortes d'expressions tamoules d'usage courant, mais elle recensait avec un soin méticuleux les dépenses du ménage sur des bouts de papier qu'elle triait le vendredi et rangeait, rassemblés par un trombone, dans la corbeille à fruits de la cuisine. Si d'aventure elle trouvait une erreur dans la note du dhobi qui lavait leur linge, ou si l'homme chargé du repassage bâclait son travail, comme la fois où il avait égaré le sari de Mangalagiri préféré de Sian, elle sortait au triple galop de la maison, un couteau à la main, et agonissait d'injures le coupable qui déguerpissait sans demander son reste et promettait d'éviter toute maladresse à l'avenir. Selvi n'était pas seulement une gouvernante farouche, elle savait associer les aliments les plus divers et inventer des mets que personne n'était capable de refaire. S'émanciper de la tyrannie de Sylvan Lodge permettait à Sian de faire des incursions hors de la cuisine végétarienne. Réussir des chapatis parfaits était une chose, mais elle voulait aussi apprendre à confectionner des kebabs et des currys de viande épicés. Ils avaient un nouveau cercle d'amis qu'ils comptaient bien recevoir et pour cela, il faudrait pouvoir leur offrir des plats un peu plus excitants que le dal et le riz.

Aucun événement majeur, ni malheur ni maladie, ne vint troubler ces premières années. À l'été succédait la mousson, avec quelques mois de relative fraîcheur jusqu'aux récoltes de janvier, puis c'était le retour de l'été. Il n'y eut pas d'excursion en Fiat Filante, pas d'exploration de la campagne environnante avec Mayuri. Seulement le besoin de s'enraciner dans ce lieu, de découvrir les habitudes des Singhania qui occupaient le premier étage, de l'Association des femmes du Pendjab voisine, et des chats qui peuplaient le mur entre les deux propriétés. Le dimanche, ils se rendaient à Sylvan Lodge et une fois l'an chez Ba, à Anjar, au Gujarat. Le reste du temps, il n'y avait que Babo, Sian, Mayuri, Selvi, et la maison au portail orange et noir. Sian se rappellerait cette période comme la plus heureuse, la plus épanouie de sa vie.

Lorsque Apollo 17 atterrit sur la lune, Sian avait rejoint le Club des femmes expatriées de Madras et s'était fait ses premières véritables amies en Inde. Il y avait Darlene Malhotra, née Adams, une pédiatre du Tennessee qui avait rencontré son mari Praveen pendant un concert d'Elvis Presley à Las Vegas et qui, après un trip au LSD particulièrement intense, avait décidé de l'épouser et de prendre six mois pour visiter l'Inde. Janet Krishnamurti, née Miller, de Plymouth, avait succombé au charme de l'officier de marine marchande Keshav en 1956 – à tel point qu'elle avait accepté de rentrer avec lui en bateau et de le partager avec sa mère, une veuve dominatrice qui avait toujours vécu avec lui et continuerait jusqu'à ce que l'un des deux meure. Ces couples deviendraient au fil du temps leurs amis les plus proches. Au moins deux fois par semaine, ils se retrouvaient sur les pelouses du Gymkhana Club pour siroter des gin tonics et discuter aussi bien du Vietnam que du dernier James Bond programmé au cinéma Casino. C'étaient des soirées joyeuses, où l'on écoutait de la musique, dansait et buvait : une liberté qu'ils n'avaient pas connue depuis Londres.

À cette même époque, Sian se lança à corps perdu dans diverses causes charitables. Grâce aux nombreuses activités sociales et caritatives du Club des femmes expatriées, elle trouva le moyen de canaliser le sentiment de culpabilité qui l'accablait depuis ce jour où elle avait découvert toutes ces familles qui dormaient sur le trottoir, à son arrivée à Bombay. Elle tricotait des couvertures pour les malades et enseignait l'anglais aux enfants des quartiers démunis. Elle tenait les mains ridées des hommes et des femmes abandonnés par leurs proches et brodait des sets de table avec les Petites Sœurs des Pauvres. Sian les aimait tous, visitait asiles d'aliénés et services des cancéreux, pleurait lorsqu'elle apprenait qu'ils étaient enchaînés à leur lit la nuit, avait des frissons de bonheur quand des orphelins trottinaient à sa rencontre en criant : « Tatie, tatie ». Elle s'émerveillait que sa propre fille ne lui causât jamais de problème. Elle semblait heureuse d'être tartinée d'huile de moutarde et rebondissait joyeusement sur les larges cuisses de Selvi, au son des chansons de films tamouls.

Ce fut à ce stade relativement paisible de sa vie que Sian se découvrit de nouveau enceinte. Cette seconde grossesse se déroula dans une atmosphère plus sereine que la première. À présent qu'elle avait sa propre maison, elle pouvait traîner toute la matinée en caftan à lire *Comment soigner et éduquer son enfant* du Dr Spock, pendant que Mayuri jouait avec des cubes sur la véranda sous l'œil vigilant de Selvi. Enceinte de son premier bébé, Meenal était retournée vivre avec sa famille quelques mois avant l'accouchement comme le voulait la coutume, offrant un exutoire aux bons conseils des femmes Patel. Tandis que Trishala portait toute son attention sur sa fille (qui à vrai dire était ravie de passer ses journées étendue et de se laisser gaver comme un porcelet dodu), Sian vaquait tranquillement à ses activités. Une fois par semaine, elle déposait Mayuri à Sylvan Lodge avec une petite valise contenant ses affaires de nuit, pour que sa grand-mère la dorlote et qu'elle joue avec son nouvel ami Cyrus, le petit-fils de Darayus, un gamin dégingandé affligé d'une forte myopie, dont les parents habitaient aux États-Unis.

En fin d'après-midi, Sian se rendait au jardin de la Rédemption, et tous les vendredis elle s'asseyait avec Mrs Douglas sous le banian, pour méditer les paroles de Manna : *Suffit-il de nommer une chose pour la connaître ?* Le soir, lorsqu'elle retrouvait Babo et qu'ils s'allongeaient côte à côte, loin de la cohue, des conflits et des contradictions du monde extérieur, elle pouvait enfin profiter d'un répit, et réfléchir à ce que signifiait réellement le calme dans ce pays.

Tard dans la nuit, elle pensait à sa mère et à son père qui vieillissaient patiemment et attendaient – qui l'attendaient, elle. *Tu ne rentreras donc jamais ?* demandaient-ils. *Bientôt,* murmurait-elle, *bientôt nous monterons tous à bord d'un avion et nous viendrons à Nercwys, car il est temps, n'est-ce pas ? Il est temps que vous rencontriez Mayuri et le bébé à naître.*

Depuis qu'ils avaient emménagé dans la maison au portail orange et noir, Babo avait longuement médité sur les choix qu'on faisait au cours de son existence : où commençaient-ils, où finissaient-ils ? Il rêvait de Londres, de la griserie et de l'agitation qu'il éprouvait là-bas, parce qu'il se réveillait le matin avec le sentiment que chaque journée était une conquête. Il songeait à son amour d'alors, Falguni, et se demandait à quoi aurait ressemblé leur vie conjugale. Meenal leur avait appris qu'elle habitait désormais Nairobi, où elle avait épousé un producteur d'huile végétale millionnaire qui n'était plus dans sa prime jeunesse. Quand il pensait à elle et à ses lettres tachées de larmes, il ressentait des petits pincements de culpabilité. Aurait-il vécu la paternité autrement, si lui-même avait été un fils obéissant, s'il avait fait ce qu'on attendait de lui ? Cette nouvelle phase de son existence aurait-elle été plus facile à comprendre ? Que se serait-il passé s'ils étaient retournés à Londres, comme prévu ? S'il avait accepté l'emploi que Fred Hallworth lui avait promis chez Joseph Friedman & Sons ?

La vie était une chorégraphie complexe à l'équilibre délicat, pourtant, on n'y pensait jamais vraiment. Il n'avait pas eu l'occasion d'examiner les choix qu'il avait faits. Toujours réagir, réagir, réagir. Et ces réactions semblaient les avoir entraînés dans des directions différentes, Sian et lui. Elle avait soudain trouvé sa place, elle qui avait dû s'accommoder de multiples déchirements. À croire qu'elle était destinée à cette existence : élever des enfants, sauver le monde. Pourtant, rien n'avait été planifié – ils n'avaient pas eu le temps. Babo n'avait même pas eu à s'agenouiller pour demander sa main. Les décisions s'étaient enchaînées dans l'urgence : ceci-ou-cela, ensemble-séparés et bang, ils se retrouvaient mariés à Madras, prêts à accueillir leur deuxième enfant.

Comme toujours lorsque Babo errait en territoire inconnu, il se tourna vers sa grand-mère.

« Ba, gémit-il bruyamment au téléphone. Pourquoi donc est-ce que personne n'est capable de parler d'autre chose ? Le bébé par-ci, le bébé par-là. Papa est devenu fou, pour de vrai. Il n'a jamais fait un tel cinéma quand on était petits. Mais là, si tu le voyais, avec son sourire béat. Quant à maman, elle ne se tient plus de joie. Deux nouveaux petits-enfants en route. Ses nerfs vont la lâcher. On dirait que toute sa vie n'avait été qu'une préparation à cet événement : être grand-mère !

– Qu'est-ce qui ne va pas ? demanda Ba. La paternité te déplaît ?

– Non, ce n'est pas la question.

– Alors, quoi ? Ta femme t'a chassé du lit conjugal ?

– Non !

– Dans ce cas, c'est l'enfant gâté en toi qui parle. Tu ne supportes pas de ne plus être le centre du monde ?

– Mais non, Ba. Pas du tout. C'est seulement que je m'attendais à autre chose. »

Il avait l'impression que sa vie s'était emballée et l'avait laissé en plan. Il commençait tout juste à s'habituer à s'occuper d'un autre petit être doté de chromosomes et d'aspirations propres, que déjà un second enfant menaçait d'arriver, avec de nouvelles exigences. Sian s'était réconciliée avec son tapis de yoga et pratiquait le pranayama tous les matins. Elle faisait écouter Mozart à son ventre gonflé et elle avait même ressorti les livres de Dylan Thomas de son père pour réciter des poèmes le soir. C'était trop. Tous ces changements. Pour quoi faire ? Qu'est-ce que cela signifiait ?

La paternité demeurait quelque chose d'abstrait pour lui. Quand Chotu soulignait, ravi, que Mayuri avait les yeux gris de son papa, qui étaient aussi ceux de Trishala et de sa mère Gurvanthi, la servante du temple, Babo sentait bien qu'il y avait là quelque chose de magique. Plus que tout, avoir des enfants rapprochait les êtres humains de l'immortalité. Pourtant, cette idée, au lieu de lui donner un sentiment de puissance, le diminuait. Le sable du temps s'écoulait trop vite. Il avait l'impression qu'il venait de découvrir la jeunesse et l'insouciance : veiller jusqu'à trois heures du matin pour boire avec des amis, discuter et danser chez les uns et les autres sans avoir à se justifier. Comment continuer à vivre ainsi avec deux enfants ?

En outre, rien dans son corps ne l'avait obligé à admettre la réalité de la naissance prochaine. Pas de changements hormonaux, pas de petit étranger dans son ventre qui s'était nourri de ce qu'il avalait pendant neuf mois. Durant toute la saga de la première grossesse, Babo avait été l'auxiliaire, celui qui avait fourni le spermatozoïde nécessaire, le coursier qui livrait les kati rolls du restaurant Tic-Tac ou les doughnuts à la confiture de chez Spencer, au gré des envies de Sian. Et rien de tout cela ne l'avait préparé au moment où pour la première fois il s'était approché du berceau afin de prendre son enfant dans ses bras. À la naissance de Mayuri, il avait eu l'impression de se retrouver lâché sur un bateau en pleine mer, sans compas. Et la perspective de devoir tout recommencer aussi vite le pétrifiait.

Il avait fallu du temps à Babo pour porter Mayuri avec assurance, pour la jeter en l'air comme Chotu, sans crainte de la briser en mille morceaux. Les satisfactions avaient également été lentes à venir : entendre Mayuri prononcer son deuxième mot, *Papa*, suivant de près le premier, *Maman*, une surprise attendrissante qui montrait dès le départ la volonté de l'enfant de distribuer son amour en parts égales à ses parents. Mais à présent, quand on lui amenait la petite après son bain – son corps entier nimbé de l'éclat doux et innocent du shampooing –, pour un câlin avant l'heure du coucher, il devait reconnaître qu'elle éveillait en lui une émotion inconnue.

Tout cela, Babo avait appris à l'apprécier, et même, il ne pouvait plus s'en passer. Mais la naissance de sa première fille ne l'avait en rien préparé – mais alors, en rien du tout – à celle de la seconde : Beena Elizabeth Patel, qu'on n'appellerait jamais que Bean. Quand elle apparut dans sa vie, Babo éprouva un sentiment qu'il avait connu une seule fois, dans une cantine londonienne. Quelque chose qui le toucha au plus profond de son être, jusque dans le mince faisceau de muscles posé comme une feuille sur son estomac. C'était au-delà des feux d'artifice et des cataclysmes. C'était un coup de foudre.

Le 15 août 1973, dans les chambres 305 et 306 de l'hôpital Lady Wellington, Sian et Meenal accouchèrent chacune d'une fille en bonne santé. Celle de Meenal, que l'on nommera désormais Monosourcil numéro un, se présenta à 16 h 23, une heure tout à fait décente. Bean, en revanche, poussa laborieusement ses quatre kilos deux vers la sortie, et mit vingt-cinq heures de plus : une arrivée pénible pour sa pauvre mère, mais aussi pour le médecin et les neuf infirmières qui ne pouvaient pas profiter de la fête de l'Indépendance – sans parler de ses grands-parents qui espéraient un petit-fils.

« Oh là, s'écria Chotu à cette nouvelle. Trois nièces ! Vous ne pourriez pas avoir un garçon pour changer ?

– Ç'aurait dû en être un, gronda Trishala. Mais Dieu a dû se raviser à la dernière minute.

– Maman, on ne peut pas la rendre ? » demanda Mayuri.

Bean était un ange de bébé. Elle n'avait pas besoin de berceuses ni de chansons de films tamouls. Elle ne bronchait pas. Tant que sa mère l'allaitait à heures régulières, elle était heureuse, petite limace paisible, qui suçait son pouce énergiquement. Quelle que soit l'heure à laquelle ses parents la couchaient, elle dormait d'un trait jusqu'à huit heures du matin, après quoi elle jetait un regard silencieux entre les barreaux de son lit, en attendant que quelqu'un – peu importe qui – se décidât à la prendre pour la nourrir.

« Bean, murmurait Babo alors qu'elle était recroquevillée sur le flanc, le pouce dans la bouche, indifférente au monde. Hé, Bean, biniou, binette, tu as vu ! Papa est venu te dire bonjour. »

Son autosuffisance le fascinait, elle formait un univers à elle toute seule. Peu importait qu'on la cajole ou non, que les lumières soient allumées ou éteintes. Tant qu'elle avait son pouce à disposition et l'estomac plein, elle ne bronchait pas. De manière générale, sa naissance causa moins de bouleversement que celle de Mayuri. La première fois, il y avait eu des télégrammes et des cadeaux, un défilé incessant de visites, des photographies, des friandises. Bean fut accueillie avec plus de retenue. Il y eut quelques cartes par la poste, des appels téléphoniques, mais aucun objet précieux que Sian aurait pu ranger dans son tiroir à bijoux, enveloppé dans du papier de soie rose, pour montrer à Bean plus tard à quel point ses doigts et ses chevilles étaient fins à sa naissance. Bien sûr, il y avait les incontournables bracelets en or de Trishala, une croix en argent de chez Tiffany envoyée par Bryn et Nerys, mais rien de comparable au butin accumulé par Mayuri.

Six mois plus tard, Babo, Sian et les deux filles s'embarquaient à bord du Navjeevan Express pour Ahmedabad, et prenaient un bus de nuit qui les conduisit à Anjar. La cérémonie où Bean recevrait officiellement son nom devait avoir lieu au temple d'Amba Mata. La maison de Ba à Ganga Bazaar avait été balayée et frottée avec tant d'énergie que le sol de pierre noire brillait comme de l'onyx. Des guirlandes de jasmin pendaient des lambrequins dans la pièce aux balançoires, et des petits vases de cuivre dans lesquels flottaient des fleurs de frangipanier étaient posés un peu partout. Ba les attendait sur le seuil. Comme à son habitude, elle les avait sentis de loin. Babo, à l'odeur de nuage de pluie et de fleurs de bakul, la plus forte et la plus enivrante qu'elle connût. Puis sa femme galloise : des hectares d'herbe fraîchement coupée. Son arrière-petite-fille Mayuri, elle, lui évoquait les racines et la terre : un parfum puissant, têtu, aussi dur que le rubis. Et à présent, une nouvelle senteur, si nostalgique et complexe que Ba en avait les larmes aux yeux, car elle ravivait les cendres de son enfance. C'était l'arôme des épices : sa mère qui préparait au mortier un mélange de piment, de curcuma et de cumin, censé durer toute l'année ; l'odeur de la glace, sucrée et synthétique, par un jour d'été ; l'âpreté de l'eau de source, du cuivre, du sexe et du sang.

Lorsqu'ils pénétrèrent enfin dans la cour, Ba avait l'impression d'avoir revécu en quelques instants sa vie entière. C'était comme une noyade, une succession de petites révélations et de grandes déceptions.

« Pourquoi est-ce que vous avez été si longs ? reprocha-t-elle à Babo, avant même qu'il ait pu toucher ses pieds et demander sa bénédiction. Vous oubliez que je suis une vieille femme. Tu crois que je vais durer éternellement ? Où est Beena ? Laissez-moi la prendre dans mes bras. Mettez-la sur mes genoux, que mes yeux me disent ce qu'il y a à savoir, tant qu'ils le peuvent encore. »

Ba tint le bébé un long moment, inspectant ses orteils et ses doigts, s'émerveillant de la rondeur de sa tête parfaitement lisse. À côté, Mayuri, pas encore habituée à cette petite sœur potelée qui détournait une partie de l'attention qui lui était autrefois réservée, murmura dans l'oreille de Ba :

« Je ne l'aime pas du tout. Selvi l'appelle son gros beignet, et c'est vrai qu'elle est grosse ! »

« Tu devrais te reposer, maintenant, conseilla Ba à Sian.

– Je crois que oui. Les deux naissances se sont enchaînées assez vite.

– Non. Je veux dire que tu vas avoir besoin de faire une vraie pause. Tu devrais peut-être même arrêter. Il n'y a que trois types de femmes dans le monde : les femmes de terre, les femmes d'eau et les femmes de feu. Mayuri va plonger ses racines profondément dans le sol. Elle saura qui elle est et ce qu'elle est. Toujours. Mais celle-ci, cette Beena, elle passera de la terre à l'eau et au feu. Constamment. Elle voudra se mouvoir comme l'eau, changer de forme, mais elle aspirera aussi à rester immobile. Et elle aura un caractère fort. Oh ! il faudra faire quelque chose pour apaiser cette flamme. Pas de doute, tu n'auras pas le temps de t'ennuyer avec elle. »

Bean, qui semblait écouter avec attention, ravie par les cheveux diaphanes de la vieille dame, gloussa. Son premier rire véritable.

Ba porta le bébé au temple d'Amba Mata, où le prêtre psalmodia son nom à plusieurs reprises, pour la faire venir au monde une seconde fois. Puis elle fut ramenée à la maison, baignée et changée, avant d'être posée sur les genoux de Sian. Là, le bijoutier Hiral Lal oignit ses oreilles d'huile de noix de coco pour y passer des anneaux d'or à une heure propice, déterminée au préalable. Bean poussa un hurlement si effrayant que même les paons sur le toit de tôle, abasourdis, se turent. Ba seule se montra capable de l'apaiser en la prenant dans son giron.

« *Laadli, ô mari laadli* », chantonnait-elle, tandis qu'elle glissait entre ses lèvres un morceau de gur tendre et sucré.

À côté du puits derrière la maison, Babo qui fumait des cigarettes et écoutait les cris à l'intérieur, sentit ses membres s'engourdir. Il avait passé la journée à parcourir les ruelles de Ganga Bazaar avec l'idée que, quatre ans plus tôt à peine, il s'était fait pousser les cheveux et qu'il était venu ici pour exprimer son désaccord avec ses parents. Sa vie n'existait alors que dans son imagination, dans un avenir incertain. Elle reposait entièrement sur les minces enveloppes bleues que le facteur Neeraj bhai apportait – ou non. Il se souvenait des nombreuses heures à la table du Zam Zam Lodge, où il buvait son chai très sucré, tasse après tasse, et écrivait jusqu'à ne plus avoir d'encre ; il se rappelait les soirées en compagnie de Ba, qui lui racontait l'histoire d'amour de ses grands-parents maternels, la grande sécheresse qui avait suivi, la famille avec ses inconvénients et le réconfort qu'elle pouvait offrir.

Par les jalis et les portes ouvertes, Babo regardait sa femme en sari de soie magenta, un large bindi rouge au milieu du front, occupée à casser des noix de coco et à enduire le bébé d'huile, comme si toute son existence l'avait préparée à jouer ce rôle. Il voyait sa grand-mère en sari de veuve porter ses petites-filles qui avaient la perfection du diamant, et son cœur se gonfla soudain. C'était un abandon, non ? L'amour était un abandon et il avait résisté.

Babo entra dans la maison et sortit son Minolta de son étui poussiéreux. Le soleil dans son dos, il photographia les quatre femmes de sa vie. Il demeura longtemps à la porte à écouter l'obturateur ronronner, à cadrer les taches de blanc et de magenta, les petits yeux noirs, les points lumineux. Il pensa aux autres membres de sa famille : Trishala, Prem Kumar, Meenal, Dolly, Chotu – qui, il y a quelques années, s'étaient alignés à l'aéroport de Meenambakkam pour le saluer, avant qu'il s'envole pour l'Angleterre. Qu'il était jeune, alors, à peine l'ombre d'une moustache au-dessus de ses lèvres ! Pourtant, il savait déjà que son existence serait bouleversée. Il avait eu l'impulsion d'aller vers eux, de réaffirmer leurs liens, tant que tout était encore pareil. Et aujourd'hui, envahi par un sentiment similaire, Babo voulait dire à sa femme : « Je comprends. C'est notre vie. Notre avenir est devenu notre présent. Ces deux filles, ce pays : c'est nous. »

DEUXIÈME PARTIE

La maison au portail orange et noir
1974-1995

11

Alors, c'est ici

Alors, c'est ici que tout commença pour eux. C'est ici que tout commença vraiment. C'est ici que Sian donna naissance à deux filles qui entrèrent dans leur vie comme le vent, l'un chaud, l'autre froid, l'un hurlant, l'autre silencieux. C'est là qu'ils commencèrent à s'appeler une famille : Babo, Sian, Mayuri, Bean.

Dehors se dressait le flamboyant, le témoin de leur vie.

Sur le mur qui les séparait de l'Association des femmes du Pendjab, une horde de chats tigrés copulait et miaulait toute la nuit.

Au bout de la rue se trouvait le magasin Okay Stores, où M. Mustafa passait ses journées assis, son sourire révélant l'éclat de l'or au fond de sa bouche, au-dessus des gencives écarlates. C'est là que Selvi achetait ce dont elle avait besoin pour la cuisine, et que les filles se disputaient des sucettes glacées à la mangue.

Au premier étage habitaient les Singhania. Leurs jeunes fils, dont Mayuri empruntait la bicyclette rouge afin d'apprendre la persévérance, s'agenouillaient au bord de la balustrade blanche à la peinture écaillée pour apercevoir Bean, petite furie exhibitionniste qui surgissait nue de la salle de bains.

Dehors se dressait le portail orange et noir qui veillait sur les allées et venues de la famille, les jambes qui s'allongaient et les orteils cassés, les garçons et les filles, les filles et les garçons.

Babo, Sian, Mayuri, Bean : éternels explorateurs en quête de beauté. Ils poussaient les battants du portail, les ouvraient quand ils auraient dû rester fermés, entraient et sortaient furtivement – personne n'avait rien vu, personne ne s'en offusquerait, pensaient-ils.

Tous les dimanches, ils se rendaient à Sylvan Lodge, où Mayuri et Bean grimpaient l'escalier en courant et se débarrassaient de leurs chaussures avant de pénétrer d'un pas déterminé dans la chambre de Prem Kumar et Trishala. Trishala ba leur donnait des pièces d'une roupie toutes neuves et un carnet de la papeterie Indo-Burma Stationery, tandis que Prem Kumar se contentait d'un mince sourire qui découvrait ses dents tachées de bétel, et leur demandait si elles avaient enfin appris à faire des chapatis.

Dolly, qui n'avait pas encore épousé Chunky à Baroda, les prenait sur ses genoux et les chatouillait tour à tour, ne s'arrêtant que lorsqu'elles menaçaient de mouiller leur culotte. Et vite, elles se précipitaient au rez-de-chaussée pour faire pipi moitié-moitié, chacune une fesse sur le pot. Chotu, qui passait son temps à jouer au cricket sur le maidan ou à faire voler des avions sur la terrasse, les hissait sur ses solides épaules pour qu'elles voient la mer. Mais elles ne distinguaient que Sterling Road, la longue avenue bordée de porchers à fleurs pâles, parsemée de rickshaws jaunes, de voitures, de motos et de charrettes. Devant le portail, Selvam à demi aveugle peignait un signe dans la poussière crayeuse pour éloigner les démons.

Dans la maison voisine, Darayus apprenait à son petit-fils Cyrus Mazda la fonction de chaque outil dans le garage. Cyrus aux dents de rongeur et aux lunettes en cul de bouteille. *Cyrus le grand / Né sur un banc.* Lorsqu'il avait terminé, il escaladait le mur et les suppliait de l'accepter au Club du dimanche, dont Mayuri était la présidente. Elle réclamait aux deux membres un droit d'adhésion de vingt-cinq paisas et leur faisait prêter serment d'allégeance. Puis elle leur demandait d'écrire tous les événements atroces qui étaient arrivés à l'école pendant la semaine : *Lalit s'est coupé le doigt avec un compas. Kaveri a été blessé à la tête pendant le lancer de poids. Mrs Subramanium s'est évanouie pendant une réunion.* Quand ils en avaient assez, ils traversaient la terrasse à pleins gaz dans un sens puis dans l'autre jusqu'à ce que les filles soient hors d'haleine, le visage rose à force d'essayer de rattraper Cyrus aux jambes d'autruche.

Ensuite, ils descendaient à pas de loup pour prendre de l'eau dans la cruche en terre et ils trouvaient tout le monde assoupi – comme au royaume de la Belle au bois dormant : Prem Kumar et Trishala ba allongés, bien droits, chacun à un bout du lit ; maman et Dolly dans la chambre climatisée ; papa et Chotu sur les canapés chocolat du salon, où ils ronflaient comme des camions de pompiers.

Mayuri glissait la main dans la poche de la kurta de Babo et lui volait les clés de la Fiat Filante orange.

« Vous voulez jouer à un jeu pour les grands qui est rigolo ? » leur demandait-elle.

Alors, elle ouvrait les portières, les installait sur le siège arrière et remontait les vitres, ne laissant passer qu'un mince filet d'air. Elle les obligeait à rester assis là pendant une demi-heure, jusqu'à ce que leur front dégouline de sueur. Les lunettes en cul de bouteille étaient couvertes de buée et Bean se mettait à geindre.

« Je veux sortir, ou je vais tout dire à papa, May-May.

– Tu ne veux pas être une adulte et voir comment c'est dans un sauna ? » répliquait Mayuri.

Enfin, elle les libérait et ils cavalaient comme des fous autour de la maison vert pistache, en faisant le petit train. Ils accéléraient à l'arrière, près des chambres des domestiques. Ils dépassaient la pierre à laver, la corde à linge et le caniveau qui faisait le tour du bâtiment et où Prem Kumar se brossait les dents tous les matins avec un bâtonnet de margousier. Quand Cyrus décidait qu'il en avait marre de subir la tyrannie de Mayuri, il escaladait le mur dans l'autre sens et rentrait chez lui. Les fillettes continuaient de galoper jusqu'à ce que Sian les appelle, à l'heure du cacao et des tartines de confiture. Comme par hasard, Bean avait sali ses habits et s'était écorché les genoux, tandis que sa sœur restait immaculée : les tresses sages, des pièces de monnaie plein les poches.

À l'intérieur, les adultes étaient assis autour de la table ovale, le visage plissé par le sommeil. Trishala triait des pépins de grenade – un par un, roses et minuscules – qu'elles mettaient tous dans la bouche d'un coup et C-R-O-Q-U-A-I-E-N-T pour que le jus sucré leur coule dans la gorge. Babo et Prem Kumar aspiraient à grand bruit leur chai brunâtre et laiteux, comme des poissons. Sian, vêtue à l'indienne, allait et venait entre la salle à manger et la cuisine, car le dimanche n'était pas seulement le jour de Sylvan Lodge, c'était aussi celui du sari et de la plage. Quand Babo annonçait qu'il était l'heure, elles gravissaient l'escalier à toute allure et se laissaient glisser sur la rampe de bois jusque dans les bras de Chotu kaka qui les rattrapait à l'arrivée. Elles s'emparaient de leurs chaussures et se précipitaient à la porte en faisant des signes d'adieu. *Aujo, aujo, au revoir, au revoir, à dimanche prochain.*

Ainsi allait leur vie, en attendant le jour où elles seraient adultes, différentes. Mais d'ici là, tout était léger, aérien.

En attendant, donc, Babo les conduisait à Marina Beach, où ils achetaient des moulins en papier et des ballons gonflables. Mayuri et Bean retiraient leurs vêtements et couraient dans les vagues tandis que leurs parents, qui leur recommandaient de ne pas aller trop loin, restaient assis sur la rive, main dans la main. Ensuite, ils se rendaient au Woodlands Drive-In. Les filles s'installaient sur le capot de la Fiat Filante en maillot de bain, enveloppées dans une serviette, avec leurs fins cheveux mouillés de bébé qui rebiquaient dans tous les sens. Elles engloutissaient des idlis avec du chutney à la noix de coco et du sambar, puis partaient à l'assaut des cages à poules du terrain de jeux. Babo et Sian les attendaient dans la voiture où ils mangeaient sagement leurs dosas, comme des stars de cinéma. Après, Babo allait chercher ses filles, les soulevait et les autorisait à choisir une glace au comptoir du restaurant Dasaprakash : un parfum différent chaque fois pour Bean, alors que Mayuri restait fidèle à la vanille.

Sur le trajet du retour, elles faisaient semblant de dormir comme de petits escargots à l'arrière, bras et jambes entremêlés. Devant le portail orange et noir, Babo klaxonnait jusqu'à ce que Bahabur, ivre, se levât de son siège pour leur ouvrir. Alors, leurs parents les attrapaient une par une et gravissaient les marches de marbre, franchissaient le seuil et les portaient dans leur chambre aux lits d'osier jumeaux, pour les déposer sur les couvertures tricotées par leur grand-mère à Nercwys. Sian tirait les rideaux à fleurs. Babo éteignait les lumières et leur disait « Bonne nuit, mes petits oiseaux, bonne nuit », comme s'il ne se doutait pas que ses filles étaient éveillées et retenaient un sourire, échangeant des regards chori chori dans l'obscurité. Demain matin, Selvi prendrait une jarre d'huile pour démêler leurs cheveux pleins de sable. Sian les peignerait. Mais pour l'heure, on les laissait dormir sur l'île de leurs lits, leurs jeunes corps rapidement vaincus par le sommeil. C'étaient des nuits sans cauchemar, où nul n'avait besoin de fuir un quelconque danger et le jour, quand il se levait, était frais, sec, paisible.

12

Il ne faut pas craindre les dieux

Bean vit son premier fantôme un dimanche matin d'avril. Elle avait six ans et se cachait dans le bosquet d'ashokas de Sylvan Lodge. Les adultes buvaient du chai autour de la table de la salle à manger, tandis que Mayuri et Cyrus Mazda jouaient au restaurant sur la terrasse. Elle se sentait en sécurité au milieu des arbres, seule parmi le chaud feuillage vert, ses pieds nus dans la boue. Elle décida de rester assise là un moment, à dessiner des ronds et des croix dans le sol, en attendant qu'on remarque son absence et qu'on vienne la chercher.

Bean avait pris l'habitude de disparaître depuis quelques mois. En général, parce que Mayuri était méchante ou que les voisins du premier étage, les frères Singhania, l'embêtaient. Parfois elle n'aurait même pas su expliquer son besoin d'attention : c'était un sentiment d'isolement si total que, lorsqu'il la saisissait, elle se ruait vers la porte de service, après la chambre de Selvi, et escaladait le mur de l'Association des femmes du Pendjab pour se réfugier auprès de l'une des gentilles pensionnaires.

La première fois, elle s'était enfuie par accident. Sa meilleure amie Mehnaz l'avait invitée chez elle après l'école, pour jouer dans sa piscine en forme de pomme. Bean, sans penser à mal, avait joyeusement grimpé à l'arrière du minibus avec elle. Trois heures et une ventrée de pakoras au mouton plus tard, la mère de Mehnaz, tante Sherize, rentra de ses courses et découvrit horrifiée que la fillette n'avait prévenu personne. Elle passa les coups de téléphone nécessaires et avertit la petite :

« Ma chérie, tu peux venir ici quand tu veux, mais tu dois toujours demander à ta maman d'abord. »

Puis elle renvoya l'enfant chez elle dans l'une des Rover de son époux. Lorsque la voiture approcha de la maison au portail orange et noir, Babo se précipita à sa rencontre. Il prit Bean dans ses bras et pressa son visage barbu dans ses cheveux chlorés.

« Ne refais jamais ça. Si tu aimes papa et si tu ne veux pas lui causer une crise cardiaque, ne refais jamais ça. »

Sian la traîna dans la salle de bains.

« Est-ce que ça t'arrive de réfléchir avant de faire quelque chose ? Si tu prenais la peine de penser aux autres de temps en temps, et aux problèmes que tu causes ? »

Bean pensait à cette transgression initiale, en regardant l'implacable soleil de Madras jeter ses derniers rayons avant de disparaître derrière les immeubles. Bien entendu qu'elle ne prenait aucun plaisir à inquiéter son entourage, surtout pas Babo et Sian. Mais savoir que l'on souffrait de son absence était un sentiment merveilleux.

« Est-ce que tu as pensé que j'avais été kidnappée, toi aussi, May-May ? » demanda-t-elle à sa sœur, alors qu'elles étaient allongées dans leurs lits jumeaux ce soir-là.

Mayuri, assise sur son lit, rejeta d'un geste impatient ses deux tresses.

« Tu es la fille la plus BÊÊÊÊTE que je connaisse. Tandis que mademoiselle prenait du bon temps chez Mehnaz, papa et maman étaient en train de remplir des formulaires au poste de police et se demandaient si tu étais morte. Tu le savais, ça ? Et pendant que les maîtres et les maîtresses mettaient l'école sens dessus dessous, moi, je devais attendre dans le bureau du directeur à me faire dévorer par les moustiques sans rien d'autre à boire qu'un Thums Up ! »

Comme Bean se rallongeait pour digérer ces informations, Mayuri lui asséna le coup de grâce.

« De toute manière, tu es adoptée, Bean, alors tout le monde s'en moque si on te kidnappe. »

La fillette ramassa une poignée de feuilles et poussa un soupir. C'était tellement difficile de savoir qui on était. Elle avait passé des heures devant le miroir en pied dans la salle de bains vert bouteille de ses parents à examiner son visage, à chercher les similarités entre Babo, Sian, Mayuri et elle. La manière dont leurs traits se mêlaient et se combinaient était un mystère pour elle ; pourquoi ainsi et pas autrement ? *Pourquoi ? Pourquoi ? Parce que les chiens aboient.* Pourquoi Mayuri avait-elle hérité des yeux gris de son père et pas elle ? Pourquoi n'avaient-elles ni l'une ni l'autre les cheveux auburn de leur mère ? Pourquoi se retrouvait-elle avec ces yeux marron insignifiants ? Cette peau marron insignifiante ?

« Bébé-kutti, murmura une voix, interrompant la rêverie de Bean. Pourquoi te caches-tu ici ? Sors d'ici, j'aimerais te montrer quelque chose.

– Va-t'en, Selvam, ça m'intéresse pas, répondit-elle avec une moue, les coins de sa bouche tirés au maximum vers le bas.

– Tu es sûre que tu ne veux pas voir ? demanda Selvam, qui donnait des petits coups de canne dans les buissons. C'est un fantôme, bébé-kutti, une créature de Yama. Je te montrerai si tu viens ici. »

Bean sortit prestement de sa cachette et épousseta sa salopette. Elle n'avait jamais vu de fantôme, mais la servante des Singhania lui avait tout raconté : les nains dans le garde-manger qui se dissimulaient dans les boîtes à biscuits et vous avalaient l'âme d'une seule bouchée si on les laissait faire, la chudail qui dormait dans le berceau de toile d'araignée au grenier, Madhavi Rani qui pourchassait les voitures à minuit, son visage de grosse citrouille collé contre la vitre du conducteur. Si Bean admettait sans réserve la présence des fantômes dans le monde, elle n'en avait jamais rencontré pour de vrai.

Elle s'installa sur le sable à côté de Selvam devant Sylvan Lodge et attendit, le cœur battant. D'abord, elle ne vit rien que la longue rangée d'arbres à fleurs jaunes qu'enveloppait lentement le crépuscule. Mais : « Chut, bébé-kutti, sois patiente et ouvre bien les yeux », insista le serviteur, et en effet, une femme aux ongles bleu-vert et aux cheveux couleur d'herbe émergea des branches au-dessus d'eux. Ses côtes noires et pourries qui ressemblaient à un vieux clavier de piano se mouvaient sous son sari en lambeaux. Ses seins pareils à deux fruits flétris pointaient entre les plis du tissu, et son regard glissa sur Sterling Road pour se poser sur Bean.

« Tu vois ses pieds ? siffla Selvam, prenant l'enfant sur ses genoux osseux. Tu vois comme ils sont tournés en dedans à partir des chevilles ? C'est comme ça qu'on sait qu'elle vient du royaume des ténèbres.

– Ma, dit le fantôme qui s'approchait de Sylvan Lodge en traînant les pieds, ses mains squelettiques tendues devant elle. Maaaa. »

Sans lui laisser le temps de s'approcher plus près, Bean s'arracha à Selvam et hurla :

« Va-t'en, va-t'en, va-t'en ! »

Elle franchit le portail, galopa jusqu'à la maison et sonna avec frénésie, car, même si elle ne parlait plus à Mayuri et à Cyrus, elle devait leur rapporter ce prodige.

« Oh, s'il te plaît ! soupira son aînée, comme Bean lui montrait pour la cinquième fois la manière dont les chevilles du fantôme se tordaient. Quel bébé tu fais ! Tu crois tout ce que Selvam te raconte. Mais très bien, si tu veux à tout prix que je vienne voir, je te suis. »

Pour Bean, Mayuri était comme la fillette aux bouclettes de la comptine : « Il était une fillette qui avait des bouclettes / Et quand elle était gentille, elle était très, très chouette / Mais quand elle avait décidé d'être vilaine / C'était une vraie teigne. » Lorsque l'aînée était bien disposée, les deux sœurs pouvaient jouer ensemble pendant des jours sans se disputer une seule fois, et leur chambre se transformait à leur guise. Vêtues des vieux saris et des écharpes de Sian, elles devenaient des damoiselles en détresse, ou des jumelles séparées à la naissance. Elles changeaient de tenue toutes les cinq minutes, comme les actrices des films hindis. Dans le monde de Mayuri, on se battait contre des dacoïts et on préparait des saynètes pour le Club du dimanche qu'elles intitulaient *Le Tailleur de Bagdad* ou *Les Tribulations de Calpurnia en Abyssinie* – des aventures infiniment plus passionnantes que tous les jeux que Bean aurait pu imaginer. Mais que vienne une camarade de classe de Mayuri, et patatras, le charme était rompu. Elles s'enfermaient dans la chambre d'amis avec tous les jouets et les cassettes d'Abba, et si la fillette avait le malheur de la supplier d'ouvrir, sa sœur hurlait comme une harpie dans la serrure : « Tu nous ZE-XAS-PÈÈÈRES, Bean. Va donc t'amuser de ton côté. » C'était encore pire quand ils retrouvaient les « hybrides », ainsi qu'elle surnommait les couples mixtes amis de ses parents. Elle devait enfiler une robe bien sage et des souliers en cuir verni, puis rester patiemment assise à une table sur la pelouse du Gymkhana Club, tandis que Sian et Babo discutaient avec les autres adultes. Pour couronner le tout, Mayuri s'alliait avec Rachel. Rachel était la bête noire de Bean. C'était une élève brillante, championne de saut en hauteur, et en plus, elle était capable de faire des bulles de chewing-gum deux fois plus grosses que son visage. Pour toutes ces raisons, Bean la haïssait.

La mère de Rachel, tante Jan, était une Anglaise arrivée en Inde il y avait très longtemps. Elle avait fait le voyage en bateau.

« J'ai pleuré chaque jour pendant les deux semaines de la traversée, persuadée que je faisais la plus grande erreur de ma vie », avait-elle un jour confié à l'enfant.

Bean supposait qu'elle avait effectivement dû commettre une grosse bêtise, puisque Jan n'avait jamais pu rentrer chez elle. Et tout ça pour épouser l'oncle Keshav, qui avait de la fourrure sur le visage et des tatouages de ses anciennes petites amies qui s'enroulaient comme du sumac grimpant autour de ses bras. Chaque fois qu'il voyait Bean, il lui pinçait la joue et la tordait comme un bouton de porte, puis lançait : « Bonjour fillette, tu veux boire quelque chose ? »

Dans la famille Krishnamurti, son préféré était le frère de Rachel, Rahul, qui avait douze ans de plus qu'elle, des cheveux blond foncé et des yeux bleu océan. De temps en temps, quand Mayuri snobait Bean, Rachel la prenait par la main et lui soufflait : « Viens, on va espionner Rahul toutes les deux. » Alors, elles se hissaient jusqu'au jali de la fenêtre de la salle de billard (où il fallait avoir plus de dix-huit ans pour être admis) et regardaient le jeune homme jouer avec les « grands ». Mais la plupart du temps, Rachel la sainte-nitouche n'avait pas de temps à perdre avec une gamine et Bean se retrouvait avec l'autre enfant « hybride », Shyam Malhotra, le fils de Darlene et Praveen.

La tante Darlene était américaine, elle ne parlait donc pas comme Sian et Jan. Elle était très grande, avec des cheveux frisés, et elle avait toujours quelque chose de rigolo à raconter. L'oncle Praveen, au contraire, avait un visage sévère et un corps de saucisse. Même si ses yeux se plissaient quand il riait, il avait souvent l'air d'un homme qui vient de mourir. Tout le monde se demandait comment ces deux-là avaient pu donner naissance à Shyam.

Bean avait un jour surpris Selvi en train de dire que jamais elle n'avait vu un « moitié-moitié » aussi laid que ce garçon.

« Parfois, ces mélanges tournent mal », affirmait-elle avec un gloussement à la servante des Singhania, qui admit que Shyam était un spécimen particulièrement raté.

Selon Sian, il était souffreteux et il avait le teint grisâtre comme les vieilles personnes parce que c'était un « bébé-surprise ». Il était né beaucoup plus tôt que prévu et il avait failli mourir. Aujourd'hui encore, il était chétif pour son âge : tout était maigre en lui – son corps, ses yeux, son nez, ses oreilles et surtout ses lèvres –, si bien qu'il ressemblait à une vilaine petite allumette. Mais Bean s'en moquait royalement. Il grimpait aux arbres mieux que personne et en plus, il prenait toujours son parti.

Elle aurait voulu qu'il soit là, maintenant, devant le portail de ses grands-parents, qu'il l'aide à trouver le fantôme et à prouver aux deux autres enfants qu'elle n'était pas une menteuse. Selvam, son seul alibi, avait comme par hasard disparu pour aller faire une sieste rapide avant de reprendre son service. Il sommeillait, allongé par terre, dans les quartiers des domestiques et rien de ce que pourrait dire ou faire Bean ne convaincrait sa sœur.

Chaque soir, depuis qu'elle avait vu le spectre de Sterling Road, elle guettait le grattement abject qui signalait l'arrivée des esprits dans le monde des humains. Mais elle n'entendait que les chats qui s'accouplaient sur le mur de l'Association des femmes du Pendjab. Ils lui donnaient l'impression d'un concert de nouveau-nés à l'agonie, qui gémissaient et braillaient avec une puissance effrayante, un bruit révulsant que seul égalait P. Vetrivel quand il raclait ses ongles contre le tableau de la classe. Il y avait d'autres sons qui l'empêchaient de dormir, des froissements et des glissements dans les coins de la chambre. Lorsqu'elle fermait enfin les paupières, vaincue par la fatigue, elle plongeait dans un sommeil si profond et agité qu'infailliblement, ses jambes finissaient par s'entrouvrir pour laisser couler un filet de pisse tiède.

Pendant la nuit, les choses les plus bénignes prenaient une forme malveillante. Ses jouets, inoffensifs et inertes pendant la journée, se réveillaient, prêts à enfoncer des baguettes dans ses yeux. Même son héros de conte préféré, Dick Whittington, le jeune homme pauvre devenu maire de Londres, se plantait comme une sentinelle à l'entrée de la chambre de Babo et Sian avec son chat malfaisant, en knickerbockers bouffants et une lance à la main, au cas où elle tenterait de se réfugier auprès d'eux. Frissonnant dans ses bottes imaginaires, Bean passait la majeure partie de la nuit à remuer et à chercher un endroit sec. Au bord du désespoir, elle se levait enfin, mue par un bref accès de courage, et se précipitait dans le lit de ses parents pour se blottir entre eux.

« Ah non, c'est ridicule, rouspétait Sian. Tu es trop grande pour dormir avec nous.

– Tu vois, il n'y a aucune raison d'avoir peur, disait Babo en éclairant. Essaie de rêver à des choses agréables. »

Parfois, elle tentait sa chance avec Selvi, étendue sur son tapis de jute, à même le sol. Mais elle ne voulait rien savoir non plus.

« D'où est-ce que tu sors toutes ces bêtises ? Éteins la lumière et oust, au lit. »

Mais Bean savait que les fantômes pouvaient se soustraire à la vue des adultes. Ils se pliaient en deux pour se glisser dans la commode, ou se coulaient tranquillement dans l'espace entre le mur et la bibliothèque. Il leur arrivait aussi de s'enfuir à travers les jalis pour se cacher dans le flamboyant et ils n'en ressortaient qu'une fois la maison de nouveau plongée dans l'obscurité. Il n'y avait rien à faire. À partir du moment où on savait qu'on habitait une demeure hantée, à partir du moment où on avait vu et entendu les esprits, on vivait dans un état de tourment constant, en attendant le jour où ils viendraient vous chercher.

Et si ce n'étaient pas les fantômes, ce serait le croquemitaine. C'était Mayuri qui l'avait dit. La nuit, il escaladait le mur pour se glisser dans leur chambre. Lorsqu'elles étaient toutes les deux allongées, une fois les lumières éteintes, sa grande sœur lui racontait des histoires terrifiantes.

« Tu vois, là sur l'étagère à jouets où Teddy et Panda sont en train de dormir ? Le croquemitaine se faufile entre eux et leur plante un poignard dans la gorge, et tu sais quoi, Bean ? C'est toi la suivante ! »

Mayuri la berçait d'horreurs, puis rêvait de fées et de grandes roues. Petite fille modèle, elle se réveillait entre ses draps blancs immaculés, du sucre au coin des lèvres, alors que Bean ouvrait les yeux au contact froid de la pisse, la preuve poisseuse de sa honte entre ses jambes.

13

L'Amour au temps de la varicelle

Dans sa chambre au premier étage de Sylvan Lodge, Chotu se gratta sous les bras d'un geste nonchalant. Alité depuis deux semaines, il n'avait pour se distraire que les visites de sa mère et de sa sœur. Trishala passait ses matinées à le masser avec divers baumes à l'avoine et à la calamine, une activité qui la détournait provisoirement de son objectif principal : trouver un époux à Dolly. Laquelle venait le voir dès qu'elle rentrait d'un cours consacré à la confection des bougies ou du chocolat, pour déverser dans les oreilles de son frère ses obsessions de jeune fille plus toute jeune : pourquoi perdait-elle autant ses cheveux ? Pour qui se prenait unetelle qui allait au cinéma en minijupe ? Maigrirait-elle si elle se contentait d'un repas par jour pendant les trois prochains mois ? Chaque fois que Trishala et Dolly se croisaient dans la chambre de Chotu, elles se chamaillaient, comme deux femmes qui ont vécu trop longtemps sous le même toit. Chotu n'avait la paix que quelques heures l'après-midi et tard le soir, une fois que Prem Kumar avait passé la tête par la porte pour lui donner des nouvelles du bureau et de Babo en vacances avec sa famille à Anjar. Il en profitait pour regarder des films de Bollywood et relire ses aventures préférées des *Frères Hardy*.

Par cette belle matinée de juillet, le jour de l'ouverture des Jeux olympiques d'été à Moscou, il examinait les dernières traces des vésicules en forme de gouttes de rosée qui récemment encore couvraient ses jambes, son dos et ses bras comme une pluie de pétales de roses. La varicelle n'avait pas été aussi pénible que l'avait prédit Jignesh bhai, le médecin aux lèvres épaisses. Il avait manqué les entraînements de cricket, bien sûr, et il mourait d'envie de gratter ses croûtes, mais lorsque les démangeaisons diminuèrent et qu'il entama une lente convalescence, Chotu se rendit compte que la maladie l'avait obligé à faire le point sur sa vie.

Il regarda dans sa chambre les objets qui d'habitude le remplissaient de joie : ses trophées de cricket alignés avec soin dans la vitrine construite tout exprès, sa dernière maquette d'avion qui attendait d'être terminée sur le bureau à côté du climatiseur, un poster sexy de Zeenat Aman, l'héroïne de *Don*, film culte de la production bollywoodienne, juste à côté de l'un de ses plus chers trésors : un autographe encadré de Lancelot Gibbs, le plus grand lanceur du monde, que Chotu avait un jour croisé par hasard au Taj Hotel de Bombay. S'il avait dû définir le sentiment qui l'habitait, son premier réflexe aurait été de parler de désespoir. Mais après avoir goûté ce mot sur sa langue, il décida que « frustration » serait plus juste. Il avait vingt-trois ans et qu'avait-il fait de sa vie ? Rien. Il avait obtenu une licence avec un médiocre soixante-dix-huit sur cent. Il aurait peut-être eu une brillante carrière au cricket si son père l'avait laissé faire, mais il avait un avenir tout tracé à Sanbo Enterprises, une perspective qui ne lui offrait aucune espèce de réconfort.

L'usine familiale ne présentait aucun avantage à ses yeux. Il n'appréciait ni sa situation dans un cul-de-sac perpendiculaire à Hunter's Road, ni les bâtiments jaunâtres et les étages crasseux, ni le voisinage – une fabrique de perruques et une imprimerie spécialisée dans les ouvrages religieux –, ni même les singes qui folâtraient dans les arbres entre les lots. Son travail le rebutait. Il ne voyait pas l'intérêt d'enfiler de beaux habits le matin pour passer un pantalon et une chemise tachés sitôt arrivé sur place, comme Prem Kumar et Babo. Son bureau trop proche de la cantine lui déplaisait. Il n'aimait pas la conception désuète qu'avait son père de la direction d'entreprise. Pour couronner le tout, Babo avait la fâcheuse habitude de s'enfermer dans la salle des inventions et de le laisser se charger des détails administratifs fastidieux. Son travail présentait un seul avantage à ses yeux, et il se nommait Bhanumati. Bhanu était la secrétaire de Sanbo Enterprises, avec qui il fricotait depuis le début de l'année. Mais de toute manière, il commençait déjà à se lasser.

Chotu n'avait pas de chance en amour. Comme beaucoup de ses amis à l'université, il avait connu ses premières expériences sexuelles à la Maison aux épices de Fifi. Après avoir appris l'essentiel auprès de ces dames, il avait eu deux liaisons discrètes. La première avec Uma, une Assamaise aux joues rondes et aux mains minuscules mais expertes, qui passait une fois par mois à Sylvan Lodge faire des soins à Trishala et à Dolly. Sa spécialité était l'épilation des sourcils et la pédicurie. Pendant un été entier, Chotu la courtisa assidûment. Il la suivait au salon de beauté qui l'employait, et s'émerveillait de la tendresse avec laquelle elle traitait les jambes et les bras grassouillets des femmes au foyer qui venaient la voir. Pendant des jours, il observa Uma penchée sur elles, qui arrachait les poils disgracieux et massait les plis de leur cou. Il adorait la regarder poser les pieds de ses clientes sur ses genoux, puis gratter, limer, poncer, nettoyer, pommader et vernir afin de les rendre aussi séduisants que possible. Il aurait pu la contempler ainsi jusqu'à la fin des temps, si Pamela Anne, la propriétaire de Cuts and Curls, ne lui avait pas demandé de décamper – à moins que ses intentions ne soient sérieuses.

Chotu estimant que ses intentions étaient on ne peut plus sérieuses, il attendit qu'Uma ait terminé, puis l'emmena à Marina Beach, qui fut le théâtre de tripotages et de déclarations enflammées de concupiscence. Une fois, pendant une séance de cinéma nocturne, elle glissa une de ses mains magiques dans le pantalon de Chotu avec une extrême délicatesse, ce qui lui causa un tel émoi qu'il renversa son Campa Cola sur lui. Ils finirent toutefois par tomber d'accord : ce qui les liait n'avait rien à voir avec l'amour et, de toute manière, il n'y avait pas eu consommation.

Ensuite vint Soumya, l'instructrice de yoga du Cricket Club de Madras, une femme svelte au nez retroussé et à la souplesse admirable, qui pouvait se contorsionner dans des positions incroyables. Soumya était mariée au major Narayanan, ce qui ne diminuait en rien son vorace appétit sexuel. Elle épuisait garçons de piscine, joueurs de cricket, militaires à la retraite et amateurs de mah-jong avec autant d'ardeur que s'ils faisaient partie de ses exercices de yoga quotidiens. Avec Chotu, l'idylle dura quinze jours, plus que sa moyenne habituelle.

« Tu es enthousiaste, lui dit-elle un jour où il l'avait plaquée contre le mur du club-house comme un papillon. Un peu trop enthousiaste. »

Peu après, elle troquait ses fougueux élans de jeune homme contre la réserve d'un lanceur, grand maître du *spin bowling*, originaire du quartier de Saidapet.

Et maintenant, il y avait Bhanumati. Bhanu était capable de taper soixante-quinze mots à la minute et de préparer un infâme masala chai. C'était la dernière personne avec qui il aurait imaginé une quelconque idylle jusqu'au jour où ils assistèrent à une conférence d'industrie sur les résines et les pigments, au Congress Grounds. Elle prenait des notes en sténo, quand elle posa une main sur son genou et déclara : « Patron, si vous voulez, nous pouvons aller ailleurs. » Chotu découvrit alors que ses redoutables doigts clic-claqueurs possédaient une gamme de talents bien plus étendue qu'il ne l'aurait cru. Comme toute jeune fille éduquée dans un pensionnat religieux qui se respecte, sous ses apparences modestes, Bhanu était obsédée par le sexe. Pendant six mois, ils copulèrent dès que l'occasion se présentait, parmi les toiles d'araignées de la salle des archives ou dans les chambres d'hôtel miteuses que louait Chotu. Tout allait pour le mieux jusqu'au jour où Bhanu conçut l'idée absurde de l'épouser. Quand un beau matin elle arriva avec son thème astrologique, Chotu dut lui avouer la vérité : s'il aimait passer du temps avec elle, il n'envisageait pas de se marier. Et ainsi une nouvelle porte se ferma.

Chotu était donc sans illusions. Il savait qu'il n'avait rencontré l'amour ni de près ni de loin. Ces aventures servaient avant tout à le distraire de la monotonie de la masturbation. Il n'aspirait pas tant à la vie conjugale qu'à une grande passion, un peu comme celle de son frère, qui le ferait accéder à un autre niveau de compréhension. Mais que pouvait-on espérer quand on vivait dans une maison comme Sylvan Lodge, avec de tels parents ?

En caleçon, il se planta devant le miroir de la salle de bains. Il étudia sa barbe de quinze jours. Il avait l'air plus âgé, plus distingué, capable d'accomplir quelque chose. L'inactivité lui avait fait perdre quelques kilos ; ses épaules semblaient plus étroites et ses biceps un peu plats, mais après une centaine de pompes sur un bras et un mois d'entraînement, il n'y paraîtrait plus. Il s'enduisit les joues de mousse à raser, savourant la douceur mentholée sur sa peau. Alors qu'il s'apprêtait à plonger la lame dans une tasse d'eau chaude, il se ravisa. Cette journée devait demeurer inoubliable, pensa-t-il, tandis qu'il se rinçait le visage. Il resta quelques minutes sous une douche froide, puis boutonna une chemise à manches longues qu'il avait l'intention de garder au travail.

« À compter de ce jour, je m'affirme, marmonna-t-il. À compter de ce jour, tout va changer. »

À Anjar, Ba se souvenait du rêve qu'elle avait fait le jour de la naissance de Chotu. Un cauchemar insondable, effrayant, dans lequel le serpent mythologique Ananta apparaissait sur les vastes eaux de la création et refusait de se laisser pousser des ailes. « Regarde, criait-elle. Ce sont les eaux de la création, même les reptiles auront un jour des ailes comme les oiseaux. Pourquoi ne veux-tu pas voler ? Si tu t'entêtes, cet enfant ne volera jamais. » Mais Ananta se contentait de sourire à sa manière cruelle et sinueuse. « Tout le monde ne peut pas être un véhicule des dieux. »

À son réveil, Ba avait découvert un cobra enroulé dans les branches du jamelonier et elle avait compris que son dernier petit-fils serait un garçon sérieux et calme, mais qu'il serait incapable de voler.

Des années plus tard, alors que les Patel s'installaient autour de la table afin de prendre leur petit déjeuner ensemble pour la première fois en quinze jours, Ba eut de nouveau cette sensation : comme un nuage de pluie qui glissait au-dessus d'un champ desséché et refusait de lâcher la moindre goutte.

« Mon Dieu, murmura-t-elle, alors qu'elle se dirigeait vers la bambouseraie au fond de son enclos. Il va falloir faire quelque chose. »

Depuis des années, le clan s'efforçait de convaincre Dolly de se marier. Mais, ainsi que Prem Kumar l'avait souligné, elle était aussi têtue qu'une crotte de chèvre, et s'il se trouvait un homme assez stupide pour l'épouser, il lui souhaitait bonne chance. Néanmoins, le temps passait et il se rendit compte que s'ils attendaient encore, ce serait lui qui en pâtirait le plus.

« Il n'y a plus un instant à perdre, Dolly, annonça-t-il ce matin-là à la table du petit déjeuner. Tu n'as plus le choix. Maintenant que tu as appris à faire du chocolat et des bougies, tu vas aller à Anjar chercher un homme. »

Dolly avait déjà entamé plusieurs carrières improbables qui, toutes, avaient tourné court. Après un séjour dans un ashram de Pondichéry, elle avait ouvert une boulangerie avec une amie étudiante qui avait une réputation de tombeuse à l'université. L'entreprise coula au bout de trois mois, lorsque sa partenaire s'enfuit avec le chef boulanger. Ensuite, elle avait vaguement tenté de participer à un projet d'aide aux enfants sourds-muets dont Sian s'occupait pour le Club des femmes expatriées. Dolly avait même envisagé de se retirer de la vie séculaire pour être nonne jaïne, mais elle n'avait pas persévéré, consciente que sa piété n'y résisterait pas.

« Tu sais quoi ? D'accord ! Mais je ne veux ni d'un nain ni d'un gros lard, il devra être riche et ressembler un peu à Rajesh Khanna.

– Excuse-moi, mais est-ce que tu t'es regardée dans un miroir récemment ? lui demanda Trishala. Tu es plutôt petite et grosse, et tu n'as rien d'une héroïne de cinéma. Tu ferais mieux de te dépêcher si tu ne veux pas finir vieille fille. Comment vas-tu rattraper ta sœur ? »

Chotu se taisait, occupé à presser du citron vert sur sa papaye. Tôt ou tard, pensait-il, Dolly va céder, et après ? Après, nous nous retrouverons tous les trois.

« Papa, j'aimerais qu'on discute de mon séjour en Angleterre, lança-t-il. As-tu réfléchi à ce que j'ai dit ?

– Pff, gronda Trishala. Quand ce n'est pas l'un qui crée des problèmes, c'est l'autre. Toujours la même histoire. Je veux aller en Angleterre ! Je veux aller en Angleterre ! Qu'est-ce que ce pays a de tellement extraordinaire ?

– Mon fils, déclara Prem Kumar en se raclant la gorge. J'y ai réfléchi et ta mère et moi avons décidé que tu ferais mieux de prendre des congés : tu es trop vieux pour étudier, tu as passé l'âge.

– Mais je ne veux pas..., commença Chotu, avec une voix geignarde qui le consterna.

– Écoute-moi plutôt. Nous avons pensé à tout. Va chercher la brochure, Trishala. Allez, dépêche-toi ! Tout est prévu. Dis-toi que c'est un voyage de remplacement. Au lieu de retourner à l'école, tu pars en vacances. C'est merveilleux, non ? Tu n'as qu'à nous dire quand tu souhaites partir et nous te réserverons un vrai tour d'Europe : vingt et une villes en vingt et un jours, imagine un peu ! »

Dolly regarda son père d'un air renfrogné.

« C'est incroyable. Il faut que je perde mon temps à rencontrer des pauvres types et à leur faire des simagrées, pour trouver celui avec qui je devrais peut-être passer le restant de ma vie, tandis que monsieur se voit offrir des vacances à l'étranger. Rien que ça ! C'est vraiment trop injuste !

– Avec un peu de chance, ton mari t'emmènera en Europe pour ton voyage de noces, alors arrête de te plaindre », intervint Trishala, fourrant la brochure entre les mains de Chotu.

Chotu accepta poliment le fascicule sur papier brillant de Big Ben Travel. Il l'ouvrit à la première page et examina le groupe de visages bruns devant les plus célèbres monuments du monde : la tour Eiffel, la tour penchée de Pise, la cathédrale Saint-Paul. L'itinéraire proposé donnait le vertige : Amsterdam, Paris, Rome, Bonn, Prague, Lisbonne. À peine arrivés, aussitôt repartis. Plus il étudiait la brochure, plus il sentait ses traits se décomposer. Il repoussa son petit déjeuner et quitta Sylvan Lodge sans un mot.

14

L'été de temps en temps et la question de la souffrance

Tous les trois ans, Babo, Sian, Mayuri et Bean grimpaient à bord d'un avion et traversaient l'océan pour retrouver Nain et Taid[1] à Nercwys. Les filles adoraient leurs étés, même si elles devaient obéir à des consignes très strictes : être sages, manger avec des couteaux et des fourchettes, ne pas parler la bouche pleine, aider à débarrasser la table et à laver la vaisselle, parce que Selvi n'était pas là pour s'en charger. Mais ce n'était pas grave, car tout le monde les gâtait. L'oncle Owen les emmenait monter à cheval dans les champs tous les jours et la tante Eleri leur glissait quelques pièces en douce pour aller acheter des Smarties au bureau de poste.

Au 10 Tan-y-Rhos, les fillettes se baignaient ensemble dans une vraie baignoire avec de la mousse et des gants de toilette. Rien à voir avec la grande bassine en plastique qu'ils avaient en Inde. Ici, elles ne sortaient de l'eau que lorsque leur peau était fripée. Puis Babo et Sian les tartinaient de crème avant de les mettre au lit : Mayuri sur la banquette du haut, car elle était l'aînée, et Bean en bas, parce qu'elle tombait souvent dans son sommeil.

1. Grand-mère et grand-père, en gallois.

Très tôt, alors que les autres étaient encore couchés, la benjamine s'approchait de la fenêtre et ouvrait les rideaux pour voir quel temps il faisait. Un matin du printemps 1981, tandis que sa sœur, malade, dormait comme le reste de la maisonnée, l'enfant risqua un œil dehors et découvrit que le monde avait changé de couleur. Elle se précipita dans la chambre de ses parents, en dépit de leur interdiction.

« Papa, maman, réveillez-vous ! Je crois qu'il neige », glapit-elle.

Sian se retourna, irritée.

« Qu'est-ce que tu racontes, Bean ? On est en avril ! »

Mais la petite tira Babo par la main et le traîna, encore en slip, jusqu'à la fenêtre. Lorsqu'il l'ouvrit, il dut se rendre à l'évidence : les champs et les prés étaient blancs.

« Mais oui ! s'écria-t-il en riant. Tu as raison ma Binette. Il neige. Incroyable ! »

L'enfant s'habilla chaudement et courut dehors, sans même penser à rentrer le journal ou les bouteilles de lait pour Taid. Elle abandonna Mayuri qui faisait sa tête de cochon sur les genoux de Sian, dans le salon.

Nain, Taid, l'oncle Owen, Babo et Bean confectionnèrent un bonhomme de neige, avec des morceaux de charbon à la place des yeux et un navet pour le nez. C'était fantastique, exactement comme dans la scène du *Magicien d'Oz*, où il neige pendant que Dorothy et le Lion dorment dans le champ de pavots maléfiques. « Drôle de temps pour la saison », faisait le Lion. Et Bean, même si les flocons avaient cessé de tomber presque aussitôt, chantonna sans arrêt toute la journée : « Nous partons voir le magicien, le merveilleux magicien d'Oz », tant et si bien que Mayuri finit par lui dire que si elle ne la mettait pas en veilleuse, elle ne lui prêterait plus son fard à paillettes.

Le soir, Babo et Sian essuyèrent le visage des filles avec des serviettes chaudes et leur enfilèrent des pyjamas de flanelle, puis Bean grimpa à l'échelle pour déclarer à sa sœur que jouer dans la neige n'était pas si amusant sans elle. Elle déposa les petits yeux de charbon du bonhomme dans la paume de Mayuri qui, chup chap, les glissa sous son oreiller, sans desserrer les lèvres.

Lorsqu'elle fut rétablie, Taid la conduisit à Mold dans sa Morris Minor pour lui acheter un cadeau, parce qu'elle avait été malade et ne s'était pas plainte. Cependant, en dépit de Tessa, la poupée neuve qu'elle promenait constamment sous son bras, en dépit de Lady Di qu'ils virent à la télévision sortir d'un carrosse de verre, comme une princesse de conte de fées dans sa robe de dentelles à manches bouffantes, Mayuri refusait de pardonner à sa cadette. Ce qui ne l'empêcha pas de conserver les deux morceaux de charbon. Ce fut la première leçon de souffrance de Bean.

Lorsqu'ils rentrèrent en Inde, cet été-là, la fillette ne pensait plus qu'à cela : la souffrance était partout, et elle la regardait dans les yeux. Elle se rendait compte que les habitants de Madras possédaient très peu à côté de ceux de Nercwys. Elle songeait à toute la douleur dans le monde : les images à la télé qui montraient des familles réfugiées sur des toits, victimes de cyclones et de séismes, des gens qui vivaient dans des pays en guerre parmi les ruines de leur maison, le visage défait et le cœur en sang. Elle se souvenait des histoires que Trishala ba lui avait racontées au sujet de Siddharta Gautama et du seigneur Mahavir, qui avaient renoncé à leur royaume pour partir en quête de l'Éveil et mettre un terme à la souffrance sur terre. Elle pensait à ce qu'avait dû endurer Sian, qui avait abandonné foyer, parents et patrie pour venir à Madras. Et surtout elle craignait que Babo, Sian et Mayuri ne disparaissent dans un accident horrible, la laissant seule.

« Arrête, tu es morbide. Tu as trop d'imagination, Bean. Il n'arrivera rien », répondait son père quand elle l'interrogeait sur ses dernières volontés, son testament, son assurance vie, ou s'inquiétait de ce qu'ils feraient si un incendie réduisait en cendres la maison au portail orange et noir.

Mais la fillette voyait bien qu'il arrivait des tas de choses autour d'elle, sans arrêt. Tous les jours, sur le trajet de l'école, lorsqu'elle ne se retrouvait pas coincée entre les frères Singhania au visage grêlé parce que Mayuri avait exigé de s'asseoir à côté du chauffeur, elle regardait par la vitre et comptait les malheureux : mendiants, lépreux, bambins dépenaillés, hommes-singes, charmeurs de serpents… Ils semblaient innombrables à Madras.

Il y avait aussi les Tziganes qui vivaient près d'Aavin Milk'n'Ice Parlour, le glacier après le pont de l'Adyar, où tous les vendredis après la classe, on les autorisait à acheter des cônes roses crémeux. Ils étaient blottis autour d'un feu de camp, sous les manguiers, et leurs enfants – à peine plus âgés que Bean – n'avaient presque rien sur le dos. Les filles portaient des culottes sales et les garçons carrément nus exhibaient leur zigounette. Ils avaient tous de longs cheveux décolorés par le soleil, qui brillaient comme des auréoles broussailleuses. Comment pouvaient-ils vivre ainsi ? se demandait-elle. Où dormaient-ils ? Que mangeaient-ils ?

Mayuri prétendait qu'ils se nourrissaient d'écureuils et de tout ce qu'ils réussissaient à tuer avec leurs lance-pierres. Théorie confirmée par Cyrus Mazda qui avait vu un Tzigane faire tomber trois écureuils – tac, tac, tac – de l'arbre devant la fenêtre de sa chambre. Il affirmait en outre que c'étaient eux qui avaient volé Fluffy, le chat persan adoré de Mrs Jhunjhunwala, et qu'il avait fini dans leur assiette. Bean se sentait malade rien qu'à l'idée de ce pauvre Fluffy dépiauté et rôti.

« Il faut bien manger, commenta Babo. On vit dans un monde impitoyable, et un homme doit nourrir sa famille. »

Il disait toujours des choses comme ça : que les gens créaient eux-mêmes la situation dans laquelle ils se trouvaient, qu'une grande partie de la misère du monde était due tout-bonnement-et-simplement-à-la-paresse, que sous couvert de fatalisme on maintenait les masses populaires de ce pays dans la pauvreté.

Il parlait beaucoup, mais agissait peu. C'était Sian qui passait ses journées auprès des déshérités, autrement dit, tous ceux qui avaient moins qu'eux. C'était Sian qui traînait Mayuri et Bean à l'école Andhra Mahila Sabha, où elle apprenait l'anglais à des enfants sans bras ni jambes. Des gamins qui sortaient de partout, rampaient, se propulsaient sur des plateaux ou en fauteuil roulant, se déplaçaient sur le sol comme d'étranges animaux.

« Vous avez vu comme ils sourient ? leur faisait remarquer Sian tandis qu'elle se baissait pour soulever l'un d'eux – souvent le petit Venkatesh, son préféré, qui avait une drôle de bosse sur le dos. Ils n'ont ni père ni mère pour s'occuper d'eux. Mais voyez comme ils sont courageux ! »

Bean souriait, tapotait quelques têtes ici et là, car elle ne pouvait pas avouer à sa mère ni à sa sœur qu'elle était épouvantée. C'étaient eux qui la terrorisaient, au même titre que le fantôme aux pieds tordus qui se traînait dans Sterling Road. Elle savait que c'était horrible et impardonnable, mais si cela n'avait tenu qu'à elle, elle n'aurait jamais remis les pieds dans cette école, et serait restée à s'amuser dans la salle de jeux de sa copine Mehnaz jusqu'à la fin des temps. Mais elle ne pouvait rien dire, car elle craignait de décevoir Sian. Et curieusement, elle aurait supporté de décevoir n'importe qui, y compris Babo, mais surtout pas sa mère.

Grâce à Ba, elle connaissait toute l'histoire de ses parents. Leur rencontre à Londres, la mise à l'épreuve de six mois pendant lesquels ils avaient été séparés, l'arrivée de Sian en Inde où ils devaient vivre heureux et avoir des enfants. *C'est maman qui a eu le plus de courage*, songeait-elle, malgré tout l'amour qu'elle portait à son père. *Maman a été la plus courageuse, parce qu'elle a tout abandonné pour venir habiter ici, avec nous.*

Sian ne ressemblait à aucune des autres mères qu'elle connaissait, et c'était pour obtenir son approbation que Bean s'efforçait d'être bonne et généreuse. Elle partageait tous ses jouets avec Mayuri, qui n'en faisait pas toujours autant, et elle mettait de côté la moitié de son argent de poche pour les enfants aveugles de l'école Clarke's, car ils l'effrayaient moins que ceux d'Andhra Mahila Sabha. Pourtant, elle faisait aussi de graves écarts. Il arrivait ainsi que la capitaliste en elle se réveille d'un coup. La crise survenait généralement à Shastri's Fancy Stores, où l'objet de son désir était un jouet dont elle n'avait pas besoin : une cuisine en inox ou un coffret pour fabriquer des masques. D'abord, Bean glissait des allusions, tentait quelques cajoleries et si rien ne marchait, elle se roulait par terre, tambourinait des poings et des pieds, hurlait que, après tous ses efforts, Sian pouvait bien lui offrir cette toute petite chose.

Dans ces cas-là, sa mère disparaissait, Mayuri dans son sillage, et laissait la fillette brailler sur le sol comme si elle ne la connaissait pas, pour revenir dix minutes plus tard.

« Tu as fini ? Tu es prête, on peut rentrer à la maison ? Tu vas bien te tenir ? »

Alors, la petite hochait la tête, calmée. Elle prenait la main de sa mère pour affronter le monde, où la souffrance était inévitable et où son égoïsme était exposé aux yeux de tous.

En septembre 1981, par un samedi matin parfaitement ordinaire, alors que Bean et Mayuri jouaient à Lady Di, une moustiquaire en guise de voile, clopin-clopant dans les chaussures à talon de Sian, elles furent interrompues par un appel téléphonique qui devait bouleverser la vie de la maison au portail orange et noir.

Mayuri posa le combiné et se dirigea vers la chambre de Babo et Sian.

« C'est l'oncle Owen. Il dit qu'il doit parler à maman. Il est arrivé quelque chose. »

Mayuri et Bean se tenaient devant la porte, hésitantes. Le samedi était sacré. C'était le jour où leurs parents s'enfermaient pendant des heures et des heures, pour-faire-allez-savoir-quoi. Ils n'en ressortaient parfois qu'en fin d'après-midi pour boire du chai sur la véranda en caftan et kurta pajama, avant de se préparer à rejoindre les autres couples « hybrides » au Gymkhana Club. Souvent, aucun signe de vie n'émanait de la pièce hormis le bourdonnement monotone de la climatisation et l'apparition soudaine d'un long bras blanc qui attrapait le plateau du petit déjeuner ou du déjeuner que Selvi avait posé par terre, à côté de la porte.

Mayuri et Bean se résolurent à frapper.

Rien.

Elles recommencèrent, plus fort.

« Maman, hurla Mayuri. Téléphone. C'est l'oncle Owen et il dit qu'il est arrivé quelque chose de grave. Est-ce que tu peux te dépêcher ? »

Toc toc toc.

« Maman. Viiiiite. »

Sian apparut enfin, vêtue d'une chemise de Babo. Il la suivait, une serviette de bain nouée autour de la taille, quelques poils frisottés luisant sur sa poitrine. Ils se précipitèrent dans le salon où attendait le combiné rouge, posé à côté de l'appareil. Sian s'en saisit et le colla contre son oreille. Ses cheveux auburn dessinaient des pointes irrégulières sur son front.

« Mon Dieu. Mon Dieu », ne cessait-elle de répéter.

Les filles la regardaient. Babo s'était placé derrière elle et l'enlaçait.

« Bien sûr que je serai là, enfin, je dois… mais attendez-moi. »

Après avoir raccroché, elle ordonna aux enfants d'aller dans leur chambre. Puis elle prit la main de son mari et ils s'enfermèrent à clé pendant un temps qui leur parut une journée entière. Mayuri affirma à Bean qu'elle était sûre à quatre-vingt-dix-neuf pour cent qu'ils ne dîneraient pas au Gymkhana Club ce soir, et elle avait raison. À dix-neuf heures, Selvi avait mis la table pour deux, et servait aux filles des chapatis au poulet arrosés de sauce tomate sous le ronronnement du ventilateur Khaitan. Lorsque leurs parents vinrent les trouver dans leur chambre un peu plus tard, ils étaient décemment habillés ; les yeux de Sian étaient rouges et Babo avait l'air qu'il prenait quand il avait commis une bêtise, comme fumer une cigarette à l'intérieur ou traiter quelqu'un de « con ».

« Asseyez-vous, déclara leur mère en désignant les lits jumeaux en osier. Maintenant, écoutez-moi bien. Maman va devoir s'absenter pendant quelque temps. Je dois rentrer à la maison parce que Taid est mort. Vous comprenez ? Je dois rentrer chez moi, parce que ma famille a besoin de moi. »

Chez elle ? s'interrogea la plus jeune. *Ce n'est pas ici chez elle ? Avec nous ? Est-ce que nous ne formons pas une famille ? Babo, Sian, Mayuri et Bean ?*

15

All You Need is Love

Pendant toute la durée du vol, Sian ne cessa de se répéter qu'il y avait une erreur. C'était comme la première fois, quand Prem Kumar avait raconté que Trishala était hospitalisée afin d'obliger Babo à rentrer à Madras. Ce n'était pas possible, Bryn n'était pas revenu du travail à vélo un soir pour s'asseoir dans son fauteuil préféré et mourir avant même d'avoir bu son thé.

Bhupen Jain l'attendait à Heathrow. Il lui prit la main d'un geste sincère et compatissant. Il lui dit que c'était dur de perdre un proche quand on vivait loin. Il avait lui-même laissé ses parents âgés dans une maison délabrée à Baroda. Il comprenait ce qu'elle éprouvait. *Mais en était-il capable ? Quelqu'un d'autre pouvait-il la comprendre ?*

Bhupen lui confia que la vie ne l'avait pas ménagé non plus. Le cours sur la peinture qu'il avait suivi avec Babo à l'institut de technologie ne l'avait mené nulle part. On refusait de l'embaucher sans expérience, et personne n'était disposé à lui permettre d'acquérir cette expérience, à moins qu'il ne travaille gratuitement. Mais comment pouvait-il accepter, avec deux enfants à charge ? Indrani, qui voulait apprendre la danse classique au lieu du bharatanatyam, et Deenu, qui s'intéressait plus à l'espagnol qu'au sanscrit.

Et comme si cela ne suffisait pas, il y avait encore eu un cambriolage au bureau de poste. Ils envisageaient de vendre pour changer de carrière, mais que savaient-ils faire d'autre ? Ils étaient des commerçants sans qualification, comme leurs pères et leurs grands-pères avant eux, qui avaient converti une roupie en cinq, cinquante, puis cent, à force de lente persévérance et d'une parcimonie minutieuse.

De toute manière, Bhupen n'avait guère réussi à faire fructifier son argent. Il se demandait pourquoi il était venu vivre dans un pays aussi froid et impitoyable. Pour que ses enfants puissent prendre des cours de danse classique et d'espagnol, sans doute ! Pour pouvoir écrire à ses parents à Baroda qu'il était l'heureux propriétaire d'une maison, un pilier respecté de la communauté, président de l'association jaïne.

Ces quinze jours en famille après l'enterrement de Bryn rappelèrent à Sian les mois passés loin de Babo autrefois. Sauf que son père n'était plus là pour l'emmener lire de la poésie et pique-niquer. Il lui restait son amie Ronnie qui était rentrée à Nercwys pour épouser Ken Davies, le propriétaire du White Lion. Huw et Carole étaient venus de Brighton avec les jumeaux, et Owen était avec eux, lui aussi, plus vieux et plus renfermé. Cette fois, il n'y eut pas de lettres passionnées de Babo écrites de son bureau de fortune au Zam Zam Lodge, pour lui rappeler que le monde entier reposait sur leur amour. Mais elle reçut un coup de téléphone : *Rentre vite, maman, tu nous manques.*

Il y avait toujours du vide entre Nerys et elle, beaucoup de silences. Tous les matins, Sian l'aidait à s'occuper des roses, leurs mains gantées plongées dans la terre. *Si tu creuses assez profondément, tu arriveras jusqu'en Chine.* N'était-ce pas ce que lui racontait Bryn quand elle était petite fille ? Elle avait creusé tant et plus, mais c'était l'Inde qu'elle avait trouvée.

Elle cherchait son père. Au crépuscule, elle partait se promener et retrouver leurs lieux secrets, seule, s'attendant à le voir apparaître à cette heure entre chien et loup. Elle se demandait si le Dieu auquel il croyait et qu'il aimait tant l'avait sauvé, ou si, à la fin, il avait rejeté ses idées sur la vie éternelle et le châtiment perpétuel. Elle le traquait dans des vallées bordées de crêtes bleu marine et semées de fleurs d'argent, curieuse de savoir s'il avait trouvé refuge dans les racines du peuplier noir ou s'il était le vieux hibou qui la dévisageait, perché sur une branche solitaire. Était-il heureux d'être devenu simple et méconnaissable ?

N'oublie jamais d'où tu viens, lui avait dit Bryn. *Ne nous oublie pas.* Mais Sian avait laissé les êtres et les choses s'estomper ; elle avait fourré le tout dans le tiroir du bas de son cœur pour tout recommencer à mi-chemin du bout du monde. Et aujourd'hui, de retour dans la maison où son père l'avait ramenée un mois après sa naissance, au cours de l'hiver le plus rude du siècle, elle ne savait que faire sinon se rendre au cimetière de la chapelle, s'asseoir à côté de lui et pleurer.

Dans ce paysage d'automne, elle suivait les lettres gravées sur la pierre tombale de Bryn et récitait malgré elle *Au bois lacté*, les vers s'amoncelant comme une longue et suffocante congère de l'enfance. Elle pensait à ses filles, à Madras. Quel souvenir garderaient-elles de leur grand-père ? Mesureraient-elles l'étendue de son amour patient et généreux ?

Lorsqu'elle regagna la maison au portail orange et noir, elle était métamorphosée. C'était flagrant. Et pas uniquement à cause de sa nouvelle coiffure – une permanente que Babo, Mayuri et Bean détestaient. C'était comme si quelqu'un s'était introduit dans son corps et avait éteint les lumières. Elle était toujours fatiguée, se levait tard et se couchait peu après le dîner, luttant pour garder les yeux ouverts pendant l'unique épisode de *Mind Your Language*[1] que les filles avaient le droit de regarder. Lorsqu'elle ne se reposait pas, elle parcourait la maison armée d'un plumeau ou s'agenouillait, une vieille brosse à dents à la main, pour récurer les joints entre les carreaux de la salle de bains.

Pendant la semaine qui suivit son retour, elle réunit tous les tissus d'ameublement et les donna à laver au dhobi. Les moustiquaires, les rideaux et les lambrequins, les housses et les appuie-tête, les draps, les taies d'oreiller, les dessus-de-lit et les couvertures : on en fit des balles que l'on emporta, laissant les pièces tristes et nues. Elle demanda à l'éboueur de prendre les vieux journaux et les bouteilles qui s'entassaient depuis des mois dans la réserve, et Selvi dut s'asseoir sur la véranda pour frotter les casseroles et les cuivres jusqu'à ce que l'on se voie dedans.

Sian elle-même ne savait que penser. Était-ce le chagrin, cette chose morne et insistante qui coulait dans ses veines et refusait de s'évacuer ? Mais le chagrin ne pouvait pas durer aussi longtemps ! On était censé l'expulser en violents accès douloureux, et elle ne s'en était pas privée à Nercwys, à la vue de son père étendu dans un cercueil, quand elle avait compris que plus jamais elle n'entendrait sa voix. Ce qu'elle éprouvait aujourd'hui était différent. Depuis qu'elle avait réintégré sa vie, elle s'y sentait à l'étroit, elle étouffait.

Elle s'en était rendu compte dès l'atterrissage à Madras. La lutte au jour le jour, cruelle et oppressante. La vague d'humidité qui aplatit aussitôt ses nouvelles boucles : si légères à Nercwys, molles et frisottantes ici. L'odeur de sueur rassise des porteurs,

1. Série britannique diffusée à partir de 1977, centrée autour d'un cours du soir d'anglais langue étrangère, à Londres.

la nausée que lui inspiraient les bidis, les crachats et la fumée. Tout ce qu'elle admirait autrefois en Inde – la ténacité de la vie, le triomphe de l'énergie humaine – ne signifiait plus rien devant toute cette crasse. Elle n'y voyait soudain qu'une tentative vaine et pitoyable pour survivre. Dans quel but ? Sur le trajet entre l'aéroport et chez elle, la misère la frappa avec une intensité renouvelée – ces mères avec des bébés décharnés pendus à leur sein qui approchaient de la voiture et toquaient à la vitre, les parias et les estropiés, les enfants déguenillés. Que pouvait-on réellement pour eux ?

Même dans le sanctuaire de sa maison, tout lui paraissait fané, empreint d'une vague tristesse, en dépit de la grande opération de nettoyage dans laquelle elle avait entraîné Selvi. Sian passa en revue toutes les pièces. Chaque objet se trouvait là parce qu'elle l'avait choisi avec amour et fierté. Pourtant rien ne semblait à sa place. Le divan jaune d'or et le plateau de verre de la table, les assiettes Wedgewood au mur de la salle à manger, les vingt-cinq volumes de *Time-Life* sur la nature, achetés à un colporteur éloquent et rangés dans la vitrine en bois de rose. La reproduction encadrée de *La Chute d'Icare* de Bruegel acquise à Londres sur un coup de cœur, il y avait de cela une éternité, accrochée entre les lits de ses filles. Les jambes blafardes du petit personnage qui s'enfonçait dans l'eau ne parvenaient pas à la rasséréner.

S'il n'y avait eu que les objets. Mais il y avait aussi la solennité avec laquelle Selvi gérait la maison, les ragots malveillants de Mrs Singhania, la perpétuelle stupeur alcoolique de Bahadur : autant de faiblesses humaines qu'elle acceptait autrefois sans mal et qui soudain l'exaspéraient. Ce n'étaient pas tant les défauts des uns et des autres qui la gênaient, mais le fait d'en dépendre. Car elle avait besoin de ces gens, comme du chauffeur et de l'homme du repassage, pour les petites tâches du quotidien. Sa vie tout entière lui semblait encombrée, profanée, éternellement poussiéreuse.

Et puis il y avait les lettres, les siennes et celles de son mari. Les pages brouillonnes de Babo et ses aérogrammes bleu fané, soigneusement classés par ordre chronologique, qui remplissaient deux pochettes de Sanbo Enterprises dans le dernier tiroir du meuble en bois de rose. Oserait-elle les relire aujourd'hui ? *Bien sûr que nous aurons des enfants, mon amour, et ils seront si beaux que les gens dans la rue s'arrêteront pour les regarder.* Ah oui ? Vraiment ? Car justement arrivait Mayuri qui lui paraissait tout sauf belle quand elle se promenait pieds nus dans la maison, plusieurs ongles des orteils cassés à cause de cette maudite bicyclette. Et Bean qui faisait la tête dans un coin, obsédée par ses fantômes imaginaires. Sian avait envie de hurler. *Vous ne pourriez pas vous taire et écouter pour changer ? Égoïstes ! Vous ne pourriez pas faire quelque chose de bien pour une fois ?*

« Vous êtes trop gâtées, les harcelait-elle. C'est le problème. Vous êtes persuadées que Selvi sera toujours derrière vous pour tout faire à votre place. Il va falloir apprendre à vous débrouiller seules. À partir d'aujourd'hui, vous ferez vos lits vous-mêmes. Je le faisais à votre âge, alors pourquoi pas vous ? Et je vous demande de suspendre vos serviettes au lieu de les laisser traîner par terre.

– Mais papa ne met même pas les pieds dans la cuisine pour se faire du thé !

– Ce n'est pas pareil. Papa est la seule personne dans cette maison qui travaille et gagne de l'argent. Et de toute manière, vous êtes des enfants. Les enfants ne font pas la loi. »

Babo sentait une sécheresse nouvelle chez sa femme, mais il attendit, parce que la faim entre leurs corps était toujours intense, toujours présente. La nuit, lorsqu'il la prenait dans ses bras, elle refusait de parler de son père et de sa disparition.

« Pas encore, disait-elle quand il insistait. Je ne peux pas pour l'instant. »

Elle s'efforçait de maintenir une idée en vie. Parce qu'elle habitait loin, elle pouvait prétendre que Bryn n'était pas mort, qu'il continuait à apprécier tout ce qui faisait sa joie.

« Parce que l'horrible vérité, c'est que je le préférais, avoua-t-elle enfin à Babo. J'ai toujours préféré mon père. »

Elle s'asseyait auprès de Manna dans le jardin de la Rédemption, espérant qu'il l'aiderait à trouver un sens à tout cela.

« Celui qui comprend ses naissances et ses morts saura ce qu'il faut effacer et ce qu'il faut mettre en évidence », affirmait-il.

Sian ne voyait pas où il voulait en venir. Elle avait trente-quatre ans. Elle était épouse, mère, orpheline d'un parent. Quel était le rapport entre tout ça, et le fait de vivre ou de mourir ?

« Lorsqu'on disparaît, quel genre de vide laisse-t-on derrière soi ? demandait-elle.

– Que cherches-tu et pourquoi ? répliquait Manna. À la minute où tu crois avoir trouvé quelque chose, ne l'as-tu pas déjà perdu ? »

N'était-ce pas simple ? Ses paroles n'étaient-elles pas simples ?

Toute beauté créée par l'homme est destinée à disparaître avec lui.

Un mois après son retour, Sian s'enferma avec ses meilleures amies pour discuter de ce qu'elles avaient abandonné en venant vivre ici. Elles se réunirent dans le salon de Darlene, tassées sur des divans, autour d'une table basse en bois, et parlèrent de ce qu'elles avaient perdu et de leurs peurs de l'avenir.

Jan n'avait pas revu l'Angleterre depuis son arrivée en Inde, en 1958. Au début, ils n'avaient pas les moyens, puis ce besoin viscéral avait cédé la place à un vague désir nostalgique. Ses parents étaient morts jeunes, à peu de temps d'intervalle et, une fois remise du choc, elle s'était rendu compte qu'elle n'avait plus de raison de rentrer.

« Ma vie est ici, dit-elle simplement. Je ne saurais pas par où commencer si je devais retourner là-bas. »

Le cas de Darlene était différent. Elle avait six frères et sœurs qui s'étaient mariés et avaient tous acheté une maison dans un rayon de dix kilomètres autour du domicile familial. Ils se réunissaient aussi souvent que possible : pour Thanksgiving, pour Noël, à l'occasion des naissances, et même parfois le week-end. Ils l'appelaient régulièrement pour lui dire qu'elle leur manquait et lui raconter tout ce qu'elle ratait.

« Ça me désespère de penser que si un malheur arrive, je suis à deux jours entiers du Tennessee.

– J'ai réfléchi, reprit Jan. Je crois que si Keshav part le premier – Dieu nous en préserve –, je resterai en Inde. J'irai sans doute habiter une petite ville dans les collines, où je m'occuperai de la bibliothèque municipale. Si j'ai de la chance, mes enfants me rendront visite une fois l'an. Mais je suis presque sûre que je mourrai dans un cottage tapissé de lierre parmi mes chats, avec personne pour veiller sur moi, hormis mon domestique. »

Darlene soupira.

« Je suppose qu'on meurt tout seul, où que l'on vive. En tout cas, on ne l'est pas moins ici qu'ailleurs.

– Tu as raison, bien sûr, dit Sian en tapotant sa main. Tu as raison. »

Elle leur raconta que, pas plus tard que la veille, elle avait amené Bean et Mayuri voir sa vieille amie, Mrs Douglas. Les filles ne tenaient pas en place et suppliaient qu'on les laisse jouer dans le jardin, au lieu de les obliger à rester assises dans la maison aux pignons bleus, à boire du thé dans un service ébréché.

« J'imagine que c'est un endroit un peu bizarre, mais il m'a toujours apporté un certain réconfort. J'espérais sans doute qu'il en irait de même pour elles. »

Sian était néanmoins consciente que Mrs Douglas avait quelque chose d'intimidant pour les enfants. Elle était tellement maigre et rouillée ; elle radotait, frappait ses poignets aussi fragiles que des brindilles, remettait son dentier qui glissait sans arrêt de sa bouche.

« À peine étions-nous sorties qu'elles demandaient pourquoi Babo n'avait pas envoyé quelqu'un pour repeindre sa maison : c'était tout ce qui les intéressait. Et pourquoi avait-elle autant de boîtes de céréales, et est-ce que ce n'était pas triste de savoir que la pauvre Mrs Douglas perdait la tête et allait mourir bientôt ?

« "Pourquoi ? leur ai-je dit. Qu'est-ce qui l'attend à votre avis ? Elle n'a pas de famille. Ses frères sont décédés. Elle doit vivre de sa retraite, alors, en quoi est-ce triste ?" Puis j'ai ajouté : "Que croyez-vous qu'il m'arrivera quand je serai vieille ?" Elles m'ont toutes les deux regardée d'un air incrédule, comme si cette idée ne les avait jamais effleurées, et vous savez ce que Mayuri a répondu : "Ce n'est pas pareil, maman. Toi, tu as une famille. Tu as papa, Bean et moi." »

Sian repensait à ces mots sur le trajet de retour. Lorsqu'elle franchit le seuil, elle trouva Mayuri et Bean en train de danser en chemise de nuit sur la cassette du *Top Ten* qu'elle leur avait rapportée. Elle les regarda faire des mouvements désarticulés, comme des marionnettes, se déhancher dans un sens et dans l'autre, chanter *I Love A Rainy Night* de Eddie Rabbit, le visage lisse et brillant comme une prune. À sa vue, elles s'interrompirent aussitôt et se jetèrent sur elle.

« Maman, tu es rentrée ! Raconte-nous une histoire. Une histoire !

– D'accord, rit-elle. On va se mettre au lit et lire ensemble, d'accord ? »

Sian s'adossa aux oreillers et se mit à lire à voix haute *Anne... La Maison aux pignons verts.* Elle dut faire un effort pour maîtriser sa voix, parce qu'elle comprenait soudain à quel point c'était important : Mayuri et Bean, leurs deux têtes humides côte à côte, appuyées sur ses seins, leurs fines jambes brunes sur les siennes, protectrices. Elles comptaient sur elle pour leur expliquer le monde. C'était l'existence qu'elle avait choisie. Mais tout ce qu'elle pouvait leur offrir, c'était l'espoir de trouver la beauté, une manière de chercher. Car elles l'aimaient aussi simplement, aussi inconditionnellement que Babo. Et cet amour farouche et exaspérant était la seule chose vraie dans sa vie.

Une autre photographie : Sian en robe rouge et sandales dorées attend sur une plage où ils ont loué une maisonnette et un hamac pour la nuit. Babo roule dans les rues de Madras, Mayuri et Bean à l'arrière de la Fiat Filante. Il les dépose avec un baiser au portail de Sylvan Lodge et Trishala se précipite à leur rencontre, rayonnant comme un feu de joie.

« Venez mes petites laadlis. Venez voir ce que je vous ai préparé. »

Babo repart en direction du sud, il file le long de la côte qui s'éclaircit pour devenir presque déserte. Plus tard, alors que leurs dos – l'un brun, l'autre blanc – luisent comme des crabes au clair de lune, il murmure à Sian : « Dis-moi un secret. » Mais il n'y a rien à dire, car il la tient tout entière dans l'éternel été de ses paumes.

16

Ignatus et les Monosourcil

On célébra en grande pompe le mariage de Dolly Patel et Chunky Shah à Anjar. Les festivités durèrent trois jours, dont le point culminant fut la réception émouvante qui se tint chez Ba le 5 juillet 1982, la veille de la plus longue éclipse lunaire du XXe siècle. Au début du mois, une nuée de femmes envahit la maison de Ganga Bazaar. Trishala et Dolly arrivèrent les premières de Madras, plantureuses et animées. Puis un escadron de vieilles filles descendit de Bhuj pour faire peur à la future mariée, au cas où elle changerait d'avis à la dernière minute. À la surprise générale, l'ancienne amie de Trishala, Meghna behn, mère de la charmante et zézayante Falguni, leur fit une visite de courtoisie pour annoncer la naissance de son cinquième petit-enfant : un garçon. C'était la première fois que les deux femmes se parlaient depuis que Babo avait rompu avec Falguni, en 1969, et l'atmosphère était tellement tendue que les lézards rouges et les paons qui se promenaient sur le toit de tôle en furent tout estourbis. Et bien sûr, il y avait les habitués de la maison : le défilé des voisines, qui passaient toutes les après-midi sans faute pour participer aux activités du jour et, depuis quelque temps, Ignatius.

Ignatius : un jeune hermaphrodite d'une beauté renversante, qui arborait des seins rembourrés et une tresse postiche.

Parmi tous les envahisseurs du sanctuaire de Ba, il était le seul dont la présence était non seulement tolérée, mais appréciée.

« Sauve-moi de cette folie », lui murmurait Ba lorsque Shakuntala behn se lançait dans une tirade sur les bénéfices du régime à base de mangues et de lait, ou quand les triplées Rukku, Munnu et Tunnu se disputaient pour savoir laquelle était l'aînée et devrait avoir le dernier mot.

Ignatius était cousette à la New Pinch Boutique, en ville. Depuis quelques années, il s'était approprié une hutte au toit de chaume dans un coin de la bambouseraie, sur le domaine de Ba. Il avait également une chambre à son nom au-dessus de la bijouterie d'Hira Lal où il exécutait la plupart de ses travaux minutieux, assis derrière le jali qui donnait à l'est. Il faisait la navette entre ces deux résidences avec une telle discrétion que Ba n'aurait jamais rien su de ses allées et venues sans son odorat d'une rare acuité. Mais Ignatius signalait sa présence grâce aux puissants effluves de testostérone laissés par ses admirateurs masculins, qui longeaient à pas de loup la maison de Ba après minuit et posaient leurs savates devant la porte d'Ignatius.

Les relations entre la vieille dame et l'hermaphrodite étaient une source d'étonnement constant pour les femmes de Ganga Bazaar, qui tenaient Ba en très haute estime – pas tant parce que ses cheveux qui avaient blanchi pendant sa cinquante-troisième année lui conféraient une aura d'autorité, mais parce qu'au fil des ans la vieille dame avait démontré les mérites de ses manières peu conventionnelles. Par comparaison, Ignatius semblait extraverti et grossier ; il flirtait sans pudeur avec leurs époux et leurs fils. Et en dépit de l'habileté de ses doigts de fée, capables de réparer n'importe quoi, il y avait chez lui quelque chose qui les mettait mal à l'aise.

Conscient de leur embarras, il s'éclipsait pendant leurs réunions vespérales.

« Qui voudrait écouter caqueter un groupe de vieilles pies ? », disait-il avant d'aller faire ses ablutions au puits.

Après leur départ, Ignatius réapparaissait, le visage repoudré et des fleurs dans les cheveux, pour aider Ba à rouler les tapis.

« Vous avez fini de dispenser vos sages conseils, ô sainte dame ? », plaisantait-il, avant de servir le dîner dans deux assiettes métalliques sous le jamelonier.

En dépit de son irrévérence, personne ne doutait de son dévouement. Ba lui avait sauvé la vie quand tout le monde était prêt à l'abandonner à son sort. Lorsqu'il avait quatorze ans, après qu'il s'était enfui de l'orphelinat catholique de Mundra où ses parents l'avaient déposé bébé, elle l'avait trouvé affamé et muet de peur à la gare routière. Elle l'avait ramené chez lui et lui avait appris à s'épiler les jambes et les bras, à retirer les poils de sa barbe sans laisser de cicatrice. Et quand ses seins avaient refusé de se développer et le sang de couler entre ses cuisses, c'était Ba qui avait réconforté l'inconsolable Ignatius. Elle lui avait dit qu'un cygne ne pouvait se débarrasser de sa blancheur, signifiant par là qu'il était ce qu'il était, comme tout un chacun, et que, parce qu'il n'était pas capable de créer la vie dans ce monde, ni en tant qu'homme ni en tant que femme, il était doté de pouvoirs dont les autres étaient privés. Des pouvoirs liés à la préservation : le second grand principe de l'univers.

À dix-sept ans, il décida de tenter sa chance à Bombay. Ba n'essaya pas de le retenir, mais elle lui promit que si jamais il voulait revenir, il n'aurait qu'à suivre le vent. Après avoir passé cinq ans à travailler à la gare Victoria Terminus avec un groupe d'hijras belliqueux, un Ignatius amer se présenta sur le seuil de Ba, déterminé à prendre un nouveau départ.

La vieille dame lui révéla que les femmes étaient les véritables inventrices du monde : les créatrices originelles, les laboureuses et les semeuses, les nourricières et les guerrières. Elle lui enseigna la magie et la science, toutes les techniques de l'illusion qui lui permettaient de ramener les femmes de Ganga Bazaar dans leur enveloppe charnelle, lorsqu'elles avaient terminé leur tâche dans les champs et les rues où elles balayaient, filaient et nettoyaient, courbées en deux. Car ton corps est ton univers, tu ne le savais pas ? *Ton corps est ton univers.*

Pendant les préparatifs du mariage de Dolly, Ignatius mit ce corps si précieux à rude épreuve. Assis dans la cour, il assemblait des morceaux de bois pour que les invités ne manquent ni de tables ni de chaises après les cérémonies au temple d'Amba Mata. Il construisit un abri de chaume et de bambou pour les protéger de l'intensité du soleil. Il aida Ba et Trishala à choisir les menus et, avec les triplées Rukku, Munnu et Tunnu, il orna la maison de guirlandes de roses et de soucis. Mais surtout il passait ses nuits à s'échiner à la lumière d'une ampoule électrique, avec sur le nez des lunettes à grosse monture qu'il ne portait jamais le jour par coquetterie, afin de coudre des fils d'or véritable dans le sari de noces de Dolly.

Six mois plus tôt, lorsque Trishala était arrivée à Ganga Bazaar, bien décidé à trouver un époux à Dolly, c'était Ignatius qui avait pris l'affaire en main, avec son efficacité habituelle.

« Trishala behn, lui avait-il déclaré, votre fille vous rend folle ? Ne vous inquiétez pas, je vais lui dégotter un bon mari. Un mari chak-a-chak. Pas de problème. Envoyez-les-moi et j'inspecterai le matériel avant de donner mon accord. »

Pendant deux semaines, les portes toujours ouvertes de chez Ba virent défiler une longue procession de candidats dans un sens, puis dans l'autre. Chaque jour, Dolly faisait savoir à sa grand-mère combien elle détestait Anjar. Il n'y avait rien à faire dans ce trou. Que des vieux assis en tailleur dans tous les coins, qui passaient leur temps à mâcher du pâan et à cancaner au sujet de personnes dont elle se moquait éperdument. « Pardon, toi c'est différent, bien sûr », ajoutait-elle aussitôt, prise d'un semblant de remords. Ni cinémas ni magasins, uniquement le Zam Zam Lodge et ses attraits limités : un stand qui proposait vingt-quatre parfums de glaces auxquelles elle n'avait pas le droit de goûter, et un devin qui trônait avec son perroquet sur une estrade sertie de fausses pierres, au milieu du terrain de jeux.

« Comment Babo bhai a pu rester ici des mois sans mourir d'ennui, je me le demande », grommelait Dolly.

Trishala était toute tourneboulée et son affolement rappelait à Ba cette lointaine époque où elle essayait de concevoir un enfant malgré le désir maladroit de Prem Kumar. Aujourd'hui, elle se présentait avec un nouveau problème : convaincre sa fille d'accepter un mari avant qu'il ne soit trop tard.

Pour finir, leur choix s'arrêta sur Chaitanya, un marchand de diamants de Baroda surnommé Chunky, autrement dit « le rondouillard », sauf qu'il ne l'était pas le moins du monde. À vrai dire, il était d'une maigreur inhabituelle, et dépassait Dolly de plusieurs centimètres. Il n'avait d'une star de cinéma que la chevelure, mais quelle chevelure ! Une tignasse scandaleusement ébouriffée digne de Shammi Kapoor[1].

Le mariage dont Trishala avait rêvé pour Babo, puis pour Meenal, se concrétisait enfin, avec plus de tralala et de flaflas qu'elle n'aurait osé l'imaginer. Pendant trois jours, ce fut une

1. Acteur et réalisateur indien dont la carrière a connu son apogée dans les années cinquante et soixante.

succession ininterrompue de chants, de danses, de prières, d'agapes et de nuits blanches. Trishala accueillait avec bonheur les félicitations envieuses qui pleuvaient sur elle et mentait avec aplomb à qui voulait l'entendre.

« J'ai toujours su que Dolly finirait par trouver un bon parti. De nos jours, trente ans, ce n'est pas si tard pour se marier. Il faut vivre avec son temps, n'est-ce pas ? »

En vérité, son soulagement était tel qu'elle sentit presque instantanément sa culotte de cheval s'alléger du poids de tous les jalebis qu'elle avait mangés au cours des dernières semaines. Elle trottinait d'une pièce à l'autre, enchantée de ses petites-filles qui se prosternaient respectueusement aux pieds de tous les adultes, selon ses recommandations. Ce fut elle qui cria le plus fort et avec le plus d'enthousiasme quand Babo et Chotu soulevèrent Dolly sur leurs épaules pendant la cérémonie des guirlandes, où le futur mari essaie de passer un collier de fleurs autour du cou de la femme jusqu'à ce que l'un des deux cède, résultat supposé donner un avant-goût de leur vie conjugale. Au comble du bonheur, elle embrassa ses fils à plusieurs reprises, car ils avaient porté leur sœur assez longtemps pour qu'elle gagne. Mieux encore, Prem Kumar, qui adorait faire son rabat-joie dans les moments de liesse générale, s'abstint de se plaindre du coût des festivités, et, une fois que tout fut terminé, il eut une phrase qui emplit de joie le cœur de son épouse :

« Tu as fait ce qu'il fallait, Trishala. L'amour est peut-être un idéal, mais le mariage, c'est la réalité. »

Lorsque Dolly partit avec son nouvel époux et un trousseau complet qui comptait cinquante et un saris, cinq parures en or et un négligé de voyage de noces affriolant, le village laissa échapper un soupir de soulagement collectif. La maison se vida presque aussi vite qu'elle s'était remplie. Trishala, Prem Kumar,

Meenal et son courtier maritime, Babo et Sian, Chotu, les sœurs célibataires de Bhuj, les tantes et les oncles : tout ce beau monde réunit ses affaires et se dispersa en l'espace d'une matinée. Hormis Ignatius, il ne restait que Mayuri, Bean et leurs deux cousines, prêtes à se chamailler jusqu'à la fin des vacances d'été.

Après le départ de ses invités, Ba fit le tour de son domaine pour évaluer les ravages causés par le mariage le plus fastueux jamais vu à Anjar. Partout, ce n'étaient que morceaux de papier et de plastique déchirés, plats géants que les femmes de Ganga Bazaar devraient récurer au Vim avant de les remorquer jusqu'au temple d'Amba Mata, débris de noix de coco et peaux de bananes, branches, feuillages, mues de lézards rouges et plumes de paon. Ba reconnut les relents camphrés du bûcher matrimonial, les émanations écœurantes de l'huile végétale et du jasmin fané. Elle sentit les larmes de Dolly, l'anxiété de Trishala aux effluves de poudre et de soufre, qui enveloppaient la maison comme un linceul. Mais, par-dessus tout, elle distinguait un lourd parfum de pommes tombées, une odeur sucrée et blette, à la fois inconnue et étrangement familière, qui filtrait à travers les chevrons et flottait dans l'air.

« La déliquescence, dit-elle à Ignatius qui était venu la chercher. Sens-tu la déliquescence ? »

Il chercha la main de Ba dans l'obscurité et l'aida à franchir le seuil de sa maison.

« C'est peut-être la vie, dit-il. C'est peut-être l'odeur de la vie lorsqu'il se prépare une sale histoire. »

Pendant les deux semaines suivantes, les quatre fillettes jouèrent à « mariage-mariage ». Elles voulaient se déguiser avec le vieux sari de noces de Ba qui était rangé dans la malle en ferblanc, enveloppé dans du papier avec des boules de naphtaline, mais Ignatius les prévint que si elles osaient s'en approcher, il leur couperait les mains et les jetterait aux paons. Il leur fit néanmoins des costumes à la place : quatre tenues interchangeables, découpées dans des étoffes criardes et ornées d'éclats de miroirs, qu'elles enfilaient par la tête et maintenaient à la taille avec des cordons de soie.

Toutes les nuits, tandis que sa sœur et ses cousines dormaient sur des matelas dans le salon où trois balançoires de bois pendaient du plafond, Bean sortait furtivement sur la véranda et se lovait dans l'arc doux et flétri du corps de Ba. À Anjar, l'enfant avait l'impression de pénétrer dans un roman d'Enid Blyton, mais à la place de « l'arbre de tous les ailleurs », il y avait l'arbre des roussettes derrière le temple d'Amba Mata. Et au lieu des pique-niques dans des prairies verdoyantes où l'on dévorait du pain d'épices poisseux et des sandwichs au jambon, on dînait sous le jamelonier, et Ba leur mettait chacune leur tour dans la bouche des boulettes de riz au tamarin.

La seule chose qui l'embêtait à Anjar, c'étaient ses cousines, ces patati-patapoufs, qui posaient toujours des questions idiotes et voulaient savoir ce que Mayuri et Bean mangeaient e-gue-za-que-te-ment au petit déjeuner chez leur grand-mère anglaise.

« Premièrement, aboyait Mayuri, elle n'est pas ANGLAISE, elle est GALLOISE, compris ? Et deuxièmement, on mange la même chose qu'ici, espèces de PATATES. »

Monosourcil numéro un – qui était née le même jour que Bean mais faisait déjà deux fois sa taille, car Meenal avait tendance à noyer sa cuisine dans le ghee vanaspati – était particulièrement insistante.

« Allez, qu'est-ce que vous mangez pour de vrai, chez votre nani galloise ? » demandait-elle à la cadette, qu'elle devinait plus malléable, quand Mayuri était occupée ailleurs.

Lorsque les quatre fillettes ne se disputaient pas, elles s'entendaient comme larrons en foire et glissaient sur les fesses, à fond la caisse sur le sol de pierre noire. La maison était leur royaume et elles avaient le droit d'aller où elles voulaient sauf autour du puits, qui était condamné depuis que l'enfant de Sampurna behn s'était tragiquement noyé, quelques années plus tôt. Elles jouaient à la marchande dans le garde-manger et à « naufrage-naufrage » dans la pièce aux balançoires. Dans la cour où les paons picoraient du grain, les filles dessinaient des marelles et disputaient des parties de lagori sous les arbres. Et quand elles en avaient assez, ou si elles étaient trop fatiguées pour imaginer un nouveau jeu, il restait toujours les lézards. Il suffisait de prononcer la formule « SHOO MANTHAR » et ils dégringolaient des murs comme des gouttes de cristal rouge.

Mais cet été-là, alors qu'une mélancolie post-nuptiale était tombée sur Ganga Bazaar, les cousines découvrirent que la plupart de leurs jeux d'enfants avaient perdu leur magie. Elles avaient beau essayer, il n'y avait rien à faire. Un jour à l'heure du bain, dans cette atmosphère de stupeur généralisée, Mayuri leur fit une suggestion. L'idée n'était pas mauvaise en soi : chaque fillette était censée choisir la divinité qu'elle souhaitait incarner, mais au lieu de s'en tenir au scénario mythologique, elles pouvaient s'inventer des pouvoirs. Assises sur un petit tabouret en plastique dans toute leur grasse nudité, les Monosourcil l'écoutèrent, leurs sourcils froncés ne formant plus qu'un gros bourrelet poilu sur leur front.

« Maman dit que Dieu nous punira si on ne le respecte pas, déclara Monosourcil numéro un.

– Et puis qu'on mourra et qu'on ira en enfer », ajouta Monosourcil numéro deux, pour faire bonne mesure.

Dieu et le cérémonial du culte n'avaient aucun secret pour elles. Elles avaient été initiées très jeunes au temple jaïn d'Adishwarji à Bombay et elles savaient à quel moment précis il fallait sonner la cloche, combien de fois tourner autour du garba griha – le sanctuaire abritant la divinité –, quand s'agenouiller et joindre les mains. Mais, surtout, elles connaissaient les prières, qui jaillissaient de leurs lèvres comme une cascade de plus en plus puissante, si bien que Bean avait fini par croire qu'elles étaient en lien direct avec les cieux et les dieux assis sur leurs trônes d'or, prêts à exaucer tous les vœux des humains si on sollicitait leur aide dans les règles. C'était comme pour le mot de passe du Clan des Sept – sans lui, pas question d'entrer. Mais malgré son désir d'appartenir au club de Dieu, Bean aurait préféré mourir que de demander la marche à suivre.

« On va bien s'amuser, insista-t-elle d'un ton enjôleur. On dira que vous êtes Sita ou Lakshmi, les déesses les plus riches et les plus belles du monde. Ou Dourga sur son tigre, qui fait des ravages parmi ses ennemis. »

Mais les Monosourcil croisèrent leurs bras sur leurs petits seins naissants, déterminées à combattre cette idée sacrilège de toutes leurs forces.

« Mayuri, sais-tu qu'une journée en enfer équivaut à cent années humaines ?

– Vous pouvez penser ce que vous voulez, je m'en moque, répliqua Mayuri. Mon papa m'a dit que le paradis et l'enfer n'existaient pas. Et que les gens les ont inventés pour se faire plaisir. Il dit que s'il avait une arme il alignerait tous les dignitaires religieux du monde et qu'il les fusillerait. Et les bondieuseries, c'est bobards et compagnie.

– Ah oui ? s'étrangla numéro un. Dans ce cas, explique-moi comment le monde a commencé.

– Il a commencé par le commencement, ANDOUILLE !

– Mais qui l'a fait ?

– Il était là, c'est tout.

– Mayuri, si tu ne te tais pas tout de suite, tu te réincarneras en chien dans ta prochaine vie, glapit numéro deux.

– Ah oui ? Eh bien, c'est pas grave, parce que toi tu t'es déjà incarnée en hippopotame. »

Après quoi, les cousines n'échangèrent plus un mot pendant les trois jours et les trois nuits qui suivirent.

Ce fut Ba qui finit par les réconcilier.

« Nous devrions tous bâtir des châteaux en nous avec les pierres qu'on nous a jetées », décréta-t-elle.

Bean alla alors trouver ses cousines d'un air contrit :

« On peut avoir des idées différentes et rester amies. »

De retour à Madras, elle demanda néanmoins à sa sœur si elle ne croyait vraiment en rien.

« Tu ne penses pas que Taid est au paradis avec les anges, comme Selvi l'a dit ? » fit-elle, alors qu'elles étaient couchées dans leurs lits d'osier jumeaux.

Car dans son for intérieur, Bean était convaincue qu'il existait une force au-dessus d'elle. C'était obligé. Elle le sentait lorsqu'elle se rendait à l'église Velankini une fois l'an, à Noël, et aussi au temple jaïn de Kilpauk, où l'emmenait parfois Trishala. Même quand Sian la traînait au jardin de la Rédemption et la forçait à s'asseoir sous le banian pour écouter Manna. Il devait bien y avoir quelque chose. Ce ne pouvait pas être que bobards et compagnie.

« Je ne sais pas ce que raconte Selvi au juste, mais moi, je crois papa. Tant qu'on est sages, c'est tout ce qui compte.

– Mais ne pas croire, tu ne penses pas que c'est plus pire que pire ? Ce n'est pas comme être vilaine ?

– Non, je ne suis pas d'accord, Bean. Je suis sûre que si Dieu existe, il voit tout ça.

– Mais tout le monde a un Dieu, pourquoi pas nous ? Pourquoi ?

– Parce que les chiens aboient. Zut à la fin ! Qu'est-ce que je viens de dire ? Tu n'as rien écouté ?

– Si, bien sûr, May-May. Bien sûr. »

Alors, dans un élan de rare générosité envers sa sœur, Mayuri souleva le drap par-dessus sa tête :

« Je sais ce qu'on va faire, on va jouer à caravane-caravane. »

Et un instant plus tard, elles étaient déjà en train de marcher dans le désert, affamées et assoiffées, alors qu'il ne leur restait plus qu'un chameau. Elles souffraient ensemble, bravaient les tempêtes de sable et la chaleur, avant d'atteindre une oasis où on leur offrit des fruits et de l'eau, un endroit ombragé où reposer leurs membres rompus.

Mayuri et Bean, qui formaient une famille à elles seules, lirent la carte du ciel nocturne et finirent par retrouver leur chemin. Elles sautèrent de leur lit en culotte et maillot de corps pour s'allonger sur la mosaïque fraîche. Sur le dos, tête-bêche, elles prétendirent qu'elles n'avaient pas peur d'avoir peur, qu'elles n'étaient pas ci, qu'elles n'étaient pas ça. Bravement, elles attendaient que leur vie commence.

Des années plus tard, lorsqu'elles seront adultes, lorsqu'elles avanceront pieds nus dans l'existence, tâchant de comprendre les ténèbres et les divinités qui les menacent, elles se souviendront de cela : il était une fois un royaume merveilleux, et il s'appelait l'enfance. Elles le garderont en elles, convaincues que si elles savaient le protéger, si elles ne le laissaient pas tomber dans le sable, ce royaume ne les quitterait jamais, et qu'elles auraient la possibilité de s'y réfugier chaque fois que nécessaire. Car Mayuri en aura besoin. Bean en aura besoin.

17

Les cinq voleurs du corps

Près de trois ans après la proposition de Prem Kumar, Chotu dut se rendre à l'évidence : son père ne changerait pas d'avis. Il ne servait à rien d'attendre qu'on l'envoie étudier à l'étranger. Il décida donc d'accepter le voyage qu'on lui offrait en échange. Avant le début de la mousson de 1983, à une semaine de son vingt-sixième anniversaire, le jeune homme prit l'avion pour Bombay muni de son tout premier passeport, et de là, il s'envola vers la première de ses vingt et une destinations : Paris.

Seule Ba entrevit les conséquences de ces vacances européennes. Le matin du retour de son petit-fils, elle fit un autre rêve. Le serpent Ananta émergeait des flots, une aile de métal dans la gueule, et Bean chevauchait son cou épais, s'efforçant de l'étrangler entre ses genoux. Ba crut d'abord que l'avion de Chotu s'était écrasé, qu'il faudrait retirer son jeune corps méconnaissable de l'océan, carbonisé, noirci. Elle l'imaginait qui tombait, le ciel d'encre en toile de fond, et sombrait irrémédiablement dans l'eau. Alors, elle fut saisie d'une peur si viscérale qu'elle se sentit malade pour la première fois en dix ans. Quand Trishala l'eut rassurée au téléphone – oui, il était bien rentré et il avait même pris quelques kilos –, elle passa le reste de la journée à se répéter qu'elle dramatisait. Cependant, comme elle n'arrivait pas à se débarrasser de ce sentiment d'angoisse, elle se demanda soudain si ce n'était pas Bean qui avait besoin d'aide.

À Madras, toute la famille dînait ensemble pour fêter le retour de Chotu. Comme toujours, Prem Kumar présidait, avec ses fils à sa gauche, et ses petites-filles à droite, tandis que Trishala, Dolly et Sian s'affairaient autour d'eux et rapportaient des puris chauds de la cuisine.

« Alors, c'était comment l'Allemagne ? demanda Babo avec une pointe de nostalgie, car il se souvenait qu'ils avaient projeté d'y aller, avant que la soi-disant maladie de sa mère bouleverse leurs plans.

– Oh, c'était bien. Tout était super, dit Chotu, les yeux fixés sur son assiette pleine.

– Et qu'est-ce qui t'a plu en Angleterre ? s'enquit Sian, lui servant un rasgulla.

– Bhabi, si tu veux tout savoir, je ne comprends pas pourquoi tu as quitté ce pays pour venir ici.

– Parfait, parfait, tout est bien qui finit bien, intervint Prem Kumar. Je savais que c'était une bonne idée. »

Au bout de quelques instants, le jeune homme se leva de table.

« Je monte m'allonger un peu. Je ne sais pas si c'est le décalage horaire ou quoi, mais je me sens patraque. »

Trois jours plus tard, Trishala appelait Babo pour dire que Chotu en était toujours au même point : il ne faisait rien.

« Il ne mange pas, il dort tout le temps. Est-ce que c'est possible que le décalage l'affecte autant ? Viens et essaie de voir ce qui lui arrive.

– Alors, champion, qu'est-ce qui ne va pas ? s'enquit Babo, assis sur la terrasse de briques rouges de Sylvan Lodge, une cigarette à la main. Pourquoi est-ce que tu ne vas plus au travail ? Que se passe-t-il ? Tu as des soucis ?

– Oh, Bhai, je n'en sais rien. Je me demande où va ma vie. Tu veux que je te raconte mes fameuses vacances ? Vingt et une villes en vingt et un jours, en compagnie de Gujaratis de Bombay tous plus âgés que moi avec un cuisinier pour que surtout on ne soit pas tenté de goûter aux spécialités locales. Que des couples avec des enfants en âge d'aller à l'école, à l'exception d'une veuve, Mrs Triveni, à côté de qui j'ai eu le privilège d'être assis pendant tout le voyage. C'était ridicule. Je n'aurais jamais dû y aller ! »

Avant la fin de la semaine, le conflit latent éclata.

« Tu croyais vraiment m'offrir l'occasion de découvrir le monde, en me collant dans un bus avec un groupe de vieux Gujaratis bien-pensants pour explorer la civilisation européenne en vingt et un jours ? Tu ne t'es jamais demandé ce dont je pouvais avoir besoin ? »

Prem Kumar était désarçonné. Quand même ! Tout ce qu'il avait fait pour aider son fils à élargir son horizon. Soit, il ne lui avait pas permis d'étudier en Europe comme Babo. Mais il fallait le comprendre. Il avait déjà perdu la face devant les parents de Falguni. Il ne pouvait pas envoyer son seul autre garçon en Angleterre et courir le risque de se retrouver avec une seconde belle-fille étrangère !

Puisque l'on refusait de l'entendre, Chotu recourut à la tactique précédemment employée par Babo : la rupture des négociations. Il annonça à Sanbo Enterprises qu'il prenait un congé exceptionnel. Désormais, il s'occupait de l'équipe de cricket junior de l'État, ne mangeait plus qu'à Balaji Snacks au bout de la rue, et traînait le reste du temps chez Babo où il regardait *Dynasty*, le dernier engouement familial en date, en compagnie de ses nièces.

« Je suppose que tu ne souhaites pas t'associer à ton frère pour gérer cette affaire que j'ai passé ma vie à bâtir ? lui demanda un jour Prem Kumar, le coinçant sous l'escalier.

– Tu supposes bien.

– Et comment comptes-tu gagner ta vie ? En étant entraîneur sportif ? Aller de poste en poste, comme un maître d'école de seconde zone, pour finir avec une retraite misérable ? C'est une existence bien triste à laquelle tu te prépares, mon fils. Et la famille ? Tu ne veux pas fonder une famille ? »

Rien n'était plus éloigné des désirs de Chotu. Hormis Babo et Sian, qui avaient réussi à se créer une oasis, tous les couples mariés de sa connaissance respiraient l'ennui et la frustration.

« Ma foi, soupira Prem Kumar, voyant que Chotu ne répondait pas. Que veux-tu que je te dise ? Si tous les idiots portaient la couronne, ce ne seraient pas les rois qui manqueraient.

– Mieux vaut être son propre roi que l'esclave d'un autre roi », riposta Chotu avant de sortir en claquant la porte de la maison pour la énième fois.

« Chotu ! s'écria Ba dans le combiné du téléphone. Il paraît que tu t'es mis en grève, comme Babo dans le temps. Bien joué. Bonne idée.

– Pas du tout, Ba. Je ne veux pas travailler avec papa au bureau, c'est tout.

– C'est bien, c'est bien. J'ai un projet plus intéressant pour toi, de toute manière. J'aimerais que tu aides Beena à devenir championne de natation. Ne t'inquiète pas, tu pourras continuer à être entraîneur de cricket. Il faudrait simplement que tu t'occupes d'elle quelques heures le matin. Ta nièce va avoir dix ans et elle fait toujours pipi au lit. Tout ce cinéma au sujet des fantômes, ce n'est qu'une excuse. Elle a besoin d'un passe-temps sérieux. Pas d'engouements éphémères pour des cours de peinture ou je ne sais quoi. Et de toute manière, ce n'est pas plus mal si tu arrêtes de travailler pendant quelque temps. Il faut que tu réfléchisses à ton avenir. Tu n'es plus un bébé.

– Je sais, Ba, c'est ce que j'essaie de dire à tout le monde. »

Elle avait envie de lui parler du serpent Ananta qui lui rendait visite en rêve depuis vingt-cinq ans. De lui faire comprendre qu'il y avait quelque chose au-delà de tout ça : une félicité, une beauté. Elle voulait le mettre en garde contre les cinq voleurs du corps : la cupidité, la maladie, le désir, l'amour et la fierté, tapis dans l'obscurité, prêts à ravager le sanctuaire de l'âme et de l'esprit.

« Quoi que tu décides, mon garçon, ne renonce jamais au monde, car c'est lui qui te sauvera. »

C'est ainsi que Chotu prit l'habitude de venir chercher Bean au volant de l'Ambassador de Prem Kumar, tous les matins à cinq heures. Il se garait devant la maison au portail orange et noir et attendait que sa nièce sorte avec ses affaires de classe et son sac de natation Milo. Elle se glissait dehors, les yeux dans le vague, encore un pied dans le monde des rêves, et s'asseyait à côté de lui, puis ils filaient jusqu'au bout de Marina Beach qui, aux premières heures du jour, semblait un désert pressé contre le ciel métallique de la ville. Bean accueillait le matin blême : les manèges démontés, les cavaliers et les pêcheurs qui rentraient, les marcheurs de l'aube qui avançaient d'un pas lourd de pèlerins sur l'interminable bande de sable couleur biscuit. Chotu lui apprit le nom des bâtiments historiques de la promenade – Ice House, où l'on entreposait autrefois de la glace, Queen St Mary's

College, Senate House –, tandis qu'elle dénombrait les corbeaux sur le crâne crotté de la statue de Gandhiji, une comptine dans la tête : *Un pour la tristesse, deux pour la joie, trois pour une lettre, quatre pour un garçon…*

Au Gymkhana Club de Madras, elle se tortillait pour enfiler son maillot en Lycra, attachait la bride du bonnet de bain ridicule qu'on l'obligeait à porter, crachait dans ses lunettes de plongée et se jetait à l'eau comme un petit obus de trente kilogrammes. Les premières longueurs étaient des flèches qui transperçaient son cœur, des pieux de glace terrifiants. Une douleur cinglante vrillait ses tympans avec l'insistance d'un sifflet de Cocotte-Minute. Mais, peu à peu, elle trouvait son souffle et ses pieds prenaient fermement appui contre le rebord de la piscine pour la propulser plus vite, plus fort, tandis que le soleil déjà haut dans le ciel réchauffait et tannait l'arrière de ses jambes. Alors, Bean oubliait tout. Elle fendait l'eau, levait la tête, l'abaissait, la levait et l'abaissait, les battements de son cœur résonnant dans ses oreilles. Sur la margelle, un chronomètre à la main, Chotu criait : « PLUS VITE, BEAN, PLUS VITE ! » Et quand elle entendait cette voix grave si chère lui demander ce qu'elle seule pouvait donner, elle redoublait d'ardeur.

Après l'entraînement, alors qu'elle agrippait le bord pour se hisser hors du bassin d'une traction puissante et trottinait en direction du vestiaire, Chotu posait sa montre sur la table et se laissait glisser dans l'eau afin de faire quelques longueurs paresseuses. Ensuite, ils engloutissaient un petit déjeuner rapide sous le soleil qui à présent cognait sur Madras, puis Bean grimpait en voiture à côté de Chotu, le ventre plein, les bras et les jambes ramollos, la tête contre la vitre, et toc, toc, toc, tout le long du trajet, pour ne pas rater la réunion qui rassemblait tous les élèves chaque matin.

Pendant quatre ans, ses journées commencèrent par cette longue et fraîche immersion dans le vide, qui noyait toutes ses peurs. Elle détestait être tirée du sommeil par la sonnerie du réveil plutôt que par la douce pression de Sian sur ses orteils, comme elle détestait le sol mouillé du vestiaire des femmes et l'odeur froide et humide du talc dont les ayahs du Gymkhana Club aimaient l'asperger avant qu'elle enfile son uniforme scolaire mais, d'une certaine manière, ces petits matins en compagnie de Chotu donnaient du sens et de l'importance à sa vie.

À force de longueurs appliquées, ses épaules s'élargirent, ses cheveux prirent l'aspect de la paille, mais surtout il se produisit un événement miraculeux : ses prières furent enfin exaucées. Les fantômes qui hantaient les murs de sa chambre s'évanouirent. Sian rangea l'alèse. Babo lui acheta un nouveau matelas Blossom moelleux. Selvi déclara : « Mon enfant, tu es devenue une grande fille. »

Chotu lui-même semblait avoir oublié ses vacances européennes ratées, quand sa nièce rafla la médaille de bronze aux championnats d'État des moins de dix ans. Il accepta de réintégrer Sanbo Enterprises, à condition d'être dispensé de toute tâche administrative et de pouvoir collaborer avec Babo dans la salle des inventions. Il continua à s'autoriser des aventures sans lendemain, menaçant de prendre un appartement si Trishala ou Prem Kumar osaient encore prononcer un certain gros mot commençant par M.

« Quand je serai prêt, je me trouverai une femme tout seul. »

Pendant longtemps, Ba crut que son rêve opportun avait sauvé Chotu et Bean. Mais lorsque celle-ci, à treize ans, décida de troquer son maillot de bain contre une raquette de tennis, convaincue qu'elle serait la prochaine Martina Navratilova, Ba vit le visage de Chotu retrouver cette expression de tristesse qu'elle connaissait trop bien. Il avait beau dire à sa nièce : « Suis ta propre voie, championne, ne te préoccupe pas de moi », Ba savait que cette nouvelle déception risquait d'attirer les cinq voleurs. La cupidité, la maladie, le désir, l'amour et la fierté. Ils attendaient leur heure, pour se faufiler par le portail de Sylvan Lodge, chup chap, quand personne ne prêterait attention. Ils guettaient depuis un moment déjà : depuis que Chotu n'avait eu droit qu'à un petit saut au bout d'une laisse, au lieu d'un envol digne de ce nom. Et une fois les voleurs dans la place, comment croire que tout continuerait comme avant ?

18

Ce lieu est un rêve, seul celui qui dort le croit réel

Le matin du 31 octobre 1984, à neuf heures, au moment précis où les gardes du premier ministre Indira Gandhi criblaient son corps de balles, Trishala se plaignit à son époux d'une sensation d'électricité dans son sein droit. Prem Kumar, qui avait un faible pour ce sein-là, car c'était celui qui était le plus proche de sa bouche dans le lit, convoqua sur-le-champ Jignesh bhai, le médecin de famille, lequel prit sa sacoche et enfourcha son scooter pour se rendre sans tarder à Sylvan Lodge.

Il passa une heure à palper et à tâter, puis retira ses mains poilues de sous la tunique de Trishala, et rejoignit d'un pas traînant Prem Kumar dans le salon pour délivrer son diagnostic.

« Je ne peux rien affirmer, bafouilla-t-il entre ses lèvres-saucisses, mais votre femme a un kyste au sein droit qui pourrait être cancéreux, et que l'on pourrait peut-être opérer avec succès à la clinique. »

À ces mots, Prem Kumar autorisa ses genoux à trembler légèrement. Au portail de Sylvan Lodge, Jignesh bhai le quitta sur une poignée de main vigoureuse, ce qu'il prit à tort comme un signe de solidarité, alors que le médecin voulait seulement signifier par là qu'il n'était qu'un misérable charlatan, démuni devant un problème d'une telle gravité.

Dans la chambre, Prem Kumar trouva Selvam assis par terre à côté de Trishala, qui essuyait ses yeux presque aveugles, tandis qu'elle le consolait gentiment, tapotant sur son crâne chauve comme sur un tambour.

« Écoute-moi bien, dit-elle dès qu'elle aperçut son mari. Je ne veux plus voir de grosses pattes de docteur sous cette tunique. Quand mon heure viendra, je partirai avec mes deux seins. »

Avant la fin de la matinée, Madras était la proie du chaos. Les écoles renvoyaient les enfants chez eux, les employés abandonnaient leur poste, les magasins baissaient leurs rideaux, les fainéants comme les bourreaux de travail avaient déserté les rues pour se coller à une radio ou à un téléviseur, et savoir quelle folie leur réservait encore la capitale.

Mayuri et Bean couraient à travers Sylvan Lodge en blouse bleu et blanc, surexcitées parce que ce mercredi pas comme les autres ressemblait à un dimanche et qu'on les avait laissées partir à l'heure du déjeuner, tandis que les professeurs s'étreignaient en répétant à l'envi : « C'est une tragédie, une tragédie » ; surexcitées parce qu'il y avait des policiers dehors et de la mort dans l'air. Elles absorbaient toute cette agitation et glissaient sur la rampe d'escalier.

Babo, Chotu et Sian ne quittaient pas les canapés marron défoncés du salon, les yeux rivés sur l'écran de télévision. C'était désormais une certitude : le pays avait sombré dans la folie. Indira Gandhi avait reçu seize balles dans la poitrine et l'abdomen, assassinée par deux de ses gardes du corps sikhs. Les magasins brûlaient, les soldats tiraient, les voyous pillaient, les mères serraient leurs enfants.

Devant ce chaos, Trishala fit promettre à Prem Kumar et à Selvam de taire la visite du médecin.

« On a assez de problèmes comme ça, décréta-t-elle, stoïque. Inutile d'y ajouter mes propres soucis. »

Ils dînèrent devant le poste en silence, une famille réunie par le désespoir, tandis que des journalistes de Delhi aux yeux rouges donnaient les derniers bulletins de la capitale. Ils virent les membres du parti du Congrès étreindre le dernier fils d'Indira Gandhi. Il demandait au peuple de ce pays, son peuple, de se maîtriser, de ne pas laisser ses émotions prendre le dessus.

Pendant ce temps, les sikhs se cachaient, les sikhs brûlaient, les sikhs se coupaient les cheveux, les sikhs fuyaient la mort.

On était en 1984, l'année de la prophétie « blancnoir » d'Orwell, l'année où le mensonge devint la vérité et l'ignorance la force. L'année où les Patel découvrirent que la justice n'était pas égale pour tous. L'année des massacres, des mammographies et des dysfonctionnements. L'année de la tragédie de Bhopal. L'année où chaque matin Babo et Sian voyaient le monde mourir.

C'était l'année où Trishala se glissait furtivement dans les couloirs de Sylvan Lodge, le corps douloureux, sans soutien-gorge sous sa tunique sur mesure, avec des coussinets de coton cousus à la place de son sein droit – son magnifique sein droit qu'elle avait accepté de sacrifier uniquement parce qu'on lui avait dit que cela sauverait l'autre. Lorsqu'on lui prit aussi le gauche, après d'innombrables traitements qui firent tomber ses cheveux et coupèrent son féroce appétit, Trishala posa ses pieds considérablement rabougris sur le sol et exigea qu'on la ramène chez elle pour mourir dans la dignité.

L'année où Trishala cessa de parler et ne fit même pas de discours d'adieu si ce n'est, peut-être, un dernier mot d'avertissement au sujet de l'idylle entre Mayuri et Cyrus Mazda, le fils du voisin.

« Ce garçon a la nature trompeuse du corbeau. Si j'étais vous, je tuerais cette histoire dans l'œuf. »

Une année de silence qui démangeait, brûlait, pelait, cloquait.

Quelques semaines après la seconde mastectomie de Trishala, Babo et Sian trouvèrent Mayuri assise dans son lit, déterminée à ne pas aller à l'école.

« Quand je serai grande, je veux être servante, déclara-t-elle. Pas besoin d'apprendre les maths ou la chimie pour ça.

– Et tu crois vraiment que ça te plaira d'être servante ? s'enquit Babo. Ça t'amusera de laver par terre, de récurer les toilettes et de vivre seule dans une petite chambre miteuse ?

– Tout à fait. C'est exactement ce que je veux.

– Quel bonheur, répliqua Sian. Cela signifie que nous pourrons nous passer de Selvi désormais. Tu pourras rester toute ta vie ici et faire son travail. Et Bean aura la chambre pour elle toute seule. »

Les yeux de Mayuri s'emplirent de larmes d'irritation.

« Quelle importance ? glapit-elle. Je vais mourir de toute manière et je ne pourrai rien faire de tout ça, parce que j'ai une grosseur dans la poitrine, comme Trishala ba ! »

Mayuri, à treize ans, regardait tous les jours dans sa culotte dans l'espoir d'y trouver une tache de sang, car la plupart de ses amies avaient déjà leurs règles et portaient des soutiens-gorge, tandis qu'elle en était restée aux tricots de corps en coton de fillette. Pour ne rien arranger, Sian n'avait jamais pris le temps de s'asseoir avec elle pour lui parler de ce que signifiait son imminente puberté. Alors que la mère de sa copine Sunaina, qui était médecin, lui avait donné un manuel d'éducation sexuelle qui expliquait TOUT, avec les termes et les schémas adéquats.

Pourquoi est-ce que Sian n'était pas comme elle, au lieu de les embêter avec son blabla rédemptioniste ? D'accord, chacun était libre de croire en ce qu'il voulait, mais Mayuri estimait que si elle était condamnée, ses parents devaient l'écouter et comprendre qu'elle avait mieux à faire que d'aller à l'école.

« Si tu meurs pour de vrai, dit Bean, tapotant tristement le bras de Mayuri avant de partir en classe, est-ce que tu me laisseras ta jolie robe de fête dans ton testament ?

– Ne t'inquiète pas, répondit Mayuri d'une voix douce. Tu n'auras pas besoin de robe de fête dans les taudis des quartiers pauvres, parce que c'est là que papa et maman t'abandonneront quand je serai partie. »

On appela Jignesh bhai pour qu'il glisse ses mains poilues sous le maillot de corps de Mayuri et vérifie si ses seins de moustique dissimulaient réellement une tumeur dont il fallait s'inquiéter. Le médecin s'acquitta de sa tâche avec zèle, tandis que le visage de Mayuri prenait une teinte magenta.

« Je vois ce qui te préoccupe, dit-il. Mais je t'assure qu'il n'y a pas de tumeur qui grossit dans ta poitrine. Tu es en pleine forme, tu es prête à retourner à l'école. Aucune inquiétude à avoir. Pas l'ombre d'un problème.

« Mais, ajouta-t-il pour qu'elle comprenne qu'il traitait son cas avec tout le sérieux nécessaire. Tu devras faire des contrôles réguliers, compte tenu de l'histoire médicale de ta famille, si tu vois ce que je veux dire. »

Mayuri hocha la tête d'un air entendu, reboutonna son chemisier et sortit de la pièce pour dire à ses parents, à qui l'on avait demandé d'attendre dans le salon, qu'elle se portait comme un charme, tout comme ses seins, et qu'elle retournerait en classe dès le lendemain pour prétendre à un emploi plus digne que celui de vulgaire servante.

Sian l'emmena aussitôt à Fountain Plaza pour lui acheter son premier soutien-gorge, un 85 A blanc à larges brides, avec une rose rouge brodée entre ses bonnets pointus. Mayuri était tellement ravie qu'elle le posa en évidence sur son lit au lieu de l'enfiler sur-le-champ, pour que Bean comprenne en rentrant de l'école que, en l'espace d'une matinée pleine de rebondissements, elle était enfin devenue une femme.

Au cours des mois de la maladie de Trishala, Babo cessa de faire attention au monde autour de lui. Des grains de beauté fleurirent sur sa peau autrefois si lisse. Les dépôts graisseux et les désillusions opacifièrent et durcirent ses yeux gris, incapables de recevoir la lumière comme avant. Son corps perdit sa souplesse, tandis que des poils inopportuns surgissaient ici et là. Il décida d'arrêter de fumer et remplaça les cigarettes par des pastilles à la menthe Polo qu'il suçait compulsivement. Cette nouvelle habitude réveilla en lui un goût latent pour le sucre typiquement gujarati, et sa silhouette s'arrondit en conséquence, lui qui n'avait jamais fait plus de soixante et onze centimètres de tour de taille. Il lui semblait que tout en lui ralentissait.

Au cours de ces quelques mois, Babo se surprit à feuilleter des ouvrages médicaux, imaginant des tumeurs et des mutations. Ses nuits étaient remplies d'images de corps tourmentés par des maladies compliquées et cruelles, dont les noms tombaient sur lui comme le contenu de lourdes malles qui s'ouvraient et se refermaient : lèpre, leucémie, syndrome de Kaposi – s'ouvraient et se refermaient, déversant sur lui divers mauvais présages. C'était un déchaînement, une fureur démente et persistante qui cognait, tailladait, déchiquetait.

Prem Kumar, lui, courait de salles de consultation en cabinets médicaux. Alors que sa femme s'était depuis longtemps résignée à la mort, il continuait de croire qu'un miracle était possible. Chaque matin, il se réveillait avec un nouveau plan d'action : thérapie urinaire, thérapie calorifère, reiki, traitement pranique, acupuncture, huile de ricin, jus de légumes, soupes. Étendue de son côté du lit, Trishala, diminuée, déprimée, le suppliait de ne pas s'acharner.

« Laisse-moi partir, nous nous retrouverons dans notre prochain janam. »

Quelque chose d'ancien et de triste grossit à l'intérieur de Prem Kumar, accroché à lui comme une racine dont il ne pouvait se débarrasser. L'avenir s'amoncelait devant lui, menaçant, un nuage noir sans contour ni substance. C'était inconcevable : il ne s'imaginait pas vivre sans cette femme qui l'avait réprimandé et dorloté pendant quarante-cinq ans. Il l'avait choisie il y avait une éternité, dans le village d'Anjar, pour la simple raison qu'on voyait la lumière divine à travers son regard. Sa dot et ses perspectives d'héritage étaient maigres. Son père avait tout perdu dans des spéculations boursières insensées, et sa mère était morte en couches. Mais ses malheurs lui donnaient un feu dont les autres filles étaient dépourvues. Et bien sûr, il y avait ses yeux, ses célestes yeux gris.

À l'approche de la fin, Trishala les gardait fermés, dans l'espoir que ses proches n'y verraient ni la peur ni l'angoisse. Tout ce qu'elle demandait, c'était un peu de morphine, que Jignesh bhai lui administrait chaque jour pour soulager l'atroce douleur. La nuit, incapable de dormir, Prem Kumar écoutait la respiration laborieuse de sa femme et songeait que l'amour était une affaire épineuse, qui se manifestait là où on ne l'attendait pas. Il étendait sa main dans le noir pour toucher le corps autrefois si plein, les seins si ronds.

« Mon amour, murmurait-il quand il était sûr qu'elle ne l'entendait pas. Tu as été si bonne pour moi qui t'ai donné si peu. »

Le soir de la mort de Trishala, Mars était plus proche de la Terre qu'elle ne l'avait été en soixante mille ans. De la terrasse de Sylvan Lodge, on la voyait briller comme une étoile, nimbée de son halo rouge : toute sa surface d'un rubis profond et souterrain, sillonnée de rivières, comme les désirs non écrits du corps.

Les chiens de Sterling Road aboyèrent toute la nuit. Ils se tenaient au portail de Sylvan Lodge et hurlaient en direction de la planète rouge. Darayus Mazda, le voisin, toujours sensible à la terrible immanence de la mort, était sorti sur son balcon, et se demandait quelle autre cruauté lui réservaient les siens. Ba sentit quelque chose, elle aussi : l'odeur des pommes pourries. Elle savait avant qu'on lui téléphone que les cinq voleurs étaient venus chercher le corps de Trishala.

Au rez-de-chaussée, dans la chambre de Prem Kumar, la famille priait, récitait le mantra Navkar, s'inclinait devant les âmes libérées qui s'étaient dépouillées de toutes les chaînes terrestres : les sadhous et les sadhvis, les upadhyaayas qui enseignaient les écritures, les arihants et les tirthankaras. Tous courbaient la tête, même Babo et Sian, pour demander à ces êtres suprêmement détachés de guider Trishala, débarrassée de toutes les souffrances de ce monde, vers une région pure et sacrée.

On avait ordonné à ses petites-filles d'attendre dehors. Elles se tenaient la main, alignées devant les vitrines du salon, qui contenaient les saints jaïns émaciés et les danseuses de verre que leur grand-mère aimait tant. Ces derniers jours, elles avaient vu

Trishala ba alitée, très maigre et silencieuse. Comme si on avait mis à sa place une autre femme, avec une compresse de gaze sur la bouche, afin qu'elle n'avale pas de microbes pendant ses prières. Plus de carnets de la papeterie Indo-Burma, plus de pièces de une roupie. Plus de déguisements du dimanche sortis de sa machine à coudre Singer. Elles priaient elles aussi, avec les mots qu'elles connaissaient, pour que son voyage soit paisible et empli de musique.

Trishala laissait sa colère derrière elle. Elle ôtait les habits de l'illusion et s'accrochait au vent pour survoler le samsara – le monde humain et l'extraordinaire tromperie qu'il représentait – jusqu'à la demeure des dieux. Elle retirait toutes les couches accumulées par le karma, la poussière qui recouvrait son âme, avant d'entreprendre son dernier pèlerinage. Elle coupait chaque lien, tranchait chaque attachement douloureux : glande mammaire, enfant, époux, corps, maison vert pistache. Se débarrassait de tous ses souvenirs. Fidèle aux commandements de sa foi, Trishala partait pour le pays immaculé où la purification était instantanée.

19

Quand ton cœur est en feu Tu as de la fumée dans les yeux

Au cours de leur longue vie conjugale, Babo et Sian ne s'éloignèrent qu'une fois. C'était quelques années après la mort de Trishala, pendant l'été où Mayuri finit par autoriser Cyrus Mazda à l'embrasser avec la langue. Et la crise ne se résolut qu'à Noël, lorsque Nerys surmonta sa peur des voyages aériens et grimpa à bord d'un avion pour leur rendre visite en Inde.

L'été 1987 fut implacable. En juillet, Madras se transformait en fournaise : la chaleur ravageait la ville exsangue, sans espoir de fraîcheur ni de répit. Et chaque matin, Babo examinait les journaux à la recherche d'un article qui lui redonnerait foi en l'humanité. Mais c'était toujours la même chose : les bandits-biscuits[1] en cavale, les suicides collectifs de paysans accablés par les dettes et la sécheresse, les bibliothèques détruites par les politiciens, les personnes âgées mortes d'asphyxie. La violence endémique, les évasions.

Et comme si cela ne suffisait pas, ses filles et son épouse partaient passer un mois à Anjar, dans le lointain Gujarat, et

1. Voleurs qui opèrent dans les trains et dévalisent les passagers à qui ils offrent des biscuits contenant des somnifères.

l'abandonnaient à Madras. De la fenêtre de sa chambre, Babo les observait à travers le jali. Il les voyait s'activer, indifférentes à la chaleur. Partout, des femmes hurlaient des ordres : Selvi, Sian, Mayuri, Bean. Cyrus, qui était devenu un grand jeune homme séduisant à sa manière maladroite et attachante, chargeait les cartons et les sacs dans la voiture. Il offrait généreusement ses sourires, fier de sa dentition émancipée depuis peu d'un appareil disgracieux. Les filles riaient avec lui : *jhill mill, jhill mill*[1]. Elles chassaient les moustiques, perchées sur leurs jambes cuivrées par l'été, hilares. La vie continuait sans lui.

Babo avait envie de courir vers elles pour les serrer dans ses bras, les porter haut dans le feuillage du flamboyant, parmi ses pétales de feu où Bean voyait des fantômes autrefois. Il voulait leur dire qu'elles étaient issues de lui, qu'elles étaient lui et qu'il était elles. Que l'on se perpétuait ainsi : en élevant des enfants – ces éclats d'argent – qui avaient le même nez et le même menton, le même front et les mêmes yeux, les mêmes dispositions pour l'amour. Parce qu'il sentait qu'elles s'éloignaient : Mayuri dont les pas claquaient quand elle sortait et claquaient encore quand elle rentrait, après avoir fait un tour de Madras dans l'une des belles voitures de Cyrus à la longue figure ; Bean pendue au téléphone avec Mehnaz du matin au soir car sa vie, dont elle parlait sans retenue à ses amis, mais dont sa famille ne devait rien savoir, était la chose la plus importante au monde.

Quant à sa femme – il tenait à l'appeler ainsi : sa femme –, il voulait lui dire de regagner la ville refuge qu'ils s'étaient créée, car elle était devenue une étrangère dans son quotidien, dans la maison qu'ils partageaient et dans leur lit. Cela faisait une éternité qu'ils ne s'étaient pas touchés comme si leur vie en

1. Cf. note p. 13.

dépendait, une éternité que Babo n'avait pas senti son cœur battre à tout rompre. Il désirait l'emmener, la sauver. Mais Sian n'avait pas besoin qu'on la sauve. Elle était plus occupée que jamais, entre ses activités hebdomadaires et ses bonnes œuvres. Elle avait désormais un emploi du temps en couleurs, affiché sur le réfrigérateur, qui lui rappelait où elle devait être et avec qui : retraités et cours d'artisanat pour les vieilles pies, natation et bridge, SOS India, l'école Andhra Mahila Sabha, l'hospice Cheshire Home, Mrs Douglas, Manna et le jardin de la Rédemption. Du lundi au dimanche, débordée.

Où est la couleur qui m'est réservée ? se demandait Babo. Où sont les moments consacrés à son mari ? Il ressentit alors quelque chose qu'il n'avait pas éprouvé depuis ses vingt et un ans, à l'époque où il avait quitté l'Inde et sa famille pour découvrir Londres, l'alcool et la viande. Le sentiment déroutant d'être coupé du monde. De constater en marchant dans la rue qu'il n'était rattaché à rien, que rien ne lui appartenait, que s'il se retirait du tableau, tout continuerait sans lui.

Il repensa au lit moelleux de la chambre d'hôtel immaculée à Tokyo où il avait passé quelques semaines, du temps où il envisageait d'étendre les activités de Sanbo Enterprises à l'étranger : la télé qui braillait dans une langue incompréhensible, le yukata[1], le thé vert, les curieux desserts aux haricots rouges. Il errait dans un monde où il ne pouvait laisser d'empreinte, et il s'était rendu compte que, sans les femmes de sa vie, il n'était rien.

Mais cela, il le savait depuis plus longtemps encore, depuis ce fameux jour à la cantine de Joseph Friedman & Sons, où il avait vu le tourbillon écarlate dans les cheveux auburn de Sian. Cet

1. Yukata : kimono d'été.

instant, il l'avait retenu pour l'enfermer dans la cage de son âme, et il l'avait épinglé là, comme l'aile tachetée d'un papillon. Quelle beauté ! Et sans elle, quel vide.

Mais voilà qu'il avait de nouveau l'impression de se réveiller en pays étranger. Ses femmes étaient ici, dans le jardin, prêtes à l'abandonner sans le moindre remords. Il voulait les accompagner, qu'ils fuient les moustiques et les mouches ensemble. Il rêvait de prendre la Fiat Filante et de partir avec elles comme autrefois. À Kanyakumari, la pointe de l'Inde où la baie du Bengale, l'océan Indien et la mer d'Oman se rejoignent. À Pondichéry, à deux heures au sud sur la côte, simplement pour se régaler de tarte aux pommes à la crème anglaise tout juste sortie du four. Mais surtout, il rêvait de faire *sha-bing sha-bang* comme avant, trois fois d'affilée, sans problème – car, s'il était honnête, c'était là que leur histoire déraillait.

À l'approche de la quarantaine, Babo s'interrogeait soudain sur sa mortalité et sa virilité. Il sentait des changements dans son corps alourdi, déjà sur le déclin. Des changements pour la plupart liés à son sexe. C'était nouveau. Il se souvenait d'une époque où la simple vue de la clavicule dénudée de Sian suffisait à l'exciter, à le transporter presque aussitôt au paroxysme, comme dans l'appartement aux murs bleus de Finchley Road. Ou plus tard, à Sylvan Lodge, quand ils faisaient l'amour avec une telle douceur, une telle lenteur, que parfois ils se réveillaient le matin toujours l'un dans l'autre. Alors, il avait l'impression que leurs corps avaient été créés uniquement dans ce but : afin de réaliser ces merveilleuses configurations.

Mais à présent, il lui fallait un certain temps pour se mettre en train, et encore plus pour jouir. Les samedis après-midi où ils restaient enfermés dans leur chambre se faisaient rares. En fait, c'était à peine s'ils se touchaient. À croire qu'ils n'avaient plus besoin de construire leur monde à eux en fin de journée. Et quand Sian se glissait dans le lit, vêtue de sa seule nuisette de satin émeraude, son corps de marbre infiniment accessible, ce n'était pas tant le manque de désir qui arrêtait Babo que la diminution de ses capacités. Il ne comprenait pas comment il avait pu vieillir si vite, alors que sa femme restait d'une étonnante jeunesse – elle avait à peine changé depuis son arrivée en Inde. L'espace entre ses dents s'était peut-être élargi, quart de micromillimètre après quart de micromillimètre, mais hormis ce détail, elle demeurait lisse, douloureusement sexy. Pourtant, le soir venu, il se trouvait tout juste capable de s'agripper au corps de Sian, comme un homme qui se noie s'accroche à une branche, puis il s'endormait avec soulagement contre sa douceur laiteuse.

Babo vacillait sous le poids de tensions trop nombreuses. Depuis la disparition de sa mère, il se retrouvait sous les tirs croisés de sa famille. Outre les accès de colère et les divergences d'opinion qui avaient ressurgi entre Prem Kumar et Chotu, il devait supporter les jérémiades de Dolly qui appelait de Baroda pour se plaindre du calvaire que lui faisait vivre son mari Chunky, et les pleurs de Meenal qui avait tantôt une grosseur ici tantôt une tumeur là, et clamait qu'elle serait la prochaine à partir.

Quand ce n'était pas la famille proche, c'étaient les parents éloignés et les amis. À croire qu'il attirait les malades. Des tantes âgées téléphonaient de Bhavnagar ou de Porbandar pour se lamenter à propos de leurs calculs et de leur diabète, de leur cataracte et de leurs colonoscopies. Les partenaires de rami de Prem Kumar, qui jusque-là, le dimanche, se contentaient de mâcher leur bétel et de plaisanter au sujet de la politique, brûlaient soudain de lui faire des confidences relatives à leur prostate enflammée ou à leurs testicules calcifiés, comme s'il pouvait les conseiller ou échanger avec eux des impressions sur la question. Comme s'il était censé rejoindre leur club d'un jour à l'autre.

Sian et lui avaient tous les deux perdu un parent, et pourtant ils étaient incapables de partager leur peine. Le monde changeait trop vite autour d'eux et ce qui leur avait toujours été le plus naturel – le sexe qui les avait sauvés par le passé – se trouvait désormais hors de portée, dans un pays où ils avaient vécu mais d'où on les avait bannis.

Un jour, alors qu'ils étaient au lit, la porte verrouillée, à l'abri des interruptions intempestives, Babo tenta :

« Charlie Girl, qu'est-ce qui nous arrive ? »

Il crut d'abord qu'elle allait l'ignorer, qu'elle dirait : « Hein ? » et ferait l'autruche, comme à son habitude. Mais Sian l'examina bien en face, comme si elle le découvrait soudain.

« Il nous arrive que tu es en train de te transformer en ton père.

– Mais non !

– Mais si. Regarde-toi : tu avances la lèvre inférieure d'un air têtu, comme lui. Tu as perdu ta spontanéité. C'était quand, la dernière fois qu'on est sortis dîner en tête à tête AILLEURS qu'au club ? C'était quand, la dernière fois que tu m'as surprise ? C'était ce qui te rendait différent, avant. Mais il n'y en a plus que pour Sanbo Enterprises et ta saloperie de Johnnie Walker. »

Le mot « saloperie » dans la bouche de Sian réduisit Babo au silence. Il ne l'avait jamais entendue prononcer un malheureux « merde », et encore moins « putain » ou « con », ni aucune autre vulgarité de ce genre. Le résultat d'une stricte éducation calviniste et d'un sens aigu des convenances. Lorsque, par le passé, il lui arrivait de jurer à haute voix, elle le foudroyait du regard et sifflait entre ses dents « LES ENFANTS ! » comme s'il leur versait du poison dans les oreilles. Cette soudaine grossièreté n'était pas seulement un signe inquiétant de désintégration. C'était une trahison.

« Papa, cria Bean en agitant le bras avec entrain. Tu ne viens pas nous embrasser ? On va partir. »

Alors qu'il s'apprêtait à sortir, il surprit son reflet dans le miroir. Et il dut admettre que sa femme avait raison, comme d'habitude. Les yeux de Trishala, qui étaient autrefois le point focal de son visage, s'étaient enfoncés, laissant les lèvres et le large nez intraitable de Prem Kumar occuper le devant de la scène. Il était devenu son père. Pis encore, cette transformation physique avait eu des répercussions sur son être profond. Ainsi, il ne pouvait plus aller voir un film tard le soir au Casino sans que ses paupières se ferment au milieu de la séance. Et il était incapable de se comporter comme il aurait dû au lit.

Était-ce le destin de tous les hommes ? Endosser peu à peu le costume du père qu'ils pensaient très, très loin d'eux ? Il voulait arrêter ce mouvement sur-le-champ. Retrouver le Babo d'avant, celui qui emmenait sa future épouse dans un cinq étoiles de Bombay alors qu'il n'en avait pas les moyens, puis la prenait trois fois de suite sur des draps blancs immaculés. Il avait envie de l'entraîner à l'intérieur pour lui dire de ne pas l'abandonner. Mais il ne bougea pas, car il était devenu le genre d'homme qu'il méprisait : peureux et prévisible.

C'était toujours le même scénario : Sian se trouvait dans la cuisine ou au jardin, quand elle entendait la voix étouffée de sa mère, qui semblait sortir de l'eau, du vaisselier ou des ressorts du canapé. Et chaque fois, elle avait l'impression qu'elle devait faire quelque chose, la sauver d'un terrible danger. Plus Babo s'éloignait d'elle, plus Nerys devenait envahissante. Elle appelait, insistait, hurlait, balbutiait, lui adressait une supplique aiguë, pressante – *Sian, Sian !* –, comme si elle était coincée sous un rocher, comme si elle avait glissé dans la salle de bains ou, pis encore, se noyait dans l'océan.

La voix était encore là, qui la harcelait alors qu'elle filait vers la côte ouest. *Sian, Sian*, qui la poursuivait comme le vent. *Qu'est-ce que mijotent les filles ?* se demanda-t-elle. *Est-ce qu'elles portent leurs habits du dimanche ? Est-ce qu'elles volent des biscuits dans la boîte Cadbury ? Pourvu qu'elles ne soient pas en train d'arracher les roses !* Sian savait pourtant qu'elles ne faisaient rien de tout cela. Elles étaient presque des adultes et jouaient aux dominos dans le train. Cependant, pendant quelques instants, elle avait eu l'impression qu'elle était de retour au 10 Tan-y-Rhos et que son monde était intact : mari, enfants, frères, mère, père.

« Quand vous étiez petites, vous aimiez vous mettre devant la portière pour regarder défiler les arbres et les poteaux télégraphiques, lança-t-elle à Bean et à Mayuri. Ça vous dit ? » Mayuri leva la tête, écarta sa frange d'une chiquenaude.

« Oh, il fait trop chaud, maman.

– Maman, s'il te plaît ! intervint Bean. On est en plein milieu d'une partie. »

Sian se tourna pour regarder le paysage, tandis que le train serpentait laborieusement entre les villes et les villages. Elle s'efforçait de retenir une des images scintillantes qui se succédaient dehors – cette femme accroupie devant un feu, la tête couverte et le visage comme une boîte à bijoux, cet homme solitaire sur son vélo, entre des champs de moutarde dorés –, car tout lui semblait incertain désormais. Ses filles qui vacillaient au seuil de l'adolescence, son mari temporairement loin. Même les appels de Nerys. Sian voulait leur ouvrir et laisser le monde à la porte : le monde extérieur qui pâlissait et étincelait, chuintait et crachait, détruisait et réparait.

Le matin où les femmes de Babo partirent pour Anjar, la sonnette retentit, stridente et persistante. Selvi avait pris quelques jours pour régler des affaires de terres dans son village et il se retrouvait seul, sans personne pour répondre à sa place. Il pensa un instant que c'était Sian qui revenait lui dire que les filles étaient capables de se débrouiller sans elle, que Ba était là-bas pour s'occuper de tout. Mais devant l'insistance de la sonnerie, il songea qu'elle avait sa clé, de toute manière. Et si elle avait voulu le surprendre, elle aurait trouvé un moyen plus simple et plus érotique.

Il se leva donc et se traîna à la porte, prêt à déverser sa bile sur le laitier ou l'imbécile qui osait troubler son sommeil à cette heure matinale. Mais il découvrit une inconnue sur le seuil : une jeune Sardarnie aux joues appétissantes comme des pêches, aux longs cheveux jamais coupés, drapés comme un voile sur sa tête et ses épaules, les yeux ombrés d'un reste de khôl de la veille. Elle se tenait devant lui, pieds nus, dans une ample kurta pajama.

« Faites quelque chose au sujet de vos chats, dit-elle, pointant le doigt vers le mur entre la maison et l'Association des femmes du Pendjab. Je ne peux pas dormir. Il n'y a pas moyen. Je vous assure, je ne peux pas dormir avec leur raffut. »

Babo remarqua qu'elle avait un léger zézaiement, un « sss » lent et séduisant qui s'enroulait autour de sa langue quand elle disait « Ze vous z'assssure ». Il nota aussi la courbe des seins, non moins appétissants que ses joues, qu'aucun soutien-gorge n'entravait et qu'il voyait se gonfler à travers le tissu de sa tunique dans la vive lumière matinale. Elle sortait du lit et n'avait même pas pris la peine d'enfiler des pantoufles pour venir se plaindre d'un pas décidé. Le zézaiement et les dimensions épiques de sa poitrine lui rappelaient Falguni – cet ancien objet de sa flamme qu'il avait abandonné sans pitié pendant son séjour à Londres, et n'avait jamais recroisé depuis. Mais c'était surtout le côté suppliant de la jeune femme – le « Sssure-moi que demain tu danssseras sssuste avec moi » qui rendait la Sardarnie irrésistible.

En dix-sept ans de mariage, il n'avait jamais levé les yeux sur une autre femme, ne s'était pas laissé aller au moindre fantasme équivoque. Lorsqu'ils s'étaient choisis, il avait donné son cœur à Sian et même les actrices qu'il avait tant adulées – les Liz Taylor et les Madhubala – avaient disparu dans un brouillard diffus : finies les chansons et les *Akele akele kahan ja rahen ho*[1] ?. Le flirt inoffensif admis dans leur cercle d'amis le laissait de marbre – Darlene adorait s'asseoir sur ses genoux après quelques verres et s'écrier d'une voix traînante : « Quelle veine tu as, Sian, tu ne te rends paaaas compte de ta chance ! » Ce genre de petit jeu ne revêtait aucune espèce d'ambiguïté, pour Babo du moins, qui n'était pas plus émoustillé que s'il avait eu affaire à l'une de ses sœurs.

Il ne s'était jamais écarté du droit chemin, n'avait jamais fait les yeux doux à une autre, car durant toutes ces années, Sian avait été pour lui le souffle, la vie, le tout. Ce matin-là, pourtant, à la vue de cette Sardarnie qui s'agitait à sa porte, Babo sentit son désir en sommeil se réveiller. Cette réaction – bien que positive, d'un point de vue strictement anatomique – ne se produisait hélas pas devant la bonne personne ni au bon moment. En fait, sa simple manifestation l'ébranla jusqu'au tréfonds de son être, parce qu'il était avant tout un homme de principes.

« Ce ne sont pas mes chats », répondit-il, ajustant sa kurta d'un geste discret.

1. *Où vas-tu sans personne*, chanson tirée du film indien *An Evening in Paris*, 1967.

Il passa ses doigts dans ses boucles d'un air égaré. À cet instant, il aurait donné n'importe quoi pour une cigarette.

« Ils vivent sur votre terrain, vont et viennent comme bon leur semble. Nous n'y sommes pour rien.

– Mais comment supportez-vous ça ? Je suis là depuis une semaine et je n'ai pas fermé l'œil. Pas une seule nuit. »

Supporter. Semaine. Seule. Sssss-sss-ssss.

« Un instant. »

Babo revint, une boîte à la main.

« Quand ma fille était petite, elle avait le même problème. En fait, c'était très grave. Elle a fait des cauchemars pendant des années à cause de ces chats. Notre médecin de famille nous a donné tout un stock de boules Quiès dans l'espoir que ça s'arrangerait. Vous voulez essayer, on ne sait jamais ?

– Oh ! fit-elle, baissant les yeux, honteuse. Vous n'avez pas du tout l'air de quelqu'un qui a de grands enfants. Vous semblez si jeune ! En tout cas, merci, merci beaucoup. »

Elle prit la boîte timidement et se tourna pour repartir comme elle était venue, son joli popotin animé d'un mouvement de balancier indolent – *dhamak dhimak, dhamak dhimak* –, tandis qu'elle s'éloignait à pas lents.

C'était la première et dernière fois qu'il envisageait de tromper sa femme. La jeune femme, qui était apparue comme un mirage dans le long désert de la quarantième année de Babo pour réveiller sa libido paresseuse, devait néanmoins avoir sur lui un effet plus durable qu'il ne l'aurait imaginé et raffermir son mariage vacillant. Désormais, dès qu'il entendrait les chats copuler en pleine nuit, il réagirait sur le mode pavlovien au souvenir des formes antérieures et postérieures de la Sardarnie, et il serait saisi d'un désir si brutal qu'il se tournerait aussitôt vers le corps de Sian, et, quelle que soit l'heure, *sha-bing sha-bang*.

Dans un premier temps, cependant, cette visite flatteuse pour son ego le laissa à la fois si requinqué et si honteux qu'il se sentit obligé de changer de vie. Pour cela, il ne voyait pas trente-six solutions. Il se résigna donc à écouter ce que sa femme et ses filles lui répétaient depuis un certain temps.

Il cessa de s'asseoir sur la véranda avec son whisky soda, élimina la friture de son alimentation et réduisit sa consommation d'amuse-gueule à haute teneur en calories à une poignée de noix de cajou par jour. Il prit la résolution de se lever à six heures du matin pour aller marcher sur le campus du Loyola College. Lorsqu'il retrouvait les « hybrides » au Gymkhana Club le week-end, il snobait le gâteau aux petits-beurre et au chocolat tout comme les glaces pralinées, au grand dam de Keshav et Praveen que cette attitude semblait décevoir encore plus que sa nouvelle sobriété.

« Qu'est-ce qui t'arrive, yaar ? Ne nous dis pas que ta femme te manque tant que ça ? Ou que Dieu t'a enfin trouvé, à cet âge avancé ? C'est un jeûne religieux ? »

Même Chotu, qui s'isolait de plus en plus dans son monde, remarqua un changement chez son frère.

« Bhai, pourquoi est-ce que tu maigris comme ça ? Selvi ne te nourrit pas correctement ? Tu ne veux pas venir vivre avec papa et moi, en attendant ? »

« Grand bêta, rugit Ba dans le combiné. C'est ton anniversaire dans une semaine. Tu ne vas pas rester tout seul chez toi, alors que ta famille est ici ? C'est pour ça que tu amasses tout cet argent ? Pour t'asseoir dessus comme une poule qui couve ses œufs ? »

Alors, sans trop réfléchir, Babo remplit une petite valise et renvoya Selvi chez elle pour quelques jours. Il laissa Prem

Kumar et Chotu s'entr'égorger à Sanbo Enterprises, et sauta dans le premier vol pour Bombay, d'où il prendrait le train – tout cela dans le but de surprendre sa femme et de sauver son mariage.

Lorsqu'il arriva à Ganga Bazaar, Ba avait senti de loin les fleurs de bakul et l'odeur de nuages de pluie qui le suivaient partout.

« Venez voir », cria-t-elle à Bean et Mayuri qui étaient assises sur les balançoires avec des magazines. Sian s'approcha elle aussi – attirée non par un sens olfactif particulièrement développé, mais par une voix qui l'appelait depuis un certain temps déjà.

Elle n'eut rien besoin de dire. Ses yeux donnèrent à Babo toute l'approbation qu'il cherchait. Elle le regardait comme lorsqu'elle était descendue de l'avion à Bombay après ces six horribles mois de séparation, et lorsqu'elle s'était drapée autour de lui, déterminée à être la seule lumière de sa vie. Cette fois, néanmoins, elle resta immobile au lieu de courir vers lui.

« Dites donc, les filles. Vous ne trouvez pas que votre papa a l'air séduisant ? »

Alors, ils se sentirent soulagés de tout ce qui leur pesait depuis quelque temps : la conscience qu'un jour ils seraient tous les deux orphelins, que peut-être cette plume de paon entre eux, ce courant électrique disparaîtrait. Et ce fut comme si une pluie de pétales de roses tombait du ciel. Ba, qui les entendit faire doucement trembler la terre de Ganga Bazaar et la pulvériser en mille morceaux, s'émerveilla, car ils brillaient du même éclat qu'en ce jour lointain où ils étaient arrivés à Anjar au volant de leur Fiat, sous les yeux des villageois qui découvraient du même coup leur première automobile et leur première femme blanche. C'était de l'intrépidité, aujourd'hui comme hier : la capacité de se dissoudre dans l'amour.

Nous devons tous être prêts à mourir pour un amour impossible, pensa Ba. *Il ne devrait pas avoir besoin de la preuve du temps ou du souvenir. Il devrait être toujours neuf. Il devrait être une éternité.* Lorsque Babo et Sian repartirent avec leurs filles sous l'orage pour regagner leur ville au bord de la mer, Ba comprit que l'ekam demeurait l'ekam. *Ils sont sortis vainqueurs de l'épreuve. À présent, ils pourront de nouveau se porter mutuellement et voler.*

À Noël, alors que le chef du gouvernement du Tamil Nadu, M. G. Ramachandran, célèbre acteur indien devenu politicien, marié trois fois et jamais père, disparaissait avec sa sempiternelle toque et ses lunettes noires, déclenchant une vague d'émeutes qui secoua tout l'État, alors que Selvam, le plus fidèle domestique des Patel s'éteignait sans un *bonjour-bonsoir-pardon*, Nerys prit l'avion pour l'Inde et les voix dans la tête de Sian se turent enfin.

Babo et elle se rendirent à l'aéroport par une nuit tropicale de décembre avec Mayuri et Bean qui gloussaient d'excitation sur la banquette arrière, chargées de colliers de jasmin et des bouquets de roses rouges. Tous les quatre, ils se postèrent dans le hall de Meenambakkam pour accueillir Nerys, qui à soixante ans n'avait encore jamais mis les pieds en Inde. Elle apparut dans une robe à pois qui lui arrivait aux genoux, coiffée d'un chapeau à larges bords pour se protéger du soleil, quand bien même on était en pleine nuit.

Nerys qui avait toujours refusé de prendre l'avion, car elle se méfiait de toute cette ferraille suspendue dans le ciel. Nerys qui, pourtant, n'eut jamais peur. Qui, dans ce vaste et terrifiant pays, s'étonna d'une seule chose : que l'on puisse porter un vêtement quelques heures et le retrouver le lendemain matin, lavé, sec et repassé, grâce au travail de ces gens – gardiens, ayahs, chauffeurs, balayeurs, jardiniers –, souvent invisibles, qui se relayaient en un cycle sans fin – comment ce système pouvait-il perdurer ? Nerys qui regagna Nercwys au bout de trois mois, heureuse de ne plus avoir à quitter son village, à présent qu'elle avait constaté que ses petites-filles dormaient paisiblement la nuit sous les couvertures qu'elle leur avait envoyées et que Sian, tout compte fait, vivait comme une princesse. Satisfaite de tout ce qu'elle pourrait raconter à Bryn pour effacer les plis sur son front, si d'aventure il venait lui rendre visite.

Sian courut vers sa mère, qui passait bravement devant une marée de visages bruns, chauffeurs de taxi et contrôleurs de tickets de parking, comme si elle avait fait cela toute sa vie. Et quand enfin elle s'écria : « Sian, Sian », ce n'était ni une voix d'outre-tombe ni un appel à l'aide. Alors, pendant un instant, les deux mondes de Sian ne firent plus qu'un. Et elle s'imprégna du tableau : ses adolescentes couvrant de fleurs leur grand-mère galloise, son mari rasé de frais qui s'approchait pour planter deux baisers polis, mais vigoureux, sur les joues de sa belle-mère.

Babo les guida à travers la foule et les ramena à la maison au portail orange et noir, illuminée et décorée de guirlandes argentées. À l'intérieur, Perry Como chantait *There's No Christmas Like a Home Christmas* et les filles, qui depuis longtemps ne croyaient plus au Père Noël, répandirent pourtant l'esprit des fêtes dans toute la demeure, les yeux brillants, le corps et l'âme aussi purs que des clochettes.

20

L'amour est toujours l'amour

À seize ans, Bean sortait en douce tous les soirs pour coucher avec un garçon du nom de Michael Mendoza. Elle s'asseyait à côté du bow-window de la chambre qu'elle ne partageait plus avec Mayuri, flottant entre veille et sommeil, et attendait que Michael vienne brièvement illuminer sa fenêtre de sa lampe-torche, pour le rejoindre à la hâte et s'enfuir avec lui.

Michael avait une moto, une Yezdi. Il coupait le moteur dans Rutland Lane et se laissait glisser jusqu'au portail orange et noir comme une créature maritime silencieuse. Il ne disait jamais à Bean à quelle heure il arriverait, et quand elle l'interrogeait, il répondait qu'elle devait être patiente et ne pas poser de question si elle l'aimait vraiment.

Et Bean obéissait, car le plaisir avec Michael ne ressemblait à rien de ce qu'elle connaissait. C'était sordide, à vrai dire. Lorsqu'elle y repenserait plus tard, elle se rendrait compte que sa première expérience sexuelle avec un garçon était horrible sur toute la ligne.

Pourtant, on l'avait prévenue. Et ne l'avait-elle pas dit elle-même ? *Quelle idiote. Quelle idiote*. Quelle idiote de l'avoir laissé faire. Et qu'avait-il fait ? Il l'avait vue se débattre, il l'avait lu dans ses yeux. C'était facile. Elle était si jeune et docile. Elle dansait à sa première fête, en robe léopard avec des épaulettes, ses cheveux longs retenus par un bandeau rouge vif qui dégageait son large front, ses robustes jambes de nageuse glissées dans des bottines d'une blancheur embarrassante.

Mehnaz était là elle aussi, tout d'orange vêtue. Bean et Mehnaz, qui avaient rangé leurs poupées et passé trois jours devant le miroir à choisir leur tenue, pour se retrouver à cette soirée où elles faisaient semblant de s'amuser comme des folles afin de ne pas montrer qu'elles étaient terrifiées.

Ce fut donc facile. Il posa les mains sur sa peau, prit son cœur et le mit dans sa poche pour le sortir et le tordre à loisir. Parce qu'elle avait grandi persuadée qu'il n'y avait pas de vie possible sans amour et que le jour où il se présenterait, il serait ravageur et difficile.

Si Prem Kumar avait su, il aurait dit que c'était toujours la même rengaine : l'histoire du poisson qui voulait nager sur la terre ferme. Et si Ba avait su, elle aurait dit que c'était une catastrophe annoncée.

Mais Ba n'avait aucune idée de ce qui se passait et Bean encore moins. Alors, elle tendait l'oreille, assise à la fenêtre, et rêvait de se donner à Michael Mendoza. Elle ne guettait plus le croquemitaine ni Dick Whittington, mais les bruits du sommeil.

Là, Mayuri dort dans l'ancienne chambre d'amis, ses draps remontés jusqu'au menton, ses livres d'économie et de comptabilité sagement empilés sur sa table de travail, et au mur, des photos de Cyrus Mazda qui la regarde de son air emprunté. Là, Babo et Sian sont couchés dans leur lit du Cachemire, leurs corps s'épousant comme au bon vieux temps. Là, Selvi qui repose comme un cadavre sur le sol de la salle à manger ne donne aucun signe de vie, hormis les mouvements de son ample poitrine sous le ventilateur Khaitan. À l'étage, les Singhania ronflent avec la vigueur d'une famille de buffles d'eau. Dehors, Bahadur somnole dans son fauteuil d'osier sous le flamboyant, rond comme un boulon.

Et voici Bean. Elle passe devant eux furtivement et monte en croupe derrière Michael Mendoza qui l'emmène chez sa mère divorcée, dans sa chambre, un sanctuaire noir aux rideaux fermés, avec au mur des posters de Black Sabbath et de Skid Row, et dans l'air les relents de saumure du sexe adolescent et de la testostérone.

Bean s'allonge là. Elle étend son jeune corps sur le matelas crasseux et le laisse toucher l'espace entre ses cuisses, emporter cet espace pour toujours.

La première fois, elle avait tellement honte qu'elle lui demanda de sortir et lui glissa une note sous la porte. *Tu ne crois pas qu'on a fait quelque chose de mal ?*

Après, lorsqu'elle devint insatiable, et qu'ils baisaient au lit, par terre, dans la douche, dans des voitures ou dans les coins pendant les fêtes, Michael Mendoza s'amusait à lui rappeler ses appréhensions initiales, de sa voix la plus geignarde : « On ne devrait pas, attends, on ne devrait pas », tandis que Bean serrait ses jambes plus fort autour de lui et le suppliait de se taire.

Si Michael l'avait aimée, elle aurait nagé en plein bonheur. Elle aurait flotté au large, parmi les dauphins. Car tout ce qu'elle désirait, c'était l'approbation de sa famille, de Dieu, du monde. Elle ne croyait qu'en un amour salutaire, qui ressemblerait à celui de Babo et de Sian.

Aussi, le jour où Michael Mendoza, mi-malayali, mi-goanais, la fit asseoir sur son lit, en culotte et soutien-gorge, et déclara : « J'adore te regarder comme ça », il était écrit que Bean tomberait dans le panneau. Et que l'atterrissage serait rude.

Quand il la prit par-derrière, et clama que c'était mieux que les courses de moto, mieux que les joints, mieux que tout, elle se persuada que lui seul était capable de dissiper ses angoisses. Tant qu'elle serait disponible et offerte, croyait-elle, Michael Mendoza se présenterait au portail tous les soirs pour l'aider à s'échapper.

Mais après, il fallait bien rentrer. Et le retour était plus épineux. À cette idée, le cœur de Bean tressaillait comme un bulbul orphée, ce petit oiseau au vol erratique. D'un instant à l'autre, pensait-elle, *d'un instant à l'autre*, Babo allait apparaître devant elle, à la porte, en pajama rayé, les yeux bouffis de sommeil, ses boucles échevelées, et il dirait : *Qu'est-ce qui se passe ? D'où viens-tu à une heure pareille ? Qu'est-ce que tu faisais ?*

Six mois à faire le mur, six mois de mensonges épuisants, six mois de : *Je vais au cinéma avec Mehnaz, je reste dormir chez Mehnaz, je vais faire du shopping avec Mehnaz* – avant que les choses se gâtent.

Le jour où Bean repoussa l'assiette de son petit déjeuner et se précipita aux toilettes pour vomir, elle se tourna une fois de plus vers Mehnaz, qui prit rendez-vous à la clinique pour femmes Jayalakshmi d'Alwarpet. Ce fut encore Mehnaz qui monta avec elle dans l'autorickshaw puis lui conseilla d'inventer un nom et de mentir sur son année de naissance. Quand le résultat de l'analyse d'urine tomba et confirma ce qu'elles se refusaient à admettre – Bean était enceinte à seize ans à peine –, Mehnaz se débrouilla pour réunir la somme et resta à côté d'elle pendant qu'on l'anesthésiait.

« Tu ne crois pas qu'on devrait le dire à ta mère ? demanda-t-elle, bien qu'elle connût la réponse.

– Comment ? Comment est-ce que je pourrais lui causer une déception pareille ? Impossible. »

Après, Michael Mendoza vint lui rendre visite à l'hôpital, avec son costume de voyou habituel – jean déchiré et bracelets aux poignets – et son sourire insolent. Comme il tentait de la caresser entre les cuisses, répétant que tout irait bien à présent, Bean exigea une explication – c'était le moment ou jamais. « Est-ce que tu m'aimes, Michael, est-ce que tu m'aimes ? » et lui : « Je ne suis pas sûr de bien savoir ce qu'est l'amour, mais ce que je ressens pour toi doit s'en approcher. » Et pendant toute cette scène ridicule, la placide Mehnaz attendait derrière la porte, hors d'elle.

Je ne suis pas sûr ? Pas sûr ? Que voulait-il dire au juste ? avait-elle envie de demander. Bean lui avait donné son corps et son âme, et c'était tout ce qu'il trouvait à lui répondre ? Ce garçon qui était capable de mentir avec tant de brio au sujet de tout et n'importe quoi ne pouvait-il pas faire un effort ? Michael Mendoza : espèce de moins que rien, fils de serpent à sonnette de seconde classe !

Ce fut donc également Mehnaz qui lui suggéra avec délicatesse qu'elle devrait cesser de le voir. Il se tapait d'autres filles, c'était notoire. Être la favorite de son harem n'était peut-être pas une place très enviable, tout compte fait. Elle méritait mieux.

Mehnaz, qui la fit sortir devant les infirmières en uniforme amidonné vert ; Mehnaz qui la conduisit dans sa propre chambre tapissée de rose, la coucha et l'aida à changer les tampons d'ouate pour éponger le sang entre ses jambes – le sang qui continuerait à couler pendant plusieurs jours. Mehnaz qui la laissa dormir jusqu'à midi, lui apporta des toasts beurrés au lit et la raccompagna à la maison au portail orange et noir, parce qu'il fallait jouer la comédie pour Babo et Sian. Prétendre que tout allait pour le mieux dans le meilleur des mondes, devant Sian surtout, à qui on ne la faisait pas.

Plus tard, après s'être épuisées en rires forcés, lorsque Mehnaz dut rentrer, car la tante Sherize se plaignait de ne plus voir sa fille, Bean, mue par un instinct de survie, entra dans la chambre de ses parents et trouva sa mère assise dans un coin, en train de pleurer pour la seconde fois de sa vie.

« J'espère qu'on t'a élevée comme il faut, Beena. »

Sian ne regardait pas sa fille, elle fixait un point derrière elle. Retenant ses larmes, Bean posa sa tête sur son épaule.

« Bien sûr que oui, tout va bien, maman. De quoi tu parles ? Bien sûr que tout ira bien. »

Mais elle savait dans son jeune cœur réduit en miettes que rien n'allait, et que rien n'irait avant longtemps.

Bean aurait aimé avouer la vérité à Mayuri. Elle brûlait de dire à sa sœur que la première fois qu'elle avait senti quelque chose à *cet endroit*, c'était pendant qu'elles regardaient en cachette *Le Code Rebecca*, dans la chambre de leurs parents – Mayuri avait soudain joué les prudes et elle avait éteint au moment où ça devenait excitant. Elle aurait aimé lui parler de ce qu'elle éprouvait quand Michael Mendoza mettait sa tête entre ses jambes. Ou lui raconter comment les choses s'étaient gâtées.

Pourtant, elle ne pouvait pas s'y résoudre car Mayuri, qui avait une propension à s'indigner et un sens aigu du bien et du mal, l'aurait dévisagée comme si elle avait trahi l'univers, comme si elle avait lamentablement échoué en tant qu'être humain.

Mayuri, dont l'amour pour Cyrus était si correct, si convenable, que personne n'aurait songé à chuchoter derrière les portes fermées. Mayuri et Cyrus, qui se promenaient comme s'ils étaient mariés depuis vingt ans : à une distance respectueuse, ne s'autorisant un geste intime que pour remettre en place une mèche ou ôter une miette égarée sur les lèvres de l'autre. Tout le monde s'extasiait devant cette relation exempte des drames et des jalousies de l'adolescence, qui offrait le tableau d'une calme dignité qui ne s'obtenait généralement qu'après bien des années d'intimité. Tout le monde trouvait merveilleux que des amis d'enfance tombent amoureux.

Mayuri et Cyrus assis dans un arbre
S'EMBRASSENT
D'abord l'amour, puis les noces,
Puis le bébé dans son petit carrosse.

Sauf que Mayuri et Cyrus n'étaient pas amants. Même pas un peu. Bien que Mayuri rentrât souvent avec des marques de dents de rongeur révélatrices sur son cou, bien qu'elle ait parfois dans un instant de faiblesse laissé Cyrus glisser la main sous son chemisier pour caresser un sein, ou même deux, elle veillait sur sa virginité avec détermination.

Comment Bean le savait-elle ? Parce qu'elle avait fouillé dans la chambre de sa sœur et trouvé cinq ans de carnets de la papeterie Indo-Burma dissimulés dans sa commode. Cinq ans méticuleusement retracés au stylo-plume, étape par étape, d'une écriture vertueuse à la rigidité militaire. Tout, de l'époque où elle le tyrannisait jusqu'au miracle des premières découvertes : la première fois qu'ils s'étaient tenu la main, la première fois que leurs genoux s'étaient touchés sous la table. La chronique d'un amour naissant. Rien ne manquait, de son désespoir à l'idée de devoir (peut-être, un jour) s'appeler Mayuri Mazda à la triste histoire des parents de Cyrus, qu'il lui avait contée sur une barque retournée un soir de pleine lune, en passant par les premiers baisers avec la langue – calamiteux –, dans le bosquet d'ashokas de Sylvan Lodge. On mollissait et se durcissait, on se frottait délicatement dans l'océan ; il était question de timides effleurements à l'intérieur des cuisses, de mains enlacées par-dessus le levier de vitesse lorsqu'ils rentraient à la maison. Il y avait des frémissements et des frissons. Et même quelques expéditions à minuit pour s'étendre côte à côte sur la plage. Mais de *sha-bing sha-bang*, point ; pas de caresses inavouables ni d'explosion. Après avoir passé au peigne fin quelque trois cent cinquante mille mots à la recherche du moindre indice qui aurait justifié sa propre conduite, Bean était certaine que la longue idylle entre Mayuri et Cyrus ne comportait pas de chapitre Pénétration.

C'était illogique. Cyrus fréquentait une école de garçons, il n'avait pas de sœur, ses cousines vivaient aux États-Unis, et, hormis Mayuri et Bean, les seules personnes du sexe féminin qu'il avait l'occasion d'approcher étaient ses partenaires moustachues aux épaules carrées du Boat Club de Madras. Il aurait dû avoir la langue pendante, comme tout jeune homme de dix-huit ans normalement constitué. Il aurait dû harceler Mayuri avec l'ardeur d'un lapin en rut. En fait, d'après ce qu'elle lisait, il était indifférent à tout ce qui intéressait ses camarades : les fêtes, les cigarettes, l'alcool. Lorsqu'il se rendait à une soirée, exceptionnellement et sous la douce pression de Mayuri, il errait à travers la foule comme une âme en peine, dominant l'assemblée de son mètre quatre-vingt-douze, tandis qu'autour de lui, ça buvait, vomissait, se battait et dansait à qui mieux mieux. Cyrus ne buvait pas plus qu'il ne se battait, et les rares fois où il dansait, c'était de manière décontractée, dénuée de sous-entendus sexuels – contrairement aux autres garçons qui avaient la manie du frotti-frotta.

Cyrus avait ses sources de plaisir : l'aviron, le tennis, réparer des voitures dans le garage avec Darayus, le culturisme. Il allait même au yoga pour étirer ses longs membres de girafe maladroite.

Il ne s'arrêtait jamais, transpirait dans son jean et son polo sales. À croire qu'il voulait oublier qu'il était le fils d'un magnat du textile émigré aux États-Unis, avec deux jaguars à sa disposition. Oublier qu'il avait eu une enfance privilégiée, que son grand-père était sénile. Faire comme si son père et sa mère s'aimaient. Car il aurait échangé sa vie sans regret. Il aurait préféré mener une existence de labeur appliqué et avoir des parents exemplaires, au lieu de snobs prétentieux.

Cyrus forçait donc son corps pâle de Parsi à brunir au soleil, soumettait à de rudes travaux ses mains toujours calleuses et couvertes d'huile de vidange, roulait en Maruti 800, comme les autres jeunes gens de la classe moyenne. Il ne sortait la vieille Jaguar Type E ou la XJS pour aller faire un tour la capote baissée que tard le soir, ou quand Mayuri était avec lui. Lorsqu'il n'y avait personne dans les rues susceptible de pousser des « Oh » et des « Ah » d'envie. Et même dans ces moments-là, il s'efforçait de résister au plaisir avec stoïcisme : le moteur V-12, le capot aérodynamique, les phares ovales, l'excitation de conduire une machine aussi belle et rapide.

Ah, Cyrus ! Son sourire tout en dents et ses cheveux éternellement ébouriffés. Il avait le don de se faire aimer : depuis que des lentilles avaient avantageusement remplacé ses verres en cul de bouteille, il suffisait de regarder dans ses yeux de daim blessé aux cils démesurés pour comprendre. C'était aussi simple que cela. Il n'attirait pas le genre de passion que Bean éprouvait pour Michael Mendoza, mais un sentiment plus authentique. Si on entrait dans une pièce remplie d'inconnus, on allait sans hésiter vers Cyrus. Si on était perdu en ville, on s'adressait à lui, car il dégageait une bonté et une solidité capables d'amadouer les cœurs les plus coriaces, les plus pugnaces.

Ainsi, Babo et Sian, qui avaient le cœur particulièrement coriace et pugnace et toutes les raisons de se méfier de lui, se faisaient mener par le bout du nez. Quand il passait chercher Mayuri, ils se débrouillaient toujours pour être disponibles, dans le salon.

« Est-ce que vous avez quelque chose à m'offrir à manger, ma tante ? J'espère que ce sera mieux que la dernière fois », disait-il.

Mayuri et Bean n'avaient jamais vu leur mère faire de telles simagrées devant un adolescent. Timide et gloussante, elle trottinait jusqu'à la cuisine pour rapporter une part de tarte au citron meringuée ou de gâteau à la confiture dans une de ses belles assiettes, avec une fourchette à dessert et une serviette brodée. Elle pouvait pousser de petites exclamations grondeuses à chaque effronterie, mais elle se réjouissait en secret d'avoir chez elle ce garçon qui avait un long visage triste, comme Bryn.

Quant à Babo, le papa poule qui ne faisait confiance à personne dès qu'il s'agissait de ses filles, il avait d'abord toléré Cyrus, puis l'avait apprécié, avant de lui vouer une véritable adoration. Il lui parlait du prix des terrains ou de la situation désastreuse du cricket indien, quand bien même le jeune homme ne savait pas grand-chose sur le sujet. Il prenait toujours des nouvelles de Darayus et Cyrus lui répondait sans détour : son grand-père devenait de plus en plus sénile, mais continuait à faire ce qu'il aimait, c'est-à-dire bricoler ses voitures et nourrir les mendiants. Pour finir, Mayuri devait le traîner jusqu'à la porte, sinon ils y passeraient la journée, car ce garçon lumineux et souriant, qui ne cherchait pas à vous dérober vos biens les plus précieux – votre argent ou vos filles – ouvrait ses bras au monde et le monde l'étreignait en retour.

Bean, qui se souvenait du temps où il ressemblait à une autruche empotée et où Mayuri les persécutait tous les deux, Bean qui avait transpiré profusément à côté de lui dans la Fiat Filante orange, Bean elle-même reconnaissait que tout chez Cyrus méritait d'être aimé, et que Trishala avait dû se tromper à la fin de sa vie.

21

Le premier et unique vol de Chotu

Rinky Damani entra dans la vie de Chotu, la détruisit et s'évanouit dans la nature avec un aplomb et une rapidité pour le moins remarquables. Elle apparut par temps de brouillard, sur un vol matinal entre Madras et Delhi, fin décembre 1990. Chotu observait la terre d'une altitude de treize mille pieds. Son humeur était à la méditation philosophique : un état coutumier lorsqu'il était au-dessus du monde. De ses réflexions, il ressortait qu'il était peut-être possible de continuer à vivre ainsi, sereinement, sans complications, sans s'enchaîner à autrui, sans qu'il soit nécessaire de posséder ou d'appartenir.

Il n'y avait qu'à regarder en bas ! L'entière infrastructure d'une agglomération : un jouet. Des voitures en modèle réduit qui roulaient sur des routes en modèle réduit – sans bruit, sans odeur –, des arbres en modèle réduit, des gens en modèle réduit. Une ville forte de mille ans d'histoire contenue dans un hublot. De ses portes, ses jardins et ses tours, de ses monuments et ses marchés, de sa politique, sa laideur et ses nombreuses imperfections, il ne restait qu'un délicat palimpseste architectural. C'était le vrai miracle de l'avion : pas la possibilité de parcourir de longues distances en peu de temps, pas les calculs qui permettaient à deux cents tonnes de métal de rester en l'air. Non. Le prodige de la perspective. Le fait qu'en dessous de lui aurait pu se trouver n'importe quel pays, n'importe quelle ville. En bas, où il se passait sans cesse quelque chose, où l'on se mariait, se disputait, travaillait, dormait, déféquait, cuisinait, pleurait et mourait. En bas, où l'on vivait. De l'endroit où il se tenait, Chotu voyait un monde sans démarcation, parfaitement capable de se sauver tout seul.

« Monsieur, fit Rinky, monsieur, voulez-vous redresser votre siège ? Nous allons atterrir. »

À l'instant où la vision se pencha pour tirer elle-même sur le levier et pousser l'appuie-tête vers l'avant, Chotu, qui sentait son parfum et devinait ses formes fabuleuses sous l'uniforme étriqué d'Indian Airlines, éprouva une émotion qu'il n'avait pas ressentie depuis ses vingt ans, lorsqu'il s'apprêtait à se rendre à la Maison aux épices de Fifi pour la première fois. Une bouffée de pur désir qui le prit au dépourvu.

Les quelques relations de Chotu l'avaient laissé sans illusions. Ces rencontres ne lui avaient pas donné envie de se fixer, au contraire, elles n'avaient servi qu'à renforcer sa conviction qu'hommes et femmes n'étaient pas faits pour vivre ainsi, liés par un contrat légal. Il lui suffisait de regarder autour de lui pour constater que le mariage était une source de malheur et d'asservissement, une convention absurde qui enchaînait les gens à jamais. Quelle importance, quand le monde menaçait de s'effondrer ? Ne fallait-il pas être fou pour faire naître des enfants ? L'idée de dormir et de se réveiller à côté de la même personne jour après jour, nuit après nuit, lui donnait envie de sauter d'un avion sans parachute, de s'écraser sur ce splendide village de poupées et de s'enfoncer dans l'oubli. Jusqu'au jour. Jusqu'au jour.

Jusqu'au jour où Rinky Damani apparut devant lui, avec ses griffes peintes et ses doigts bagués. Rinky Damani : un bronze

Chola, une Parvatie dont les hanches et les seins défiaient les montagnes, prête pour dix mille ans de coït – voire plus. Elle aurait pu en remontrer aux shalabhanjikas d'antan, ces trois nymphes si fertiles qu'elles pouvaient d'un simple coup de pied transformer de jeunes pousses en arbres lourds de fruits. Car, s'il lui prenait la fantaisie de frapper autour d'elle, elle se retrouverait vite encerclée par une jungle si épaisse, une végétation si dense, que la planète n'aurait plus à se soucier de la déforestation. Rinky dont le visage était mangé par ses yeux et sa bouche – des yeux surlignés de mascara et des lèvres qui dessinaient une moue parfaite au-dessus de la tache de naissance olivâtre sur son menton. Quand elle riait, elle semblait vous inviter dans son monde – les narines légèrement dilatées, la tête renversée en arrière dans un geste d'abandon –, renversée en arrière en dépit des cernes, des défauts de sa peau, de la double couche de fond de teint. Renversée en arrière, parce qu'elle était une croqueuse d'hommes et qu'elle le savait. Rinky Damani : jamais Chotu n'avait rencontré une créature aussi provocante.

Dire que leur relation était déséquilibrée était un euphémisme. Chotu n'ayant pas connu l'amour auparavant, tout était possible. Mais dans sa famille, personne ne s'attendait à cela : le garçon discret, sujet à des bouderies et à de brefs accès de colère, s'exprimait soudain. Babo était dérouté. Était-ce le frère qui avait grandi auprès de lui, le petit Chotu ? Avec toute la meilleure volonté du monde, Babo ne comprenait pas ce qu'il trouvait à cette femme : elle était insolente, assommante, malpolie et, il fallait bien le dire, de sept ans son aînée. À l'évidence, elle le tenait par le moyen le plus trivial qui soit : le sexe. Pour quelle autre raison aurait-il abandonné sa coiffure de matador et se serait-il mis à porter des tee-shirts de designers de Delhi à moitié transparents ? Pourquoi, sinon, parcourrait-il le pays à sa poursuite alors qu'elle les insultait régulièrement, lui et sa famille ?

Comme d'habitude, Babo tenait le bureau des doléances.

« Figure-toi que la première fois qu'elle a vu mes filles, elle leur a demandé si elles souffraient d'un déséquilibre hormonal, s'indigna Meenal de Bombay. Tu imagines ? UN DÉSÉQUILIBRE HORMONAL ! Et quand elles ont répondu “non, pourquoi ?”, cette garce leur a dit que de nos jours, on pouvait éliminer la pilosité faciale une bonne fois pour toutes grâce au laser. Non, mais tu entends ça ? »

Par ailleurs, un jour où elles étaient assises à la table à manger de la maison au portail orange et noir, Rinky Damani s'étonna que Sian supportât depuis si longtemps cette famille de timbrés.

« Quand même, tes deux belles-sœurs ressemblent aux trésorières d'une association de bonnes femmes. Quant à ton beau-père, je préfère me taire. C'est le pire. Il traite Chotu comme un gamin. Déjà, l'appeler Chotu, dans le genre, c'est gratiné : il veut l'infantiliser ou quoi ? Quel surnom ridicule ! Pourquoi pas Tejas, tout simplement ? Pourquoi ne pas le laisser vivre sa vie ? »

En revanche, le fait qu'à quarante ans, Renuka elle-même continuât de se faire surnommer Rinky ne semblait pas lui poser le moindre problème.

En dépit de ses récriminations, elle accepta d'emménager à Madras et de s'installer à Sylvan Lodge, à la condition de garder un appartement à Delhi. Elle débordait d'idées pour rénover le premier étage et refaire toute la décoration de la maison. Elle demanda même à Babo d'inventer une nouvelle nuance de rose saumon pailleté d'argent pour remplacer le vert pistache de

Trishala. Elle multipliait les achats, s'efforçait d'être végétarienne le lundi, consentit à démissionner quelques mois avant le mariage mais, surtout, passa des heures et des heures à planifier leur voyage de noces dans les moindres détails. Car Rinky, qui n'avait jamais pris de vol international, avait une grande ambition : entrer dans une boutique Rolex et pouvoir s'offrir tous ses caprices. Elle avait donc fixé son choix sur la Suisse, le terrain de jeux des riches. Le pays des coucous et de Swarovski – tout ce que l'Inde n'était pas. Et Chotu distribuait sans compter les liasses de billets de cent roupies malgré les protestations de Prem Kumar et les haussements de sourcils de Babo, parce que de sa vie, il n'avait jamais été aussi heureux.

Pourtant, le mardi 21 mai 1991, le jour où l'ancien Premier ministre Rajiv Gandhi fut assassiné par une kamikaze des Tigres tamouls dans la petite ville de Sri Perumbudur, à cinquante kilomètres de Madras, l'idylle de Chotu prit officiellement fin, six mois à peine après avoir commencé. Du jour au lendemain. Tandis que le pays replongeait dans les troubles qui l'avaient déchiré après la mort d'Indira Gandhi, la vie de Chotu s'écroula.

Le vendredi précédant le meurtre, Rinky rencontra le responsable du marketing de Nestlé International pour la zone Delhi-Bombay. Au cours du week-end, elle disparut, laissant à Chotu un trousseau de mariage d'une valeur considérable, la montre Titan en or sertie de diamants qu'il lui avait offerte, espérant corriger ainsi sa propension à être en retard, et deux allers et retours pour la Suisse. Le mardi de l'assassinat, un mot d'excuse d'une ligne arriva par la poste.

Cher Tejas,
Tu sais que ça n'aurait jamais pu marcher entre nous.
Renuka

Sauf que Chotu ne le savait pas. Comment l'aurait-il su ? Il avait l'impression qu'on l'avait jeté dans une grotte noire, remplie de l'absence de Rinky. Comment s'habituer de nouveau à l'obscurité après s'être baigné, avoir batifolé et fait l'amour dans la lumière ? La grotte suintait le désespoir et Chotu ne pouvait lui échapper. C'était un sentiment qui le suivait partout, à chaque instant, jour après jour, comme un nuage noir. Il ne savait que faire, à part attendre parmi les affaires de Rinky, attendre un appel miraculeux qui le sauverait, lui confirmerait que c'était une terrible méprise – que Rinky avait été kidnappée, qu'elle était gravement malade –, n'importe quoi, mais pas qu'elle l'avait abandonné sans remords pour un autre homme.

Après avoir passé six mois à côté d'un téléphone silencieux, après avoir ouvert la boîte aux lettres dix-sept fois par jour, harcelé le siège d'Indian Airlines où on lui assurait n'avoir aucune information concernant mademoiselle Damani depuis qu'elle avait quitté la compagnie, le désespoir et la déprime cédèrent la place à la colère. Parce qu'il s'agissait de sa vie et qu'elle avait rétréci. Il n'avait plus rien. Et parce qu'il devait soudain se colleter avec la réalité. Son père insomniaque, assis à la table, en maillot de corps déchiré et en dhoti, avec un regard qui signifiait *pourquoi est-ce que tu ne m'écoutes jamais ?* Ses sœurs replètes et son frère compatissant qui lui tournaient autour timidement, prêts à le rattraper s'il tombait.

Prem Kumar ne savait que faire de ce fils malade d'amour. Il était vieux, faible et usé, ne travaillait plus qu'à mi-temps au bureau et passait des chants religieux sur son walkman pour venir à bout des nuits interminables.

« Il faut que tu l'aides », ordonna-t-il à son aîné.

Mais lorsque Babo se présenta à Sylvan Lodge pour tenter de réparer le gâchis de Rinky, Chotu n'était pas prêt à se laisser amadouer.

« Bhai, les choses sont ce qu'elles sont, et c'est comme ça », décréta-t-il avant de monter dans sa chambre.

Dans la pièce à moitié rénovée, les valises attendaient toujours au cas où Rinky Damani se déciderait à l'appeler, comme autrefois. Chotu vécut dans cet état de transition pendant plusieurs années : incapable de rester ni de partir, incapable de travailler ni de voler. Un jour, il crut trouver un semblant de réconfort au Gymkhana Club, avec sa bhabi et ses nièces. Tandis que les filles sautaient du plongeoir et faisaient des bombes du côté le plus profond de la piscine, il se souvint d'une époque plus pure, où Bean et lui faisaient des longueurs tous les matins dans cette même piscine. Il tenta de retrouver ce détachement en nageant. Après avoir essayé en vain de chasser Rinky de ses pensées, il sortit de l'eau et s'assit près de Sian sous le parasol, avec un soda frais au citron vert.

« Bhabi, je l'aimais vraiment. Je reconnais qu'elle pouvait être pénible, qu'elle était dominatrice et peut-être trop franche, mais elle savait aussi être adorable. Il fallait la voir manger sa glace : comme une petite fille. Elle s'en mettait partout, ça coulait jusque dans son cou. Et même si elle consommait de la viande, elle aimait les animaux. Au fond de son cœur, elle les aimait. »

Peu à peu, le souvenir de Rinky Damani, même s'il ne disparut jamais totalement, revêtit la forme d'une vie rêvée – un peu comme nager sous l'eau sans respirer. Il prit l'habitude d'aller à la piscine le samedi matin. Et quand il retenait son souffle et se concentrait, il avait l'impression que sa vie lui avait toujours échappé. Parfois c'était là, au fond de sa gorge, dans ses poumons, qui menaçait d'exploser. Comme un rappel des paroles de Ba : saute dans la lumière du soleil et le monde te sauvera. Car depuis que la femme qu'il devait épouser avait disparu en laissant un message d'une ligne qui ne cesserait jamais de lui briser le cœur, Chotu avait découvert que l'amour était plus fort que l'avion : il planait et fendait le vent comme un oiseau, sans voilure ni moteur. Et, à présent qu'il avait aimé et perdu Rinky Damani, il en était réduit à se débattre dans le noir, à tenter de se souvenir du temps où il faisait jour, du temps où il savait voler, du temps où il était possible d'échapper au monde.

22

Tout corps qui s'élève finit par retomber

Une photographie de la famille Patel-Jones à un point crucial de son histoire, cinq ans avant le début du nouveau millénaire. Mayuri et Bean se trouvent au seuil du monde. Elles s'apprêtent à quitter la maison au portail orange et noir pour la première fois. En ce 1er janvier 1995 parfumé, Mayuri et Bean, respectivement vingt-trois et vingt-deux ans, ont décidé de faire ce que leurs parents savaient qu'elles feraient un jour, tout en espérant le contraire. Elles vont quitter le domicile familial et voyager.

Tout le monde s'est réuni sur une plage isolée, à une heure de Madras, pour le mariage de Mayuri. Étincelantes en strass et soie, en moire et or, les femmes rivalisent avec le soleil couleur d'orange sanguine qui s'enfonce dans la mer. Toutes, à l'exception de Ba, dans son éternel sari blanc de veuve, qui a quitté Anjar pour la troisième fois de sa vie. Les hommes sont en complet-cravate, en kurta pajama brodée, ou en tenue de safari. Il y a un nombre d'enfants inhabituel. Nul ne sait d'où ils viennent mais ils sont là, qui courent en robe gâteau d'anniversaire et costume baba, des fleurs dans les cheveux.

Darayus, d'abord : debout, au fond de la scène, il observe tout. Il tient les employés des traiteurs à l'œil, vérifie qu'ils n'ont pas oublié gants et tabliers, qu'aucun ne porte le signe de la mort. Darayus surveille tout le monde, en particulier cet inconnu qui prétend être son fils, Neville, et sa belle-fille Farah. Oui, ils sont là, eux aussi. Venus de New York pour la première fois en treize ans. Ils sont installés avec les autres invités d'outre-mer : le contingent gallois – Owen, Huw, Carole, et les jumeaux Gareth et Ed – dans leurs habits de messe, sauf Carole, qui semble vêtue pour les courses avec son extravagant chapeau à plumes fuchsia, boudinée dans un tailleur également fuchsia. Ceux-là forment déjà une clique. Ils attendent qu'on leur dise quoi faire, assis sur les matelas colorés posés à même le sable. Darayus regarde et s'il y a une urgence, s'il faut agir vite, il ira trouver Cyrus. Mais lui ne fera rien. Il restera en retrait, ne cédera pas à la paranoïa, se tiendra à carreau, aux aguets.

Prem Kumar et Ba, ensuite : on leur a donné les places d'honneur, devant, dans des fauteuils en plastique, en raison des genoux fragiles de l'un et de la mauvaise vue de l'autre. Pas une parole échangée entre la mère et le fils, rien d'audible en tout cas. Ba se plaint peut-être du costume safari beige de Prem Kumar, qui n'est qu'une énième copie de sa tenue des grandes occasions, seulement celui-ci ne semble pas neuf. Prem Kumar le porte comme un vieillard. Le tissu pendouille. Une jambe du pantalon est coincée dans la chaussette et plusieurs boutons sont ouverts. Elle déplore sans doute l'absence d'Ignatius. Il aurait pu s'asseoir à côté d'elle et la distraire pendant les festivités. Mais il a décrété : « Non merci. Allez savoir comment on accueillerait quelqu'un comme moi à Madras. Je reste ici pour garder la maison. »

Prem Kumar se tait. Il ne dit rien des hauts et des bas de son existence : ses petites-filles qui se sont éloignées de lui en grandissant, Mayuri qui épouse un garçon dont Trishala se méfiait, Bean sur le point de partir à Londres, cette ville d'où viennent tous leurs problèmes. Il ne parle pas de Chotu qui paye certainement pour avoir commis le péché de fornication avec une moins que rien. Depuis des années, il n'entend que Rinky par-ci, Rinky par-là : Rinky *dink dink*. Prem Kumar savait bien, lui, que cette femme n'avait pas l'étoffe d'une belle-fille convenable. Toujours à se promener sur ses talons hauts comme une reine de beauté. Son benjamin lui fait penser à martin-pêcheur bleu électrique figé en plein essor : une petite larme précieuse contre le ciel. Prem Kumar ne dit rien de tout cela, ni à Ba ni au reste de la famille qui ne sera plus jamais réunie ainsi.

Viennent ensuite Dolly, Meenal et les Monosourcil. Elles sont les plus heureuses de l'assemblée. Les Monosourcil en particulier, mariées à un an d'intervalle, qui ne manquent pas de charme depuis qu'elles épilent leurs sourcils menaçants. Il faut avouer qu'elles sont devenues presque anorexiques pour lutter contre l'embonpoint atavique des Patel. Elles ne mangent guère plus que des fourmis. Elles sont maigres et le resteront jusqu'à leur premier bébé. Puis la loi de l'hérédité les rattrapera. La malédiction du corps en poire pointera son gros derrière. Mais aujourd'hui, elles resplendissent en jaune citron, portées par l'ivresse de leurs noces récentes – l'une à un informaticien, l'autre à un producteur musical de Bollywood – et veillent jalousement sur le nécessaire de maquillage de la jeune mariée qu'elles traînent partout, comme deux canetons dorés sur le sable.

Les tantes Meenal et Dolly s'affairent en dépit de leur poids, en saris rouille et ocre à la mode gujaratie, le visage plâtré surmonté d'une coiffure tarabiscotée agrémentée de frisettes. Elles s'occupent des tâches qu'on aurait dû leur confier depuis le début. Où sont les noix de coco ? Où sont les pendas ? Où sont les pièces d'argent que Mayuri devra distribuer ? Où sont les colliers de fleurs, et surtout où est le pujari qui doit célébrer le mariage ? Elles s'agenouillent à intervalles réguliers dans le sable, à côté de Prem Kumar, et s'assurent qu'il ne manque de rien – avant tout pour qu'il ait l'impression de recevoir l'attention qu'il mérite, car l'infirmière qui le garde la nuit, Sonam, n'est jamais très loin. Des yeux gigantesques et un corps gigantesque : c'est Sonam, qui parle à Jyothi – la troisième et ultime secrétaire de Sanbo Enterprises –, une femme sévère aux traits d'oiseau, dont la loyauté compense les maigres qualités de dactylo. Sonam et Jyothi – une version féminine et indienne de Laurel et Hardy, la petite et la grosse, la choti et la moti – font partie des employés réquisitionnés pour l'occasion.

Bean est la seule à ne pas porter de sari. Elle a préféré un chanya choli traditionnel du Gujarat : une longue jupe bordeaux qui s'ouvre comme un parapluie lorsqu'elle virevolte, un minuscule haut argenté en soie tussah et un odhni brodé qui ne cesse de glisser de ses épaules. Pour tout bijou, les rubis de Trishala brillent à son cou. Mais elle y est allée un peu fort sur le jasmin – ou du moins, les employées de Pamela Anne, chez Cuts and Curls. Elles lui ont fait une vraie pièce montée sur la tête, ce qui n'est pas ce qu'elle avait demandé. Elle voulait simplement qu'on lui relève les cheveux avec un peu de laque pour retenir les mèches folles. D'ici ce soir, l'empilement fleuri se sera écroulé dans son dos et ressemblera à une vieille pelote de corde élimée. Et elle aura cassé la plupart de ses bracelets bordeaux. Mais en attendant, elle est parfaite, impeccable.

« Salut beauté », lance Rahul.

Il s'approche, escorté de sa femme, une morne Marathie. Quelques années auparavant, s'il lui avait parlé ainsi en public, Bean se serait empourprée et il lui aurait fallu plusieurs jours pour s'en remettre. Elle l'aurait noté consciencieusement dans son journal intime : *J'ai croisé R. aujourd'hui. Tu ne devineras jamais… Il m'a appelée « beauté » devant tout le monde. Il est trop mignon !* Mais depuis qu'il a épousé la morne Marathie, elle ne le trouve plus aussi irrésistible. Comme beaucoup de jeunes gens ici, Rahul s'est transformé en oncle avant l'âge. À le voir, jamais on ne soupçonnerait qu'il était autrefois champion de course de haies à l'école, un garçon aux cheveux d'un blond chaud et aux yeux bleus comme la mer, qui évoquait à Bean le Bonnie Bobby Shafto de la comptine[1]. C'est drôle comme les rôles peuvent s'inverser, songe-t-elle. Elle lui envoie un baiser de la main avec le sentiment d'être belle puis s'esquive sans demander son reste, car l'oncle Keshav lui fonce dessus au pas de charge, et elle craint pour ses joues qu'il s'entête à pincer.

Ensuite, Babo et Sian : côte à côte, ils sourient d'un air hésitant. Ils devraient s'affairer, mettre les invités à l'aise, car c'est le mariage de leur fille aînée, mais ils semblent perdus. Au lieu de discuter avec les parents de Cyrus, Neville et Farah, ou avec Huw, Owen et les garçons, ils ne lâchent pas leurs amis d'une semelle : Keshav et Praveen, qui descendent gaillardement leurs flacons de whisky tandis que Shyam, le fils de Praveen au teint cireux, s'efforce de les imiter. Jan et Darlene, en sari, ont l'air de hippies sur le retour : leur peau flasque est marbrée de taches brunes, résultat de toutes ces années d'exposition au soleil de Madras. Elles ont l'air vieilles, à la différence de Sian qui, comme Dolly le fait remarquer aux jeunes filles, « est bien conservée, n'est-ce pas ? »

Sian et Babo, mariés depuis vingt-cinq ans exactement. Vingt-cinq ans ! Est-ce que quelqu'un pourrait leur dire ce

1. Bobby Shafto a pris la mer / Boucles d'argent à son genou / Il reviendra pour m'épouser / Bonny Bobby Shafto.

qu'ils ont fait au juste pendant ce quart de siècle ? Comment sont-ils arrivés à ce moment précis de leur vie ? Ils sont les plus beaux sur cette plage. Ils n'y peuvent rien. Babo, qui est retourné trois fois chez Syed Bawkher pour faire retoucher son costume, sous les moqueries de Sian qui lui répétait qu'il devrait plutôt réduire les whisky sodas et les glaces pralinées. Il devrait plutôt s'assurer que son taux de cholestérol n'a pas augmenté, il devrait plutôt reprendre ses promenades matinales, il devrait, devrait, devrait. Babo sourit et écoute mais n'en fait qu'à sa tête, dans un nouveau complet anthracite, une chemise saumon sur sa peau brune et une rose à la boutonnière. Ses cheveux sont coupés si court qu'il n'y a plus trace de ses boucles folles. Ses yeux gris sont durs et il est déterminé à ne pas se laisser gagner par l'émotion. Il porte sa flasque de Macallan à ses lèvres, parce qu'il en aura besoin pour ne pas perdre ses moyens s'il doit parler devant tout le monde. Il se prépare depuis des semaines, a toujours son discours dans son portefeuille et répète dès qu'il a un instant. Il l'a appris par cœur, mais il aura le papier à portée de main, au cas où. Et comme prévu, quand arrive son tour, il se laisse gagner par l'émotion ; sa voix se brise à la première phrase. *Certains d'entre vous sont venus de très loin. Sian et moi sommes sincèrement heureux de tous vous accueillir...*

Sian, qui a finalement opté pour un sari : ce serait bizarre sur les photos si elle était habillée à l'occidentale, alors que ses filles sont vêtues à l'indienne. Sian est en bordeaux – un grenat foncé, orné de broderies zardosies. Elle porte de l'or, pas de diamants – et pas beaucoup, car elle ne veut pas briller trop. Mais quand Babo et elle sont côte à côte, ils éclipsent tout le monde. Serrés l'un contre l'autre, le sourire éclatant, ils forment un couple remarquable. Ils sont à leur apogée, c'est évident. Ce n'est ni la jeunesse ni la beauté, c'est de l'ordre de l'adoration, une adoration suprême, totale. Et ce n'est pas sans danger, car qui dit apogée dit aussi déclin.

Chotu est là, malgré tout. Vêtu d'un sherwani noir princier, il est assis sur un matelas en face des Singhania, les jambes repliées sous lui, ce qui donne l'impression qu'il est particulièrement petit. Ses sœurs s'accroupissent sur leurs gros mollets pour lui demander s'il n'a besoin de rien. L'une lui porte du lait de noix de coco, l'autre du jus de citron vert.

« Arrêtez ! aboie-t-il. Allez plutôt voir si ce fichu pujari est enfin arrivé. Rendez-vous utiles ! »

Elles posent leurs boissons et repartent en se dandinant, puis se perdent dans la foule. Chotu prend le jus de citron vert. Est-il heureux ? Oui, c'est un de ces moments où bonheur et tristesse se mêlent. Il ne pense pas une fois à Rinky Damani. Ce dont il est fier. Il croit l'avoir bannie de son corps et de son esprit. Il ne se rend pas compte qu'elle sera toujours là – dès son réveil et quand il s'endort –, qu'elle continuera à couler dans ses veines et à se moquer de lui, parce qu'il la laisse faire. Mais pas ici, pas ce soir, alors que tout le monde s'apprête à assister à un bel événement.

Mayuri et Cyrus, enfin. Elle va donc devenir Mayuri Mazda. Ce n'est pas aussi agréable qu'elle l'espérait. Elle a du mal à y croire. Il faut dire qu'elle a pris cette décision il y a une éternité. Elle aime ce garçon depuis dix ans ! Dix longues années. Et aucune assurance qu'ils se retrouveraient là un jour. Ce ne serait d'ailleurs peut-être jamais arrivé si elle n'avait pas pris le taureau par les cornes : « Tu penses que ce flirt adolescent va continuer éternellement ? » *Comment ça ?* Ah Cyrus, cher Cyrus. Qui n'imaginait pas qu'elle soit insatisfaite. Qu'un jour ils devraient grandir et faire des choix. « Eh bien, ou on s'installe ensemble ou on se marie, mais j'en ai marre de faire des allers et retours entre chez toi et chez moi. » Alors ils vécurent pendant quelque temps dans la chambre de Cyrus, chez Darayus, à côté de Sylvan Lodge, qui était un peu petite pour deux et qui de toute manière ne correspondait pas aux vœux de Mayuri. Elle ne voulait pas de ces placards dont les portes avaient été retirées, ni des casques et des sacs d'outils qui traînaient dans tous les coins, ni des posters de voitures au mur ! Elle imaginait une maisonnette à eux sur la plage, avec de longues baies vitrées et une véranda qui donnerait sur la mer. Du bois et des fenêtres. Elle la remplirait d'objets du monde entier – le monde qu'ils parcourraient bientôt : des assiettes talavera du Mexique, de la vaisselle émaillée d'Italie, des lampes d'Indonésie, et des bougainvillées partout. Ils prendraient un chien ou deux et Cyrus aurait son garage, avec une Jeep en panne ou une Jaguar – ce qu'il désirait. Le soir, ils s'installeraient dehors, elle avec un verre de vin rouge, lui avec son jus de pomme ; ils écouteraient l'océan et discuteraient de ce qu'ils voulaient réellement faire de leur vie.

Mais pour l'instant, elle est assise en tailleur, ses longues tresses châtain dissimulées sous le sari de noces de sa grand-mère que l'on a sorti de la naphtaline – le délicat habit pourpre et or que Bean convoitait. La voici, le nez orné d'un bijou, les mains et les pieds teints au henné, les minuscules points rouges et blancs traditionnels peints sur son front et ses tempes. Tous les regards sont tournés vers elle et Cyrus que l'on n'a jamais vu aussi propre, et qui à cet instant s'excommunie lui-même en se mariant hors de la religion parsie. Mais quelle importance ? Neville et Farah sont présents, des étrangers peut-être, mais disposés comme toujours à accomplir leur devoir parental, prêts à faire tout ce que Cy exige, car eux-mêmes sont débordés. *Cy veut rester vivre auprès de son grand-père sénile ?* Parfait. *Cy veut se marier ?* Fantastique, nous serons là. *Sigh. Sigh.*

Cyrus, lui, ne songe ni à son père adultère ni à sa mère, même s'il n'oublie pas qu'un jour, il héritera de leurs millions. Il ne pense pas à Darayus, lequel, pour une fois, fait ce qu'on lui dit de faire. Il ne pense même pas à Mayuri à côté de lui, qui pourtant resplendit de cet éclat qui n'appartient qu'à elle et le dévore des yeux comme s'ils étaient seuls au monde. Cyrus réfléchit à sa vie. Il passe une bague au doigt de sa femme. Il boit le miel dans ses paumes.

La famille entière est réunie. Il ne manque qu'une personne : Nerys.

Nerys se remet de sa seconde attaque. Elle est assise dans son fauteuil roulant à Nercwys à côté de la tante Eleri, qui s'efforce de ne pas regarder le côté gauche de son visage. Nerys auprès de qui se sont relayés ses trois enfants – même Sian, venue exprès d'Inde. Nerys qui, comme Darayus, mourra bientôt dans son sommeil, sans opposer de résistance.

Mais elle attendra qu'Owen rentre avec les photographies. Il n'y aura pas de film vidéo, car Mayuri désire une cérémonie intime. Elle ne veut pas qu'on éblouisse les invités avec des projecteurs pendant qu'ils mangent. Nerys ne suivra donc pas le déroulement de la soirée, ni ne verra le ciel se déchirer et les trombes d'eau s'abattre sur la plage une fois les festivités achevées – arrachant la tente et les piquets de bambou comme des touffes d'herbe. Mais elle pourra admirer le coucher de soleil meurtri de Madras, le kaléidoscope de couleurs vives, les sourires et les sanglots, la ronde de sept jeunes filles menées par Bean qui font tournoyer des bâtons. Bean qui sera bientôt à Londres. Et qui arrivera trop tard.

Elle verra le prêtre tenir les mains de Cyrus et de Mayuri l'une sur l'autre, au-dessus du feu, avec autour de leur cou des colliers de fleurs aussi épais que dix serpents réunis ; Cyrus et Mayuri agenouillés aux pieds de Ba, aux pieds de Prem Kumar, aux pieds de Babo et Sian, aux pieds de Neville et Sarah, aux pieds de Meenal, Dolly et Chotu. Ils saluent pour recevoir des bénédictions. Saluent, saluent, saluent.

Ce que les photos ne montrent pas, c'est l'air lourd et salé venu de l'océan, les taches d'humidité triangulaires sous les aisselles de ces dames malgré le déodorant, le mélange improbable d'invités : tantes et oncles du Gymkhana Club, employés de Sanbo Enterprises et de l'usine de textile de Neville, M. Mustafa d'OK Stores et ses molaires étincelantes, Manna aux pommettes saillantes qui flotte comme un fantôme parmi la foule, Mrs Douglas enveloppée d'une des écharpes mauves de sa grand-mère, qui prendra Bean entre quatre yeux et lui demandera : « Tu n'as pas les cheveux auburn de ta mère ? »

Nerys ne verra pas non plus la famille réunie autour du feu tandis que faiblit la lumière du premier jour de l'année 1995. Elle ne verra pas Owen sortir son médaillon d'argent pour le remettre de sa part à Mayuri – celui qu'elle a porté toute sa vie d'épouse – sans le petit portrait de Bryn à l'intérieur, qu'elle a retiré pour le placer sous la loupe, sur le bureau du rez-de-chaussée. Elle ne verra pas Sian, qui se retenait jusque-là, éclater en sanglots convulsifs. Le signal de départ d'un hululement qui se propage parmi les femmes qui ont derrière elles des siècles de pratique, car elles le sentent au fond d'elles-mêmes : cet excès d'émotion qu'elles ne pourraient pas contenir même si elles le désiraient. On assiste parfois à de telles scènes dans les mariages indiens : des cérémonies entières à pleurer, à se déchirer les entrailles, à dire adieu à sa fille. En revanche, on ne dit pas au revoir aux fils. Les fils vous anéantissent différemment.

Mais si vos filles décident comme Mayuri et Bean de changer de direction, de quitter la maison au portail orange et noir, et si elles prennent cette résolution simultanément, il n'y a sans doute pas de chagrin plus terrible. Tandis que Sian donne libre cours à ses larmes et ne peut s'arrêter qu'une fois vidée, les autres femmes pensent à leurs propres peines et ouvrent les vannes, si bien qu'il ne reste bientôt plus un seul œil sec et maquillé sur la plage.

Mayuri, l'objet supposé de ces lamentations, pleure elle aussi à la perspective des bouleversements qui l'attendent, et les points rouges et blancs dessinés avec soin sur son visage bavent sur son teint satiné. Bean, qui ne rate pas une occasion de s'apitoyer sur elle-même, serre sa mère en sanglotant. Pardon, veut-elle dire, je suis désolée. Mehnaz déplore ce qui n'est plus et ne reviendra jamais, massacrant sa carnation crème et pêche. Les tantes, les Monosourcil, les assistantes, les « hybrides », les amies, le groupe d'outre-mer : il n'est pas une femme sur cette plage qui ne hurle comme si elle venait de perdre la lumière de sa vie dans des circonstances abominables.

Pas une, sauf Ba. Elle ne pleure pas. Elle s'est mise en quête de Babo qui contemple la mer d'encre, assis à l'écart. Il pense à la première chanson d'amour en anglais qu'il ait découverte : *Love Is A Many Splendoured Thing* de Nat King Cole. Elle lui trottait toujours dans la tête quand les filles étaient petites, lorsqu'elles se déshabillaient et sautaient dans les vagues de Marina Beach, pendant que Sian et lui se tenaient la main sur la plage. Il se souvient s'être penché vers sa femme pour lui dire : « La vie est vraiment née dans l'océan, n'est-ce pas ? »

Lorsque Ba le trouve, elle s'assied sur le sable mouillé à côté de lui.

« Personne n'a jamais dit que ce serait facile », fait-elle.

Babo pose la tête sur ses genoux.

« Seuls les idiots et les amoureux sont incapables de lâcher prise », poursuit-elle.

Elle offre sa bouche à la pluie et, par habitude, passe les doigts dans les boucles disparues de son petit-fils.

« Ce n'est pas ce que tu crois. Ce n'est pas que je refuse qu'elles quittent la maison, qu'elles trouvent l'amour et mènent une vie épanouie. Ce n'est même pas que je souhaiterais qu'elles restent innocentes. Mais ce que je veux savoir, ce que je veux réellement savoir, c'est ce que je suis censé faire du vide qu'elles laisseront derrière elles. Avec quoi je le remplis ?

– Tu le remplis d'amour, murmure Ba. Comme tu l'as toujours fait. D'amour et encore d'amour. »

TROISIÈME PARTIE

De Lewisham à Ganga Bazaar
1996-2001

23

Un pied dedans, un pied dehors

La veille du départ de Bean pour Londres, Babo s'assit sur le sol carrelé de la salle de bains vert bouteille et pleura. Il était incapable de dormir. Quelque chose qui ressemblait à un rêve, mais n'en était pas un, le taraudait. Il aurait aimé réveiller Sian et lui dire : « Sommes-nous fous de laisser notre petite fille aller vivre ailleurs ? De l'envoyer chez Bhupen et Mangala Jain à Londres, la ville qui aurait pu devenir la nôtre il y a si longtemps ? »

Ils avaient organisé un barbecue d'adieu. Il y avait les habitués, les Krishnamurti et les Malhotra ainsi que les Singhania, les voisins du dessus dont les fils s'apprêtaient eux aussi à quitter le nid. Ce fut une soirée émouvante pour les « hybrides ». Shyam, inscrit en doctorat de neurosciences à l'université Johns Hopkins de Baltimore, partait pour cinq ans, et Bean allait faire Dieu sait quoi à Londres. Babo ne pouvait deviner que, quelques heures plus tôt, Shyam avait convaincu la jeune fille de baiser contre l'un des murs de cette même salle de bains. C'était un acte de charité, dirait-elle à Mehnaz plus tard. Mais ils avaient néanmoins baisé. Babo ne l'imaginait certainement pas avec Shyam Malhotra. À vrai dire, il ne voyait aucune de ses filles avec qui que ce soit. Mais s'il avait dû décrire l'homme idéal pour Bean, il aurait visé plus grand, plus fort et un peu moins intelligent.

Babo pensait toujours à la soirée. Trois familles amies devant la maison, qui mangeaient des kebabs et vidaient des gin tonics et des whisky sodas. Cyrus s'occupait du barbecue avec adresse, tandis que Mayuri et Sian ne cessaient de rapporter de la cuisine de nouveaux plateaux de brochettes de légumes et de viandes marinées. Ces dîners sur la véranda, ces discussions, Babo les connaissait par cœur. C'était leur mythologie, en quelque sorte. Ils se racontaient comment ils avaient quitté un pays du jour au lendemain pour tomber amoureux d'un autre, et leur retour tout aussi soudain. Peut-être était-il inévitable que leurs enfants s'expatrient à leur tour. Qu'ils aient besoin d'aller ailleurs pour comprendre leur vie ici.

De plus en plus souvent, au bureau, Babo laissait Prem Kumar et Chotu se chamailler, et songeait à ses débuts peu prometteurs à Londres : le chauffeur de taxi sardarji qui l'avait escroqué à peine arrivé, le malentendu avec Nat et Lila, les dames de la cafeteria qui essayaient de l'engraisser à grand renfort de sandwichs au fromage et de doubles portions de crème anglaise. Il se sentait nostalgique. Tout cela lui manquait : la nouveauté, l'anonymat, et même la solitude.

Il se demandait pourquoi Bean était soudain si pressée de les quitter. Il se doutait que c'était en partie à cause de ce sale type, ce Michael Mendoza, qu'il était interdit de mentionner dans la maison, et qui d'après Sian était parti en Australie avec sa mère divorcée. La monotonie de la vie universitaire devait également y être pour quelque chose. Quatre ans pendant lesquels Bean était allée et venue, le regard morne. Pas de petit copain ni de nouvelle amie intime, et un diplôme en littérature anglaise dont elle ne savait que faire. Il devait y avoir d'autres raisons, mais lesquelles ? Babo, le cerveau embrumé par l'alcool, n'en avait aucune idée.

Il se leva et se dirigea à pas de loup dans l'obscurité vers la porte de Bean. Autrefois, ses deux filles dormaient ici, dans leurs lits d'osier jumeaux, sous les couvertures tricotées par leur grand-mère. Puis, à l'adolescence, Mayuri avait exigé d'occuper seule la chambre d'amis et, depuis un an et demi qu'elle avait épousé Cyrus Mazda, elle revenait uniquement lorsque son mari était en déplacement. Mais ce soir, après toutes ces années, elles se retrouvaient côte à côte. Il s'attarda sur le seuil, observant leurs formes sous les draps. Il songea à cette lointaine époque où, quand Sian et lui rentraient d'une réception, ils les trouvaient assoupies par terre, leurs poupées dans les bras, entourées des reliefs d'un festin nocturne. Parfois, elles dormaient, épuisées par l'excitation, car en l'absence de leurs parents elles pouvaient veiller aussi tard qu'elles le souhaitaient. Mais le plus souvent, dès que les phares de la Fiat Filante balayaient les jalis de la fenêtre, elles s'allongeaient sur le sol et feignaient le sommeil, sachant que Babo les porterait dans leurs lits.

Il se demanda si ce soir comme par le passé, ses filles se lançaient des regards chori chori dans le noir. *Je vous vois !* avait-il envie de dire. *Ne me prenez pas pour un imbécile.*

Alors qu'il s'apprêtait à rejoindre sa femme dans leur chambre, il aperçut les valises près de la porte. À l'idée que Bean avait empaqueté avec soin toutes ses affaires les plus précieuses, il pleura encore. Dans quelques heures, Bahadur rangerait ses bagages dans le coffre, Selvi se tiendrait au portail, frappant son opulente poitrine pour manifester son chagrin, et Babo conduirait ses filles à travers les rues endormies de Madras jusqu'à l'aéroport de Meenambakkam.

Bean se retourna dans son lit quelques instants plus tard et ouvrit les yeux. Elle ne trouvait pas le sommeil. Chaque fois qu'elle fermait les paupières, des images de Shyam bombardaient ses rétines. Shyam qui lui murmurait qu'il l'avait toujours aimée. Qui lui promettait de lui écrire de Baltimore. Qu'est-ce qu'il lui avait pris d'accepter ? Une ultime tentative pour avoir la sensation d'être remplie – pour toucher quelque chose, se l'approprier ? Car rien ne parvenait à l'assouvir. Ni sa famille, ni sa vie, ni Madras qui était devenue une ville d'absences.

Elle ne connaissait pas elle-même les raisons de sa fuite. Le départ de Mayuri avait créé un vide auquel elle ne s'habituait pas. Mehnaz était à Bombay, où elle se vouait à la maternité. Ses autres amies – Parvathi, Saira et Immaculate – étaient soit mariées soit en passe de l'être. Quant aux Monosourcil, elles étaient déjà des tantes confirmées. Ce qui laissait Bean en suspens, attendant qu'on lui indique le chemin, comme d'habitude.

Puis elle en avait eu assez et elle avait décidé que si la vie ne venait pas à elle, elle y irait la chercher : elle partirait à l'aventure, à la conquête de Londres, comme Dick Whittington et son chat. Elle n'avait de la capitale anglaise qu'une connaissance fragmentaire, des souvenirs d'enfance qu'elle s'efforçait de relier entre eux : les autobus à impériale rouges dans lesquels elle montait avec ses cousins Gareth et Ed, les cônes du camion de glaces, le magasin Hamley's, où sa mère lui disait avant d'entrer : « Maintenant sois sage, ne demande rien », ce à quoi Bean répondait « Oui, oui », pour rompre aussitôt sa promesse, car jamais elle n'avait vu autant de jouets merveilleux.

Au fond, lorsqu'elle quitta Madras en août 1996, elle espérait trouver l'amour : un sentiment comparable à celui que ses parents avaient découvert à Londres. Et pendant les trois premiers mois où elle habita chez les amis de Babo, Mangala et

Bhupen Jain, dans leur modeste maison en briques de Lewisham, qui comptait trois chambres, une loggia vitrée et un jardin, elle le chercha avec zèle : l'amour, tout simplement.

Elle aurait dû s'en douter. Elle aurait dû le sentir à l'instant où elle avait vu le visage grincheux de Bhupen Jain à la porte des arrivées à Heathrow. À l'instant où, après s'être rapidement enquis de la santé et de la prospérité de chacun à Madras, il commença à se plaindre du coût exorbitant du parking de l'aéroport. À l'instant où il débita sa litanie de règles.

Si Bean avait su qu'elle devrait vivre dans une maison glacée et sans joie, où personne ne souriait et où tout était étriqué, si elle avait imaginé combien il serait difficile de trouver un emploi et d'ouvrir un compte bancaire, si elle avait soupçonné tout ce qui l'attendait au cours de ces premières semaines, comme la disparition de Nerys et Darayus Mazda, morts tous les deux dans leur sommeil à quelques jours d'intervalle. Si elle avait pu prévoir qu'à l'issue de ces trois mois, il lui faudrait encore gérer l'incident provoqué par Deenu, le fils des Jain âgé de quarante ans, elle aurait fait demi-tour sur-le-champ.

Mais il était trop tard, car ils roulaient déjà. Elle regardait par la vitre tandis que dehors chuintait une légère pluie d'été, typiquement londonienne. Elle laissait les paroles de M. Jain se déverser sur elle, avec en bruit de fond la voix de Kishore Kumar sur la station Oldies Goldies Sunshine, et M. Jain qui s'autorisait parfois à chantonner « *Yeh tere pyar ki hai jadugari*[1] » entre deux articles de son règlement.

1. « Il y a la magie de notre amour… » Chanson tirée du film indien *Silsila*, 1981.

La tante Mangala se tenait à la porte du 32 Sunnydale Road dans un sari fleuri en mousseline de soie, des lunettes Gandhi à fine monture métallique rose sur le nez. Un sourire niais sur les lèvres, elle agitait un foulard magenta à la splendeur plus que passée.

La maison ne ressemblait pas au souvenir de Bean. Elle lui parut plus exiguë, écrasée entre deux bâtisses similaires, dans une rue en arc de cercle au bout d'une voie ombragée. Elle se rappelait un palais qui fleurait bon les épices et où ils s'arrêtaient de temps en temps l'été, en rentrant de Nercwys. Après toutes ces semaines où elles avaient dû utiliser des couverts et se nourrir de *steak and kidney pies*, Mayuri et Bean étaient heureuses de déchirer leurs chapatis en petits triangles adroits et de façonner des boulettes de riz de la taille d'une balle de ping-pong qu'elles engloutissaient avidement. *Arrêtez maintenant, vous allez vous rendre malades*, finissait par les interrompre Sian. Puis au lit dans la chambre d'amis en haut de l'escalier moquetté, jusqu'à l'heure de l'avion pour Madras.

« Tu as fait bon voyage, Beena ? demanda la tante Mangala. Tu dois être affamée. Tu veux des bhajiyas garam-garam ? Des beignets piquants-piquants ? Rentre, rentre donc. La dernière fois, tu étais encore un bébé. Tu es devenue une belle jeune fille ! Rentre, rentre. »

Son mari déboutonna son manteau et le suspendit avec soin dans le placard sous l'escalier. Il avait pris un coup de vieux : le crâne chauve, le corps courbé au-dessus de la taille, l'air presque fragile. Mais Bhupen Jain était tout sauf fragile, ainsi que Bean ne tarderait pas à le découvrir.

« Tu n'as peut-être pas l'habitude, chez tes parents à Madras, répéta-t-il au cas où elle n'aurait pas entendu son discours dans la voiture, mais dans cette maison, tu es sous NO-TREU responsabilité. S'il t'arrive quoi que ce soit, c'est NO-TREU responsabilité. Alors, encore une fois : tu ne rentres pas le soir après vingt et une heures.

« Demain, nous irons t'acheter une carte de transports. Je t'accompagnerai à London Bridge en bus et en métro. On prendra le plan de la ville *A-Z* pour que tu apprennes à te repérer.

« Et attention au téléphone, Beena. Ça coûte les yeux de la tête en Angleterre. Pas plus de dix minutes quand on t'appelle, cinq quand c'est toi. Et pas d'appels internationaux s'il te plaît.

« Mais ne t'inquiète pas, nous t'achèterons une carte pour téléphoner en Inde à un bon prix. Comme ça, tu pourras parler à ton papa et ta maman, et à Mayuri. Comment va Mayuri ? Sa nouvelle vie de femme mariée lui plaît ? »

Tandis que la tante Mangala s'affairait dans la cuisine, M. Jain lui montra sa chambre au premier étage et lui expliqua le protocole concernant les ablutions matinales.

« Nous ne sommes pas aussi riches que ton père, Beena, caqueta-t-il. Nous n'avons qu'une salle de bains, avec les toilettes à part. Au réveil, Deenu va le premier, moi le deuxième, puis toi et Mangala. D'accord ?

« Après ta douche, tu prends ce linge sur le rebord de la fenêtre et tu essuies la baignoire. Tu veux que je te montre ? Et dans ta chambre, tu essuies la vitre le matin. Pourquoi ? À cause de la condensation. Le bois est mouillé, il pourrit, et ça coûte très cher de le remplacer. Je te montre. Très facile. Viens, je te montre.

« Le week-end, tu pourras m'apprendre à me servir de l'ordinateur et aider Mangala à faire le ménage. Si tu as une question, tu me demandes, d'accord ? »

Babo et Sian n'avaient mentionné aucune règle avant son départ. En fait, ils lui avaient donné un seul conseil : ne pas se laisser décourager par l'aigreur apparente de Bhupen Jain, car c'était un homme bon et généreux. Bean ne demandait qu'à les croire. Après tout, il l'hébergeait, la nourrissait, la guidait et refusait le moindre sou en échange, simplement parce qu'elle était la fille de son meilleur ami – une seconde fille pour lui. Tant que, contrairement à ses vrais enfants, elle obéissait au règlement de la maison, tout irait bien.

Dans la cuisine, Mangala jetait des morceaux de pommes de terre dans l'huile grésillante et rassemblait avec habileté le mélange croustillant sur un carré d'essuie-tout pour absorber l'excédent de graisse. M. Jain indiqua à Bean le banc au fond de la pièce et se glissa tant bien que mal à côté d'elle. Sa femme apporta les bhajiyas à table et s'assit en face d'eux. Ils garderaient les mêmes places jusqu'à la fin de son séjour.

M. Jain gobait ses beignets comme un poisson. Il les trempait dans un cercle de ketchup et les avalait tout rond, sans le moindre signe de mastication. Fuyant son regard inquisiteur, Bean faisait tourner les siens sur l'assiette devant elle.

« Tu es au régime ? demanda la tante Mangala, avec son sourire niais, avant de lui en resservir deux.

– Chouchou, intervint son mari. Ne force pas la petite si elle n'en veut pas. »

Il se tourna ensuite vers leur invitée.

« Ce n'est pas bien de gaspiller, n'est-ce pas Beena ? »

La jeune fille, sidérée d'entendre l'acariâtre M. Jain appeler sa femme « chouchou », parvint tout juste à bredouiller :

« Tout à fait, mon oncle. Celui qui ne gaspille pas ne manque de rien. C'est ce que dit toujours mon grand-père. »

Les premières semaines, elle passa toutes ses soirées à la table de la cuisine en compagnie de son hôte, à entourer les annonces d'emplois susceptibles de l'intéresser dans les journaux.

« Tu es trop exigeante, petite demoiselle, la réprimandait-il quand elle grimaçait devant les mots "secrétaire" ou "réceptionniste". Quand on débute, on ne fait pas la fine bouche. »

La journée, Mangala lui montrait le quartier.

« Là, c'est Woolworth's, et Boots – ta maman adore Boots. Et là, le supermarché Waitrose – trop cher. WHS Smith – ça devrait te plaire, à cause des livres, non ? Et le loto pour les vieilles personnes. Le centre de loisirs – c'est gratuit pour M. Jain et moi, parce qu'on a la carte troisième âge. La bibliothèque, l'agence pour l'emploi. Et Sainsbury's : c'est là qu'on fait les courses. Mets tout ce que tu veux dans le caddie, d'accord ? Ne sois pas timide. Tout va bien ? »

Bean acheta un abonnement de transport mensuel six zones. Elle prenait les bus à impériale et partait explorer les collines de la ville : Primrose, Notting, Muswell, Denmark, Parliament, Lavender, Haverstock, Herne, Forest, Tower. Elle flânait dans les librairies d'occasion du Strand, et s'arrêtait dans des pubs où elle écrivait de longues lettres à sa famille et dessinait les vieillards désœuvrés qui passaient leurs journées à boire de la bière et à regarder les matchs de football.

Jamais elle ne s'était sentie si loin de Ba et d'Anjar.

Ganga Bazaar est aux antipodes de Londres. Si je ferme les yeux pour me souvenir de ta maison, si j'essaie d'imaginer sa chaleur, c'est tout bonnement impossible. Je viendrai te voir bientôt, ne t'inquiète pas. Ne me demande pas quand. J'ai commencé à travailler, et il vaut mieux que je m'y tienne, ou on va encore m'accuser d'inconstance. Mais je ne sais pas, Ba. Je cherche toujours ma place. Tu m'as dit un jour qu'on ne pouvait commettre que deux erreurs au cours de ce voyage qu'on appelle la vie : ne pas aller jusqu'au bout, et ne pas démarrer. Alors, voilà, j'essaie de démarrer. C'est difficile, mais c'est un début.

Sa chambre dans la maison au portail orange et noir lui manquait ; sa mère, son père et Selvi lui manquaient ; mais surtout, et c'était le plus étonnant, sa sœur lui manquait. Bean n'aurait jamais imaginé que Mayuri et elle puissent devenir amies. Elle découvrait pourtant que le temps et la distance pouvaient changer les gens, et qu'en fin de compte, les liens du sang demeuraient les plus forts.

L'aînée dure et tyrannique s'était transformée en une jeune femme à la voix douce, qui n'avait pas peur d'admettre sa dépendance ni de lui avouer enfin : « Bien sûr que j'ai besoin de toi, moi aussi. » Comment était-ce possible ? Mieux encore, elle semblait avoir oublié les cruautés de l'enfance. « J'ai vraiment fait une chose pareille ? J'ai vraiment dit que si tu mettais du rouge à lèvres, ta bouche deviendrait toute noire ? J'ai vraiment dit que si tu touchais les moustaches d'un buffle, tu serais projetée vers le ciel sept fois, avant de retomber ? C'est bizarre ! Je ne me souviens de rien. »

Encore, encore, avait envie de dire Bean. Tu étais d'une méchanceté inimaginable. Mais peu importe. À présent qu'elles étaient adultes et chacune à un bout du monde, Mayuri était la seule personne qui la connaissait depuis le début, et Bean aurait souhaité pouvoir faire venir sa sœur sur-le-champ, ne serait-ce que pour aller boire un thé dans le quartier, ne serait-ce que pour s'asseoir, silencieuses, sous un ciel bleu nuit rempli d'étoiles qui se multipliaient comme des lapins, simplement pour comprendre comment elle avait franchi la distance infinie entre ici et là-bas.

Tu te rappelles nos séjours à Londres quand on était petites, May ? C'est une drôle de chose que la mémoire. Cette maison, je m'en souvenais comme d'un merveilleux refuge, un véritable havre. À présent, elle a l'air un peu délabrée. Tout a rétréci, même les Jain, toujours à se plaindre.

La tante Mangala est adorable, mais il l'a bien dressée. Il faut que je te raconte l'histoire du parapluie qu'elle m'a prêté à mon arrivée. C'est mon premier jour de travail et il pleut à seaux alors, très gentiment, elle me propose son parapluie. L'objet le plus pitoyable que tu puisses imaginer : les baleines qui partent dans tous les sens, la toile qui s'est retournée un million de fois sous la pluie. Mais il est soigneusement enveloppé dans son sac Tesco, un pépin qui doit avoir au moins quinze ans ! Finalement, je suis sortie pour en acheter deux neufs et tu aurais dû voir son visage quand je lui en ai offert un : elle avait les larmes aux yeux. Bien sûr, l'autre pisse-froid s'est senti obligé de dire : « Tu ne devrais pas gaspiller ton argent, Beena, il faut économiser, pense à ton avenir. » Tout ça pour un malheureux parapluie !

C'est un peu déprimant de devoir compter chaque sou, quand on n'a jamais réellement manqué de rien. Et la vie coûte si cher à Londres – c'est ridicule ! J'aimerais prendre un appartement mais pour l'instant, je n'en ai pas les moyens. Il faudra donc que je m'accommode des Jain – et il n'y en a pas un pour rattraper l'autre. Je t'ai parlé de Deenu, le fils ? Tu te souviens de lui ? Je suis prête à parier qu'il est homo : il adore les fringues de couturier et il a la main lourde sur l'eau de toilette. Sans compter qu'à quarante ans, il habite encore chez papa maman. En tout cas, c'est le prince, ici : il va et vient comme bon lui semble dans sa BMW. *Il gère un restaurant à Richmond. Je ne le vois presque jamais. Parfois, on se croise dans la cuisine à l'heure du petit déjeuner, et il me sort toujours la même phrase : « Ça va Beena ? Tout se passe bien ? »*

Si j'ai bien compris (car ils ne parlent pas beaucoup d'elle), leur fille Indrani est partie chercher fortune au Guatemala avec son petit copain anglais et elle n'est jamais rentrée. Maman dit qu'elle a emporté une partie du magot que M. Jain avait mis de côté pour sa retraite – donc j'imagine qu'elle s'est enfuie sans leur demander leur avis.

En tout cas, ils ont encore des portraits d'elle partout dans la maison – des photos de leurs deux enfants, le jour de la remise des diplômes – au moins quatre par pièce, au cas où on n'aurait pas saisi. Oh ! et la cheminée, il faut que je te parle de la cheminée dans la salle de séjour. Sur le manteau, il y a un énorme Taj Mahal, flanqué de la tour Eiffel d'un côté, et de la statue de la Liberté de l'autre. Trop kitsch !

Tous les salons indiens que j'ai vus en Angleterre sont pareils. Ils semblent tous dire : REGARDEZ, *regardez le chemin que nous avons parcouru depuis notre petit village paumé. Nous sommes allés à Paris, à New York, et nous sommes propriétaires d'une maison à Londres. Ne me demande pas comment je compte survivre plusieurs mois ici. J'ai toujours l'impression de marcher sur des œufs. Ils me surveillent constamment pour voir ce que j'utilise et en quelle quantité. Hier encore, je me suis réveillée tôt et je lisais au lit avec la lampe allumée. Et qui pousse la porte ? Le vieux ronchon en personne qui me sort, tiens-toi bien : « Beena, j'espère que tu n'as pas laissé la lumière toute la nuit. » Mais ce n'est pas le pire. Ils m'obligent à regarder la télé avec eux tous les soirs. Il y a un quiz –* Qui veut gagner des millions ? *– et c'est à mourir de rire, car chaque fois qu'un des concurrents décide de remettre sa cagnotte en jeu et de tenter le jackpot, l'oncle se cache derrière un* *coussin et gémit : « Chouchou, c'est un supplice ! Est-ce qu'il a donné la bonne réponse ? »*

Bean s'imaginait la joie de sa sœur lorsqu'elle trouverait l'enveloppe dans le sac de jute accroché au portail de la maison que Cyrus et elle louaient près de la plage. Une petite villa blanche avec deux chambres et un jardin où poussaient des tomates et du basilic, et où ils organisaient parfois des fêtes costumées. Elle voyait Mayuri rire à gorge déployée, puis s'asseoir à son bureau pour lui répondre.

Au début, ses lettres étaient prévisibles. Il était question de la chaleur, des difficultés qu'elle rencontrait avec les élèves de l'école Montessori où elle enseignait. Puis, lorsque la distance entre elles devint assez grande pour que s'y glisse la vérité, elle lui fit des confidences qui étonnèrent Bean.

Parfois, quand je suis couchée à côté de Cyrus, j'ai l'impression qu'il s'agit d'un inconnu. Je reconnais différentes parties de son corps : les longues jambes osseuses, les bras pâles, ce nez qu'il déteste. C'est une image familière que j'aime, mais certains jours… Comment l'expliquer ? Je me dédouble. Je regarde cet homme que j'appelle mon époux et je vois un étranger. Tu connais ça ? C'est terrifiant. Il y a des fois aussi, où quand il m'enlace, je dois me dégager pour me blottir de mon côté du lit. Simplement parce que j'ai besoin de respirer. Tout cela est très fugace, bien sûr. Au quotidien, tout roule comme une de ses voitures bien huilées, et chacun sait précisément ce qui fait plaisir ou irrite l'autre. Mais lorsque ce genre d'incident se produit, j'éprouve une tristesse infinie. Avant, je croyais au destin, mais je n'ai plus vraiment de certitude. Désormais, je ne crois plus qu'en ce qu'on crée.

Il m'arrive de penser aux parents, aux samedis après-midi où ils s'enfermaient dans leur chambre. Je me souviens qu'on se plantait devant la porte et qu'on hurlait. Papa ouvrait, débraillé, et nous ordonnait de jouer toutes seules, parce que c'était leurs temps « à eux ». Je me demande s'ils ont connu des moments de doute. Sûrement, et je n'en reviens pas qu'ils se soient débrouillés pour qu'on ne les sente jamais. Mais toi ? Dis-moi, as-tu rencontré des hommes intéressants ? Il doit y en avoir plein, à Londres.

Oh ! les hommes, ce n'était pas ce qui manquait. Des hommes et encore des hommes. Partout où Bean tournait le regard. Lorsqu'elle les voyait partir au travail, habillés en corbeau, costume sombre et attaché-case à la main, elle se demandait si elle pourrait faire sa vie avec l'un d'eux. Celui qui lit son journal avec ferveur – un type séduisant à l'air droit, qui trompe peut-être son épouse au bureau avec une petite jeune au brushing impeccable, perchée sur des talons aiguilles ? Et cet inconnu adossé au pilier, occupé à regarder avidement les photographies qu'il vient de récupérer à Snappy Snaps ? S'il n'avait pas serré aussi fort sa sacoche en cuir sous son bras, s'il n'avait pas eu les doigts aussi épais, Bean se serait approchée pour lui dire : « Descendons à l'arrêt suivant et promenons-nous dans les rues. Bâtissons une maison et entamons une vie ensemble. »

Elle s'imaginait avec un homme en chemise bleue et pantalon repassé, qui viendrait la retrouver en courant à la fin de la journée. Il la serrerait dans ses bras et l'emmènerait dans un endroit qui serait chez eux. Elle attendait qu'il ouvre la porte et entre dans sa vie, mais pour l'instant personne ne s'était présenté. Pas encore.

Une fois par mois, elle allait chez Huw et Carole à Brighton et autorisait Gareth et Ed à exhiber en ville leur exotique cousine indienne. Ou elle prenait le train pour Nercwys et dormait chez l'oncle Owen, qui souffrait d'une arthrose très douloureuse, mais passait néanmoins ses journées dans le jardin à regarder ses arbres pousser.

Là-bas, la tante Eleri insistait pour lui parler de sa maman qui, du temps de sa jeunesse aventureuse, s'était lancée à la conquête de Londres, puis à la conquête de l'Inde.

« Tu la reconnais, ma chérie ? C'est elle avant son départ », fit Eleri en lui montrant sa photo préférée de Sian.

Debout devant le portail du 10 Tan-y-Rhos, elle contemplait les champs, les cheveux si longs, si beaux, que Bean avait envie de crier : « Maman, maman, pourquoi les as-tu coupés ? »

« Ta mère n'est pas comme tout le monde, crois-moi. Nous autres, nous vieillissons à vue d'œil, mais elle, elle est toujours la même. Elle n'a pas changé d'un iota. »

La jeune femme se plongea dans l'album soigné de sa tante. Elle cherchait des souvenirs de ses étés de temps en temps. Il y en avait tellement qu'elle aurait été incapable de les replacer dans l'ordre chronologique. Elle trouva des photographies de leur premier voyage, où ils se tenaient en rang d'oignons devant la porte : Babo, Sian, Mayuri, Nain, tante El et Taid, qui portait Bean encore bébé dans ses bras. De vieux clichés en noir et blanc de Bryn et Nerys : elle, ses boucles si serrées qu'elles remontaient sous son chapeau comme des ressorts, lui, le portrait craché de sa fille, avec ce même regard attentif et sérieux, mais en costume masculin. Il y avait Huw et Owen du temps où ils avaient tous leurs cheveux, hilares comme si l'un d'eux venait de raconter une blague. Et un nombre incalculable de photos de Bean et Mayuri, en blouse et en robe, à bicyclette, sur des ballons sauteurs ou sur les épaules de leurs oncles, en maillot de bain au Sun Centre de Rhyl, à dos de poney sur la plage de Kinmel Bay. Tant et tant qu'elle était surprise, car elle ne se rappelait pas avoir été une petite chose si précieuse.

Assise sur la tombe de ses grands-parents, elle s'interrogeait. Qu'est-ce qui, en eux et dans le village tout entier, faisait vraiment partie d'elle-même ? Si elle comprenait cela, peut-être saurait-elle alors comment elle s'inscrivait dans cet environnement : parmi la brume et la pluie, ces maisons et ces voitures, ces gens qui promenaient leur chien, menaient leur vie.

Et la mienne, et ma vie ? avait-elle envie de demander. *Où est-elle dans tout ça ? Est-ce vraiment ma vie, ou le prélude de quelque chose qui ne commencera qu'à mon retour ? Mais retourner où ? Pourquoi ai-je toujours l'impression d'être en visite, où que j'aille ?* Pourquoi ? Pourquoi ? Parce que les chiens aboient. *C'est ce que tu as éprouvé à ton arrivée en Inde, maman ? Serait-ce possible que tu le ressentes encore aujourd'hui ?* Un pied dedans, un pied dehors.

24

Un grand péché peut entrer par la petite porte

Un mois à peine après son arrivée, Bean s'inscrivit dans une agence intérimaire appelée Working Angels, où le nombre de mots qu'elle tapait à la minute et sa maîtrise d'Excel firent une telle impression qu'on l'envoya illico dans des sociétés financières et des organes médiatiques aux quatre coins de la ville, pour accomplir des tâches hautement qualifiées comme remplir des enveloppes, expédier des dossiers de presse et mettre à jour des bases de données. Personne ne prenait la peine de retenir son nom car elle n'était là que pour quelques jours, une semaine au maximum : le temps de découvrir où se trouvaient les feutres de couleur et qui appeler au service technique en cas de problème, il était déjà l'heure de dire adieu avant de s'engouffrer dans la porte-tambour.

Tandis que dehors la température chutait, Bean apprit à se repérer dans le métro. Le réseau complexe, qui au départ lui rappelait ces coloriages pour enfants où l'on doit relier les points entre eux pour qu'un dessin apparaisse, ne lui semblait plus aussi embrouillé. Dans ses rêves, il se présentait désormais sous la forme d'un ver géant qui creusait sous la surface et avalait des gens ici pour les recracher là. Longtemps, elle circula sous terre comme une esclave, sans aucune idée de ce qui se passait au-dessus. Il lui fallut un certain temps pour s'apercevoir qu'il était parfois plus rapide de sortir et de marcher : de Green Park à Piccadilly Circus, ou de Holborn à Chancery Lane.

Bean aimait les trains et les voyageurs. Toutes ces possibilités dissimulées derrière chaque vie ! Toutes ces occasions qui se dissipaient dans l'air ! Elle était fascinée par le sens des convenances qui prévalait dans les wagons : aucune comparaison avec l'Inde où régnaient le chaos et le bruit. Ici, personne ne se plaignait quand le métro s'immobilisait cinq minutes entre deux stations. Au pire, quelques sourcils se haussaient, on levait les yeux un instant des colonnes du journal. En dehors de cela, les gens semblaient indifférents, de petites îles coupées du reste du monde. De temps en temps, néanmoins, il y avait des ratés : un pauvre idiot qui se précipitait sur les portes à l'instant où elles se refermaient, comme si les deux minutes qui le séparaient du train suivant allaient changer sa vie. Une autre fois, à Baker Street, un homme tenta de se tuer en sautant sur la voie – l'incident secoua tellement Bean qu'elle cessa de jouer des coudes à travers la foule pour passer la première, en dépit de ses instincts indiens. Désormais, elle se plaçait bien en retrait de la ligne et attendait sans impatience que la rame soit arrêtée.

Fin septembre, on l'envoya chez Stonewell's, une petite maison d'édition d'Islington qui publiait des guides sur les bed & breakfast de Grande-Bretagne et d'Irlande. Sa mission consistait à appeler tous les propriétaires pour leur demander s'ils possédaient toujours la même accréditation, s'ils souhaitaient ajouter de nouvelles informations concernant leur établissement et combien de leurs clients, au cours de l'année écoulée, affirmaient avoir utilisé ce guide Stonewell's pour faire leur choix. C'était un travail ennuyeux, mais stable.

Le directeur, Al Stonewell, était un homme affable à l'allure négligée, qui arrivait tous les jours en trombe et en retard avec son carlin Lizzie. Il disparaissait alors derrière la montagne de papiers qui recouvrait son bureau et n'en émergeait que dans l'après-midi pour préparer du thé à son équipe – un geste qu'il ne manquait pas de mentionner en passant au pub afin de prouver qu'il était un patron aux principes égalitaires.

Stonewell's n'employait que deux autres personnes : Tom McDonald et Allegra Edwards. Tom, le responsable éditorial, était un jeune homme qui sortait d'Oxford et portait invariablement une chemise et un pull en V. Si on parvenait à orienter la conversation sur la musique classique ou le tennis, son visage perdait soudain son expression constipée et il débordait d'un enthousiasme inattendu. La plupart du temps, cependant, il restait assis dans son coin à pianoter sur son clavier, sans chaleur ni entrain.

Si Allegra était conceptrice de sites Internet de profession, elle était portraitiste (d'un talent inégal, il faut le reconnaître) par goût. C'était une de ces femmes vigoureuses et voluptueuses qui auraient sans doute attiré Bean si elle avait été un homme. Elle était grande, d'une beauté à la Meryl Streep, ne prenait rien au sérieux et pratiquait l'autodérision, cette excellente qualité anglaise, avec un tel brio que Bean se retrouvait souvent à glousser derrière son bureau, les jambes serrées, se souvenant de cette lointaine époque à Sylvan Lodge où Mayuri et elle, secouées par une crise de fou rire, devaient courir au rez-de-chaussée pour faire pipi « moitié-moitié » sur le pot.

Au bout d'un mois chez Stonewell's, Al la convoqua. Working Angels lui demandait dix livres l'heure, mais n'en reversait que huit à Bean. Il lui proposait donc de court-circuiter l'agence intérimaire et de la payer neuf livres.

La jeune femme avait désormais ses habitudes. Elle descendait à la station Angel tous les matins. Elle passait devant le salon de coiffure d'Abel, qui chaque semaine l'invitait à l'accompagner à Paris le week-end suivant. Puis il y avait Serguei, qui flirtait outrageusement en lui préparant son sandwich de midi – baguette, thon et maïs. Et enfin la porte vitrée des deux architectes, dont elle voyait le cabinet depuis son bureau si elle s'inclinait vers la gauche.

Bean pouvait rester penchée à gauche pendant des heures pour espionner l'architecte espagnol aux cheveux aile de corbeau et aux yeux d'un vert mat. Elle savait combien de tasses de café il avait bues dans la journée, qu'il se curait les ongles quand il était au téléphone, comment il glissait son corps compact dans sa Vauxhall dorée et comment il en sortait. Elle savait aussi qu'en fin d'après-midi, si elle longeait l'agence lentement et ostensiblement, sans le quitter des yeux à travers la vitre, il la verrait et lui rendrait son sourire.

Allegra et Bean faisaient des paris à son sujet : parviendraient-elles à obtenir de lui un signe de la main ? Avait-il une femme dans sa vie ? Aimait-il seulement les femmes ? Quelle taille faisaient au juste ses vigoureux mollets sous son jean ? Elles avaient même dressé une liste en perpétuelle évolution de prénoms possibles, sur le bloc-notes à idées de la maison d'édition : Raphael, Francis, Enrique, Fernando, Juan, Gabriel, Jorge…

Bean finit par avoir le sentiment que cette existence était la sienne depuis toujours. Elle déposait les chèques de sa paie hebdomadaire sur son tout premier compte en banque. Après le travail, elle allait boire un verre en compagnie de ses collègues à la Fitzroy Tavern, nourrissant l'espoir secret d'y croiser l'architecte espagnol. Mais elle le ratait toujours car elle devait se dépêcher de rentrer à Lewisham, où M. Jain trépignait devant la porte dès qu'il était un peu plus de vingt et une heures TA-PAN-TES, l'heure du couvre-feu : « C'est l'Angleterre, petite demoiselle, L'ANGLETERRE. »

Bean mena cette vie pendant trois mois, jusqu'à l'incident avec Deenu. Alors, elle fit ses valises et se réfugia à South Kensington, le quartier chic pour jeunes Européens décadents, chez Allegra qui lui proposait sa chambre d'amis contre un loyer mensuel de quatre cents livres si elle acceptait de poser nue pour elle une fois par semaine – une affaire qui ne se refusait pas. Elle tourna ainsi le dos à l'enfance. Elle jeta ses peurs de petite fille par-dessus les moulins, et fut gagnée par une boulimie amoureuse. Un spécialiste de l'aérospatiale russe, un danseur brésilien, un musicien grec, un acteur anglais, un banquier d'investissement nigérian, un varappeur canadien et, enfin, l'architecte espagnol. Bean, qui pour la première fois de sa vie possédait son propre jeu de clés, pouvait aller et venir à sa guise.

L'incident avec Deenu survint en novembre 1996. L'équipe de Stonewell's avait débuté tôt au pub, car Tom retournait à Oxford pour travailler au NHS[1] et il était prévu que Bean reçoive une formation afin de le remplacer. L'atmosphère était à la fête.

« Tu l'emmerdes, ce vieux con, décréta Allegra lorsqu'elle se leva à vingt heures. Tu l'emmerdes, tu l'emmerdes ! Rentre donc quand ça te chante. Qu'est-ce qu'il fera, de toute manière ? Tom, brailla-t-elle, apporte un autre verre de Chardonnay à notre nouvelle directrice éditoriale ! »

Échauffée par la perspective d'une révolte, Bean vida un troisième verre de vin, puis un quatrième, se répétant que, compte tenu de sa promotion, M. Jain n'aurait qu'à faire une exception.

1. National Health Service : système de santé public anglais.

Pour la première fois, elle attendit la fermeture et tituba jusqu'au métro avec les autres. L'architecte espagnol ne s'était pas montré. Son partenaire anglais George, en revanche, nettement moins séduisant, était passé.

« Je savais qu'il ne viendrait pas, bafouilla Allegra. C'est pas son truc – il est trop vieux pour ça et il a sans doute une gentille petite Espagnole qui l'attend à la maison. »

Bean découvrait le visage nocturne de la ville : passé une certaine heure, les gens n'étaient plus si soucieux des convenances. Un peu d'alcool et soudain, les Anglais s'enhardissaient et se sentaient libérés.

Le temps d'arriver au bout de Sunnydale Road, il était plus de minuit car, lorsque M. Jain ouvrit la porte, il regarda sa montre, la laissant geler dehors quelques instants de plus, et il déclara :

« Trois heures et dix minutes de retard. »

Son visage rigide avait un air d'outil de jardin : corrodé et cruel.

Bean descendit la fermeture Éclair de ses bottes dans le couloir sombre, mais garda ses chaussettes. Elle suspendit son manteau dans le placard du vestibule et alluma une seule lampe dans la cuisine où l'attendait son assiette, petite lune solitaire sur la table. Elle mangea sans joie son plat froid, lava et rinça son couvert, mit la vaisselle dans l'égouttoir. Elle monta et chercha à tâtons la salle de bains où elle se débarbouilla à l'eau glacée, puis se brossa les dents avant d'essuyer le lavabo. Elle se rendit ensuite aux toilettes, tira un coup bref sur la chasse et attendit que le glougloutement se taise pour ouvrir la porte. Toujours dans le noir, elle rejoignit sa chambre, enfila son pyjama, un pull, de nouvelles chaussettes et se coucha. Elle s'endormit, comme d'habitude, avec difficulté et appréhension.

Peu après, il y eut des bruits de chasse d'eau et des pas. Cette maison était froide et indiscrète. Frissonnant sous ses draps, elle entendait les Jain dans la pièce voisine – une symphonie de pets et de ronflements. Plus tard, beaucoup plus tard, la porte s'ouvrit en frottant sur la moquette. Ah, pensa-t-elle. Quelqu'un vient réparer le chauffage. Enfin. Mais l'homme n'était pas là pour le radiateur. Non. Il se glissa dans son lit et entreprit de caresser les cheveux de Bean. Elle ne comprenait pas. Pourquoi Deenu la berçait-il comme si elle était une enfant ?

T'ai-je demandé quoi que ce soit ? Ai-je appelé ton nom ?

Elle était réveillée à présent et le regardait avec des yeux de charbon. Il sentait l'after-shave, le dentifrice et l'alcool.

« Ça va ? fit-il.

– Oui, oui », répondit-elle, machinalement.

Il toucha sa joue, puis avec douceur, encore :

« Est-ce que ça va ? »

Rien. Elle était incapable de prononcer un mot.

« Tu es merveilleuse, tu sais. Merveilleuse. »

Rien.

Deenu tourna son corps vers elle ; elle le sentit se durcir contre sa cuisse. Elle crut qu'elle allait étouffer, elle avait envie de crier, de faire quelque chose – mais il y avait un oiseau prisonnier dans sa gorge, qui disait non, non, non. Deenu, lui aussi, avait dû entendre l'oiseau, car il la regarda d'un air dérouté.

« Tu veux que je parte ?

– Oui, parvint-elle seulement à murmurer.

– Pardon, bredouilla-t-il. Pardon. »

Il se leva. Quand il se tourna, sa calvitie naissante luisit au clair de lune, sous ses cheveux clairsemés. La porte racla et se referma. Il y eut un autre frottement lorsqu'il entra dans sa chambre. Bean entendit ses chaussettes de marque froufrouter contre le sol. Puis les bruits se turent.

« Je te promets, c'est arrivé comme ça, sans crier gare ! »

Dans la cabine téléphonique, près du centre de loisirs de Lewisham, Bean s'efforçait d'expliquer à Sian ce qui était arrivé. Elle tâchait de la convaincre qu'elle n'avait rien fait pour encourager Deenu. RIEN. Leur relation avait toujours été superficielle. Tout va bien ? Comment ça se passe ? Tu as besoin d'un coup de main pour ton CV ? Point final. Deenu avait tout au plus l'air de s'excuser pour ses parents : parce que sa mère rangeait soigneusement les sacs en plastique et comptait les légumes dans le réfrigérateur, et que son père bricolait dans le jardin comme un vieux coucou déréglé, dans son pull élimé et son pantalon des années soixante-dix.

Deenu, qui n'avait pas de couvre-feu et pour qui le règlement paternel n'existait pas, sous prétexte qu'il remboursait l'emprunt de la maison et fournissait à ses parents deux billets annuels pour Baroda – en basse saison. Deenu, le fils modèle, par comparaison à leur déserteuse de fille.

« Chut, chut, fit Sian. Ma chérie, écoute, on a de très mauvaises nouvelles. »

Mais Bean n'écoutait pas. Elle voulait parler à Babo. *Qu'est-ce que tu vas faire, papa ? Dis-moi ce que tu vas faire.*

« Ma puce, fais un effort, répéta Sian. S'il te plaît. Chotu kaka est très malade. Il a commencé à avoir des problèmes pour avaler il y a quelques mois. Les médecins lui ont prescrit un tas d'examens, et puis… c'est très grave, Bean. Cancer de l'œsophage. C'est sa seconde chimiothérapie, mais le cancer s'est déjà généralisé.

« … Bean ?

« Bean ? »

Encore l'oiseau, coincé dans sa gorge.

« Pourquoi est-ce que vous ne m'avez pas prévenue avant ? murmura-t-elle.

– On voulait te le dire, je te promets, mais tout a été si soudain, et tu essayais de t'acclimater à Londres. C'est un vrai cauchemar. Papa vit pour ainsi dire à l'hôpital. Les pronostics ne sont pas bons. Six mois. Le médecin lui donne six mois. S'il a de la chance.

– Passe-moi papa. Est-ce que je peux simplement parler à papa ? »

Pauvre Babo, entre un frère mourant, et sa fille qui lui annonçait que le fils de son plus vieil ami l'avait tripotée. Qu'avait-il à offrir ? *Deenu est peut-être réellement somnambule, comme il l'a dit ? Et s'il s'agissait d'un terrible malentendu ? Qu'est-ce que Bean en pensait ? Elle ne savait pas ?*

Que pouvait-il lui proposer ? *Rentrer à la maison ? Retourner là-bas ? Aller chez l'oncle Huw ? Chez l'oncle Owen ?*

Ah non, fini, les oncles. Elle était catégorique.

Que vas-tu faire, alors, Bean ? Dis-moi ce que tu veux.

Elle ferait ses bagages et rentrerait à Madras par le prochain vol.

25

Où il y a des tombeaux, il y a résurrection

Chotu mit six mois à mourir, pendant lesquels il ne voulut nul autre que son frère Babo à ses côtés.

« Bhai, disait-il, ne me laisse pas. Quand reviens-tu ? Pourquoi tu ne restes pas ? »

À force de faire des allées et venues entre l'hôpital et Sylvan Lodge, Babo ne savait plus s'il partait ou s'il arrivait. Il vivait au rythme des pauses chai et des séances de radiothérapie. Il se remit à fumer : une rechute brève, mais intense. C'était son seul répit, pour oublier les soins et les salles d'attente oppressantes.

Chaque matin, les proches faisaient un détour par le temple situé au rez-de-chaussée de l'hôpital Apollo Cancer où ils priaient pour un miracle, puis ils passaient au comptoir pharmaceutique pour acheter une promesse de miracle, avant de parler aux médecins qui leur rappelaient qu'il s'agissait d'un cancer en phase terminale : mieux valait ne pas nourrir de faux espoirs et se préparer à l'inévitable.

Mourir est une affaire bien procédurière, songea Babo en fumant ses Gold Flake à la chaîne. Quoi qu'il arrive, il fallait remplir des papiers, régler les factures, écrire la notice nécrologique pour le journal, s'occuper du certificat de décès. Et malgré ces tâches qui déshumanisaient la mort, il devait encore trouver le moyen d'éprouver du chagrin. Babo les observait, les vivants et les agonisants – des hommes et des femmes qui avaient aimé, qui à une période de leur vie s'étaient crus invincibles. La nuit, lorsqu'il était allongé auprès de son frère malade, il songeait aux corps ravagés, une avalanche terrifiante de corps ravagés.

« Que penses-tu du docteur Rangaraj ? demandait Chotu. Tu crois qu'on peut s'en remettre à son diagnostic ou est-ce qu'il faudrait essayer autre chose ? »

Il ne se laissait pas décourager. Chaque soir, lorsqu'on apportait les comptes rendus et les résultats de ses examens quotidiens, il s'en emparait et les caressait. Pour lui, c'était une série de plans à déchiffrer. Il étalait sur le lit les graphiques colorés et les radios afin de les étudier. Comme si la vie était aussi simple que cela. Comme s'il n'y avait qu'à regarder les cartes qu'il avait en main et à choisir : laquelle devrais-je jouer ?

Désormais, il n'était plus question de Rinky Damani, ni du passé.

« Quand je sortirai d'ici, Bhai, je vais voyager. Voir le monde. J'aurais dû le faire depuis longtemps.

– Oh, tu auras tout le temps que tu veux, champion, répondait gaiement Babo. Tout le temps du monde. »

Quand Dolly et Meenal venaient le remplacer l'après-midi, il rentrait se doucher et se changer. Il s'allongeait avec Sian sur leur grand lit du Cachemire et *sha-bing, sha-bang*. Après avoir fait l'amour, il avait envie de parler de son enfance. Il voulait mettre des mots sur les événements. Les isoler et les nommer, sans quoi, il craignait qu'ils ne disparaissent avec Chotu.

Alors Sian écoutait comment Babo avait été puni la fois où il avait pris son petit frère de deux ans sur ses épaules et l'avait emmené à Marina Beach pour voir les pêcheurs sortir leurs catamarans. Babo lui racontait qu'ils jouaient au cricket autour de Sylvan Lodge et que, quand ils étaient assez nombreux, ils occupaient le terrain de Barnabas Road où ils trouvaient un tracé et des piquets réglementaires. Avant l'Angleterre, soupirait Babo car, à tort ou à raison, tout le monde s'entendait pour considérer cet épisode comme un tournant dans l'histoire familiale. Avant l'Angleterre, il emmenait Chotu jouer contre les garçons d'Akash Ganga Colony et ils leur mettaient une raclée, même si son frère n'était qu'un moustique aux jambes grêles.

« Tu te souviens de la fois où on est allés à Bombay, Charlie ? On a croisé Lance Gibbs, la star du cricket, dans le hall du Taj et Chotu lui a demandé un autographe. Et après, tu te rappelles ce qu'on a vu ? Ce type qui s'est envolé des Express Towers avec une aile Rogallo ? J'ai dit à mon frère : “Un homme qui plane dans le ciel, ça donne envie de croire en quelque chose.” Et tu sais ce qu'il m'a répondu ? “Bien sûr, Bhai, pourquoi ne devrait-on pas croire en quelque chose ?” »

Mais Babo n'était plus sûr de rien. En quoi pouvait-on croire, quand on perdait tous les êtres que l'on aimait les uns après les autres : Bryn, Trishala, Nerys, Darayus, et maintenant Chotu. Le chagrin traitait cruellement ses yeux et ses joues, tirait sur les coins de sa bouche, lui volait des années d'un coup.

Il produisait le même effet sur Prem Kumar qui restait assis dans le salon, lunettes à double foyer sur le nez, soudé à son fauteuil marron déglingué. Depuis que les activités de Sanbo Enterprises avaient été suspendues, il consacrait ses journées aux membres déprimés de la famille, qui défilaient à Sylvan Lodge comme une procession de parasites. Il refusait de se rendre à l'hôpital.

« J'attendrai que mon fils rentre à la maison », insistait-il.

Babo l'avertit qu'il risquait de ne jamais se rétablir assez pour cela, mais il demeura intraitable. N'avait-il pas connu le même cauchemar pendant l'agonie de Trishala ? N'avait-il pas erré dans les couloirs de l'hôpital et subi les mensonges des médecins ? Devait-il réellement revivre cette épreuve avec Chotu ?

Non. Trishala avait beau hanter ses nuits insomniaques, rugir comme un typhon, lui reprocher ses peurs, sa mère lui téléphoner d'Anjar pour lui répéter qu'il ne mourrait jamais en paix, n'atteindrait jamais le siddhashila – le lieu où les êtres libérés de la condition humaine pouvaient renouer avec leur véritable nature – s'il ne passait pas au moins une dernière soirée au chevet de son fils, c'était au-dessus de ses forces.

Le matin, après que son infirmière Sonam lui avait apporté le bâtonnet de margousier qu'il utilisait comme brosse à dents, il se sentait prêt à surprendre Babo à l'hôpital. « Mon garçon, rentre chez toi, mange, rase-toi, repose-toi, débarrasse-toi de cette horrible odeur », lui disait-il en imagination. Puis il pensait à Chotu adossé à un oreiller rigide, émacié, comme si son corps s'était dégonflé. Alors, il se rendait compte qu'il en était incapable.

Babo lui avait confié que les reins menaçaient de lâcher, mais que Chotu refusait le bassin de lit. Saurait-il aider son fils, un homme adulte, à aller aux toilettes ? Les genoux de Prem Kumar tremblaient violemment à cette idée. Que lui dirait-il, de toute manière ? À ce garçon plus buté, plus moralisateur que Babo ? Ce Chotu qui lui ressemblait plus que l'un et l'autre n'étaient prêts à l'admettre ? Et que feraient-ils, quand tout serait fini ? Ce long cauchemar qui avait commencé avec les seins de Trishala et avait élu domicile dans les parois usées de l'œsophage de leur dernier-né ?

Non. Il était plus facile de rester assis dans son fauteuil, les jambes croisées, de traîner à la maison en maillot de corps et dhoti élimés, sa boîte à bétel à portée de main. Babo viendrait lui présenter ses rapports, lui répéter chaque mot prononcé par les médecins. Et le soir, lorsque la conversation deviendrait trop larmoyante, quand Dolly et Meenal sangloteraient à n'en plus finir, envoyant leur frère dans la tombe avant l'heure, Prem Kumar continuerait de tout ramener à sa mauvaise santé et à ses problèmes d'un ton bourru, de disserter sur l'infection urinaire et les insomnies qui gâchaient son quotidien.

En novembre, Ba vint passer quelque temps à Madras. La famille avait plus que jamais besoin d'être réunie. La mousson détrempait les routes poreuses à force de pluies – qui semblaient boire les idées comme le reste.

Dolly et Meenal avaient laissé, l'une son marchand de diamants, et l'autre son courtier maritime, pour réintégrer leur ancienne chambre au rez-de-chaussée. On avait donné à Ba une pièce contiguë à celle de Prem Kumar. Sian et Babo verrouillèrent le portail orange et noir et vinrent s'installer dans le domaine de Chotu à demi rénové, au premier étage. La chambre où ils avaient passé leurs deux années de mise à l'épreuve, au début.

Sian retrouvait des réflexes oubliés. Savoir quand il fallait se taire et quand il convenait de parler. Elle était de nouveau la jeune mariée en sari, qui écossait des pois sur le sol de la cuisine et cherchait à s'isoler dans cette maison où personne ne respectait les portes fermées. Il y avait toujours quelqu'un pour débarquer et lui lancer : « Viens jouer aux cartes, Bhabi, viens, il faut faire quelque chose. » Ou : « Bhabi, on va trier les coffrets à bijoux de maman avec Meenal. Il y a trop de cochonneries là-dedans ! »

Quand il rentrait, Babo ne sentait plus les Gold Flake ou le mimosa, mais le formol : une odeur propre, une odeur de mort.

Parfois, au milieu de la journée, elle paniquait, car elle ne se souvenait plus à quoi Chotu ressemblait à son arrivée en Inde. Il n'avait plus rien du garçon de douze ans timide et maladroit qu'elle avait connu. C'était un étranger sous des draps : deux traits fins pour les jambes, un visage morne, sans étincelle.

Souvent, Ba trouvait Sian blottie dans un coin de la maison.

« C'est une chose terrible, terrible et inutile, lui déclara un jour la vieille dame. Tout ce cirque à l'hôpital. Dis à Babo de le ramener. Chotu devrait mourir chez lui. »

Depuis des semaines, Sian harcelait Babo pour qu'il téléphone à Bean. *Elle a le droit de savoir. Maintenant. Avant qu'il ne soit trop tard.* Mais il ne l'avait pas fait. Prononcer certaines paroles à voix haute détruirait le dernier espoir que tout pouvait encore s'arranger.

La brutalité du quotidien se rappelait sans cesse à eux. Il y avait toujours des vêtements à laver, des repas à préparer. Parfois, la vie ressemblait aux longues vacances familiales étouffantes d'antan – Dolly et Meenal parlaient de faire venir une esthéticienne de Cuts and Curls pour un soin des pieds, ou d'aller acheter des saris – car il fallait tromper l'ennui, les heures d'attente interminables. Seul manquait Chotu, en déplacement, à la piscine avec Bean, ou parti faire son « voyage de remplacement » en Europe. Il serait bientôt rentré, personne n'en doutait.

Puis un sentiment de culpabilité s'abattait sur eux. Cela se produisait en général à table, après le déjeuner. L'une des sœurs craquait soudain et déversait ses souvenirs, jusqu'à ce que Ba repousse son assiette :

« Ce n'est pas comme ça, ce n'est pas possible. »

En fin d'après-midi, les vieux partenaires de cartes de Prem Kumar s'avachissaient dans les canapés marron défoncés. Ils sirotaient bruyamment leur chai dans une soucoupe, à la mode traditionnelle, parlaient affaires et politiques – mais de la mort, jamais. Mayuri arrivait plus tard, après sa journée de travail à l'école Abacus Montessori, pour tenir compagnie à Sian. La mère et la fille s'asseyaient sur le lit de Chotu et brodaient au point de croix des motifs qu'on n'encadrerait pas, et qui finiraient oubliés au fond d'un tiroir. C'était une façon de passer le temps et cela leur évitait de parler. Cyrus venait chercher Mayuri en sortant du garage, ses doigts et son long visage avenant maculés d'huile de moteur.

« Vous avez besoin de quelque chose, tante Sian ? Mayuri peut rester dormir si vous voulez. Je vous assure, ce n'est pas un problème. Dites-nous, comment pouvons-nous vous aider ? »

Mais Sian ne voulait rien savoir. Ils avaient mieux à faire à leur âge. Ils avaient déjà dû s'occuper de Darayus. Darayus qu'il avait fallu baigner, envelopper de blanc et expédier à Bombay dans une boîte réfrigérée pour que l'on porte son corps aux tours du silence.

« Rentre à la maison, Cyrus, rentrez tous les deux. »

Sian pensait à ses parents, enterrés ensemble au cimetière de Nercwys, unis dans la mort : un tas d'os où les pâquerettes plongeaient leurs racines. *Tout doit-il finir ainsi ?* se demandait-elle. Mais Babo et elle ? Comment pourraient-ils rester unis si elle était inhumée et lui brûlé ?

« Je veux être incinérée », déclara-t-elle à son mari alors que la fin de Chotu approchait. Car elle savait que rien ne survivait à ce monde. N'en avaient-ils pas déjà fait l'expérience ? Leurs deux filles n'avaient-elles pas disparu – zoum, le long de la rampe d'escalier de Sylvan Lodge, par le portail orange et noir, et adieu ?

Babo lui dit, comme autrefois dans la chambre aux murs bleus de Finchley Road, qu'il ne croyait ni à la rédemption ni à la culpabilité. Adolescent, dans un accès de colère, il avait lancé à Trishala que la réincarnation était l'échappatoire suprême. Il ne pouvait pas y avoir quoi que ce soit après la mort. *L'homme naît et meurt seul.* Mais il portait en lui un nouvel espoir depuis quelque temps : au moment de l'ultime dissolution sur le bûcher funéraire, il restait *quelque chose.* Lui, le libre-penseur, commençait à croire au phénix, à la résurrection et aux cendres.

Sian le trouva sous l'escalier de Sylvan Lodge avec les chaussures de Chotu qu'il serrait contre sa poitrine, s'émerveillant de leur taille.

« Comment est-il devenu plus grand que moi ? Bien plus grand ? Et quand ? Comment peut-on porter des chaussures aussi grandes et se ratatiner ainsi ? »

Lorsque Chotu s'éteignit, ils l'étendirent sur le sol de la salle à manger et saupoudrèrent du curcuma tout autour pour éloigner les fourmis. Le prêtre prépara le corps. Il créa un passage pour les éléments impurs afin de libérer l'âme, qui pourrait ainsi s'échapper par le haut du crâne.

Bean était présente. Elle vit Prem Kumar s'approcher d'un pas chancelant pour placer l'ultime collier de fleurs sur le squelette décharné. Elle vit Ba verser du miel sur les pieds du mort. Lorsque les hommes l'emportèrent, elle s'effondra contre le mur vert pistache de Sylvan Lodge avec Mayuri, Sian, ses tantes et les Monosourcil. Après les funérailles, elle regarda Babo entrer dans la mer jusqu'aux genoux pour disperser les restes de Chotu : les guirlandes, l'encens, les cendres, le cancer brûlé, les reins brûlés, l'entêtement brûlé. Son père, la tête entre les mains, contemplait le littoral sale d'une ville qu'il avait aimée, conscient qu'il l'avait perdue, comme son frère. Et il pleurait, parce qu'il fallait que cela arrive un jour de pluie.

Bean observa ses tantes Meenal et Dolly, des femmes qui avaient été des fillettes à la taille souple mais qui s'étaient élargies, dilatées comme des planètes entourées de plusieurs anneaux. Elles demandèrent à leurs nièces de lever les yeux. Elles leur donnèrent des chapelets et leur conseillèrent de prier pour Chotu, car si son âme restait prisonnière de la maison, si elle était encore malheureuse, des événements terribles risquaient de se produire. Selon elles, c'était seulement après la mort que l'on pouvait revenir sur ce qui nous avait causé douleur et plaisir au cours de notre vie, qu'on pouvait échapper à la multiplicité de la souffrance. Il fallait tout laisser derrière soi pour se diriger vers la pureté, et elles devaient aider leur oncle, elles devaient compter les prières sur leurs doigts pour que son âme sache où aller et que le voyage se déroule sans encombre.

Bean et Mayuri s'assirent donc sur la terrasse de briques rouges, chapelet à la main. À présent qu'elles étaient assez proches pour se toucher, elles étaient incapables de parler. Ni des lettres ni des peurs. Elles ne pouvaient même pas évoquer Chotu, qu'elles avaient vu disparaître jusqu'à ce qu'il n'en reste plus rien.

De retour dans la maison au portail orange et noir, Babo serra le corps dur et tendre de Sian. Ses filles dormaient dans la chambre voisine. Pendant quelque temps, il eut de nouveau toutes ses femmes sous son toit. Le matin, après le petit déjeuner, il allait au bord du bassin à poissons récemment creusé dans le jardin. Il saupoudrait amoureusement la surface verte de paillettes et guettait les petits éclairs d'or qui venaient téter entre les joncs.

« Ils m'attendent », se réjouissait-il, tandis qu'il comptait les silhouettes scintillantes pour s'assurer que les chats de l'Association des femmes du Pendjab n'avaient commis aucun méfait.

Les rituels apportaient un certain réconfort à Babo. À onze heures, il partait pour Sanbo Enterprises avec sa gamelle et sa mallette usée, *The Hits of John Denver* en boucle sur le lecteur de l'autoradio. Après déjeuner, il appelait Sian, ainsi qu'il l'avait toujours fait depuis qu'ils étaient mariés, et disait : « Charlie ? » d'un ton plein d'espoir, pour qu'elle remplisse le silence avec quelque chose, n'importe quoi, qui l'accompagnerait jusqu'à l'heure de rentrer. La nuit, il l'enlaçait et songeait qu'après tout ils avaient partagé leur sang, assuré leur immortalité. Babo, qui savait que faire des enfants revenait à créer sa propre religion, qui savait que les ténèbres étaient inséparables de la beauté.

Une fois que Mayuri eut regagné sa maison sur la plage, quand Bean déclara : « Papa, je vais devoir retourner à Londres, mais si tu préfères que je reste, dis-le-moi et je resterai », Babo regretta qu'elle ait posé la question, car à présent, il ne pouvait plus répondre oui. *Oui, reste avec nous, ne pars plus jamais.* Perdre son frère, c'était un peu perdre sa vie, et les larmes qu'il versait le soir sur le corps de marbre de sa femme étaient égoïstes, distinctes du vide temporaire laissé par Chotu.

Il voulait que ses filles comprennent que tout changeait, vite, trop vite, sans son accord. Les routes avaient rétréci, s'étaient soudain rejointes pour former un chemin de pierres abrupt qui se dirigeait inexorablement vers le sommet. Il souhaitait leur dire qu'il avait l'impression d'être passé de l'autre côté, lui qui aurait désiré être loin, en train de parcourir le monde avec Sian. Étendus sous un ciel frappé d'étoiles, sans rien pour les rattacher à la terre, hormis leurs propres corps. Rien pour les tirer vers le bas. Rien que le fil unique de leur amour, qui avait toujours été suffisant, plus que suffisant.

26

Si ce n'est pas bien, c'est que c'est mal

Bean avait encore rêvé. Elle traversait les pièces de la maison au portail orange et noir avec Mayuri. Elles s'étendaient tête-bêche sur les sols de mosaïque et apprenaient à marcher dans l'obscurité.

Lorsqu'elle émergea des ténèbres, à Londres, elle retrouva la sensation de la honte entre ses jambes – ses draps étaient mouillés, mais pour d'autres raisons. Chaque matin, elle s'arrachait à son lit pour se laver, car l'amour dans cette ville était dangereux. Il y avait des hommes partout. Des hommes qui avaient des besoins et des exigences, mais qui ne restaient jamais assez longtemps pour qu'elle se dise *ça y est*, c'est l'ekam dont parlait Ba. Et quand ils s'en allaient, elle poussait un soupir de soulagement. Ce n'était jamais la fin du monde.

« Laisse-leur une chance », répétait Allegra, et elle avait raison, car Bean passait comme une tornade ; ses relations étaient si brèves et si médiocres qu'elles auraient aussi bien pu ne jamais commencer.

Le danseur brésilien était le plus vieux : quarante-trois ans. Il avait un corps d'une beauté inouïe, sculpté dans l'or, souple, imberbe. Féminin, presque, si au lieu de seins épanouis, il n'avait eu deux rosettes pâles qui semblaient demander qu'on les tète. « Mords-moi chérie », disait-il, car cela l'aidait à jouir. À son âge, c'était plus long. Rien à voir avec le banquier d'investissement nigérian ou le musicien grec, qui étaient jeunes, gourmands – et toujours prêts. Rien à voir avec le spécialiste de l'aérospatiale russe, qui adorait baiser une fois avant le dîner et deux fois après, lorsqu'ils étaient agréablement éméchés.

Le danseur brésilien ne touchait pas à l'alcool. Il aimait trop son corps pour cela. Il observait un régime draconien, dissociait ses aliments, les pesait en fonction des textures et des couleurs.

« Ça ne te manque pas ? demandait Bean.

– Pas un instant ! Il y avait une époque où je buvais tous les jours, où je fumais cigarette sur cigarette, où j'étais dopé au café. Être à cran, défoncé : j'ai déjà donné. Tout est beaucoup plus clair aujourd'hui. Mon corps ne se contente pas de danser, il chante. Mais c'est vrai que pour la drague, ça aide. C'est beaucoup plus facile quand on a bu. »

L'acteur anglais, lui, n'avait aucun problème avec la drague. Il adorait les formes féminines. Il fallait toujours qu'il touche Bean en public. Il caressait la face interne de ses cuisses ou l'arrière de ses genoux dans les taxis. Dans la rue, il la guidait en douceur, une main ferme placée sur la cambrure de ses fesses.

« C'est la partie du corps que je préfère », disait-il au lit, soulevant les cheveux de Bean pour frotter contre sa nuque sa belle mâchoire carrée, hérissée d'une barbe de deux jours. Le dos, les courbes. Puis, après trois mois de liaison assidue, après l'avoir troussée vigoureusement et efficacement dans toutes les pièces de sa demeure de Notting Hill, il déclara :

« C'était fort agréable, n'est-ce pas ? Tu vas me manquer quand je serai à l'étranger. »

Il partit en tournage. Au début, il téléphonait une fois par semaine, puis une fois par mois et bientôt il cessa d'appeler. Son souvenir ne tarda pas à pâlir, comme les autres.

Seul le varappeur canadien refusa de disparaître du jour au lendemain. Il était amoureux. Le premier jour, dans la chambre en demi-sous-sol de son colocataire, lorsqu'il vit des perles de sueur se former entre les seins de Bean, il lui déclara qu'elle était la femme de sa vie. *A priori*, il ne correspondait pas au type d'hommes qui l'attirait. Il avait un corps noueux et robuste, avec des plaques de poils noirs et drus.

« Je ne pensais pas que les velus étaient mon genre », confia-t-elle à Allegra – mais le genre faisait-il le poids face à l'alchimie ?

Le sexe tenait de l'avalanche avec lui : puissant, dur et soudain. Leur relation aurait pu se prolonger s'il ne l'avait pas autant serrée la nuit : il l'enveloppait si étroitement qu'elle pouvait à peine respirer.

« Je rentre en Inde, finit-elle par lui raconter. Mes parents m'ont trouvé un mari. Je suis désolée. »

Puis ce qui devait arriver arriva. Alors qu'elle passait devant le bureau vitré depuis des mois, guettant le regard de l'architecte espagnol aux cheveux aile de corbeau, on les présenta au cours d'une soirée sur un toit terrasse de Kensington, où déambulaient des flamants roses. Bean portait une robe turquoise qui révélait ses clavicules et sa peau cuivrée, lui un jean foncé, une chemise à manches longues et une veste en velours. Elle apprit son nom avec un frisson de joie. Javier. RRHA-VII-YAI. Ni Allegra ni elle n'y avaient jamais pensé.

Ils se retrouvèrent assis côte à côte, incapables de manger. Javier, une présence compacte, ironique, qui murmura à son oreille après sept vodka tonics :

« Je veux te faire l'amour. Où est-ce qu'on peut aller ? »

Javier, qui la serrait, la caressait, la touchait partout, mais ne voulait pas l'embrasser, ne voulait pas baiser – pas tout de suite.

« Tu as la peau incroyablement douce. Presque trop douce, comme si tu n'étais pas vraiment là. Et ces fesses ! »

Nus jusqu'à la taille. Poitrine contre poitrine. Peau contre peau.

« Je veux te faire l'amour et je ne veux pas. »

Javier et Bean qui, dans le lit de la jeune femme ce premier soir, répétaient inlassablement leurs prénoms.

« Tu es incroyable, tu le sais ? D'où viens-tu, pour débarquer comme ça dans ma vie ? »

Bean, appuyée sur ses coudes, rayonnante.

Lors de leur premier week-end en amoureux à Barcelone, la ville natale de Javier, ils quittèrent à peine leur chambre d'hôtel. Elle l'attendait, assise au bord du lit, sa jupe retroussée. *Tu ne vois pas ce que tu me fais ?* Il la touchait, glissait la main dans l'espace entre ses cuisses, la bouleversait comme personne auparavant.

Lorsqu'ils faisaient l'amour, ils gardaient les yeux grands ouverts. Javier sur Bean. Son corps robuste s'abattait sur elle comme une vague. Elle le chevauchait au bord du canapé, poussait ses hanches contre les siennes, tandis que ses petits seins dansaient comme des fruits. Après, ils restaient étendus, exténués, leurs jambes entrelacées, s'efforçant de retenir l'instant. Ils commandaient des bouteilles de bon vin et des assiettes de calamars, prenaient de longs bains ensemble, se savonnaient le dos et le sexe comme s'ils étaient amants depuis toujours. Assis sur le balcon, enveloppés dans leurs peignoirs blancs moelleux, ils regardaient le soleil se coucher en discutant de leurs projets.

« On ne pourrait pas aller visiter la maison de Gaudí avec les crânes et les os ? Tu ne veux pas me la montrer ? Ou le musée Miró ? Je ne peux pas repartir sans avoir rien vu.

– On a tout le temps pour ça, *mi alma.* On a toute la vie devant nous. »

Mi alma. Mon âme.

Lorsque le moment de rentrer à Londres arriva, il pleura. Il posa la tête sur les genoux de Bean et sanglota comme un enfant. Son cœur était trop plein, et il y avait tant de choses qu'il voulait changer.

« Je t'aime, dit-il. C'est simple. Je ne peux pas imaginer ma vie sans toi.

– Dans ce cas, ne l'imagine pas, murmura-t-elle. Oui, c'est simple. Tu m'as. Je suis là. »

Parfois, le désir était si fort qu'elle devait cesser de le regarder par la vitre de son bureau. C'était un désir qui la figeait sur place, l'obligeait à s'asseoir, l'élançait entre les jambes. Un désir qui lui coupait le souffle. Elle ne comprenait pas. Ce n'était pas le corps de Javier, car elle en avait vu de plus beaux. Ce n'était ni son intelligence ni son sens de l'humour, ni rien d'aussi spécifique. C'était une certaine manière de la laisser se perdre en lui, d'exiger qu'elle occupe le centre de sa vie, et lui de la sienne. C'étaient ses SMS et ses appels téléphoniques incessants, ses : « Je ne tiendrai pas toute la journée sans toi. » Ce besoin incroyable qu'il avait d'elle.

Javier lui passait des bagues aux doigts et se mettait à nu.

« Je veux que tu saches tout de moi. J'aurais aimé te rencontrer quand j'étais plus jeune. Je ne m'attendais pas à connaître ça un jour, un tel amour. »

Il avait dix ans de plus qu'elle.

« Lorsque tu n'es pas là, j'ai l'impression que mon sang coule à l'envers. »

Il voulait tout savoir des hommes qu'elle avait aimés, alors elle les ressuscita pour lui. Michael Mendoza menait la marche, avec son jean peint et ses bagues Metallica. Ils défilaient un par un, chacun présentant un morceau d'elle qu'il s'était approprié et qui avait empêché les autres de la posséder totalement : ici un nombril percé, là une lèvre inférieure, un os iliaque, une tache de naissance en forme de larme, ou une nuit passée à sangloter devant un bow-window. Bean récupérait tout car pour se donner, elle devait être entière. Et à lui, elle avait envie de se donner. Elle désirait redevenir celle qu'elle était à seize ans : si pure et inaltérée que cet homme souhaiterait marcher à ses côtés éternellement.

« Un jour, nous irons à Madras, dit Javier, dont les "r" roulaient comme des trilles d'oiseaux. Tu crois que ta famille m'aimera ? Tu ressembles à qui ? À ton père ou à ta mère ? »

Bean ouvrit ses albums et lui présenta des photographies de Babo et Sian jeunes, à l'époque où ils parcouraient l'Inde au volant de la Fiat Filante. Elle lui raconta leur histoire d'amour qui avait débuté à Londres près de trente ans plus tôt. Leur rencontre dans une cantine et l'éblouissement qui n'avait jamais cessé. Elle lui montra Ba à Anjar, et Chotu.

« C'est effrayant. On est là, et l'instant d'après il n'y a plus personne… Et là, c'est Mayuri. On a vraiment l'air sœurs, hein ?

– Est-ce que ton enfance a été une période magique pour toi ? Oui, sûrement.

– J'aimerais que mes enfants naissent en Inde, dit Bean avec sérieux. Qu'ils grandissent là-bas. »

Jamais elle n'avait pensé avoir d'enfants auparavant, et elle n'avait certainement pas réfléchi à l'endroit où elle souhaiterait leur donner le jour et les élever. Mais Javier les avait déjà imaginés. Un garçon et une fille, à la peau brun olive et aux dents éclatantes.

Depuis le début, elle racontait tout à Mayuri. *Je ne peux pas l'expliquer. Je n'ai jamais rien senti de comparable. Une chimie immédiate. Et je l'ai voulu, des mois avant notre rencontre. Je l'ai voulu et j'ai fait en sorte que ça arrive. Il est tout ce que je pourrais désirer chez un homme. Fort et gentil et doux. Il m'aime. Il m'aime vraiment. Il me* connaît. *Même si nous venons de deux cultures très différentes, nous sommes tous les deux chez nous à Londres. Soudain, plus rien ne semble étrange ni difficile. Il veut m'épouser. Il m'a dit cela au début, dès le premier week-end où nous sommes partis ensemble. Il est sorti m'acheter une bague ornée d'un diamant et il m'a dit : « J'aimerais pouvoir t'épouser. »*

Ce n'est pas pour tout de suite. Il a encore beaucoup de choses à régler. Mais je suis heureuse. Je suis prête à attendre le temps qu'il faudra. Quand on vit un amour pareil, on finit par croire au destin.

Ce que Bean ne précisait pas à Mayuri, ce qu'elle s'avouait à peine à elle-même, c'est qu'ils ne pouvaient pas se marier. Pas pour l'instant. Pas tant que sa menue femme blonde en mocassins et leurs trois enfants aux yeux vert mat feraient partie de sa vie.

Les soirs où il ne pouvait pas s'échapper, elle l'imaginait border ses enfants et faire l'amour à sa femme. Elle l'imaginait en train de s'occuper de ce qui lui appartenait : sa maison, ses enfants, son épouse. Ces êtres et ces choses qu'il pouvait appeler siens. Et Bean, que possédait-elle ? Près d'elle, elle avait Allegra, qui la mettait en garde : « Fais attention, c'est une situation délicate. Vas-y doucement. »

Mais il était trop tard pour ralentir. Car Javier était proche, tout proche. C'était l'ekam, Bean en avait la certitude.

27

Alors tous les hommes seront marins jusqu'à ce que la mer les libère

Au cours de l'été 2000, alors qu'ils se fréquentaient depuis deux ans, Bean et Javier passèrent un week-end dans la région de Lake District pour prendre une décision. Comme la plupart de leurs escapades, ces deux jours furent riches en émotion : des moments intenses, entrecoupés de crises de larmes. Il lui confia que la culpabilité le rongeait à présent. Des couteaux affûtés qui lacéraient son estomac.

« Je ne sais pas quoi faire. Parfois, j'aimerais qu'elle m'accuse, comme ça, je pourrais avouer.

– Pourquoi tu ne lui dis pas ?

– Je ne peux pas. Je suis son premier amour. Le seul homme qu'elle ait connu. Nous avons trois beaux enfants ensemble. Et son père est en train de mourir. Comment est-ce que je pourrais lui faire une chose pareille ? »

Ils firent le tour du lac Windermere, main dans la main, sous la pluie.

« L'Inde me manque », dit Bean.

Elle embrassa du regard le paysage qui lui rappelait Anjar. Les collines vertes en terrasses, l'horizon long et bleu.

« J'en ai marre, tu sais. C'est tout sauf simple. Je veux que tu partages mon quotidien. Pour de bon. Je ne peux pas continuer comme ça. Je n'en peux plus de ces interruptions constantes. J'ai l'impression de passer ma vie en mode pause. J'attends que quelque chose change, et ça ne vient pas. »

Ils regagnèrent Londres séparément. Bean prit le train et Javier l'autoroute. Ce soir-là, il ne lui envoya pas son SMS habituel, n'appela pas pour s'assurer qu'elle était bien rentrée. Rien. On verra bien combien de temps ça durera, pensa-t-elle en s'endormant, certaine qu'elle recevrait un message dans la nuit ou au réveil le lendemain : « *Mi alma*, je ne peux pas vivre sans toi, tu le sais. Nous allons trouver une solution. »

Le matin, il n'y avait toujours rien. Au bureau, lorsqu'elle regarda par la vitre, Bean vit seulement George qui jonglait avec les téléphones et arpentait la pièce comme un lion en cage. Toute la journée elle attendit un signe, un bip.

« Il s'est passé quelque chose, dit-elle à Allegra. Je le sens. C'est sa femme. Elle sait. »

Elle imagina toute sorte de possibilités. Javier rentrait chez lui et prenait conscience de la futilité de sa double vie ; sa femme découvrait l'une des lettres de Bean et le mettait au pied du mur ; il s'effondrait dans un moment de faiblesse et confessait tout. Ses scénarios avaient cependant un point commun : à la fin, Javier revenait vers elle, parce que c'était ce qu'ils avaient décidé. Un amour comme le leur ne se rencontrait pas tous les jours. Quelle que soit la difficulté, ils iraient jusqu'au bout.

Mais le soir arriva et il n'avait toujours pas donné signe de vie. Elle commençait à s'inquiéter. Depuis qu'ils se connaissaient, c'était la première fois qu'ils restaient plus de vingt-quatre heures sans échanger un mot. C'était irréel, comme s'il s'était soudain volatilisé, comme si elle avait rêvé ces deux dernières années. Au lit, incapable de dormir comme de pleurer, elle l'appela sur son portable. Sa femme décrocha.

« Allô ? Allô ? Qui est à l'appareil ? »

Le lendemain, elle était toujours sans nouvelles. Bean fixait la vitre, comme si son regard pouvait faire apparaître Javier. Chaque fois que le téléphone sonnait, elle se jetait dessus, persuadée que c'était lui qui l'appelait avec une explication.

« Je ne comprends pas, dit-elle à Allegra. Pourquoi est-ce qu'il n'appelle pas pour dire ce qui se passe ? »

Toute la journée, elle accomplit son travail comme un automate. À chaque instant, les larmes menaçaient son calme de façade. Elle rentra chez elle en se parlant toute seule. *Comme une folle*, pensa-t-elle. *Je suis devenue une de ces dingues qui monologuent à voix haute.* Enfin, à minuit, alors qu'elle s'était résignée à dormir, son portable vibra bruyamment sur la table de chevet.

« Où es-tu ? s'écria-t-elle. Que s'est-il passé ? »

Elle respirait de nouveau. L'entendre signifiait que tout allait s'arranger. La vie allait reprendre son cours.

« J'ai eu un accident, fit Javier, la voix différente, étouffée, lointaine. Mais ça va. Je n'ai rien. C'est un miracle. »

En rentrant de Lake District, il avait fait un tonneau sur la M6 : sa voiture soufflée par un camion de livraison, sa Vauxhall dorée écrabouillée comme un vulgaire paquet de chips – mais lui indemne.

« Je n'ai pas vu ma vie défiler devant moi. Rien de tout ça. Mais j'ai pensé que si je mourais, ma femme n'avait pas d'autre mari, mes enfants pas d'autre père.

– Qu'est-ce que tu es en train de me dire ?

– J'ai tout raconté à Renatta. Je lui ai montré tes photos et tes lettres. Je lui ai avoué combien je t'aimais. Elle m'a jeté dehors et elle a hurlé. Oh, mon Dieu, les enfants ! Rosie, elle est assez grande pour comprendre ces choses-là. Elle m'a dit : “Papa, je ne veux pas que tu ailles habiter dans une autre maison.” C'était horrible. J'ai vécu deux jours de torture. J'ai supplié Renatta d'écouter. Et nous avons parlé. Plus que nous n'avions jamais parlé au cours de ces quinze dernières années.

– *Mi alma* ?

– Elle est prête à me laisser une seconde chance. Je ne peux pas faire moins pour ma famille. Est-ce que je t'ai trahie ? Dis-moi, je t'ai trahie ? »

Elle imagina Javier en train de plaider et de supplier : il ne comprenait pas ce qui lui avait pris, l'approche de la quarantaine sans doute, l'apparition de Bean sur ce toit parmi les flamants roses. C'était tellement facile de tomber dans le piège. Toute cette beauté ! Il était terrifié à l'idée de l'avoir, terrifié à l'idée de la perdre. Javier, qui avait évacué sa tristesse à force de larmes. La manière dont il courbait la tête quand il pleurait, le chagrin qui passait de sa nuque au bout de vos doigts : elle connaissait tout cela. Javier savait très bien se libérer de ce qui lui pesait. Bean, non.

« Tu dois faire ce qui te semble juste. »

Bien sûr que c'était une trahison, mais elle se tairait. Elle ne dirait pas : *Voilà ce qui se passe quand on se donne à la mauvaise personne. Tu imagines ce que je ressens, en ce moment ? J'ai l'impression d'avoir été abandonnée, d'avoir été reléguée toute seule dans le coin le plus sombre de la pièce.*

« Elle sait que je suis en train de te parler. Je ne dois rien lui cacher, sinon on ne pourra jamais rien réparer entre nous. Ce n'est pas simple. Quoi que je fasse, quoi que je dise, je blesse quelqu'un. Elle m'a autorisé à t'appeler pour tout t'expliquer, mais demain nous partons pour l'Espagne. On va y rester quelques semaines, peut-être plus. Pour faire le point. Je pense à toi chaque jour qui passe. »

Bean ne comprenait pas. Comment un homme qui ne pouvait pas rester loin d'elle une journée entière pouvait-il rompre aussi vite ? Comment une femme qui savait que son mari en avait aimé et caressé une autre pouvait-elle envisager de le reprendre ? *La relation n'est-elle pas définitivement souillée ?* avait-elle envie de demander. *Comment reconstruire sur de telles ruines ?*

Bean alla trouver Allegra pour s'épancher. Pour rationaliser. En réalité, elle avait compris qui il était bien avant la rupture. Quelques semaines plus tôt, elle l'avait aperçu au parc, assis torse nu sur un banc en bois, au bord de la rivière. Ce n'était pas le vieux-jeune homme qu'elle aimait. Il avait une petite bedaine, le ventre qui se couvrait de poils, la peau blafarde de quelqu'un qui passe trop de temps au bureau. Non. Elle ne pouvait rien imaginer de permanent avec lui. De toute manière, quel genre de type était-il pour faire une chose pareille ? Donner des espoirs à quelqu'un et tout piétiner du jour au lendemain ?

« Je ne te dirai pas que je t'avais prévenue, rétorqua Allegra. En fait, si. Je t'avais prévenue : ils ne quittent *jamais* leur femme. Jamais. Avec trois enfants ? Laisse tomber ! »

La convalescence, chez Bean, n'était pas un processus lent. Elle était immédiate, de l'ordre de la révélation. Elle ne savait pas faire autrement. C'était ainsi que l'univers prenait du sens pour elle : en une seconde, entre deux respirations. Pas avec un long gémissement, mais avec une explosion.

Elle voyait sa vie un peu plus loin qui attendait qu'elle la rattrape. Bean allait soulever ses jupes et courir sur le sable jusqu'à l'endroit où sa vie dansait en lui disant : *où partais-tu sans moi ?* Bean voulait rentrer à la maison.

Rentrer à la maison. Mayuri qui lui écrivait d'outre-mer avait elle aussi de mauvaises nouvelles. *J'ai encore fait une fausse couche, la seconde cette année. Je ne sais pas ce qui ne va pas chez moi. Cyrus veut à tout prix des enfants, mais je ne suis même pas sûre de ce que je désire. C'est tellement fastidieux : devoir faire l'amour à une période précise, d'une certaine manière, toujours vérifier et s'inquiéter. Ça retire le plaisir de tout. Et si le médecin décrète que pour une raison ou une autre, je ne suis pas capable de mener une grossesse à terme, Cyrus tient à adopter. Mais je ne sais pas… J'ai envie d'un enfant qui soit de ma propre chair. Tu me manques. L'Inde ne te manque pas ? Tu ne veux pas rentrer à la maison ?*

Rentrer à la maison ? Comme si c'était quelque chose d'inamovible, d'irréfutable. Comme s'il n'y avait qu'à prononcer les mots pour savoir ce qu'ils signifiaient. *Il était un petit homme qui avait une drôle de maison, pirouette, cacahouète…*

Elle savait très bien ce qui se passerait quand elle respirerait l'air de Madras, son parfum de poussière et de tabac, d'eau de rose et de jasmin. Tout lui serait familier : la vieille femme à la voix cassée qui vendait des noix de coco, l'homme avec une hernie assis au coin de leur rue, les enfants qui jouaient avec des bouts de bois dans le caniveau.

Mais une part de Bean demeurait à l'extérieur et regardait par la fenêtre. *Rentrer à la maison, cela ne veut rien dire. Une fois qu'on est parti, qu'on est sorti du cercle, on ne peut plus jamais revenir en arrière et revendiquer son appartenance.* Comment imaginer que c'était possible ? Lorsqu'on était ainsi divisé ? Ce serait toujours pareil : quand elle marcherait dans les rues pavées d'une ville, son esprit serait égaré dans les méandres d'une autre. N'avait-elle pas essayé ? N'avait-elle pas tenté de récupérer des morceaux d'elle-même, en vain ?

Bean errait dans un monde sans repères ni démarcations depuis un certain temps déjà. Elle aspirait à un endroit magique et chaud. Pourtant, en dépit de ses parents qui la rappelaient vers la maison au portail orange et noir – *Reviens, reviens, nous devons parler* –, en dépit des prières de Mayuri – *Tu nous manques à Cy et à moi* –, elle se rendait compte qu'il était trop tôt pour retourner à Madras.

Bean avait besoin d'entendre battre le cœur d'une autre personne pour affronter la nuit. Elle voulait qu'il lui arrive quelque chose de décisif. Un camion de livraison qui l'enverrait dans le fossé et lui permettrait de comprendre sa vie, en l'espace d'un instant éblouissant. Elle voulait aller à Ganga Bazaar où les portes étaient toujours ouvertes, où l'attendait une déesse aux cheveux blancs dont les baumes sauraient soigner son âme.

« C'est fini, Mayuri. Je suis arrivée au bout de cette histoire. Je dois quitter cette ville.

– Parfois, faire le bon choix est douloureux, Bean.

– Il y a autre chose. »

Comment dire ça ? Ce doit être ce qu'on appelle l'ironie du sort. Me voilà de nouveau enceinte. Il y a une petite graine en moi et cette fois, je vais la garder.

« Promets-moi que tu ne répéteras rien aux parents. Je ne veux pas leur en parler tout de suite.

– Et lui, Bean ? Il a le droit de savoir. »

Elle fit un rêve avant son départ de Londres. Elle se souvenait seulement du début. C'était un rêve fin et transparent où elle voyait l'avenir luire doucement, comme une lampe tamisée à travers le rideau des songes. Javier marchait sur le rivage. Il tenait un bouquet de lys, pour elle. Elle devait profiter de l'occasion, contempler ce tableau et renoncer à lui. Accepter les fleurs et lui dire : « Non, le moment est passé. » Là, dans une crique, l'épouse exigeait des explications, les enfants pleuraient. « Tout va bien, voulait les rassurer Bean. Papa a fait sa crise de la quarantaine, mais il est guéri. » Elle le regardait s'éloigner. Il sentait les lys et la lumière. Elle garderait cette image de lui : les manches retroussées aux coudes, ses mains volages entre lesquelles elle était tombée. Il passait comme un mirage et disparaissait.

28

La vie après la chute

C'était un drôle d'endroit que cet entre-deux, ni ici ni là-bas. Bean était dans l'avion qui la ramenait à Bombay, la cité des cages et des taudis, ce Bombay que Sian avait souhaité oublier à peine arrivée, car elle ne retrouvait pas l'Inde de ses rêves. Bean ne s'y attarda pas non plus. Elle prit le train jusqu'à Ahmedabad, puis un bus de nuit, comme son père autrefois, qui en chemin avait récolté des nuages de pluie pour Ba.

Avant d'atteindre Ganga Bazaar, il fallait traverser de vastes étendues de silence, des dunes de décombres et de pierres, longer des grottes et des cavernes obscures. Il fallait se frayer un chemin à travers les rêves de l'enfance. Bean, accoutumée à ces paysages surréels, s'installa près d'une fenêtre. Elle déballa son pique-nique : jeera aloo, pickle, chapatis et lait fermenté. Une fois les nausées matinales passées, c'était ce qui lui avait manqué le plus ces dernières semaines : le goût piquant des mélanges d'épices sur sa langue. Ses compagnons de voyage avaient étalé des journaux et mangeaient eux aussi, impatients de terminer pour se laisser aller à somnoler contre le revêtement en plas tique de leur siège.

Bean avala rapidement son repas et se rendit au bout du couloir pour profiter des ultimes rayons du soleil. Dans cette lumière, elle distinguait à peine les acacias à gomme touffus des élégants tecks cylindriques, mais elle savait qu'ils étaient là, sous le vaste ciel, ainsi que les jameloniers chargés de fruits noir violacé. Enfants, lorsqu'elles allaient passer l'été à Anjar, Mayuri et elle se tenaient devant la portière ouverte, tandis que Sian derrière elles leur criait de bien s'accrocher.

Dehors, elle voyait se dérouler une immensité sans cesse renouvelée : champs de coton et d'arachide, prairies incultes, temples, mosquées, minarets, tombes. Ce paysage n'appartenait à personne, on ne pouvait l'associer ni à un roi ni à une période précise de l'histoire. Bean était envoûtée. À chaque arrêt, la puanteur de l'urine et les colporteurs qui envahissaient les wagons brisaient le charme, mais dès qu'on repartait, elle se le réappropriait : ce pays entêtant et oscillant, qui s'éloignait tandis que le train poursuivait sa course.

À la tombée de la nuit, elle regagna son siège et s'efforça de dormir. Le voyage n'en finissait pas. Les forêts luxuriantes du Maharashtra avaient cédé la place au désert du Gujarat. Une sécheresse à peine concevable. Elle espérait la pluie. Des trombes d'eau, un déluge que rien n'entraverait. Des ruisseaux qui sculpteraient cette terre brûlée. Car elle avait déjà laissé un désert derrière elle : celui de Londres, urbain et cacophonique. Elle avait abandonné Javier sur la pelouse de sa maison d'Elsworthy Road, qui promenait Rosie assise sur ses pieds comme un pingouin porte son petit. Javier dans la pâle lumière de l'automne anglais, avec ses grandes idées sur l'amour et le mariage, incapable de prendre une décision.

S'il avait réussi à la convaincre que l'amour était toujours neuf, qu'il était une éternité, aurait-elle pu faire sa vie là-bas ? Était-elle prête à abandonner son pays et sa famille, comme Sian des années auparavant ? Bien sûr qu'elle était prête. Bien sûr.

Elle n'aurait pas eu besoin d'y réfléchir à deux fois. Bean, persuadée qu'elle était la fille de son père, mais qui n'avait pas la solidité de Babo et qui en fin de compte se retrouvait comme sa mère, hantée par les séparations. Voilà pourquoi Sian lui répétait toujours – à elle, jamais à Mayuri : « Sois sage. » Car elle savait que si quelqu'un lui disait : « Viens me rejoindre, donne de l'éclat à ma vie », elle n'hésiterait pas. Elle les laisserait tous. Mayuri était différente. Elle était enracinée dans sa terre, retenue par les liens du sang. *Le sang. Le sang.* Bean ne croyait pas au sang.

Ba lui expliquerait tout un jour. Elle lui dirait qu'on ne devait pas avoir peur de son propre sang ; que l'on pouvait penser avec nostalgie à une personne qui avait disparu de notre existence depuis longtemps, mais aussi à quelqu'un qu'on ne connaissait pas encore : Javier, l'enfant dans son ventre. Ba lui enseignerait que ces deux mondes ne formaient qu'un, qu'il fallait être libre et léger pour être prêt à se jeter dans le vide le moment venu. Pas besoin de se pencher avec précaution au bord, de perdre son élan. On pouvait plonger directement sans se fracasser le crâne contre le sol. Et remonter à la surface, les poches pleines de perles.

Sinon, rien ne changeait – on était constamment sur le point d'attraper ce qu'on désirait, mais jamais tout à fait assez proche. Tout ce temps entre l'instant où l'on saisit et celui où l'on lâche – n'était-ce pas là que l'être humain risquait de tomber ? Comme Icare, trop près du soleil : les ailes fondues et les jambes blafardes qui s'enfoncent à jamais dans les flots.

À Amroli, le bus fit une halte tard dans la nuit. Une vieille femme de l'autre côté de la travée tendit le bras et lui demanda de l'aider à descendre. Sa main semblait avoir séjourné dans l'eau tant elle était douce et ridée. Bean traversa la route avec elle et l'emmena à la cabane au toit de paille où l'on gardait habituellement les vaches. Elles s'accroupirent chacune dans un coin, et soulevèrent leurs jupes pour se soulager.

Lorsqu'elles eurent terminé, Bean la raccompagna. Au bord de la chaussée traînaient des cordes à sauter que les enfants avaient abandonnées jusqu'au lendemain. Sur les vérandas décrépites, les mères et les pères dormaient sur des charpoys, dans l'espoir de profiter de la douce caresse d'une brise tardive. Le seul bruit provenait des oiseaux nocturnes – chevêches brames et engoulevents – et du rire des jeunes gens qui jouaient aux cartes sous les figuiers poussiéreux. Dans le bus, elle lâcha la vieille dame et la regarda s'asseoir en chancelant à côté de son mari, un homme frêle et ratatiné à la mâchoire pendante. En les voyant ainsi tous les deux, Bean songea uniquement qu'ils devaient être fatigués de vivre ensemble.

Elle sentit le contact de ces mains pendant tout le reste du trajet. Leur flétrissure rendait humble. Elle lui rappelait celle de Chotu à la fin. Mais dans son cas, la détérioration avait été plus rapide et plus cruelle.

Le bus arriva à Ganga Bazaar à l'aube, alors que les chacals regagnaient leur tanière et que les premiers rayons du soleil éclairaient les abords du village, traçant comme une ligne floue de braises rougeoyantes. Bean descendit avec les autres voyageurs et traîna sa valise à travers les sombres ruelles familières, semées de nids-de-poule et bordées d'étroits caniveaux. Quand elle passa devant le temple d'Amba Mata, elle vit au loin les plants de canne à sucre se courber doucement sous le vent. Elle longea le Zam Zam Lodge, des rangées de maisons en béton coiffées de tôle, portes et fenêtres ouvertes, tandis que le basilic sacré qui envahissait les jardins répandait dans l'air ses pouvoirs magiques.

Il y avait des femmes partout : certaines triaient le riz et retiraient des cailloux, d'autres suspendaient leurs jupes colorées et leurs odhnis sur un fil, oignaient leurs cheveux d'huile ou se peignaient, la saluant au passage.

Autrefois, les commérages seraient allés bon train ; elles se seraient enfermées chez elles et auraient baissé les yeux en apprenant qu'elle était enceinte et sans mari. Mais Ba leur avait fait la leçon. Ba qui avait compris la vraie nature du monde au cours de sa cinquante-troisième année et qui, depuis, guidait les habitantes de Ganga Bazaar ; Ba dont la sœur s'était enfuie avec un musulman et dont le petit-fils avait épousé une blanche. Bean profiterait de son enseignement, elle aussi. La vieille dame lui apprendrait à distinguer l'amour de la trahison, la colère de l'abandon. Elle ramasserait les morceaux cassés et l'aiderait à retrouver son chemin.

Bean eut la sensation de pénétrer dans un mirage. Ces femmes étaient là avant le début des temps : elles avaient surgi de la terre sur des sites de crémation, elles étaient apparues dans des conques, sous les rames d'une barque, comme le voulaient les mythes. Des femmes aux cheveux dénoués, avec des clés qui cliquetaient à leurs hanches, les yeux soulignés de kajal, le kumkum rouge vif au centre du front. Elle était prête à croire que le soir, elles se transformaient réellement en esprits des arbres ou en batelières au visage bleu, comme si des lotus pouvaient jaillir de leur cou, comme si elles n'avaient qu'à écarter leurs longues jambes pour donner naissance à toute la végétation du monde.

Ba, assise sur le perron à l'ombre du jamelonier dans son sari blanc de veuve, coupait des grenades et jetait les graines rouges dans un bol de métal posé à côté d'elle. Ses yeux laiteux étaient plissés à cause de la lumière. Ses cheveux neigeux tressés formaient une corde souple et scintillante qui lui tombait aux genoux.

Autour d'elle, tout semblait abondant et mystérieux, malgré la sécheresse et la chaleur. Les paons arpentaient la cour, picorant le grain répandu par terre. Par les portes ouvertes, Bean voyait les lézards rouges qui grignotaient les murs de plâtre. Le soleil matinal qui martelait le toit de tôle de ses poings serrés n'épargnait ni la bambouseraie ni la cabane d'Ignatius, tout au fond de l'enceinte.

« Le vent me gâte aujourd'hui », dit Ba en l'accueillant d'un sourire.

Bean laissa tomber ses sacs et s'assit, le visage contre la poitrine de son arrière-grand-mère. Elle demeura ainsi un moment. C'était une sensation ancienne et rassurante. Elle se retrouvait en tailleur sur le sol de la cuisine de Sylvan Lodge avec Mayuri, tandis que Trishala leur donnait tour à tour la becquée ; ou la tête cachée entre les genoux de Selvam, pour ne pas voir le fantôme aux cheveux d'herbe qui traînait des pieds le long de Sterling Road.

Le soir, dans la pièce aux balançoires, on déroulait toujours les tapis sur les pierres noires pour accueillir les voisins qui venaient échanger ragots et informations ou simplement écouter, comme Bean. Des femmes, pour la plupart : Shakambari et Shakuntala behn, Malini behn, Dourga behn, Bhavna behn, les triplées Rukku, Tukku et Munnu. De temps en temps, un homme se joignait à elles : l'orfèvre Vinod bhai, ou Moti Lal Mehta, le chef du village qui réclamait un élixir pour soigner une indigestion, ou un conseil pour clouer le bec à son enquiquineuse d'épouse. Ignatius, lui, était là tous les soirs. Car il avait décidé d'être le père du bébé.

« Tu crois que cela l'embêtera d'avoir une fille pour papa ? demanda-t-il un jour de sa voix rauque. Au moins, je suis jolie, n'est-ce pas, Beena ? Si j'étais laide, je comprendrais, ce serait difficile à accepter pour l'enfant. Mais je pense être mignonne, peut-être même plus que toi. Tu n'es pas d'accord ?

« Allez, Beena, on dirait que tu as avalé une araignée. Tu te figures que c'est la fin du monde ? Tout ça parce qu'un sale type a refusé de quitter sa femme et ses gosses pour toi ? Tu crois vraiment que c'est le pire qui puisse arriver ? Eh bien, réveille-toi et regarde autour de toi. La race humaine se divise entre les bites et les chattes. Plus un très petit nombre de gens qui possèdent une minibite et une minichatte. Tu penses que c'est compliqué de se sentir dans un entre-deux ? Essaie donc de prendre ma place pendant une journée. Et explique-moi ce que tu peux faire de ces morceaux de chair ratatinés et inutiles ! Là, tu pourras dire que le monde s'écroule autour de toi.

« Montre-moi à quoi il ressemble, ton héros. Tu as une photo ? Voyons ce qu'il a de si extraordinaire.

« Ah non ! » glapit Ignatius, lorsque Bean sortit le seul cliché de Javier et d'elle-même qu'elle avait gardé.

Ils se trouvaient au bord du lac Windermere en anorak, le visage de la jeune femme flou, en train d'embrasser la joue de Javier qui regardait l'objectif avec son demi-sourire hésitant.

« C'est lui ? Maintenant, je comprends pourquoi on dit que l'amour est aveugle, glousse-t-il. Le petit rat est certainement adorable aux yeux de ses parents, et le mulet pour sa femelle. Mais quand même, Beena, tu aurais pu le choisir un peu moins vieux, non ? Tu devrais être contente d'être débarrassée de ce salaud. Il t'aurait traitée comme il a traité sa femme. On ne peut pas faire confiance à ce genre d'hommes, ils pensent avec le serpent qu'ils ont dans le pantalon. Crois-moi, réjouis-toi d'avoir un enfant. C'est un grand bonheur d'avoir un bébé. »

Durant les mois qu'elle passa chez son arrière-grand-mère, elle sentit son corps se dilater et changer, larguer les amarres qui la reliaient au monde extérieur. Ses seins et ses fesses enflèrent notablement. Oh non ! pensa Bean, désespérée d'être rattrapée à vingt-sept ans par l'obésité atavique des Patel. Chaque jour elle mesurait la circonférence de ses cuisses et de ses hanches. Qu'aurait dit le danseur brésilien devant sa silhouette difforme ? Ses sautes d'humeur devinrent si imprévisibles que personne, hormis Ba, ne pouvait lui parler sans risquer de déclencher une crise de fou rire hystérique ou un déluge de larmes.

« Il en va ainsi depuis la nuit des temps, Beena. Tu n'as rien inventé, même si pour toi c'est la première fois. C'est aussi vieux que le monde.

– Je ne sais plus quoi penser, Ba. Je ne peux pas dormir. Je ne peux pas me concentrer. Je me sens anéantie la plupart du temps. Dire que je m'attendais à de la joie, beaucoup de joie. Mais j'ai honte. Je n'ai pas encore réussi à en parler à papa et maman. Seulement à Mayuri.

– Tu n'as pas à avoir honte de ton corps. Parce que l'univers est né du désir. Le désir est le premier germe de l'esprit. Lorsque nous procréons, nous créons des univers qui nous sont personnels. »

Ce discours n'était pas nouveau pour Bean. Elle l'entendait depuis l'enfance : tout ce qui existe dans l'univers se retrouve dans le corps. Il est ton univers. Il a ses rivières et ses étoiles, son soleil et sa lune, ses océans, ses montagnes et ses lieux de pèlerinage. Connaître son corps, c'est se donner le moyen d'atteindre une félicité immense. Malgré tout, elle se sentait souillée par une tache que rien ne pourrait laver. Pas tant à cause de Javier que de ce qui s'était passé avant.

Les femmes de Ganga Bazaar ne l'avaient pourtant pas importunée. Ba les avait mises en garde. Elles brûlaient de faire des conjectures sur le sexe de l'enfant, de soulever sa tunique pour toucher le tambour tendu de son ventre, de lui offrir leurs bons conseils, mais aucune ne se l'autorisa hormis Shakambari, qui glissa à Bean des racines et des herbes mystérieuses et lui souffla de les cacher sous son oreiller.

« Ne me demande pas où-quoi-pourquoi-comment-maintenant, je t'expliquerai plus tard. Fais simplement ce que je te dis. »

Seul Ignatius avait tous les droits. Il s'asseyait à côté d'elle chaque jour, lui massait les pieds et les épaules, s'efforçait de chasser sa tristesse, car c'était sa seule chance d'être parent et il ne laisserait pas Bean la gâcher.

Au cours des nuits les plus sombres de ces sombres nuits d'Anjar, elle pleura Javier. À son arrivée, le neuvième mois du nouveau millénaire, alors qu'elle sentait dans son corps les cahots et les caquets du bus qui l'avait amenée ici, elle avait compris qu'elle l'avait encore dans la peau.

Mes enfants sont adorables, tu sais. Je les aime. C'est mon sang qui coule dans leurs veines.

Quand je ne suis pas avec toi, j'ai l'impression que mon sang coule à l'envers. Est-ce que je t'ai trahie ? Dis-moi la vérité. Je t'ai trahie ?

Lorsque Bean pensait à lui, le sang lui montait à la tête, comme autrefois quand Babo lui apprenait à compter. Il l'asseyait sur ses genoux face à lui et la faisait descendre jusqu'à ses orteils.

Tout au fond, fond, fond de la mer, combien Bean voit-elle de poissons ?

Un, deux, trois, quatre, cinq, six, sept, huit, neuf, dix, treize, quinze, seize…

C'était la même chose, non ?

C'était comme de voir des monstres et des anges marcher main dans la main, ou un requin solitaire se profiler à l'horizon puis se dissoudre dans l'immensité blanche. C'était comme si Javier apparaissait dans l'encadrement de la porte, disant : « Tu es partout », et qu'elle passait à travers son image.

Au cours de ces premières semaines, Bean demanda à Ba pourquoi on accordait une telle importance à l'amour, pourquoi il nous enchaînait ainsi. Car une partie d'elle voulait toujours s'en rassasier, le retenir.

« Aimer, c'est rendre hommage à la divinité qui se trouve dans ton corps. Aimer, c'est cesser de se battre avec le monde. »

Comment Bean pouvait-elle lui dire qu'un sentiment plus sombre avait remplacé sa mélancolie amoureuse ? Une inquiétude plus concrète, une faute plus ancienne qui concernait Michael Mendoza et la clinique pour femmes Jayalakshmi, à Alwarpet. Comment pouvait-elle expliquer à Ba et Ignatius, ces gardiens du corps, qu'elle s'était retrouvée sur une table comme un morceau de viande pour qu'on lui retire quelque chose – cela même qu'elle s'efforçait aujourd'hui de nourrir et de protéger ?

Seize ans. Elle était une toute jeune fille. Une enfant. Et ils avaient été d'une discrétion exemplaire. Michael et Mehnaz l'avaient emmenée dans cet endroit où on avait rasé son pubis et braqué une lampe sur elle. « Tu ne sentiras rien », prétendaient-ils. Mais elle avait tout senti. Elle s'était réveillée avec des gros morceaux de coton rouges entre les jambes : la couleur des femmes, la couleur de la création. Elle avait fui

Michael, elle avait dit adieu aux jeux et aux comptines. Le soir, elle s'était couchée avec le ventre plat. Sian devait savoir. Mayuri devait savoir. Mais elle s'était tue, parce que dans sa famille, la vie était un conte merveilleux et que les petites filles naissaient dans les roses.

Mais aujourd'hui, elle était inquiète, car elle se demandait si on ne l'avait pas abîmée à l'intérieur, à seize ans, quand elle avait une seule hâte : qu'on lui enlève tout. Bean pensait ne jamais raconter cette histoire à personne, mais à Ganga Bazaar où tout était possible, elle parla, parce qu'il fallait que Ba et Ignatius lui disent la vérité : était-elle encore capable d'avoir un enfant ?

Ils ne répondirent pas. Ils l'aidèrent à se lever et la conduisirent dehors. Ils ôtèrent les planches qui recouvraient le puits et la firent descendre au fond sur un tabouret, lui criant d'en haut : « Déshabille-toi et immerge-toi dans l'eau. Tiens-toi bien.

– Mais qu'est-ce que…

– Il n'y a pas de mais qui tienne, Beena, enlève tout et reste sous l'eau. »

Alors, elle retira sa jupe bandhani et sa tunique de coton, avant de s'enfoncer dans l'eau. D'abord ses seins lourds, puis ses yeux flamboyants. Elle attendit dans les ténèbres jusqu'à ce qu'elle entende des voix d'enfants sous la surface : une classe entière qui chantait : « Tous les chevaux du roi et tous les hommes du roi ne purent recoller Humpty Dumpty. »

Michael Mendoza était là, lui aussi, avec ses pupilles de marcassite et ses fossettes, assis au fond de la caverne noire du puits. Il tenait toujours le cœur palpitant de Bean, pas plus gros qu'un poing. *N'était-ce pas étrange de le rencontrer ici ?* Mais elle avait l'habitude de voir des gens qui n'auraient pas dû être là. Elle se sentit rétrécir, retrouver le corps de ses seize ans : les hanches étroites, la colonne vertébrale souple. Elle lui disait qu'il lui avait pris sa flamme. Elle ne le savait pas à l'époque, mais le premier qui vous faisait cela vous hantait pour le restant de votre existence. « Tu es un fantôme permanent dans ma vie », lui déclarait-elle.

Dans son tee-shirt noir et son jean peint, Michael Mendoza souriait. Si nous le souhaitons, lui soufflait-il, il est possible de ressusciter ce temps-là. Elle l'attendrait devant le bow-window de sa chambre. Il redeviendrait le garçon qu'elle avait aimé, sauf que cette fois ils n'auraient pas à mettre de coton entre ses jambes, cette fois ils pourraient garder l'enfant. Mais Bean ne voulait plus être subjuguée. Elle ne voulait pas qu'il déferle en elle et ressorte comme une vague, léchant les plaies salées de son corps.

« Ne t'inquiète pas, Beena, je te remonte », hurla Ignatius d'en haut – une apparition mi-homme mi-femme en jupon et tunique rouge pomme, qui la hissait à la force de ses poignets.

Ignatius la porta à l'intérieur de la maison, où Ba l'attendait devant un tas de mangues dont elle ôtait la chair à la cuillère, pour apporter vigueur et douceur à Bean.

« La quête n'est que le point de départ, dit Ba. N'essaie pas d'y échapper. Ne doute pas de ta capacité à rayonner seule. »

Ignatius enveloppa la jeune femme dans une serviette de coton. Il lui assura que tout se passerait bien, car il avait vu un enfant caché dans l'hibiscus. Une fillette auréolée d'une lumière dorée, qui avait les cheveux aux genoux et des yeux gris voilés.

29

Tout y parlerait à l'âme en secret

Dans la maison au portail orange et noir, Mayuri, assise dans la chambre de ses parents, attendait que sa mère rentre du jardin de la Rédemption. Il était temps de dire les choses. Trois semaines plus tôt, Babo, Sian, Cyrus et elle étaient sortis fêter le Nouvel An et leurs anniversaires de mariage respectifs. Son époux avait réservé une table dans le restaurant le plus cher de la ville, où ils avaient dégusté de minuscules portions copieusement arrosées de champagne. Mayuri souhaitait parler de Bean ce soir-là, mais, à la vue de sa mère rayonnante dans sa robe de soie marine, un gros collier de lapis-lazuli scintillant à son cou, à la vue de son père qui n'avait d'yeux que pour elle, elle n'en avait pas eu le courage.

En d'autres temps, elle n'aurait pas tergiversé. Mayuri aurait tout raconté, parce que c'était ce qu'il fallait faire. Mais le bien et le mal n'étaient plus ce qu'ils étaient. Par ailleurs, la douleur de la mort de Chotu avait fini par s'estomper et ses parents commençaient tout juste à retrouver leur force et leur bonne humeur. Ils avaient de nouveau de la place l'un pour l'autre. Après de nombreuses années sédentaires, ils débordaient de projets : des voyages romantiques et lointains, un safari dans la jungle ou une croisière en Méditerranée.

Les fausses couches de Mayuri les avaient bouleversés, bien sûr. Sian, surtout, qui rêvait d'avoir des petits-enfants. Elle avait pleuré quand sa fille l'avait appelée – la première fois, en pleine nuit, et plus récemment lorsque les crampes et les saignements avaient commencé à l'école.

« Tu devrais peut-être prendre un congé et te reposer à la maison, lui avait dit Sian à table. Il faut que tu te ménages, ma chérie. »

Mais Mayuri lui avait répondu que Cyrus et elle souhaitaient faire une pause.

« Ça n'en vaut pas la peine, maman. Toute cette histoire finit par peser sur notre relation. » *Tu vas quand même être grand-mère*, avait-elle envie d'ajouter, *mais pas à cause de moi.*

Puis elle avait pensé à la déception glaçante de Sian si elle apprenait que sa fille s'était « égarée » avec un homme marié. Qu'est-ce que Bean avait dans la tête ? Et qu'allaient dire les gens ? Alors, Mayuri s'était tue.

Mais les mères sont dotées d'un sixième sens. Sian lui avait téléphoné quelques jours plus tôt, inquiète : cela faisait plusieurs fois qu'elle tentait d'avoir une vraie conversation avec Bean mais dès qu'elle l'avait au bout du fil, elle se débrouillait pour lui passer Ba ou Ignatius, sous prétexte qu'elle avait du travail à la cuisine. Depuis quand Bean se passionnait-elle pour les tâches ménagères ?

« C'est bizarre, poursuivit-elle. J'ai l'impression qu'elle m'appelle au secours. Tu vas me prendre pour une folle, mais ça m'est arrivé avec ma propre mère, avant son attaque. Pendant des mois, j'ai cru entendre sa voix. Eh bien, aujourd'hui, c'est le tour de Bean. Parfois, je me promène ou je bricole au jardin, et je l'entends : "Maman, maman." C'est horrible. Je ne sais pas. J'ai l'impression qu'elle a un problème dont elle ne peut pas nous parler. Alors, j'en ai discuté avec papa, et on a décidé de se rendre à Anjar s'assurer que tout allait bien. »

C'était le moment ou jamais. *Maman, tu as raison, Bean a un problème, elle est enceinte. C'est incroyable, non ?* Mais encore une fois, elle avait laissé passer l'occasion, pensant à la promesse qu'elle avait faite à sa sœur.

Ce matin, Babo avait téléphoné à Mayuri.

« Nous prenons l'avion pour Bombay demain. Nous resterons deux jours chez Meenal, puis nous louerons une voiture. Nous nous sommes dit que ce serait une bonne idée de faire le trajet par la route, comme à l'époque de notre mariage. Ça fait une éternité que nous n'avons pas fait d'excursion en voiture. On devrait arriver à Anjar pour le pont de la fête de la République.

– Vous avez prévenu Bean ?

– Non, bien sûr que non. On va lui faire la surprise.

– Ah.

– Au fait. Tu pourras passer à la maison un jour sur deux pour nourrir mes poissons ? »

Lorsqu'elle entendit le portail s'ouvrir et la voiture entrer dans la cour, Mayuri s'approcha de la fenêtre. Dehors, le flamboyant resplendissait comme une lanterne écarlate. Elle se regarda dans le miroir et se reconnut à peine. Le lendemain du dîner avec ses parents, elle avait pris rendez-vous à Cuts and Curls pour faire couper ses tresses d'un beau châtain. Elle avait envie de changer, de se sentir plus légère. Pamela Anne avait tourné autour d'elle pendant une demi-heure, ses ciseaux étincelants à la main, répétant : « Vous êtes sûre, madame ? Vous êtes vraiment sûre que vous voulez faire ça ? Des cheveux magnifiques, vous êtes sûre que vous n'allez pas regretter ? » Et la jeune femme lui avait ordonné de tout couper en grinçant des dents. À présent qu'ils lui arrivaient à peine aux oreilles et dégageaient son visage, elle se rendait compte qu'elle ressemblait beaucoup plus à sa sœur qu'elle ne le croyait.

Lorsque Sian franchit la porte d'entrée, Mayuri réfléchit à ce qu'elle allait dire. Cette fois, elle était prête à parler.

Le 26 janvier 2001 à l'aube, Bean et Ignatius s'apprêtaient à grimper dans le taxi de Mansuk bhai avec deux sacs qui contenaient leurs affaires pour deux jours et un panier de chikoos presque mûrs. Le soleil n'était pas encore levé lorsqu'il s'était garé devant la maison. Les vibrations graves et constantes du tuyau d'échappement de sa 118 NE évoquaient le trottinement d'un rongeur qui rentrait après avoir passé la nuit à chasser dans les égouts.

« C'est férié, aujourd'hui, se plaignit le chauffeur. Tout le monde a le droit de se reposer pour la fête de la République, mais pas Mansuk Kotadia. Qu'est-ce que je peux faire ? Vous êtes mes meilleurs clients, je suis bien obligé de vous conduire en personne. Mais vous me donnerez un supplément, hein ? Vous me donnerez un supplément. »

Ba, qui venait de se lever, déambulait dans son sari blanc. Elle passait la tête par la vitre du chauffeur.

« N'oubliez pas de donner les chikoos aux Chimanlal, et pensez à me rapporter dix kilos de dattes et d'amandes pour le ghari. Il nous en faudra assez pour lundi.

– Pourquoi tu ne nous accompagnes pas ?

– Qu'est-ce que je ferais dans ces bâtiments modernes de mort ? Non, dhikri. Ignatius ira voir la photo de Lola avec toi. Je vous attendrai ici. »

C'était l'objet principal de leur expédition à Bhuj. Une échographie pour voir si Lola allait bien – Ignatius avait ainsi baptisé l'enfant qui pendant trois bonnes semaines avait donné des coups de pied dignes de Diego Maradona. Mais quelques jours plus tôt, elle s'était calmée. À peine un frémissement dans le ventre de Bean. Cette apathie subite avait précipité Ignatius dans un violent état d'agitation.

« Ce n'est pas rare à ce stade, tenta de lui dire Ba. Le corps commence à se retourner. Lola se prépare à sortir. »

Il préférait néanmoins s'assurer qu'il n'y avait pas de problème. De plus, ce serait l'occasion de passer une nuit sur place, de faire quelques emplettes à la boutique New Pinch et de voir son meilleur ami Bablu – qui, depuis qu'il avait pêché une perle, était l'heureux propriétaire de l'Aina Mahal Annexe Guest House, l'établissement le plus couru de Bhuj.

Bean et Ignatius s'étaient déjà rendus à plusieurs reprises chez le docteur Gladys Pinto, gynécologue et pédiatre. Son cabinet était perché en haut d'un escalier branlant, au cœur du dédale tortueux de la vieille ville. Au mur, au-dessus du panneau au néon orange portant son nom, figurait cette sage recommandation : *Défense de cracher et d'uriner*. À gauche du bureau d'accueil se trouvait un espace réservé aux enfants, avec suffisamment de chevaux de bois et de jouets pour distraire les bambins qui accompagnaient leur mère. Au centre de la pièce, sous l'unique ventilateur poussif, une table d'osier disparaissait sous les vieux journaux et les magazines de cinéma datés. Un téléviseur toujours éteint était accroché en hauteur par un dispositif précaire. Les murs rose orangé étaient tapissés de photos encadrées représentant des plages idylliques – bateaux de pêche, sable blond, eaux turquoise et palmiers –, paysages censés apaiser les mœurs et peut-être rappeler à Gladys Pinto son Goa natal, qu'elle avait quitté afin de se consacrer à sa vocation médicale.

Elle n'avait pas d'associé, mais elle était assistée d'un bataillon d'infirmières : cinq chrétiennes converties en uniforme blanc, avec un mouchoir amidonné blanc dans la pochette au-dessus du sein gauche, et des baskets également blanches qui marchaient sans bruit sur le carrelage. Elles s'occupaient de tout à la clinique, notamment de l'ordre de passage. Aussi, dès que l'une d'elles apparaissait dans le couloir, c'était à qui obtiendrait son attention. « Si vous saviez, j'ai vomi toute la nuit » ou « S'il vous plaît, s'il vous plaît, je n'en peux plus, je sens que je vais m'évanouir ».

La salle d'attente grouillait de femmes pour la plupart sphériques et hystériques, enceintes ou non. Mères, filles, sœurs, en majorité musulmanes, couvertes de la tête aux pieds d'une burqa noire, elles jetaient à Bean et Ignatius des regards accusateurs mêlés de sidération.

« À croire qu'elles se prennent toutes pour l'Immaculée Conception, persifla un jour Bean, excédée. Comme si elles n'avaient pas un jour écarté les jambes pour qu'un homme les mette dans cet état.

– Arre, chut, Beena », la réprimanda aussitôt Ignatius, craignant que sa propre déférence, qui jusque-là leur avait gagné les bonnes grâces des infirmières, ne passe par pertes et profits.

De temps à autre, un homme leur faisait l'honneur de sa présence. Il parcourait patiemment un journal vieux de dix jours tandis qu'à côté de lui sa femme tenait son abdomen d'un air maussade. Et une fois, une seule fois, Bean avait vu une jeune fille d'une maigreur maladive, manifestement mineure, entrer dans la salle d'attente sans personne pour l'accompagner, le visage aussi blanc qu'un ciel d'aurore. D'instinct, elle avait su que Gladys Pinto s'arrangerait pour qu'elle reparte avec le ventre plat, comme les infirmières de la clinique Jayalakshmi l'avaient fait pour elle quelques années plus tôt.

Lors de sa dernière visite, Bean s'était plainte de fatigue et de maux de tête ; elle s'empiffrait, mais ne dormait pas assez et son ventre la gênait de plus en plus.

« Le pire sera bientôt derrière vous, lui avait assuré le docteur Pinto. Imaginez un peu, votre Lola perçoit la lumière et l'obscurité dans l'utérus, à présent. Elle entend votre cœur battre, votre système digestif, votre voix.

– Et la mienne ? intervint Ignatius.

– Oui, elle l'entend aussi. Mais pas comme moi. Dites-vous qu'elle est sous l'eau. Les bruits sont étouffés. Vous comprenez ?

– Oui, répondit Bean, parfaitement. »

Le médecin souleva alors la tunique de sa patiente et badigeonna de gel son ventre dilaté. La sonde se déplaçait d'une côte à l'autre avec la douce ondulation d'un vent du désert, tandis qu'à côté d'elle, Ignatius contemplait d'un air ébahi et respectueux la petite Lola qui bougeait à l'intérieur : sourcils, doigts, orteils, un battement de cœur.

« Tu crois vraiment que ça ne sera pas bondé aujourd'hui ? demanda Bean, regardant par la fenêtre tandis que la voiture cahotait sur le chemin de terre qui reliait Anjar à la route principale.

– Fais-moi confiance, nous serons seuls. »

Les premières lueurs envahissaient le ciel. La fraîcheur de l'aube lui rappelait le temps où elle s'arrachait de son lit au point du jour pour aller nager avec Chotu. Ses petits matins solitaires dans la maison au portail orange et noir, quand tout le monde dormait encore à l'exception de Selvi – qui se levait de son tapis de jute, des mèches folles s'échappant de son chignon, pour fourrer dans les mains de la fillette son cartable et son repas de midi.

« Arre, Mansuk bhai, grommela Ignatius, tu veux vraiment achever mes misérables parties génitales ? Ferme la vitre, vieil homme, on se les gèle. »

La journée serait longue. Il avait dressé la liste de toutes les tâches qui les attendaient. Faire l'échographie, livrer les chikoos, avaler un repas chinois avec entrée, plat et dessert à Chopsticks, explorer les nombreuses ruelles de la vieille ville aux portes crénelées en quête de perles, de soie patola, de blocs de bois et de teinture. Et il faudrait trouver le temps de se rendre chez Dee Pee, près du lac Harmisar, pour acheter les fruits secs de Ba. Enfin, il siroterait le verre défendu avec Bablu : une bière Kingfisher glacée, sur la terrasse de l'Aina Mahal Annexe.

Ce matin-là, avant que le monde change, la dernière pensée de Bean alla à Ignatius. Il paraissait très féminin lorsque les muscles de son cou étaient détendus. Assis à côté du conducteur, les bras écartés, la tête renversée en arrière, il ressemblait à un cygne en plein vol. Alors qu'elle se sentait elle aussi gagnée par le sommeil, le taxi tangua brutalement et fonça dans un arbre au bord de la route. Le long cou d'Ignatius se redressa aussitôt, et d'instinct il tendit la main vers elle pour la protéger. Mansuk hurla comme une femme lorsqu'il reçut les éclats du pare-brise sur le visage. Bean fut projetée en avant. Elle avait l'impression de tomber, écrasée sous le pied du monde. Un fracas épouvantable, et puis plus rien.

30

Des empreintes d'oiseaux dans le ciel

Tout débuta par un frémissement qui se propagea sous terre et enfla comme une flamme dans l'obscurité, avant de ravager la région avec la violence d'un incendie de forêt. Jamais on n'avait vu tel cataclysme à Anjar. La ville se retrouva la tête en bas, en ruine. On aurait pu croire qu'un régiment de maraudeurs armés jusqu'aux dents était passé par là et avait détruit tous les édifices, jetant en l'air les braves gens de Ganga Bazaar comme des poupées de chiffon et écrasant leurs maisons comme de vulgaires maquettes.

Le Zam Zam Lodge, où pendant six mois Babo avait écrit des lettres épiques à Sian : rasé. Le temple d'Amba Mata, où on avait célébré la naissance de tous les membres de la famille Patel, les boutiques, la bijouterie d'Hira Lal : plus rien n'était debout. Toutes les ruelles crépusculaires de Ganga Bazaar : en miettes, comme les décorations modernes en verre qu'on sortait à l'occasion de Diwali, la fête des Lumières. La terre prise de folie tournoyait et ondulait des hanches. Et la ville se retrouva plongée dans l'obscurité, bien qu'il fût encore tôt le matin.

Des hommes fuyaient leurs maisons détruites, couverts de poussière et de sang. Des enfants pleuraient, assis sur des monticules de pierres. Dans les rues, les paons frissonnaient comme du papier de soie, leur éventail de plumes déployé, leurs aigrettes projetant des éclairs bleus. Et les chacals, qui habituellement se cachaient du crépuscule à l'aube, se dressaient avec assurance dans les caniveaux et hurlaient pour que le monde finisse d'en finir et que paraisse un jour nouveau.

Deux jours après le séisme de magnitude 7,9 sur l'échelle de Richter qui s'était produit le jour de la fête de la République et dont l'épicentre se trouvait à Bhuj, au Gujarat, on n'avait toujours pas de nouvelles de Ganga Bazaar. On ne pouvait ni téléphoner ni recevoir d'appel. Chez Meenal et le courtier maritime, à Andheri, dans la banlieue de Bombay, Babo et Sian attendaient, entourés de journaux. Babo passait des heures à éplucher chaque article, à l'affût de bribes d'informations que la BBC et NDTV ne voulaient ou ne pouvaient livrer. Sian restait assise sur le canapé, pétrifiée devant les images déversées par la télévision, écoutant les présentateurs répéter d'un ton grave, mais sobre, les histoires les plus tragiques.

À présent, nul n'ignorait que les familles des trois cent cinquante élèves d'Anjar piétinés pendant le défilé de la fête de la République recevraient une compensation de cent mille roupies, car leurs filles et leurs fils étaient morts en accomplissant leur « devoir patriotique ». On interviewait les parents et les grands-parents, tandis que les photos des victimes souriaient dans tous les salons du pays. Les discours jaillissaient des instituteurs survivants comme d'une bouche d'incendie. À les entendre, c'étaient tous des enfants exceptionnels : des anges qui avaient pris forme humaine.

Et les tailleurs de diamants de Bapunagar, à Ahmedabad : quelle histoire ! On les avait interrogés eux aussi, et ils racontaient à tous que leurs employeurs les avaient enfermés à clé dans les locaux de peur qu'ils ne s'enfuient avec les pierres précieuses. Ceux qui avaient la chance d'être en vie, ceux qui n'avaient pas paniqué et sauté par la fenêtre, se tenaient devant les caméras et ils remerciaient les dieux, le sol ferme sous leurs pieds et les ouvrières qui avaient eu le bon sens d'utiliser leurs saris en guise de cordes, les sauvant d'une mort certaine.

Le téléphone de Meenal sonnait sans interruption. Mayuri et Cyrus voulaient des nouvelles de Bean, des nouvelles de Ba. Sonam, l'infirmière de nuit de Sylvan Lodge, avait appelé aussi :

« J'ignore comment il a su parce que ça fait des jours qu'on n'a pas allumé la télé, mais il n'arrête pas de réclamer sa mère. Vous devriez lui parler, je ne sais plus quoi lui dire. »

Certains soirs, la mémoire de Prem Kumar vacillait. Il s'enquérait de sa femme morte depuis près de vingt ans, puis aussitôt souriait et ajoutait :

« Non, bien sûr qu'elle n'est plus là. Mais où est Mayuri ? Où est Beena ? Est-ce qu'on va me dire où se trouve ma mère ? »

À Andheri, au bout de deux jours de négociations, le courtier maritime parvint à trouver un chauffeur.

« Bhai, il y a des gens qui arrivent à passer, dit Meenal à Babo. Vous devez y aller maintenant, Bhabi et toi. »

Pour accomplir leur périple, ils avaient trouvé une Ambassador bleu ciel. En attendant Prakash, leur chauffeur, Babo pesait les avantages et les inconvénients de se remettre à fumer tandis que Sian et les Monosourcil remplissaient le coffre de médicaments, de vivres et d'eau, récoltés par l'association jaïne du quartier.

À onze heures, Prakash se présenta. C'était un jeune homme au visage large et honnête, gâté seulement par un nez crochu et par une raie sévère qui séparait en deux parts égales ses cheveux frisés et pommadés. À l'instant où il vit l'Ambassador, sa figure se rembrunit.

« Je m'excuse, mais je ne peux pas.

– Pourquoi ? glapit Meenal. Bon à rien ! Je vous avais dit qu'il ne fallait pas le payer à l'avance.

– Madame, il n'y a pas de dieu, fit-il en montrant le tableau de bord. Vous voulez que j'entreprenne un voyage pareil sans protection ?

– Nous ne mettons pas d'idole dans nos voitures, intervint le courtier maritime. Nous sommes jaïns. Nous ne croyons pas à ces choses-là.

– Eh bien, moi je ne crois pas aux risques inutiles, répondit l'autre dignement. Si vous voulez que je conduise, il me faut un dieu. »

Pour finir, on se procura dans une boutique voisine un Ganesh en plastique avec une guirlande électrique, que l'on installa à la hâte sur le tableau de bord. Prakash joignit les mains et hocha la tête plusieurs fois. Une fois achevées ces démonstrations de foi ostensibles et solennelles, l'Ambassador bleu ciel se mit en route.

« Soyez prudents », dit Meenal en touchant le bras de son frère.

Ce geste rappela à Babo un autre échange plus ancien, qui s'était déroulé sur la terrasse de briques rouges à Sylvan Lodge du temps où ils étaient tous deux minces et innocents, alors qu'elle lui glissait une des lettres trempées de larmes de Falguni.

Sur le revêtement de plastique du siège arrière, le couple se tenait la main. Babo portait le médaillon en platine de son arrière-grand-père : celui que Prem Kumar lui avait confié le matin de son départ pour Londres. La dernière fois qu'il l'avait sorti, c'était quand il était rentré en catastrophe à Madras, persuadé que sa mère était malade. Il l'avait retrouvé dans une vieille boîte à cigares alors qu'il faisait ses bagages. En le découvrant ainsi, oublié et solitaire, il l'avait rangé dans son nécessaire de rasage. Ba serait peut-être heureuse de le revoir.

Il leur fallut vingt heures pour rejoindre Ahmedabad, et il leur restait encore un bout de chemin après le golfe de Cambay. Sanand, Surendranagar, Rajkot, Tankara, Jetpur : des noms qui réveillaient un lointain battement dans sa poitrine. Babo connaissait tous les contours autrefois accidentés de ces villes. Ils lui étaient aussi familiers que le motif bleu-vert qui transparaissait en filigrane sous la peau de Sian. Mais cette région lui était devenue étrangère, comme un territoire inexploré.

Les femmes de Ganga Bazaar revinrent trouver Ba après plusieurs jours de recherches. Elles s'assirent sur le sol de pierre.

« Et maintenant ? » demandèrent-elles.

Leurs yeux étaient secs. Elles n'avaient plus assez d'énergie pour pleurer. Elles voulaient simplement savoir ce qu'elles pouvaient faire à présent.

La journée, elles passaient les décombres au peigne fin, pour récupérer tout ce qui pouvait servir. Certaines cuisinaient dans les grandes casseroles d'acier tirées des ruines du temple d'Amba Mata. Celles qui étaient capables de maintenir fermement un bras ou une jambe et de coudre une série de points précis sur une plaie sans anesthésie assistaient les médecins. Le soir, elles s'asseyaient en cercles et échangeaient les nouvelles du jour. Elles parlaient des travailleurs du crematorium, qui avaient déjà utilisé deux ans de réserve de bois et qui entassaient désormais les corps les uns sur les autres. Elles s'inquiétaient au sujet de l'eau. Les dernières réserves ne dureraient pas longtemps et on avait signalé des cas de choléra, de typhoïde et de dysenterie. Elles murmuraient, s'efforçant de faire la part des choses, car elles étaient rongées par le sentiment de culpabilité des survivants.

« Pourquoi ? chuchotaient-elles. Pourquoi eux et pas nous ? »

Tout le long du trajet, Sian regarda par la fenêtre d'un air glacial, la gorge tellement nouée que Babo craignait qu'elle ne s'étouffe. Elle refusait de parler de Bean. Elle s'en tenait aux faits, à ce que les journaux leur offraient.

Il était question de bébés retrouvés sans vie dans des immeubles, de familles agrippées les unes aux autres, les traits tirés et les yeux humides, d'un homme enterré sous sa maison, serrant contre lui un sac de trois cents pièces d'or anciennes. On parlait des pannes d'électricité, de la pénurie d'eau, de la destruction des équipements de santé et de télécommunications.

Un journaliste qui avait survolé Anjar en hélicoptère racontait qu'il avait senti les cadavres. L'odeur de la mort était montée jusqu'à lui. En dessous régnait la désolation : une étendue constellée par les points bleus des tentes de secours, et des vautours qui fondaient sur les décombres pour se servir parmi les restes du carnage.

Mais il y avait aussi des exemples plus encourageants. Babo les avait consciencieusement cherchés pour les montrer à son épouse. Des femmes avaient installé des cuisines publiques sous des abris provisoires dans les champs communaux, les maidans. Des chauffeurs avaient converti leurs taxis et leurs camionnettes en ambulances. Des médecins parcouraient les ruines vingt-quatre heures sur vingt-quatre, soignant les victimes avec les moyens du bord. Des hindous et des musulmans dormaient côte à côte, sur le sol des maisons encore debout.

Et il y avait aussi de véritables miracles : un couple de jeunes mariés qui avait survécu sous les décombres de leur appartement au quatrième étage pendant trente-six heures ; un homme de quatre-vingts ans retrouvé dans son lit sous un monticule de gravats, deux jours après le séisme, qui souffrait seulement d'une bénigne irritation de la gorge et de constipation ; un garçon de douze ans, Mohammad, qui avait perdu toute sa famille et affirmait avoir été sauvé par un ange qui chantait dans ses oreilles jour et nuit.

Parmi tous ces miraculés, Babo espérait pouvoir compter sa grand-mère centenaire, un hermaphrodite appelé Ignatius et sa fille enceinte.

31

Coccinelle, coccinelle madame

L'Ambassador bleu ciel pénétra dans Anjar en ruine à la tombée du jour. Sian avait soif. Elle n'avait pas bu une goutte d'eau depuis leur dernière halte, à Amroli, où les lumières du Ganesh sur le tableau de bord avaient rendu l'âme. Elle n'avait pas parlé depuis la nuit précédente, lorsqu'ils s'étaient arrêtés après Ahmedabad pour dormir quelques heures. Ils avaient roulé en silence sur des routes sinueuses au crépuscule, sous un ciel sans nuage. Autour d'eux, ce n'étaient que décombres, murs lézardés et piliers écroulés le long des rues. Une scène sortie des enfers.

Il y avait un rassemblement à l'entrée de Ganga Bazaar.

« Vous êtes sûrs ? demanda Sian. Vous êtes sûrs que c'est là ? »

Elle n'avait jamais rien vu de tel. Des visages terrorisés et des hurlements qui résonnaient dans l'air.

Alors que la voiture s'engageait dans la rue principale, un policier les arrêta et leur demanda s'ils appartenaient à une ONG ou un organisme international quelconque. Babo expliqua que sa grand-mère et sa fille vivaient ici, qu'ils étaient sans nouvelles même indirectes, et qu'ils étaient venus s'assurer qu'elles allaient bien.

« Ah, dit l'agent. Dans ce cas, garez-vous et terminez à pied. Les ruelles sont étroites et on utilise du ciment tellement bon marché dans ces villages que la plupart des maisons se sont écroulées dès la première secousse. »

Babo et Sian prirent chacun un carton de vivres et de fournitures. Ils laissèrent Prakash à la voiture. Ils croisèrent des pilleurs et des filous, des villageois qui formaient des barrages pour intercepter les secours, des soldats qui utilisaient des explosifs pour faire sauter les édifices branlants, des endeuillés qui appelaient ceux qu'ils aimaient, de l'encens à la main pour masquer l'odeur de la mort.

Plus rien ne serait jamais pareil. Sian était incapable de penser à autre chose, tandis qu'ils progressaient à travers les ruines. Babo sortit une lampe électrique de sa poche et la braqua devant lui pour qu'ils voient où ils mettaient les pieds. Aucun réverbère ne fonctionnait et les étoiles dans le ciel semblaient se retenir, comme si elles réservaient leur éclat pour des régions plus sûres de l'univers.

Enfin, ils atteignirent un édifice, le seul encore debout dans la rue. C'était la maison de Ba à laquelle il ne manquait rien hormis le toit de tôle qui, leur dirait plus tard Shakambari, avait été emporté comme un tapis volant. Ils gravirent le perron, guidés par les lampes à huile. La pièce aux balançoires était remplie de femmes. Assises en cercles, elles cousaient ensemble des carrés de tissus, dans un bourdonnement d'abeilles.

Ce fut Shakambari qui les remarqua la première.

« Dieu merci, vous voilà, fit-elle en se levant péniblement. Allez voir Hansa behn. Une poutre en bois lui est tombée dessus. Elle va bien, mais elle est très faible.

– Et Bean ? s'enquit Sian. Comment va-t-elle ? »

Shakambari ne répondit pas tout de suite.

« Hansa behn vous expliquera tout. »

Ba était allongée sur un matelas, dans un coin de sa chambre, face au mur. Au-dessus, un groupe de lézards rouges veillait sur elle, mastiquant sans bruit.

Babo se précipita vers elle.

« Ba, dit-il en touchant son bras frêle. Je suis là. »

Elle se tourna vers lui.

« Je ne te vois pas. Il fait noir. Je ne vois rien. Je ne sais pas quoi te dire. Ignatius et Beena sont partis chez le médecin à Bhuj quelques heures avant le tremblement de terre. Nous n'avons pas de nouvelles. Personne ne peut quitter le village. Babo, j'ai perdu le sens de l'odorat. Disparu, envolé, comme ça. »

Cette nuit-là, Babo et Sian s'étendirent à côté de Ba, tandis que les femmes se couchèrent sur le sol de la pièce aux balançoires comme des chiots blottis les uns contre les autres pour se réchauffer. Sian s'efforçait de ne pas penser à Bean, au nombre de fois où elle lui avait dit : « Sois sage, sois sage » et où elle n'en avait fait qu'à sa tête. Bean, qui parce qu'elle était née la seconde, s'était toujours crue moins aimée. Bean qui se sentait plus en sécurité quand elle dormait entre ses parents, et qu'on devait raccompagner au lit en pleine nuit, après avoir allumé toutes les lampes. Tu vois ? Il n'y a pas de croquemitaine. Pas de serpent. Essaie de faire de beaux rêves, maintenant. Mais elle les retenait jusqu'à ce que leurs paupières se ferment.

Où était sa famille ? Bean avait quelque chose à leur dire. Tout avait commencé par un roulement de tambour, comme si la bobine d'un vieux film en noir et blanc se défaisait devant elle. Puis l'action s'était accélérée à la Charlie Chaplin et l'univers avait fait la culbute. Des vaches et des cochons à poil long galopaient, affolés. Un homme émergea des décombres, un enfant mutilé dans les bras. Elle n'arrivait pas à respirer, son cœur refusait de battre dans sa cage thoracique.

« Tiens bon », disait Ignatius.

Le monde était-il devenu fou ? Des murs et des plafonds s'écroulaient autour d'elle. Tout bougeait et tremblait. Les gens couraient au hasard. Puis le silence. Elle n'entendait plus rien. Elle se trouvait à bord d'une barque, sur l'océan. Elle dansait doucement sur l'eau, tandis que sous la surface couvait la tempête.

Ignatius la déposa dans une maison qui avait encore un toit. Il lui essuya le front et les épaules avec le coin de sa dupatta et approcha l'oreille de son ventre distendu.

« Ça tombe vraiment mal », dit-il en claquant la langue avant de repartir affronter le chaos, un pied-de-biche à la main. Mansuk bhai l'accompagnait, les manches retroussées.

Il y a la guerre dehors ? C'est donc ça ? avait envie de demander la jeune femme. *Qui se bat ? Ne me laisse pas seule ! Reviens !*

Mais Ignatius était déjà loin, et on n'entendait plus que le cliquètement menaçant de ses bracelets d'argent dans le soleil matinal.

Bean devait trouver Mayuri. Pour lui dire qu'elles avaient passé leur vie ensemble, tout compte fait. Elle souhaitait qu'elles descendent encore la rampe de l'escalier de Sylvan Lodge, dans leurs jupes en jean identiques. Qu'elles se laissent glisser, vroum vroum, qu'elles se laissent tomber.

Elle voulait que ses parents la prennent par la main et qu'ils traversent les pièces détruites en nommant chaque objet, chaque personne : table, chaise, placard, mère, père, sœur. Était-ce aussi simple de réapprendre les mots ? Pour que tout soit de nouveau entier ?

Elle sentit une odeur de peinture qui la transporta à l'usine familiale, pendant Diwali, la fête des Lumières. Comme cinq cents bombes qui explosaient pendant des heures. Diwali. Le dieu Rama ramenait son épouse Sita au royaume. Le triomphe du bien sur le mal. Les Monosourcil, les lampes, les bains d'huile, les vêtements neufs. Sian remettait des cadeaux à Selvi et Selvam, bruns et lustrés comme des grains de café. On célébrait le début de l'année ; on sollicitait la protection des dieux. Son père et sa mère, Babo et Sian, leurs deux noms ne formant plus qu'un sur les pots de peinture – cette même peinture qui recouvrait les murs des gens, et qui avait survécu aux moussons comme aux mariages. Mais que restait-il de ces bâtiments aujourd'hui ? Des éboulis, des ruines. *Coccinelle, coccinelle madame,* chantonna Bean. *Rentre vite, ta maison est en flammes, tes enfants se sont enfuis à tire-d'aile…* Babo, en tee-shirt taché. Sian, l'odeur lactée de l'amour entre les seins. Mère. Père.

C'est ça, se dit-elle soudain. L'événement décisif que j'attendais, la révélation aveuglante. Quarante-cinq secondes de clarté. Elle n'avait pas songé un instant à Javier. Elle avait pensé à son bébé, à Ba. À ce que feraient Babo, Sian et Mayuri sans elle.

Depuis quatre jours elle vivait dans l'obscurité. Comme en 1984 : un cyclone avait frappé Madras et ils s'étaient retrouvés prisonniers de la maison au portail orange et noir pendant près d'une semaine. Pas d'école. Pas de bureau. Seulement la pluie qui fouettait les fils téléphoniques et arrachait les branches. Paradoxalement, ces ténèbres-là n'effrayaient pas Bean. Sian et Selvi avaient posé des bougies partout. Babo apprenait aux filles les règles du rami. Ils jouaient aux cartes toute la journée, d'abord des coquilles de pistaches, puis des pièces de vingt-cinq paisas.

« Ces gamines ont bien du sang gujju dans les veines », avait plaisanté Babo, lorsqu'elles l'avaient ratiboisé.

Le soir, ils dormaient tous ensemble, comme une famille modèle : Babo et Sian chacun à un bout de leur grand lit du Cachemire, Bean et Mayuri au milieu. Puis l'inévitable était arrivé. La pluie s'était calmée pour finalement s'arrêter. La lumière était revenue, trop vive. Ils avaient retrouvé le train-train quotidien, et leurs chambres respectives. Quelque temps plus tard, Selvi surprit la fillette devant le tableau électrique, qui essayait de couper l'alimentation.

« Qu'est-ce que tu fabriques ? Tu as perdu la tête ? »

C'était plus fort qu'elle. Bean était tombée amoureuse de l'obscurité, même si c'était le royaume du croquemitaine.

Cependant, les ténèbres qui avaient envahi son univers depuis quatre jours étaient différentes. Presque rien à manger, pas moyen de dormir, l'odeur de pourriture et de chair en décomposition autour d'eux. Les nuits étaient généralement calmes, mais de temps en temps un gloussement montait d'un coin sombre, un bruit presque défendu. Curieux, ce besoin de rire, même dans un moment pareil, songeait-elle. Plus loin, des époux ou un couple, heureux d'être en vie, s'embrassaient et faisaient l'amour, comme il se doit.

Elle croisa les mains sur son ventre. Elle sentait le bébé donner des coups de pied. Des battements doux et insistants.

Quarante-cinq secondes. Il n'en fallait pas plus pour bouleverser une existence.

Ignatius revint la chercher. Elle ne savait pas combien de temps s'était écoulé, quelques heures ou peut-être une journée.

« Tout va bien, lui annonça-t-elle. Lola n'a rien. Je la sens.

– On va sortir d'ici. Maintenant. Viens. J'ai déniché quelqu'un pour nous emmener. Un ancien amant. Il faut toujours faire confiance au passé pour trouver une solution. Allez Beena, je vais t'aider. »

Ignatius la porta jusqu'à un camion jaune vif. Le jour se levait. De hauts tas de pierres s'amoncelaient sur les routes et le ciel semblait déchiré par endroits, mais le soleil brillait comme si de rien n'était. Bean pensa au poème d'Auden sur la chute d'Icare qu'elle avait appris à l'école : les chiens continuent de mener leur vie de chien, et on se détourne tranquillement du désastre.

Ba l'entendit la première : un roulement de tonnerre assourdissant, comme si le ciel se raclait la gorge avant de vomir tout ce dont il avait été témoin. Puis l'odorat lui revint. D'abord une senteur enivrante de fleurs de bakul et d'herbe mouillée puis, très loin, par-delà les kilomètres de décombres, par-delà les corps et les hurlements de l'âme immortelle des chacals et des paons, des enfants et des voisins : le parfum des sucettes glacées, du cuivre, du sexe, du sang.

Ba écarta ses draps et se leva du matelas sur lequel elle gisait depuis des jours et des nuits. Ses jambes vacillaient sous elle, comme deux colonnes d'eau. Elle avança précautionneusement dans le couloir, surprise de trouver les murs de sa maison toujours debout. C'était peut-être grâce aux lézards rouges qui mâchonnaient le plâtre depuis des années, laissant des traînées de salive derrière eux. Ils les avaient peu à peu consolidés.

Devant le lavabo, elle dénoua sa longue tresse blanche. Le miroir était tombé et s'était brisé. Les robinets ne marchaient pas, mais il y avait un seau par terre, plein à ras bord. L'eau du puits était rationnée : deux tasses par personne et par jour. Pour boire, se laver, nettoyer les plaies et cuisiner.

Ba avança un tabouret en plastique. Elle se déshabilla à la hâte et suspendit ses vêtements au crochet de la salle de bains. Puis elle s'assit. Un râle inquiétant s'échappa de ses poumons lorsqu'elle se baissa. Elle remplit la tasse et trempa ses doigts dedans. C'était froid. Elle les plongea de nouveau et s'aspergea à peine le visage. Le plaisir lui picotait les yeux.

Elle se souvint quand, jeune fille, elle allait se baigner avec ses amies à la rivière. Elles entraient toutes habillées dans l'eau et s'immergeaient même la tête. Cette fraîcheur sur la peau. Y avait-il rien de plus sensuel, de plus érotique ? C'était ce qu'elle voulait retrouver : se dissoudre dans cette béatitude. Elle versa une tasse sur son crâne, puis une autre et une autre jusqu'à ce que sa chevelure se plaque et l'enveloppe comme une plante aquatique. Elle haleta, elle frissonna – une sensation de froid, de pureté. Elle ne s'arrêta qu'une fois le seau vide. Elle se drapa dans une serviette puis choisit une tunique propre qu'elle enfila avec difficulté. Les cicatrices sur ses épaules la faisaient souffrir, et les plaies sur son front et ses clavicules, là où la poutre l'avait blessée, étaient encore à vif. En quelques minutes, elle était habillée – agrafes attachées, sari noué.

Avant de partir, elle chercha à tâtons son peigne et sa boîte de kajal sur l'étagère. Elle lissa ses cheveux et les démêla, sentant sur ses paumes les longs fils arrachés. Puis elle ouvrit la boîte d'argent et y glissa son annulaire. Elle n'avait pas besoin de miroir pour trouver le bord inférieur de ses yeux et les souligner de noir.

Ba traversa la pièce aux balançoires. Des bruits venaient du dehors. Elle entendit Shakambari et Dourga behn se disputer au sujet de la quantité de piment à mettre dans un plat.

« Non, non, pas comme ça, coupe-le comme ça, il nous faut le plus de tentes possible », criait Rukku.

Elle s'immobilisa dans l'encadrement de la porte, cherchant une position stable pour cacher qu'elle tenait à peine sur ses jambes. Les femmes de Ganga Bazaar la remarquèrent soudain et poussèrent un glapissement collectif.

« Hansa behn, que fais-tu ? Pourquoi t'es-tu levée ?

– Allez chercher Babo, dites-lui de ne pas bouger d'ici. »

Babo et Sian s'apprêtaient à partir pour Bhuj dans leur Ambassador bleu ciel.

« Que se passe-t-il ? demanda-t-il, se précipitant vers sa grand-mère. Ça ne va pas ? »

Ba entendait les lézards rouges tomber des murs avec un léger floc. En revanche, le toit de tôle avait disparu, elle en était sûre, emportant les paons avec lui.

« Qu'est-ce que tu crois ? Ils arrivent. Ils rentrent à la maison. Je les sens. Asseyez-vous avec moi. Venez, ajouta-t-elle en tirant Sian par la main. Asseyez-vous avec moi et attendons ensemble. »

Ba s'installa sur le perron, le regard fixe. Ses yeux diabétiques calmes et laiteux, ses cheveux diaphanes détachés, humides, offerts à l'air vicié.

Lorsque les premières gouttes tombèrent, elle sut qu'ils étaient là. Ils se dirigeaient vers les marches. Babo et Sian s'étaient levés et ils couraient, foulaient la surface de la terre comme si c'était un tapis de fleurs sauvages jaune pâle. Ignatius s'approchait d'elle, ses bras affectueux ouverts comme les ailes d'un dragon rouge. À côté de lui, Bean riait à travers les lourds rideaux de pluie.

Tout ira bien à présent, pensa Ba. Elle était arrivée au terme de son histoire. Désormais, les femmes n'auraient plus à sortir nues dans les champs dévastés pour s'attacher à des charrues. Elles n'auraient plus à s'échiner dans les sillons arides pour rendre à la terre sa fertilité. Elles pourraient couvrir leur corps de boue, s'allonger et ouvrir la bouche au monde déchu.

Remerciements

Au cours des quelques années qu'il m'a fallu pour écrire ce livre, un nombre incroyable de personnes m'ont soutenue, affectivement et financièrement. J'aimerais remercier toute ma famille en Inde et ailleurs, qui m'a fait comprendre que « l'amour, n'ayant pas de géographie, n'a pas de frontières » ; mes amis qui m'ont ouvert leur cœur, leur maison et leur cuisine (vous vous reconnaîtrez) ; Ameet Gheewala et David Miller, mes premiers lecteurs qui m'ont convaincue qu'il y avait, dans la gangue de mon premier jet, une histoire qui méritait d'être racontée ; mes formidables éditrices – Gillian Stern, Victoria Millar et Audrey Cotterell, qui m'ont aidée à trouver le bon mot quand mes phrases me sortaient par les yeux ; tout le monde chez Bloomsbury, et en particulier Alexandra Pringle, qui m'a gentiment rappelé les vertus de la lenteur, et qui comme moi estime que le petit déjeuner est le repas le plus important de la journée.

Je dois également remercier Beatrice von Rezzori pour un séjour à la Santa Maddalena Foundation, où j'ai fait l'expérience d'une joie rare : deux journées de suite de cinq mille mots. Je remercie D.W. Gibson de la Ledig House International Writers Residency, qui m'a fourni une chambre à moi lorsque j'en avais le plus besoin, et l'Arts Council England qui m'a versé une bourse généreuse.

Enfin, toute ma gratitude à ceux qui m'accompagnent depuis toujours et qui ont prêté leur philosophie, leur poésie et leur sagesse à de nombreux titres de chapitres et personnages de cet ouvrage : Arthur Rimbaud, Charles Baudelaire, Friedrich Nietzsche, J. Krishnamurti, Épicure, Bob Dylan, Dinah Washington, Leonard Cohen, The Beatles, Chandralekha, Gautama Bouddha, Mahavir Swami, Harry Belafonte, Khalil Gibran, Rainer Maria Rilke, Dylan Thomas, Jalaluddin Rumi, Goethe, W. H. Auden, Li Po, Albert Camus et Bhavabuti.

Glossaire

Ahimsa : terme sanscrit qui désigne dans diverses religions indiennes le principe de non-violence.
Almirah : placard ou commode.
Arihant : jaïn qui a atteint la libération de son vivant.
Arre : interjection pour attirer l'attention.
Ashoka (*Saraca indica*) : arbre tropical à feuillage persistant et à fleurs orange.
Asura : démon, génie malfaisant dans l'hindouisme.
Aujo : « au revoir » en gujarati.
Ayah : nurse et femme de ménage.
Ba : mère, grand-mère.
Bakul (*Mimusops elengi*) : arbre indien à fleurs blanches odorantes.
Bandhani : type de teinture à nœuds, populaire dans les États du Gujarat et du Rajasthan.
Bapuji : terme respectueux pour désigner le père.
Beta : fils.
Bhabi : belle-sœur.
Behn : sœur.
Bhai : frère.
Bhajiya : beignet de légumes (en général des oignons) qu'on mange au Gujarat (État du nord-ouest de l'Inde bordé par la mer d'Oman).
Bharatanatyam : danse classique du sud de l'Inde.
Bhel puri : riz soufflé aux pommes de terre et au tamarin.
Bidi : petite cigarette indienne faite d'une feuille de tabac roulé.
Bindi : point de couleur qui orne le front des femmes.

Chai, masala chai : thé épicé.
Chak-a-chak : argot hindi signifiant nickel, brillant.
Chanya choli : tenue portée par les femmes dans le nord de l'Inde, composée d'un haut court et d'une jupe longue.
Chappals : genre de tongs.
Charpoy : lit de cordes tressées sur un cadre avec quatre pieds en bois.
Chikoo : sapotille, fruit du sapotillier. Grosse baie charnue comestible de la taille d'une pomme, à la saveur sucrée et parfumée.
Chori chori : secret, furtif.
Choti : petit.
Chudail : femme fantôme du folklore hindou.
Chup chap : sans un mot, silencieusement.
Dacoïts : brigands organisés en bandes.
Dal dhokli : curry de lentilles aux boulettes de pâte, spécialité du Gujarat.
Dhikri : terme affectueux.
Dhobi : caste dont la tâche est de laver le linge.
Dhokla : gâteau salé et épicé à base de farine de pois chiche.
Dhoti : pièce de tissu portée par les hommes, nouée autour de la taille et passée entre les jambes.
Diwali : fête indienne très importante en rapport avec Rama, Vishnou, Lakshmi et de nombreux mythes de l'Inde, célébrée pendant cinq jours entre octobre et novembre, selon le calendrier lunaire.
Dosa : crêpe à base de farines de riz et de lentilles, servie avec du sambar ou du chutney.
Dupatta : écharpe.
Garam : pimenté, épicé.
Garba griha : sanctuaire du temple.
Ghagra : robe de cérémonie portée par les jeunes filles du nord de l'Inde.
Ghari : petits gâteaux frits aux amandes.
Ghee vanaspati : succédané bon marché du ghee (beurre clarifié), à base d'huile végétale hydrogénée.
Ghus phus : messes basses, cachotteries.

Gujju : terme familier désignant les Gujaratis, parfois péjoratif, mais le plus souvent utilisé par les Gujaratis eux-mêmes.

Gur : sucre partiellement raffiné, obtenu par concentration du jus de canne ou du sirop de palme.

Hijra : individu qui n'est considéré ni comme un homme, ni comme une femme, et qui possède des attributs des deux sexes.

Idli : petit gâteau salé, à base de riz et de lentilles, servi avec du chutney ou un mélange d'épices.

Jalebi : pâtisserie arabe très répandue en Inde, au miel frit et en forme de spirale.

Jali : grille ou écran, similaire au moucharabieh arabe, qu'on place devant les portes et les fenêtres.

Janam : vie, naissance.

Jeera aloo : pommes de terre au cumin.

Kabaddi : sport d'équipe très populaire en Inde et en Asie du Sud, qui consiste à envoyer à tour de rôle un joueur dans l'autre camp pour lutter contre ses adversaires et les plaquer.

Kaka : oncle.

Kajal : type de khôl. Charbon destiné au maquillage des yeux obtenu à partir du ghee brûlé selon la méthode ayurvédique.

Kati roll : pain plat roulé, fourré à la viande ou aux légumes.

Kumkum : poudre que l'on utilise pour dessiner des symboles sociaux et religieux sur le corps.

Kurta : tunique. Kurta pajama ou kurta dhoti : ensemble tunique-pantalon.

Kutti : mignon, mignonne.

Laadli : chérie.

Lagori : jeu qui consiste à abattre un empilement de sept pierres puis à essayer de toucher avec la balle autant de membres de l'équipe adverse que possible, pendant que celle-ci essaie de reconstruire la pile.

Langda : boiteux.

Maidan : en ourdou, espace réservé aux rassemblements et aux rencontres sportives.

Malayali : locuteur du malayalam, originaire du Kerala.

Mali : qui appartient à la caste des jardiniers.

Mangalagiri : ville de l'Andhra Pradesh, réputée pour ses saris de coton.
Marathi : du Marahashtra, État situé au sud du Gujarat, dont la capitale est Bombay.
Masala : mélange d'épices.
Moti : gros.
Nani : grand-mère maternelle.
Odhni : voile.
Pâan : pâte à mâcher à base de noix d'arec et entourée d'une feuille de bétel.
Pakora : beignet.
Papadum : galette craquante de farine de lentilles.
Patola : technique de teinture et de tissage de la soie propre au Gujarat.
Penda : petit gâteau à base de lait, de sucre et d'épices.
Puja : rituel de vénération.
Pujari : prêtre.
Puri : pain non levé.
Rasgulla : boulette de fromage frais ou de caillé recouverte de sirop de sucre.
Sadhou : homme de bien, saint.
Sadhvi : femme de bien, sainte.
Sambar : plat de pois en sauce, spécialité de l'Inde du Sud.
Sardarji : sikh.
Sardarni : femme sikh.
Sherwani : longue veste de toile portée en Inde du Nord, notamment chez les dignitaires musulmans.
Tava : genre de poêle très plate servant à cuire les chapatis.
Thali : assortiment de plats servis dans de petits bols métalliques sur un plateau.
Tirthankaras : dans le jaïnisme, maîtres qui ont atteint la libération par l'ascèse.
Upadhyaayas : maîtres qui enseignent la grammaire sanscrite et ce qui est nécessaire à la compréhension des *Vedas*.
Yaar : équivalent hindi de « mon vieux ».

CET OUVRAGE A ÉTÉ COMPOSÉ
PAR NORD COMPO
ET ACHEVÉ D'IMPRIMER EN FRANCE
PAR CPI BUSSIÈRE
À SAINT-AMAND-MONTROND EN MAI 2011

N° d'impression : 111434/4
Dépôt légal : mai 2011